国家社科基金青年项目《中古道教仙传文学研究》(批准号:13CZW030)

张伟丽 著

《阅微草堂笔记》志怪特色研究

天津古籍出版社
天津出版传媒集团

图书在版编目（ＣＩＰ）数据

《阅微草堂笔记》志怪特色研究 / 张伟丽著. — 天津：天津古籍出版社，2015.12
ISBN 978-7-5528-0344-0

Ⅰ. ①阅… Ⅱ. ①张… Ⅲ. ①《阅微草堂笔记》—小说研究 Ⅳ. ①I207.419

中国版本图书馆CIP数据核字(2015)第223326号

《阅微草堂笔记》志怪特色研究

张伟丽/著

出版人/张玮

天津古籍出版社出版

（天津市西康路35号　邮编300051）

http://www.tjabc.net

三河市中晟雅豪印务有限公司印刷

全国新华书店发行

开本 787×1092 毫米 1/16　印张 21　字数 272 千字

2015 年 12 月 第 1 版　2015 年 12 月 第 1 次印刷

ISBN 978-7-5528-0344-0　　定价：60.00元

序

在中国小说史上,"志怪"的地位颇有几分尴尬。

"志怪"的得名是与"志人"傍生的。这一对孪生兄弟降生于魏晋,全盛于六朝。随后便到了隋唐。鲁迅先生《中国小说史略》给了唐代小说以殊荣:"小说亦如诗,至唐代而一变,虽尚不离于搜奇记逸,然叙述宛转,文辞华艳,与六朝之粗陈梗概者较,演进之迹甚明,而尤显著者乃在是时则始有意为小说。"于是,六朝小说——包括"志怪"便得到了"粗陈梗概"的"恶谥"。

应该说,鲁迅对于小说演进的轨迹以及对"志怪"的这一评价是只眼独具的。但是,他也留下了两个略显负面意义的影响。一个是这种进化论的思维方法大端不错,但也有失于绝对化;另一个是"志怪"并未止步于六朝,后世更有高峰出现,而受上述论断波及,这方面的研究便相对冷清。当然,这并不能归咎于鲁迅,而只能看作是大树之下必然产生的阴影。

正是在这样的背景下,《阅微草堂笔记》的研究首先就需解决一个前提性问题:作品的基本评价或者说价值究竟如何?如果用严格的进化论方法考察,用纯粹来自西方的文学观念衡量,《阅微草堂笔记》只能是文学大家族中的"二等公民"。但如果跳出这些窠臼,回到更根本的层面,即表现生命体验、生活经验的有效性、生动性、独特性上,《阅微草堂笔记》似乎可以直起腰杆来了。

伟丽的这部著作就是基于这样的认识，对《阅微草堂笔记》表现生命体验、生活经验的有效性、生动性、独特性进行了深入、系统的考察、研究。

作为志怪的结穴之作，《阅微草堂笔记》的文化内涵空前丰富复杂，特别是与宗教有关的故事中，既反映了宗教传统的教理教义乃至仪轨，又生动呈现出当时宗教生态。伟丽对此抉幽剔隐，颇多发明。诸如对于佛门"放焰口"的研究，对道教"牒"、"扶乩"源流的描述、阐释，都有发前人未发之处。

在这些具体深入的发掘同时，伟丽的整体把握也颇见功力。对于作者，分析其宗教观念的特点，分析其学术思想与小说写作的关系，都很有说服力，也成为上述具体研究的基础。

伟丽对《阅微草堂笔记》文学特色的研究同样有独到之处。她巧妙地运用比较的方法，在相同的故事类型中，通过不同体裁作品的差异来揭橥志怪的艺术特色，以及其别有意趣、不可替代的审美价值。如对"画壁"等同类故事，《阅微草堂笔记》与《聊斋志异》表现的手法有同有异，伟丽一一胪列之后，从作者身份、学养的差别，以及文体自身的特性等多个角度，进行深入分析，持论合宜而抑扬有度，避免了学界常见的"爱之九天恶之九地"的弊端。

志怪，于文学史并非大宗；《阅微草堂笔记》亦非煌煌长篇巨制，但其中的蕴含却相当丰厚，只是非慧眼不能尽得。伟丽此文，对该书的意蕴、特质、价值的透彻抉剔，使我想到了稼轩词之"燃犀下看"、鱼龙毕现的境界。惟此庶几可以形容读后的感觉。是为小序，弁之篇首。

陈　洪

乙未初夏 于南开园

目录

第1章 《阅微草堂笔记》研究综述及志怪特色概述 / 1

第一节 20世纪80年代以来《阅微草堂笔记》研究综述 / 4

第二节 本书选题意义和创新点 / 11

第三节 《阅微草堂笔记》志怪特色概述 / 13

  一 研究对象的界定 / 13

  二 宗教文化内容概述 / 17

第四节 本书结构 / 19

第2章 《阅微草堂笔记》志怪特色形成的原因 / 22

第一节 《阅微草堂笔记》创作环境 / 22

  一 社会环境 / 22

  二 学术环境 / 32

第二节 纪昀宗教倾向简述 / 46

  一 纪昀家世对其宗教倾向的影响 / 46

  二 纪昀宗教倾向简述 / 49

第3章 《阅微草堂笔记》志怪故事与佛教文化研究 / 56
    第一节 佛教"施食"仪轨"放焰口"研究 / 56
        一 "施食"仪轨"放焰口"溯源 / 56
        二 《阅微草堂笔记》"放焰口"描写特点及文化分析 / 61
        三 "放焰口"文学功能研究 / 65
    第二节 果报轮回故事研究 / 71
        一 纪昀果报轮回观念概述 / 71
        二 《阅微草堂笔记》果报故事特色 / 78
        三 果报轮回观念面临的危机 / 89
        四 果报轮回观念的文学作用 / 91
    第三节 禅僧形象与纪昀的禅宗观念研究 / 94
        一 善比佛法 取诸墨杨 / 94
        二 纯任本心 世俗成佛 / 102
    第四节 僧侣故事描写特点研究 / 106

第4章 《阅微草堂笔记》志怪故事与道教文化研究 / 111
    第一节 道教法术——"牒"文化研究 / 111
        一 "牒"之溯源 / 112
        二 《阅微草堂笔记》"牒"故事分类 / 114
        三 "牒"故事特点及成因 / 119
        四 "牒"在故事中的文学价值 / 130
    第二节 民间法术——扶乩研究 / 132
        一 "扶乩"溯源及纪昀对扶乩的态度 / 133
        二 《阅微草堂笔记》"扶乩"故事的主要内容 / 138

　　　　三 "扶乩"故事的特点 / 144

　　　　四 "扶乩"故事的劝惩功能 / 148

　　第三节 《阅微草堂笔记》彰表故事的道教启示 / 152

　　　　一 彰表故事的道教思想溯源 / 152

　　　　二 节妇彰表故事的道教启示 / 155

　　　　三 彰表故事对道教"气"观念的体现 / 163

　　第四节 《阅微草堂笔记》道士形象特点研究 / 167

　　　　一 纪昀对道士态度的研究 / 167

　　　　二 纪昀对道术态度的研究 / 175

　　　　三 道士故事描写特色 / 179

　　第五节 纪昀的神仙观念与成仙故事的变异 / 184

　　　　一 纪昀的神仙观念研究 / 184

　　　　二 成仙故事和仙人形象的变异 / 189

　　　　三 成仙故事变异的原因 / 194

第5章 《阅微草堂笔记》志怪故事中宗教文化内容描写之特点 / 204

　　第一节 "求实"的美学风格 / 204

　　　　一 清代"求实"美学概述 / 204

　　　　二 纪昀"实录"小说观和审美风格 / 211

　　　　三 《阅微草堂笔记》志怪中宗教文化内容"求实"美学的体现 / 219

　　第二节 重要的讽刺方式——与《儒林外史》比较研究 / 229

　　　　一 对道学家的讽刺 / 229

　　　　二 对儒林道德的讽刺 / 235

三 对官吏的讽刺 / 245

第6章 《阅微草堂笔记》志怪特色比较研究 / 248
第一节 "画壁"故事的比较 / 249
一 "画壁"故事的文学性比较 / 249
二 宗教文化内容在其中的不同作用 / 256
三 两者写作目的不同 / 261
第二节 冥界诉讼故事的比较 / 272
一 二者冥诉故事比较 / 272
二 冥诉故事背后的文化因素 / 277
第三节 《阅微草堂笔记》与《聊斋志异》其他相似内容描写比较 / 284
一 相似情节的沿用 / 284
二 相似情节的不同作用 / 289
三 相似情节的改造 / 294

第7章 结 论 / 298
参考文献 / 308
致 谢 / 326

第①章 《阅微草堂笔记》研究综述及志怪特色概述

《阅微草堂笔记》作为一部志怪小说,有很多独特之处。首先表现在作者的独特。作者纪昀乃是清乾隆、嘉庆两朝重要的文臣和学术领袖,他二十四岁应顺天府乡试,中解元,三十一岁中进士,授翰林院庶吉士。居官五十多载,曾任山西乡试正考官、公试同考官视学福建,后迁任侍读学士、兵部侍郎、左都御史、礼部尚书、兵部尚书,在嘉庆朝任协办大学士加太子少保、管国子监事,直至去世。

纪昀半生仕途曲折多艰,四十五岁时(乾隆三十三年,1768年),因受姻亲两淮盐政卢见曾查抄案牵连,被乾隆皇帝远戍乌鲁木齐,忍受着"空山日日忍饥行,冰雪崎岖百廿程"[①]的痛苦,度过了两年忧惧的时光[②],使他对世间百态有了更深刻的认识。纪昀将在乌鲁木齐的见闻、感慨记录下来,写成《乌鲁木齐杂诗》,成为日后文学创作绝佳的素材。

两年后(乾隆三十五年,1770年),乾隆皇帝召纪昀回京参加《四库全书》的编纂[③]。他非常珍惜这次机会,乾隆三十六年(1771年)回到北

[①] (清)纪昀:《纪晓岚文集》第三卷,孙致中、吴恩扬等校注,石家庄:河北人民教育出版社,1991年,第597页。

[②] 纪昀曾在《阅微草堂笔记》中记载多次通过测字、占卜的方式预测返京的时间,并在《乌鲁木齐杂诗》中歌颂乾隆皇帝,希望被早日召回。

[③] 纪昀通过刘统勋的推荐得以参与《四库全书》总纂工作,四库馆开馆后以纪昀、陆锡熊、孙士毅为总纂官,陆费墀为总校官。但由于种种原因只有纪昀"总成其事"。

京后,几乎将全部精力投入到图书的整理编纂工作中。惨淡经营十年(乾隆三十八年至乾隆四十七年,1773—1782年)①并撰写《四库全书总目提要》,凡二百卷,《四库全书简明目录》,凡二十卷。《四库全书》的修成,是纪昀学术生涯的重大事件,也是中国文化史乃至世界文化史上的重大事件。

纪昀经历过许多宦海波折、人生磨难,曾自作挽联"浮沉宦海如鸥鸟,生死书丛似蠹鱼",正是其一生真实的写照。纪昀一生中获得过极高的荣誉:《四库全书》修成当年,乾隆皇帝特赐纪昀紫禁城内骑马;八十岁寿辰之时,嘉庆皇帝派人祝贺并赠送礼物;去世之时,嘉庆皇帝御赐碑文称其"敏而好学可为文,授之以政无不达"②,故谥号"文达"。同时他也经历过人生的低谷时期:被乾隆皇帝远戍新疆;朝臣互相倾轧,忍受着不愿攀附和绅又不能公然决裂的痛苦等等。

这种荣枯咫尺间的生活,使得纪昀洞察世事、世故老道,他将自己的人生经验之谈,世态感悟之语,都写入了《阅微草堂笔记》中。书中以僧、道、狐、鬼、怪为主要描写对象,利用喻指、象征的手段充分表现出了世间百态,人情冷暖,包含着丰富的内容和深刻的哲理。《阅微草堂笔记》比其他志怪小说视野更加开阔,更具深刻性和思辨性,与"才子之笔"的小说创作风格不太一样。

其次是创作风格和内容的独特。纪昀留给后人的只有《阅微草堂笔记》和《纪文达公遗集》,《阅微草堂笔记》是他生前的唯一著述,对之倾注的心血和寄予的希望非常之大:

---

① 纪昀在四库馆修书十年,"自始至终,无一息之间"。他在《自题校勘四库书砚》诗中云:"检校牙签十余万,濡毫滴渴玉蟾蜍。汗青头白休相笑,曾读人间未见书。"《纪晓岚文集》第一卷,孙致中、吴恩扬等校注,石家庄:河北教育出版社,1991年,第509页。

② (清)纪昀:《纪晓岚文集》第三卷,孙致中、吴恩扬等校注,石家庄:河北教育出版社,1991年,《纪晓岚年谱》,第501页。

第①章
《阅微草堂笔记》研究综述及志怪特色概述

> 叠矩重规,毫厘不失,灼然与才子之笔,分路而扬镳。①

《阅微草堂笔记》坚持纪实为主的创作传统,又对传统志怪小说有所突破。不拘泥于简单的记述,而是融志怪和考辨于一体,在平直的记述中杂以精当的议论,质朴凝练,富于理趣。以尺幅千里的形式揭示世间哲理,反映时代风貌和社会生活,借纪昀诙谐、幽默之笔调,形成了《阅微草堂笔记》鲜明的艺术特色。

书中涉及大量的宗教文化内容,包括佛、道、民间信仰等,为后人保留下了当时宗教文化较为真实的存在状况,并在宗教文化内容中寄寓了许多世间哲理、人生感悟,同小说有机地融为一体,成为该书志怪故事的一大特色。正如鲁迅对《阅微草堂笔记》的评价:

> 故凡测鬼神之情状,发人间之幽微,托狐鬼以抒己见者,隽思妙语,时足解颐;间杂考辨,亦有灼见。叙述复雍容淡雅,天趣盎然,故后来无人能夺其席,非仅借位高望重以传者矣。②

《阅微草堂笔记》故事的选材、立意到具体写作等方面,受宗教文化影响很深,既反映了当时的佛、道及民间信仰具体的生存状态,也表现出纪昀本人的佛、道观念。从目前掌握的材料来看,纪昀并不是个虔诚的佛、道教徒,但在《阅微草堂笔记》中却大谈佛道,个中原因亦颇值得探讨,是有意为之还是神道设教?这部分内容也是纪昀研究和《阅微草堂笔记》研究不可或缺的一部分,具有研究价值和较大的研究空间。但目前尚没有系统的研究成果,不能不说是一个遗憾,本论文以此为突破口,希望能对《阅微草堂笔记》研究的细化做一次有益的尝试。

---

① (清)纪昀:《阅微草堂笔记·卷十八·姑妄听之四(盛跋)》,上海:上海古籍出版社,2001年,第411页。

② 鲁迅:《中国小说史略》,上海:上海古籍出版社,2006年,第125页。

第一节　20世纪80年代以来《阅微草堂笔记》研究综述

《阅微草堂笔记》作为与《聊斋志异》齐名的志怪小说作品，由于种种原因，受到的关注程度远不如后者，直到20世纪80年代之后，对于《阅微草堂笔记》的研究才真正进入繁荣时期，出现了一批质量较高的论文专著，研究成果比过去几十年的总和还要多。现将其分类梳理如下：

首先看《阅微草堂笔记》出版情况。1980年，上海古籍出版社出版了全本的《阅微草堂笔记》；1981年，河北人民出版社出版《〈阅微草堂笔记〉故事选》由孟昭晋、马佩欣选注；1988年，《评注〈阅微草堂笔记〉选》出版，曹月堂选评，周美昌注解，北京宝文堂书店出版；1989年，施宛如译的《白话〈阅微草堂笔记〉》由北京农村读物出版社出版；1990年，曹国声译注的《〈阅微草堂笔记〉选译》由成都巴蜀书社出版；1995年，上海古籍出版社出版邵海清等译白话全本《阅微草堂笔记》，收在"十大文言短篇小说今译"系列中；2001年，北京昆仑出版社根据中国国家图书馆善本书影印出版了《阅微草堂笔记》；同年，上海古籍出版社出版了由汪贤度校点的全本《阅微草堂笔记》；2005年，重庆出版社出版董国超标点的《阅微草堂笔记》。

值得注意的是，北京昆仑出版社2001年出版的《阅微草堂笔记》，将其分在"谴责小说"一类，而不是按传统分在志怪小说中，而2005年上海古籍出版社再次出版《阅微草堂笔记》时，仍将其列入"中国古代神怪小说四大名著"。这种不同的分类，表明学界对于《阅微草堂笔记》主旨认识的多元化。

2007年，台湾还出现了介于学术研究与大众普及读物之间的两本著作:宋记远编著的《52个你所不知道的〈阅微草堂笔记〉之谜》①、黄辰淳编著的《一百四十则〈阅微草堂笔记〉故事中的生命意义》②,这两本书除了提供给研究者一些新思路外,比起同类的大众普及著作要严肃得多。

此外,1991年,河北教育出版社出版了由孙致中、吴恩扬点校的《纪晓岚文集》,南开大学来新夏教授为其作序,以纪昀的孙子纪树馨所编纂的《纪文达公先生遗集》为底本,收录了纪昀的大部分诗文。第一册收文十六卷,包括赋、雅、颂、折子、表、露布、诏、疏、论、记、序、跋、策问、铭、碑记、墓表、行状、逸事、传、墓志铭、祭文;收诗十六卷,内有"御览诗"、《三十六亭诗》、《南行杂咏》、《乌鲁木齐杂诗》、《馆课存稿》、《我法集》。第二册收《阅微草堂笔记》二十四卷。第三册收集外七卷,内有《明懿安皇后外传》一卷、《唐人试律说》一卷、《庚辰集》五卷以及《纪晓岚年谱》、《景城纪氏家谱》。

再看相关专题论著。1994年,南京大学出版社出版了周积明撰写的《纪昀评传》,代表了纪昀研究的阶段性成果。2005年,上海古籍出版社出版了吴波撰写的《〈阅微草堂笔记〉研究》,从而结束了这一研究领域缺乏研究专著的历史。

三来看相关学位论文的情况。首先需要提到的是20世纪70年代两篇台湾地区的论文:台湾政治大学"中研所"卢锦堂撰写的《纪晓岚和〈阅微草堂笔记〉》,台湾大学赖芳伶撰写的《〈阅微草堂笔记〉研究》。其中卢文对《阅微草堂笔记》中的故事做了详尽的分类,分为近三十类故事。当时,内地对《阅微草堂笔记》的研究尚没有形成规模,这两篇论文对后人的研究有一定的帮助。目前,台湾地区的学位论文仍不断地将《阅微草堂笔记》列入论文选题范围内,如2005年曾凯怡撰写的硕士论文《〈聊斋志异〉与〈阅微草堂笔记〉狐精故事之叙事艺术研究》(台湾

---

① 内地本由广西人民出版社2007年出版。
② 黄辰淳:《一百四十则〈阅微草堂笔记〉故事中的生命意义》,台中:好读出版有限公司,2002年。

中山大学中国文学系),2006年邓代芬撰写的硕士论文《〈阅微草堂笔记〉阴间界域研究》(台湾云林科技大学)等。内地的相关学位论文主要有:2001年吴波撰写的博士论文《〈阅微草堂笔记〉研究》(天津师范大学),较早对《阅微草堂笔记》做了比较系统的研究;2003年张思莉撰写的硕士论文《论纪昀笔下的民俗》(天津师范大学),是对《阅微草堂笔记》进行专题、细化研究的学位论文,分"纪昀笔下的民俗"和"纪昀的民俗思想"两部分,详细介绍了《阅微草堂笔记》反映的沧州地区民俗和新疆地区民俗;2003年宋世勇撰写的硕士论文《〈阅微草堂笔记〉鬼神形象刍议》(华南师范大学),对《阅微草堂笔记》中的鬼神形象做了详尽分类;2006年王颖撰写的博士论文《乾隆朝文化环境下〈阅微草堂笔记〉》(中国社会科学院研究生院),把《阅微草堂笔记》放到更为广阔的历史文化背景之下观照,使得研究具有一定的深度和广度,为后人研究开启了一条新思路。上述几篇学位论文都具有一定的文献价值和理论价值,为以后的《阅微草堂笔记》研究奠定了基础。

四来看相关的专题论文。20世纪80年代至今,据不完全统计,关于纪昀、《阅微草堂笔记》、"四库"三种题材的研究论文共有八十余篇。就《阅微草堂笔记》研究来看,仅带有研究综述和宏观研究成分的文章就有近十篇。

早期关于纪昀和《阅微草堂笔记》研究,主要以批判的目的。1982年1月《浙江学刊》发表了李泉撰写的《评〈阅微草堂笔记〉》,此文完全否定了纪昀和《阅微草堂笔记》。同年2月,《读书》发表了汪贤度撰写的《关于〈阅微草堂笔记〉》,此文通过和《聊斋志异》的比较来凸显《阅微草堂笔记》的特点。文章虽然指出了后者的史料价值,但对《阅微草堂笔记》表现的思想和纪昀的写作手法仍然持否定态度。1983年,《天津师范大学学报》第2期发表了康瑞琮撰写的《阅微草堂笔记初探》,虽然此文总体上还是带着阶级斗争的眼光来看纪昀和《阅微草堂笔记》,认为纪昀写作目的是反动落后的,但是大致指出了日后《阅微草堂笔记》研究的重点。1995年,《南京师范大学学报》第1期发表了王欲祥撰写的《纪昀〈阅微草堂笔记〉断论》,此文开始为纪昀正名,就《阅微草堂笔记》中敏感的节孝、说教问题做了客观分析,将它们放在特定的历史环境去研究,而不是以现代人的眼光对古人求全责备。1996 年,《文史杂志》第 1 期发表了吉定撰写的《漫谈纪昀和他的〈阅微草堂笔记〉》。此文是介绍性质的文章,但其中 70% 的内容是肯定纪昀和《阅微草堂笔记》的,表明此时学者们已经开始客观、全面地考察纪昀这个争议颇多的研究对象。2000 年,《殷都学刊》第 1 期发表了汪龙麟撰写的《20 世纪〈阅微草堂笔记〉研究综述》,此文从思想内容、艺术特色两个方面较为详细地分析了《阅微草堂笔记》的研究状况,但对 20 世纪 80 年代的研究较为笼统。2005 年 3 月,《中国文学研究》发表了陈美林撰写的《〈阅微草堂笔记研究〉序》,介绍一些相关研究成果。2006 年,《古典文学知识》第 1 期发表了吴波、肖新华撰写的《阅微草堂笔记研究述略》,此文对二百年来纪昀、《阅微草堂笔记》研究做了详尽的梳理。

20 世纪 90 年代中期至今,随着越来越多的学者的加入,《阅微草堂笔记》的研究逐步细化、深化,出现了新的研究方向,如叙事特点、小说观念、边疆风物等。

近十几年来,对于《阅微草堂笔记》宗教文化的研究开始成为学人们的兴趣点。此类文章大略可分为三个层面,第一层面以对内容分类评述为主,如 1995 年 12 月,《南京社会科学》发表了韩希明撰写的《纵横开阖 究悉物情——〈阅微草堂笔记〉哲学视角观照》,此文对《阅微草堂笔记》中的因果报应故事做了简单分类并加以阐释。2000 年 2 月,《唐都学刊》发表了焦泰平撰写的《〈阅微草堂笔记〉因果报应问题辩证》,此文也对《阅微草堂笔记》笔记中的果报故事进行分类并讨论了纪昀写作这类果报故事的真实目的。2007 年,《西华师范大学学报》第 2 期发表了杨亮撰写的《纪晓岚因果轮回观念之危机——以〈阅微草堂笔记〉为视角》,这篇文章较为详细地介绍了《阅微草堂笔记》中的因果轮回观念。

还有一篇与小说中果报观念相关的论文值得研究者注意,即 2007

年发表在《文学遗产》第 1 期的刘勇强撰写的《论古代小说因果报应观念的艺术化过程与形态》，可能会对以后《阅微草堂笔记》果报故事的研究有帮助。

此外，2000 年，《西安教育学院学报》第 2 期发表了王琪玖撰写的《测鬼神之情状 发人间之幽微——读〈阅微草堂笔记〉札记之三》，这篇文章将《阅微草堂笔记》中的狐鬼作了分类，分为义狐善鬼、雅狐儒鬼、妖狐祟鬼等。2007 年，《时代文学》第 3 期发表了牛永惠撰写的《仙神狐鬼俱为所用 嬉笑怒骂皆成文章——试论纪昀〈阅微草堂笔记〉的思想内容》，此文较为详尽地介绍了纪昀写作狐鬼的真实目的，以及利用狐鬼发挥了纪氏独有的幽默、诙谐之长。

第二个层面是将《阅微草堂笔记》中表现出的宗教思想作为研究对象。2003 年 12 月，《南京社会科学》发表了韩希明撰写的《试论〈阅微草堂笔记〉的宗教观》。此文是较早对《阅微草堂笔记》的宗教思想做专门研究的论文，文章分为道教、佛教、儒教、三教浑融四部分，将与此相关的故事做了分类和阐释。2005 年 6 月，《淮阴工学院学报》发表了许韧撰写的《论〈阅微草堂笔记〉中儒道佛各教的地位》，此文立意宏大，但实际限于对《阅微草堂笔记》中佛道二教的简介，尚缺深入的分析。2007 年 4 月，《上饶师范学院学报》发表了杨亮撰写的《清代文人禅宗观念的困惑与缺失——以纪昀禅宗观念为视角》一文从《阅微草堂笔记》的一个小故事说开去，把禅宗观念放到一个大的文化环境背景下考察，是同类作品中质量较高的一篇文章。

第三个层面为宗教与文学、文化的关系、关联研究。如 2003 年 9 月，《徐州教育学院学报》发表了赵敏撰写的《艺术与道德的完美结合——古代修养寓言浅说》。此文将《阅微草堂笔记》中很多故事归为修身寓言，是对其又一种文化解读，讨论了这些故事如何实现艺术与道德（宗教观念）的融合。2005 年 1 月，《中国文学研究》发表了蒋小平撰写的《雍容·有益人心·儒道佛整合——〈阅微草堂笔记〉之三层解读》，此文运用英国伽登文学作品分层理论，将《阅微草堂笔记》由表及里分为五个层次,阐释了《阅微草堂笔记》在雍容外表下是有益人心的形象观念层面和儒道佛整合的目的。2005年4月,《船山学刊》发表了吴波撰写的《彰显圣人"神道设教"的创作动机与矛盾的鬼神观天命论——〈阅微草堂笔记〉思想文化意蕴之一》,此文系统论述了纪昀矛盾的鬼神观及其在《阅微草堂笔记》故事中的表现,是一篇比较有深度的文章。

2006年2月《南京社会科学》发表了陈辽撰写的《文化小说明清集大成》,此文将《阅微草堂笔记》归为文化小说一类,对其中的宗教文化内容做了简单介绍。2006年6月,《江海学刊》发表了韩希明撰写的《明清小说民间巫术和禁忌习俗描写中的悲情女性》,此文虽然只是稍稍涉及《阅微草堂笔记》中女性在民间巫术下的生活状态,但这种研究特定人群在特定文化环境下的思路和方法给了后来人很多的启发。2007年6月,《山西大学学报》发表了魏晓红撰写的《〈阅微草堂笔记〉中的复生故事分析》,此文明确列出《阅微草堂笔记》中的宣佛故事、道教故事两项。

综合上述论文来看,第三个层面的研究显示了以后《阅微草堂笔记》宗教研究的主要发展方向。

在这个层面上的研究,衍生出了一个分支,即《阅微草堂笔记》的伦理、民俗研究。

2005年4月,《南京社会科学》发表了韩希明撰写的《试析〈阅微草堂笔记〉的女性伦理思想》,2006年1月,《兰州大学学报》发表了韩希明撰写的《试论〈阅微草堂笔记〉的伦理判断》。这两篇文章就《阅微草堂笔记》中涉及的家庭伦理内容做了独特的阐释,并且对于家庭生活中的女性做了专门论述,可结合前面提到过的韩希明撰写的《明清小说民间巫术和禁忌习俗描写中的悲情女性》一起研读,一来可以了解女性这一特殊群体的生存状态,二来对以后的研究起到拓宽思路的作用。

2005年8月,《文史知识》发表了韩希明撰写的《略论明清小说中的民间俗信与伦理精神》。此文详细地介绍了《阅微草堂笔记》中的民间信仰,对民间俗信进行了分类,将小说中的民俗与文学的关系和在文本中的表现做了详尽的描写。

2003年,《蒲松龄研究》第1期发表了詹颂撰写的《乾嘉文言小说作者的交游与其小说写作》,此文是较早的一篇涉及作者交游与文学创作关系的论文,其中涉及了纪昀交往的著名官员、文人、画家等。给《阅微草堂笔记》研究提供了另一个方面的基础和思路。

《阅微草堂笔记》还有一个富有特色的研究方向是对新疆民俗、风物的考索,涉及文献学、民俗学、文学、历史学、传播学等多个学科。开始学者们是从纪昀的《乌鲁木齐杂诗》入手研究边疆的风俗,以《阅微草堂笔记》中相关记述作为补充。如1984年,《社会科学战线》第1期发表了周寅宾撰写的《春风已度玉门关——从〈乌鲁木齐杂诗〉谈起》;1985年,《新疆师范大学学报》第2期发表了庞务撰写的《纪昀赋诗唱屯垦》;1998年《新疆大学学报》第一期发表了董苏宁撰写的《〈乌鲁木齐杂诗注〉史实辨析》,具有一定的文献价值。

近十年来,学界逐渐把《阅微草堂笔记》与《乌鲁木齐杂诗》相对照、结合起来研究。如2002年,《广西师院学报》第2期发表了吴波撰写的《纪昀西域谪戍生涯及〈阅微草堂笔记〉》,文中写道:

《乌鲁木齐杂诗》以丰富见长,但多粉饰之意,《阅微草堂笔记》以深刻取胜,真实而颇见洞察力。①

此文除详细介绍纪昀在新疆的行踪外,还就这段边疆生活对纪昀文学创作的影响和意义做了初步阐释。2005年《新疆师范大学学报》第3期发表了李辰撰写的《从〈阅微草堂笔记〉看纪昀传播新疆新闻》,此文是比较有特色的一篇论文。从新闻传播的角度来看《阅微草堂笔记》对新疆地区风土人情的介绍,开辟了一个新的研究点,拓宽了研究

---

① 吴波:《纪昀西域谪戍生涯及〈阅微草堂笔记〉》《广西师院学报》2002年第2期。

思路,显得新颖别致。

20世纪80年代以来对《阅微草堂笔记》的研究脉络大致如此,从中还是能够比较明晰地看到研究的热点和走向,即对《阅微草堂笔记》的研究已经交叉着宗教、民俗、文献、历史等多个专业,纯文学性质的学术研究逐渐减少,这是符合该书自身特性的。

此外,《阅微草堂笔记》研究与纪昀研究、"四库"研究之间的关系;以及《阅微草堂笔记》与唐宋传奇、清代其他志怪小说的关系;《阅微草堂笔记》文本自身的宗教现象、宗教观念等方面的研究,都还存在着不少盲区,这些都需要学者们进一步努力,使得《阅微草堂笔记》研究更加深入。此外,是否需要将《阅微草堂笔记》研究与纪昀研究、"四库"研究做一次研究资源和研究成果的整合,也是应该给予关注的问题。

第二节 本书选题意义和创新点

时至今日,《阅微草堂笔记》研究成果已经不能算少,但是目前学界还没有专门针对《阅微草堂笔记》中宗教文化内容的学位论文,也没有专门研究纪昀宗教文化观念(思想)的专著出现,只有相关的几篇单篇论文①。但是,《阅微草堂笔记》中志怪故事包含的宗教文化内容对于《阅微草堂笔记》研究来说非常重要,其重要性主要体现在三方面:1.对于研究纪昀及其周围文人的宗教文化观有很大帮助;2.借助作品的描述,对于研究当时宗教文化存在状态有很大帮助;3.在宗教文化视野下

---

① 比较有价值的论文有项裕荣《"娼女当堕为雀鸽"与"龙畏细虫"二说之佛教渊源考论》一文,《南昌大学学报》2006年第4期;杨亮《纪晓岚因果轮回危机之危机》,《西华师范大学学报》(哲学社会科学版)2007年第2期;杨亮《清代文人禅宗观念的困惑与缺失》,《上饶师范学院学报》2007年4月卷;韩希明《试论〈阅微草堂笔记〉的宗教观》,《南京社会科学》2003年第12期。

能够更好地理解作品内容,把握作品的思想脉络。本论文也试图从这几方面寻找其中的逻辑关系,组织文章结构。

其次,论文选题符合当前学术研究的走向。目前,对于文本细读,从文化的角度研究文学,是学术发展的又一条新路。正如吕大吉先生在《中国宗教与中国文化》一书的序言中所说:

> 目前中国的宗教学、文艺学、民俗学都在蓬勃发展;但这三门学科的边缘交叉领域研究仍然相对薄弱,需要大力推动。边缘学科的综合研究也许会成为人文学术发展的新的理论生长点。[①]

本书在写作过程中吸取了边缘学科研究成果,结合了宗教、民俗方面的知识,并力图扩大视野,全面看待《阅微草堂笔记》宗教文化内容存在的大环境。同时吸纳了当时古代经济、法律等多方面情况,并在论文中有所反映。介绍了《阅微草堂笔记》中的佛教仪轨、道教法术和佛教、道教观念等在文本中的表现和对文本的影响。

由于《阅微草堂笔记》毕竟是一部文学作品,论文最终将重点落在志怪故事宗教文化内容的文学表现上,即《阅微草堂笔记》的宗教文化内容在纪昀"实录"的小说观和清代"尚实"审美观影响下的独特之处,从题材选择、语言运用到写作风格都受到了哪些影响。

此外,写作过程中注意与同类作品相比较,特别是侧重相近历史时期志怪小说中对于宗教文化内容的不同表现,以期有新的发现。通过与《聊斋志异》等志怪小说相比较,揭示《阅微草堂笔记》的特点。由于篇幅有限,加之学力尚不足,这些内容还有进一步讨论的空间。

本书在很大程度上是"开垦荒地",在写作过程中能够借鉴的相关成果比较少。具体创新点包括《阅微草堂笔记》中佛教仪轨、道教法术

---

① 吕大吉,牟钟鉴:《中国宗教与中国文化》卷一,北京:中国社会科学出版社,2005年,第2页。

等研究;《阅微草堂笔记》僧、道描写特点;《阅微草堂笔记》彰表故事的道教启示、成仙故事的变异;与《聊斋志异》的宗教文化内容比较;与《儒林外史》讽刺道学先生、腐儒、官吏的手法比较等等。

本论文力图深入挖掘《阅微草堂笔记》中的志怪故事特色和写作手法,从文学与文化的关联出发,同时,通过与同类文学作品横向对比的方法显示研究对象的特点。

第三节 《阅微草堂笔记》志怪特色概述

一 研究对象的界定

阅读《阅微草堂笔记》的时候,读者也许会觉得鬼神无处不在,但纪昀并不只是对宗教传说进行简单的记录,而是在此基础上,融入了自己对宗教思想的深入思考,把自己的生活态度、人生感悟和经验融入其中,也形成了自己独特的志怪风格。

《阅微草堂笔记》的志怪故事与宗教有着极为密切的关系,佛教、道教和狐、鬼等民间信仰在其中相互渗透和相互交融,呈现出杂糅的特点。既有佛、道二教自身的内容,也有宗教世俗化的表现,还有民间宗教的体现。不过,这些杂糅的内容也有一个内在规范性,即符合儒家传统的伦理道德。

目前来看,纪昀所持的观点是以儒为主的三教调和论,他选择宗教文化内容的标准是能够帮助实施传统的儒家道德。因此,《阅微草堂笔记》也就在"儒所不及,道佛补之"范围内选材,也是对本论文研究对象范围的界定。

纪昀对儒佛道各教中符合传统道德伦理的内容表示肯定,强调儒家的根本规范性。纪昀在《阅微草堂笔记》中言：

> 盖儒如五谷，一日不食则饿，数日则必死。①
> 道家言祈禳，佛家言忏悔，儒家则言修德以胜妖：二氏治其末，儒家治其本也。②

儒家的修德才能免除一切幻影魔障缠扰，故《阅微草堂笔记》的宗教文化内容常被借来宣传"孝悌节烈"、"仁者爱人"等儒家伦理道德。此类故事比比皆是：农妇斥骂风雨，辱骂鬼神，仅仅因为特别孝敬婆婆，能在危急之时受到鬼神暗中保护，"窃人麦，遇雷暴，中伤仆地"结果"风卷一五斗栲栳堕其前，顶之得不死"③。

虽然，儒家以传统道德为根本，但佛道两家特殊的劝善手法也有不容忽视的作用，尤其是对文化水平不高的乡民百姓们。纪昀曾在《槐西杂志四》中议论佛教与儒道的关系时说：

> 佛自西域而来，其空虚清净之义，可使驰骛者息营求，忧愁者得排遣；其因果报应之说，亦是警戒下愚，使回心向善，于世不为无补。④

在《滦阳消夏录四》中，又借一守藏神与马大还讨论三教异同时，指出儒、道、佛为教不同，但却功能互补，教化之旨本质相通：

---

① （清）纪昀：《阅微草堂笔记·卷一·滦阳消夏录一》，上海：上海古籍出版社，2004年1月，第69页。
② （清）纪昀：《阅微草堂笔记·卷十一·槐西杂志一》，上海：上海古籍出版社，2004年1月，第208页。
③ （清）纪昀：《阅微草堂笔记·卷五·滦阳消夏录五》，上海：上海古籍出版社，2004年1月，第82页。
④ （清）纪昀：《阅微草堂笔记·卷一·槐西杂志四》，上海：上海古籍出版社，2004年1月，第296页。

释道如药饵,死生得失之关,喜怒哀乐之感,用以解释冤怼,消除怫郁,较儒家为捷;其祸福因果之说,用以悚动下愚,亦较儒家为易入。①

纪昀反对成仙观念,认为"仙有仙骨,质本清虚;仙有仙缘,诀逢指授",否定那些"不得真传而妄意冲举"②之类的修道成仙之举,也痛惜友人(申铁蟾)因为中年以后忽然倾慕神仙而精神恍惚,不治身亡③。

纪昀强调的三教调和论中还有许多民间信仰的身影,如狐鬼信仰,《阅微草堂笔记》中的狐、鬼不仅深通佛理而且兼通儒术。在这里,佛、道、民间信仰的联系非常紧密,从信仰、组织等等联系都很紧密。正如研究者总结的那样:

民间信仰使佛道呈现出多神化特征;民间信仰增加了中国宗教的功利性及世俗性色彩;佛道影响了民间的组织建设。④

此外,还有民间宗教的问题。纪昀生活的年代,民间宗教派别林立,势头正劲,许多文学作品对此也多有反映,马西沙在《清代八卦教》中写道:

可以这样说,中国不但有一部佛教史、道教史,还有一部变幻难测、盘根错节、扑朔迷离、源远流长的秘密宗教发展史。民间宗

---

① (清)纪昀:《阅微草堂笔记·卷十四·滦阳消夏录四》,上海:上海古籍出版社,2004年1月第296页。
② (清)纪昀:《阅微草堂笔记·卷十三·槐西杂志三》,上海:上海古籍出版社,2004年1月,第265页。
③ (清)纪昀:《阅微草堂笔记·卷八·如是我闻二》,上海:上海古籍出版社,2004年1月,第147页。
④ 吕大吉,牟钟鉴:《中国宗教与中国文化》卷一,北京:中国社会科学出版社,2005年,第6页。

教常常由出自佛门、道门的人成为领袖。民间宗教的领袖人物常常大量吸收佛教、道教的教义、教理和仪式,并加以改造,融会贯通,为我所用。民间宗教可谓教门林立,支派丛生。民间宗教不仅是中华民族宗教领域重要组成部分,构成二千万万底层群众的笃诚信仰,而且影响着各个地区的民风、民俗,下层民众的思维方式、生活方式,它对中华民族的性格的形成起过不可忽视的作用。①

奇怪的是,通观《阅微草堂笔记》整个文本,只在一个故事中提了一句:"官司方禁白莲教"②便再无声息。但是与《阅微草堂笔记》创作年代接近的《歧路灯》对此则有详细记载③。而且宫方对白莲教等非常重视,乾隆曾颁发圣谕(乾隆三十四年):

> 僧道不得於市肆诵经托钵,陈说因果,敛聚金钱,违者惩责。游手顽民托名方外,或指称仙佛,谬许前知,以惑民听者,从重治之。若创立无为、白莲、焚香、闻香、混元、龙元、洪阳、圆通、大乘等教诱致愚民男女,抚杂击鼓,鸣金迎神赛会者论如律。④

---

① 马西沙:《清代八卦教》,北京:中国人民大学出版社,1989年,第2页。

② (清)纪昀:《阅微草堂笔记·卷三·滦阳消夏录三》,上海:上海古籍出版社,2004年1月,第38页。

③ 这类内容不难找,与纪昀生活时代接近的《歧路灯》,专门安排一回对秘密宗教的情况进行描绘,虽然作者站在一定的阶级立场来展开故事情节,但我们还是能看到清代秘密宗教活动的社会现实。第九十一回,河南道台谭绍衣到南边州县办理"邪教大案"。这个所谓的"邪教"大案,只不过发生在一个"本不甚大"的乡村,所谓的"领袖"只是一个"骗子",组织"邪教"目的不过是"渔色贪财",并没有组织造反起义,甚至连造反的意图也没有,但是,"抚院"大人却十分紧张,连夜"委了守道和中军参将""二位文武大员",连同知县,带了三百名官兵,二十名干役、五十名衙兵捕快,把一个小村庄"围得风丝不透"。在审判的时候,参加审判的官员济济一堂,有十人之多,犯人只有一个"邪教教主",如此恐慌,如临大敌之状,足见统治者对"邪教"的动向保持高度戒备,随时准备。

④ (清)允裪等修纂:《清会典·内监·卷五十六·礼部》,北京:全国图书文献微缩中心。第235页。

纪昀可能囿于官员身份不方便写入这些内容,但通过一些故事,读者隐隐约约还是能够感到的。民间秘密宗教对官员、百姓冲击力都是很大的,但是,纪昀的作品对此即使是反面的、贬斥态度的文字也很少出现①,这大约是谙于政坛、远离是非的心态的表现吧。

最后,在考据学兴盛的乾嘉时代,纪昀重"质"崇"实",文学作品也带有"求实"审美风格,这似乎与尚"虚构"、尚"文采"的创造要求间有着内在的抵牾。因此,《阅微草堂笔记》也显得"学术"的色彩浓厚,"美学"的韵味稍显不足。

综上所述,论文研究对象主要以《阅微草堂笔记》中的佛教、道教文化内容为主,发掘其存在的社会背景和在文本中的独特作用,研究其独特的志怪手法,在与同类作品比较中讨论其"尚实"的审美品格。

二 宗教文化内容概述

《阅微草堂笔记》中几乎处处有僧道、篇篇不离鬼神,但是内容和作用却不尽相同。其中的宗教文化内容可大致分为佛教文化、道教文化、民间信仰。民间信仰主要包括动物崇拜(狐)和冥界神灵信仰等,这部分研究成果已经颇多②,本论文就不再详述了。

《阅微草堂笔记》中宗教文化内容更重要的价值是突破了以往志怪小说中迷信于宗教,单纯相信宗教的状态。它是由一个不那么相信神鬼,或者说宗教观点不那么明显的学者,紧密地结合当时的社会现实,利用宗教视角来反观这个世界,希望用宗教文化来解开世界上未解之谜,带着一种超然和学者的睿智。

《阅微草堂笔记》宗教文化的又一个重要内容和作用,即劝导惩戒,

---

① 参看孙逊、周君文:《古代小说中的民间宗教及其认识价值——以白莲教、八卦教为主要考察对象》一文,列举了三十部小说中对于民间宗教的反应,主要是白莲教和八卦教,介绍到小说作者站在封建正统立场上对于民间宗教的污蔑,《文学遗产》2005 年第 5 期。

② 参看第一节 20 世纪 80 年代以来《阅微草堂笔记》研究综述。

教谕下民,纪昀十分看重宗教对于民众的教化作用,这与当时的社会环境有很大关系。康熙八年(1669 年),康熙帝颁布了"十六条圣谕":

> 敦孝悌以重人伦,笃宗教以昭雍睦,和乡党以息争讼,重农桑以足衣食,尚节俭以惜财用,隆学校以端士习,黜异端以崇正学,讲法律以儆愚顽,明礼让以厚风俗,务本业以定民志,训子弟以禁非为,完钱粮以省催科,息诬告以全善良,诫窝逃以免株连,联保甲以弭盗贼,解仇忿以重身命。①

在朝廷政策的引导下,社会上出现了宣传教化、宣扬封建伦理道德的思想趋向。同时,清朝统治者们看到利用宗教对百姓实行统治的重要性,如康熙皇帝以极大的热情为重修的庙宇书写碑文,为经典写序和跋,虽是讲经,却总是与儒家治国平天下、仁义道德、劝善惩恶联系在一起。

纪昀意识到,自觉地追求人格完善、恪守伦理纲常的文化意识和闲适高雅的生活方式只适合于士大夫,对于老百姓——文化修养较低的社会人群却不同,他们需要一定的强制力量。儒学的规范和原则加上佛教的"因果报应"与道教的神鬼谱系,恰好构成一种半强制性力量,"儒学提供了'善'与'恶'的标准,佛教因果说则告诉人们犯'恶'者来世变牛变马,道教又提供了诸多神灵完成监督使命"②。

这种现状也使得学者认识到不同阶层的宗教认识和宗教态度是不同的,并将其分为"庶民的宗教"和"官式的宗教"③。《阅微草堂笔记》集中了这两点,既有庶民的信仰,也有官式的宗教,许多官方思想通过

---

① 《清实录·圣祖仁皇帝实录》卷三十四,北京:中华书局,第 485 页。
② [美]韩明士:《道与庶道》,皮庆生译。南京:江苏人民出版社,凤凰出版集团 2007 年,第 150 页。
③ [美]韩明士:《道与庶道》,皮庆生译,南京:江苏人民出版社,凤凰出版集团 2007 年,第 5 页。

民众熟悉的宗教文化形式得到传承和表现。正如韦伯所说:

> 道教与一定的此岸及彼岸的积极希望相联系。在这些希望中,存在着高贵的知识分子阶层所看不上眼的人民大众的民间诸神的价值,道教的平民道士们着手去做的,正是儒教疏忽了的东西,即补足了两种需求:其一是将诸神在一定程度上归类,其二是经受了考验的善人及精灵封为神。①

本文也特别介绍了一部分道教平民道士的生活和他们的作用。不过,不管"官式"的还是"庶民"的宗教,纪昀并不轻信任何一方,他带着一种考据大家的思维方式来看待描写对象,在对两者的考察中常常陷入矛盾、困惑中。但是,近代科学曙光尚未照到18世纪的中国,纪昀的疑惑和矛盾还不能得到解决。

第四节　本书结构

本书主要按照《阅微草堂笔记》志怪特色、形成原因、志怪特色中的佛教因素、道教因素、与其他作品志怪特色比较等几方面安排论文结构。纪昀和《阅微草堂笔记》中志怪故事表现出的宗教文化观念做出总论,再分为《阅微草堂笔记》志怪故事与佛教文化研究、《阅微草堂笔记》志怪故事与道教文化研究两部分;继而以此为基础讨论《阅微草堂笔记》宗教文化内容描写的特点,偏重其文学性的表现,将其与《儒林外史》的讽刺手法做比较,突出宗教文化独特的讽刺作用;最后将《阅微草

---

① [德]马克思·韦伯:《儒教与道教》,洪天富译,南京:江苏人民出版社,2008年,第56页。

堂笔记》与《聊斋志异》的志怪手法、题材、描写做比较研究,分析相似的宗教文化内容在不同文学作品中的表现以及不同的作用。

第一部分为《阅微草堂笔记》志怪特色形成的原因。分为两节:第一节为《阅微草堂笔记》的创作环境,主要介绍纪昀创作环境包括雍正后期、整个乾隆时代、嘉庆前期的社会环境,主要是宗教环境(国家的宗教政策、社会宗教生态)、学术环境。试图从不同方面、立体地看待研究对象,对研究对象有一个宏观认识。第二节为纪昀宗教观念概述,介绍纪昀本人的宗教观念,主要有"以儒为本的三教调和"观、"神道设教"观等。

第二部分为《阅微草堂笔记》志怪故事与佛教文化研究,采取个案入手、小中见大的论述方法。分为四节:第一节为作品中多次出现的佛教"放焰口"研究;第二节为果报轮回故事研究;第三节为禅僧形象与纪昀的禅宗观念研究;第四节为僧侣故事描写特点研究。

果报轮回观念是《阅微草堂笔记》中刻意突出的一点,这个并不新的话题在《阅微草堂笔记》文本中又有些什么新的特点,本章将对此专门论述。此外,本章介绍了纪昀禅宗思想的特点,在借鉴前人的研究成果上,对其缺失和原因以及以墨杨比拟佛法、祥僧的思维方式做了一定程度的分析。

第三部分为《阅微草堂笔记》志怪故事与道教文化研究。思路与前章相仿,亦分为五节:第一节为作品中大量出现的道教"牒"研究;第二节为作品中描写的民间法术——"扶乩"研究;第三节为彰表故事的道教启示;第四节为《阅微草堂笔记》道士形象特点研究;第五节为纪昀的神仙观念研究与成仙故事的变异。

《阅微草堂笔记》涉及很多道教法术,如"发牒捉鬼"、"五雷法"、"扶乩"等等,这些法术其他志怪小说中亦多有出现,但对其文学作用、社会价值等尚未有深入研究。本章详细分析其在《阅微草堂笔记》中的内容和作用。

第四部分为《阅微草堂笔记》志怪故事中宗教文化内容描写之特

点。分为两节：第一节为"求实"的美学风格；第二节为重要的讽刺手段。

纪昀并非一个虔诚的宗教信徒，但这丝毫不影响他将世间道理和人生感悟借助宗教文化内容表现出来。在此基础上融入纪昀"实录"的小说观和清代人崇尚的"实"的审美观，使得《阅微草堂笔记》中的宗教文化内容都呈现一种"实"的审美特质。

纪昀通过僧、道、狐、鬼来自造寓言，讽刺道学，与《儒林外史》讽刺道学先生、腐儒、官吏上很有可比性。两者虽一为文言志怪小说、一为白话世情之作，但在讽刺、揭示儒林现状上很有相似性，在这种比较中亦可看出宗教文化独特的魅力。

第五部分为《阅微草堂笔记》志怪特色比较研究。主要是《阅微草堂笔记》与《聊斋志异》志怪特色的比较研究，侧重志怪故事中宗教文化内容的描写。分为三节：第一节为"画壁"故事的比较研究；第二节为冥诉故事的比较研究；第三节为《阅微草堂笔记》与《聊斋志异》其他相似内容描写比较。

《阅微草堂笔记》终究是一部文学作品，作为文学作品，宗教文化内容还有其独特的文学价值，具体的文学价值主要通过与《聊斋志异》比较来体现出来。最后，二者涉及了一些相似的宗教文化内容，但表现手段和侧重点不尽相同，这种对比也体现出两位作家眼界、胸襟的不同。

第六部分为结论，除了将各章结论总结外，重点落在《阅微草堂笔记》未来研究展望上，介绍其可进一步细化的研究内容。包括扶乩内容的扩充；《阅微草堂笔记》研究与纪昀研究、"四库学"研究可以整合的地方；清代学术对文言小说的影响等等。其中学术思想和学术环境对于文学作品的影响也是学界在较长时期内较为感兴趣的题目，文言小说受到学术影响可能比白话小说更为直接，特别是像《阅微草堂笔记》这种作者本身就是大学者的作品，值得研究者进一步从学术影响的角度来研究。

第  章 《阅微草堂笔记》志怪特色形成的原因

《阅微草堂笔记》志怪特色的形成与作者生活时代、创作环境有很大关系。纪昀生于雍正二年(1724年),卒于嘉夫十年(1805年),创作《阅微草堂笔记》的时间是自乾隆五十四年(1789年)至嘉庆三年(1798年),历时十年。纪昀生活和创作的年代正是"康乾盛世"。盛世中的国家宗教政策,佛、道二教的存在状态以及乾嘉考据学术氛围会对《阅微草堂笔记》的创作产生一定的影响,有必要对此做一个整体的梳理。

第一节 《阅微草堂笔记》创作环境

一 社会环境

纪昀生活的年代和《阅微草堂笔记》的创作处在清朝中期。此时的佛道二教接续清代前期之势,越来越沾染着世俗化的风气,愈加相互混融。恰如印顺法师的评价:"道教和佛教也相互混融并深入到民间世俗

第②章 《阅微草堂笔记》志怪特色形成的原因

生活中去了。"①

《阅微草堂笔记》文本中,就有许多故事描绘佛道混杂、等级不分的情形。如《滦阳消夏录六》一则故事记在寺庙中寄柩的女鬼向伽蓝神投诉,曾遭原居寺庙的厉鬼所污,伽蓝神弗能制,乃见梦于人,为牒诉于城隍。数日无结果,又梦妇来曰:

> 讼若得值,则伽蓝为失纠举,山神社公为失约束,于阴律皆获谴。故城隍踌躇未能理,君盍再具牒,称将诣江西,诉于正乙真人,则城隍必有处置矣。②

上面提到的伽蓝神、山神、土地、城隍等都是佛教或者道教的神明,只有正乙真人是道士,最后竟然要正乙真人去评判是非,这位道士的地位显然比前几位神灵都高,可见当时佛道等级在世人心目中的混乱程度。而且这个"正乙真人"在后面的故事中又出现了:

> 选人某,既而纳一妾,闻窗外帘隙有数十人悄语,品评其妍媸。凡一动作,辄高唱其所为。如是数夕不止。诉于正乙真人。③

正乙真人不仅管捉狐怪,还管催生:

> 正乙真人能做催生符,人家多有之。④

---

① 印顺:《我之宗教观》,《玄妙集》19,台北:正闻出版社,1985年,第317页。
② (清)纪昀:《阅微草堂笔记·卷九·如是我闻三》,上海:上海古籍出版社,2004年1月,第159页。
③ (清)纪昀:《阅微草堂笔记·卷十三·槐西杂志三》,上海:上海古籍出版社,2004年1月,第259页。
④ (清)纪昀:《阅微草堂笔记·卷五·滦阳消夏录五》,上海:上海古籍出版社,2004年1月,第86页。

亦可见当时僧道的混融和民间神灵崇拜缺乏规范和疏导的情况，这种现象与清代统治者的宗教政策有关。总体来看，清朝大部分统治者对于佛、道二教持控制之态度，早在努尔哈赤时期就曾下令：

  天聪六年，又定满洲蒙古汉军，有为巫师道士跳神驱鬼逐邪以惑民心者，处死。①
  京城内外不许擅造寺庙佛像，必报部，方许建造。其现在寺庙佛像亦不许私毁，僧道住处不许私迁移出佛像，及自置缘簿募化，并不许私削发为僧。僧道官住持纵隐一并治罪。②

入关后，康雍乾三朝的宗教政策也并不连贯，一直处在一个调整的阶段，这一点从清代的度牒制度废了立、立了废就可见一斑。

清入关前即已实行度牒制度，有较为严格的规定，天聪六年度牒政策为：

  各庙僧道设僧录司、道录司总之。凡通晓经义、恪守清规者，给予度牒。又定：僧道不许买人为徒，违者治罪。③

入关后，清政府给关内外全部僧道发放度牒：

  顺治二年定内外僧道均给度牒，以防奸伪。其纳银之例停止，凡寺庙庵观若干处，僧道若干名，各令住持详询籍贯，具结投僧道官。……不许冒充滥领，事发罪坐经管，又定内外僧道有不守清规及犯罪人为僧道者，令住持举首。隐匿不举，一并治罪。顶名冒领

---

① （清）伊阿桑、允祹等修纂：《大清会典》，北京：全国图书文献微缩中心，第930页。
② （清）伊阿桑、允祹等修纂：《大清会典》，北京：全国图书文献微缩中心，第931页。
③ 《钦定大清会典则例》，影印文渊阁四库全书，卷92，台北：商务印书馆，1983年，第1434页。

度牒者，严究治罪。①

到了康熙年间，僧人度牒制度变得非常严格，康熙十五年题准：

> 凡僧尼道士不领度牒，私自出家者，杖八十为民。有将逃亡事故度牒顶名冒替者，笞四十，度牒入官。该管僧道官皆革职还俗。②

同一年某些地区甚至禁发度牒："直省僧道，停止给予度牒。"直到康熙二十二年才议准盛京僧道仍给予度牒。

比起康熙年间的宗教政策，雍正朝的度牒制度显得比较涣散。江南江常镇道王玑曾经上书清查寺僧之中的贼逆之辈，雍正帝明确反对，批示曰：

> 所奏断不可行。殊属书生习气。释教相沿已久，止可将其中犯法为非者随事处分而已……此等分外多事之想，皆可不必，反误尔本任内之责。况从古乱臣贼子中，未尝无读书人，岂可因此而遂憾及孔孟乎？尔谬矣。③

这种纵容的政策间接造成了乾隆年间混乱的度牒情况，当统治阶层想要对之控制时，却没那么简单了。从山西道御史戈源奏折来看，当时某些官员面对复杂的僧道度牒现状，采取的措施偏于简单：

> 查乾隆元年至四年，僧道之无度牒者，已有三十四万余人。自

---

① 转引周宪文辑台湾文献史料丛刊第四辑，台北：大通书局有限公司，1995 年，第 135 页。

② 《钦定大清会典则例康熙朝》，影印文渊阁四库全书，卷 91，台北：商务印书馆，1983 年，第 1017 页。

③ 《世宗宪皇帝朱批谕旨》，影印文渊阁四库全书，台北：商务印书馆，1983 年，第 210 页。

四年迄今,其私自簪剃者,恐不下数百万众,著地方官查其实在寺戒行严明者,具结咨部,给照充补。僧道度牒本属无关紧要,而查办适以滋扰,所有礼部奏请给废度牒之处,著永远停止。其选充僧道官,令地方官查明,具结办理。①

后来干脆在某些地方停止发放度牒:

四年,自乾隆元年起至四年止共颁发过顺天、奉天、直隶各省度牒部照三十四万一百十有二纸。遵照原议,令其师徒次第相传,不必再行给发。②

导致僧团、道团内部甚至自行藏匿度牒:

乾隆四年奏准,僧尼道士凡有事故,将原领牒照追缴,勿许改名更替。但恐地方官漫无觉察,以致不肖僧道将已故之牒照,暗行隐匿,将已在之牒照私相授受,应责成地方官不时稽察。③

混乱的僧道管理制度在一定程度上导致了僧团内部混杂不一,度牒师徒相授,全凭自觉,假冒之事也时有发生。《阅微草堂笔记》曾记纪昀的父亲纪容舒遇到一个手持明成化二年度牒的僧人,纪容舒不以此人为真佛,反而质问他:

"师传此几代矣?"遽收之囊中,曰:"公疑我,我不必再言。"食

---

① (清)庆桂等编:《清实录·高宗纯皇帝实录》卷九百六十,北京:中华书局,1985年影印版,第6000页。
② (清)允裪等修纂:《大清会典·乾隆朝·卷二十》,北京:全国图书文献微缩中心,1998年,第164页。
③ (清)允裪等修纂:《大清会典·乾隆朝·卷二十》,北京:全国图书文献微缩中心,1998年,第164页。

第 ② 章
《阅微草堂笔记》志怪特色形成的原因

未毕而去,竟莫测其真伪。尝举以戒昀曰:"士大夫好奇,往往为此辈所累。即真仙真佛,吾宁交臂失之。"①

师徒相授度牒使得僧团愈加难以管理,导致

  近日淄流太重,品类混淆。各省僧众真心出家修道者,百无一二。而愚下无赖之人,游手聚食,且有获罪逃匿者,窜迹其中。是以佛门之人日众,而佛法日衰。②

国家也清醒地认识到了寺庙也不再是清净之地,采取了严厉政策:

  直隶各省寺庙,常窝藏来历不明之人,行不法之事。嗣后请除原有寺庙之外,不许创建,将见在寺庙居住僧道,查明来历,令按季呈报案结,不准容留外来可疑之人。如事发,将该官员照例处分。③

特别是对寺院和僧人的经济状况,政府也做了特别规定:

  乾隆元年,覆准:福建寺田有系官掌者,其租原以四分给僧养赡,六分归官代僧纳粮;今将寺田全归僧收,停止官掌。每亩应徵银二钱,即向僧人催徵造册呈报。④

---

① (清)纪昀:《阅微草堂笔记·卷三·滦阳消夏录三》,上海:上海古籍出版社,2004年1月,第36页。
② (清)尹泰、张廷玉等修纂:《大清会典(雍正一三卷)》,北京:全国图书文献微缩中心,1998年,第99页。
③ (清)伊阿桑等修纂:《大清会典(圣祖二四八卷)》,北京:全国图书文献微缩中心,1998年,第124页。
④ (清)伊阿桑等修纂:《大清会典》(卷二九三文禁),北京:全国图书文献微缩中心,1998年,第487页。

除了明确僧人的财政收入,政府还要当心僧团内部因利益受到诱惑①。《阅微草堂笔记》中即记有僧人靠买来的佛衣装扮成佛祖的样子,骗取钱财②。于是政府对于僧道越发不信任,加强了对他们的掌控:

> (乾隆)七年,覆准:直省僧道,由部於岁终将僧道所减实数奏闻,业经令各该督抚缮黄册进呈,别造清册送部察核,逐年册籍,井然可稽。应将随五年审丁之期,造册报部停止。③
>
> (乾隆)八年,覆准:直省有未曾领牒照之僧道,游手托名,察明曾经过犯,即勒令还俗编籍为民,若素无过犯实心出家者,准令投师传牒,别款附册。④

此外,清代皇室的宗教传统,也是导致当时佛、道二教出现颓势的一个原因。清皇室在宗教信仰上原崇奉萨满教,入关后虽然接受了佛教、道教,但很大程度上是出于巩固统治,笼络汉族士人、百姓的需要。从政治目的出发,清王朝逐渐形成了一条对佛教、道教的政策:既利用又抑制。相比之下,藏传佛教更受清朝统治者的青睐,清朝的几代统治者都利用藏传佛教加强和巩固对蒙藏地区的统治,对于清代多民族国家统一的历史进程,蒙藏民族及蒙藏地区政治、经济、文化的发展,都产生了重要影响。

藏传佛教主要分为前期的宁玛派、萨迦派、噶举派和后期的格鲁派。雍正、乾隆时期,都非常重视与格鲁派的关系。

雍正朝承袭康熙朝的宗教政策,进一步扶持和抬高格鲁派领袖人

---

① 《大清会典杂赋禁例》顺治二年,题准凡通接西番关隘处所拨官军巡守,有夹带私茶出境者,挐解治罪;其番僧若有夹带私茶者,沿途官司检出茶货入官,伴送夹带人送官治罪。若该衙门官纵容私买茶货及私受馈送增改关文者,听巡按察究。第801页。

② (清)纪昀:《阅微草堂笔记·卷三·滦阳消夏录三》,上海:上海古籍出版社,2004年1月,第38页。

③ (清)庆桂等编:《清实录·高宗纯皇帝实录》卷一百六十,北京:中华书局1986年。

④ (清)庆桂等编:《清实录·高宗纯皇帝实录》,北京:中华书局,1986年,第1423页。

物,雍正元年(1723年)6月,雍正帝遵照圣祖皇帝与五世达赖成例,选派官员贵旨入藏加封嘉措,并颁赐金册、金印。据记载,金册厚薄如牛皮的十六金印用"汉、满、藏、蒙四种文字"书写。其印文用了四种文字满、藏、蒙、汉,比康熙帝时多了一种文字。

乾隆皇帝与大国师、格鲁派三世章嘉若必多吉自幼相识,在长期的相处中结下了深厚的友谊。

经过雍正、乾隆两朝的整饬,国师、禅师名号的封授极为严格,终乾隆一朝,封授大国师称号的只有继承祖制的章嘉活佛,乾隆皇帝曾说:

> 我朝惟有康熙年间,只封一章嘉国师,相袭至今。注云:我朝虽兴黄教,而并无加崇帝师封号者。惟康熙四十五年,敕封章嘉呼图克图为灌顶国师,示寂后,雍正十二年,仍照前袭号为国师。①

乾隆皇帝随后拜章嘉国师为师,并进行了灌顶仪式。据传说,乾隆皇帝的寝宫与三世章嘉国师的住处相隔有一段距离,但在灌顶仪式进行的夜晚,乾隆皇帝听到了章嘉国师颂咒的声音。他认为这是吉兆,于是更加笃信藏传佛教。甚至在镇压反清斗争、地方叛乱、驱逐外敌入侵时,也经常让三世章嘉国师广作宗教法事,借助僧人的法力,保佑清军获得胜利。乾隆皇帝自己就曾试图以颂咒的形式镇压白莲教的匪首:

> 一日早朝已罢,上皇(乾隆)单传和珅入见。至,则上皇南面坐,颙琰西向坐一小机。珅跪良久。上皇闭目,口中喃喃有所语。颙琰极力谛听,终不能解一字。久之,忽启目曰:"其人何姓名?"珅应声曰:"徐天德、苟文明。"上皇复闭目,诵不辍。移时,始麾之处。颙琰大惊愕,以问和绅。珅对曰:"上皇所诵者,西域密咒也。诵此咒,则所恶之人,虽在千里之外,亦当无疾而死,或有奇祸。奴才闻

---

① (清)松筠:《卫藏通志》卷首,拉萨:西藏人民出版社,1982年,第98页。

皇上持此咒，知所欲咒者，必为教匪（即白莲教）悍酋，故竟以此二人名对也。"①

一时间，膜拜章嘉国师似乎成为流行于清廷中的一道风景，皇宫中年轻的皇子，宗室王公，大小臣僚以及许多汉族豪绅和太监也纷纷来拜三世章嘉国师，听受各种随许法和教诫，并进行体验，他们当中有许多人受持了居士戒和斋戒。

除了国师地位崇高，番僧也特别受到政府优待：

（乾隆）十四年，陕西岷州路鲁班等七寺番僧进马来京。大喇嘛日给羊肉二斤，盐五钱，番僧头目、散僧格隆从人等日给羊肉一斤，盐五钱，札行光禄寺给发。②

有趣的是，即使在这样的宗教环境下，《阅微草堂笔记》对藏传佛教的记录也不是很多，只有两则故事涉及藏传佛教，并且语多贬义。

此外，民间宗教当时也形成了一定的势力，政府认识到不可小觑。其实华北地区民间宗教问题早已出现，早在明代万历年间民间宗教活动就已经愈演愈烈：

近日妖僧流道聚众谈经，醵钱会一名，涅槃教一名。③

到了清朝中期，民众离传统的佛、道二教也越来越远，应运而生一些所谓的民间宗教来满足此时的"宗教空虚"阶段。正如马西沙在《清

---

① （清）徐珂：《清稗类钞》，北京：中华书局，1986年，第205页。
② （清）允裪等修纂：《大清会典·乾隆朝理藩院》，北京：全国图书文献微缩中心，第245页。
③ "中研院"历史语言研究所校印：《明实录·明神宗实录·卷五十九》，上海：上海书店，1984年，第5页。

代八卦教》中描述的那样：

> 在民间，形形色色的预言家打起宗教的旗帜，不断地汲取正统宗教以及汉唐、宋元时代民间宗教遗留下来的各种思想资料，在尽量迎合不同信仰者需要的前提下，大胆发挥，驰骋想象，构筑了驳杂而又光怪陆离的教义体系……这些宗教预言家们动辄撰经写卷、称佛作祖、创立教门。①

从清初至中期，活跃在民间的宗教除了传统的白莲教以外，还有罗祖教、黄天教、弘阳教、一炷香教、闻香教、清茶门教等等。这些民间宗教大都假借宗教手段，吸引教众，为其所用。清初的一些明智之士已经看到问题的严重性，佛教居士周克复曾大声疾呼：

> "如近世白莲教、无为、圆顿、涅槃、长生、受持等教，无非窃佛祖经纶绪余，创野狐之禅，播穷奇之恶，诳诸无识，贪财倡乱。始犹附佛而扬其波，继之角佛而标其帜。……末运法弱魔强，释教至是而坏乱极矣。"②

面对此种混乱状态，清政府对之采取了更为强硬的手段，无形中使得僧侣、道士惶恐不安：

> （康熙二十六年）覆准无赖狂徒假藉僧道为名，或称祖师降乩，或妄逞邪说，托言前知，或以虚妄之谈鼓动愚蒙，至有群相礼拜，甘作徒从者。嗣后此等邪教通行，八旗五城各省督抚地，方官令其严

---

① 马西沙：《清代八卦教》，上海：复旦大学出版社，1995年，第47页。
② （清）周克复：《净土晨钟》，《方册大藏》卷4，北京：全国图书馆文献缩印中心，1988年，第117页。

行禁止。①

反观《阅微草堂笔记》，对民间宗教的记载很是小心，只有一个故事稍稍提到过"白莲教"。作为朝廷倚重之臣，纪昀不可能置身于当时的宗教政策之外，但他对白莲教和藏传佛教、番僧都是语焉甚少。相比之下，还是佛、道二教内容对纪昀创作影响较大，或许可以归结为纪昀作为一名汉族知识分子，心理上还是倾向于接受佛、道二教，即使并不是信徒，也受到了潜移默化的影响。恰如饶宗颐在论及宗教与文学创作的关系时曾说：

> 若夫文学心灵的培养，取资于宗教为常见之事。文学家不一定有某种宗教坚定信仰，儒、释、道三教著述，既多所涉猎，自然对他们的思想起了渗透的作用。②

中国之佛学以宗教而兼有哲学之长，纪昀在创作中也多利用佛理、道典等阐发道理，使得作品富有理趣、充满了学者思辨的味道。纪昀避谈其余，既有所写社会层面本身所致，又不无避祸的考虑。

二 学术环境

清代的学术思潮以实学为主，所谓"实学"相对于明代王阳明为代表的心性之学而言。其范围，论者人人言殊③，狭者仅指颜元、李塨之学，广者几乎等同于清代学术的全部。本文则取其中，指清代经世致用

---

① （清）伊阿桑等修纂：《大清会典康熙卷九十四》，北京：全国图书文献微缩中心，第1425页。
② 饶宗颐：《中国文学史上宗教与文学的关系》，《饶宗颐二十世纪学术论文集》，台北：新文丰出版社2000年，第157页。
③ 详细内容可参看梁启超的《清代学术的变迁》，北京：中国书籍出版社，2006年。张传友《清代实学美学研究》（复旦大学博士论文），2006年。

的学术思想如顾炎武、王夫之,以及颜李学派和乾嘉时代的朴学。之所以如此界定,是因为这三派时代相续,精神上、学理上有相通之处;同时,在纪昀的著作中,三者都有一定的反映——在崇实黜虚的意义上。

纪昀本身就是乾嘉学派考据大家,长于考证、辩理。《清儒学案》评价纪昀:

> 少而奇颖,读书过目不忘。在翰林时,诏修《四库全书》,为总纂官。贯彻儒籍,旁通百家,于六经传注之得失、诸史记载之同异、子集之支分派别,罔不抉奥提纲,溯源竟委。每进一书,辄仿刘向曾巩例,撮其大凡,冠诸简首,凡著录及存目诸书多至万余种,成提要二百卷,皆评骘精审,识力在王仲宝、阮孝绪之上。其说经尤深汉易,力辟图书之谬。尝疏言科场试士其春秋文,请以《左氏传》立论,参用公羊穀梁之说而废胡安国传。服官五十余年,以学问文章著声公卿。间国家有大著作,非先生莫属。其学在辨汉宋儒术之是非,析诗文流派之正伪,主持风会,为世所宗。①

他自己的考据类作品也很多:《沈氏四声考》、《史通削繁》、《瀛奎律髓勘误审定》及奉敕编著的《热河考》、《济水考》等,都是很见考据功夫、体现乾嘉学派特色的著作。

学术环境和自身专长使得纪昀即使在文学创作时也刻意追求"追根究底"地实录,并多次在作品中表示故事的可信度很高。这种创作风格在当时并非纪昀一人,除他之外的许多笔记小说作者都将乾嘉学派求实的学术风气带到了文学创作中,如阮元。阮元乃乾隆五十四年进士,选庶吉士,授翰林院编修,擢南书房,也是著名乾嘉学者,有《十三经注疏校勘记》、《经籍籑诂》等小学类作品,还有笔记小说《小沧浪笔谈》四卷和《定香亭笔谈》四卷传世。

---

① 徐世昌等编纂:《清儒学案》,沈芝盈等点校,北京:中华书局,2008年,第35页。

此外，朱筠、王鸣盛、钱大昕、戴震都与纪昀交好，这些人都是乾嘉学派的中坚力量，他们在与纪昀的交往过程中，不断提供着《阅微草堂笔记》的富有学术考据色彩的故事素材和考据实学的思维方式。

故研究乾嘉时期的文学作品特点，应把考据之学兴盛的因素考虑进去。毕竟，考据之学在当时社会上产生了巨大影响，正如梁启超在《清代学术概论》中说的：

> 乾嘉间之考证学，几乎独占学界势力，虽以素崇宋学之清室帝王，尚且从风而靡，其他更不必说了。所以稍时髦一点的阔官乃至富商大贾，都要附庸风雅，跟着这些大学者学几句考据的内行话。①

由此，这一时代的美学也体现出鲜明的"实学"特色。清人重"质"崇"实"的审美趣味，与尚"虚"尚"文"的美的创造的要求有着内在的抵牾，于是文学艺术表现得"学术"的色彩浓厚，"美学"的韵味不足。以《阅微草堂笔记》为例，其中一些狐鬼故事充满着浓厚的学术性，缺乏文学性，比如有一则长长的故事，借用一个书生偶遇鬼魂的故事，仅仅是为了集中表达纪昀对学术的认识：

> "惟各传师说，笃溯渊源。沿及有唐，斯文未改。迨乎北宋，勒为注疏十三部，先圣嘉焉。诸大儒虑新说日兴，渐成绝学，建是阁以贮之。中为初本，以五色玉为函，尊圣教也。配以历代官刊之本，以白玉为函，昭帝王表章之功也。皆南面。左右则各家私刊之本，每一部成，必取初印精好者，按次时代，庋置斯阁，以苍玉为函，奖汲古之勤也。皆东西面。并以珊瑚为签，黄金作锁钥。东西两庑以沉檀为几，锦绣为茵。诸大儒之神，岁一来视，相与列坐于斯阁。后三楹则唐以前诸儒经义，帙以纂组，收为一库。自是以外，

---

① 梁启超：《饮冰室合集·专集第三册》，北京：中华书局，1989年3月，第20页。

虽著述等身，声华盖代，总听其自贮名山，不得入此门一步焉，先圣之志也。诸书至子刻午刻，一字一句，皆发浓香，故题曰经香。……阴起午中，阳生子半。圣人之心，与天地通。诸大儒阐发圣人之理，其精奥亦与天地通，故相感也。然必传是学者始闻之，他人则否。世儒于此十三部，或焚膏继晷，钻仰终身；或锻炼苛求，百端掊击，亦各因其性识之所根耳。君四世前为刻工，曾手刊《周礼》半部，故余香尚在，吾得以知君之来。"因引使周览阁庑，款以茗果。送别曰："君善自爱，此地不易至也。"士人回顾，惟万峰插天，杳无人迹。①

仅仅有个叙事的外壳，毫无故事性可言，鬼魂在这里只不过是纪昀学术理想的一种寄托，借以表达对宋儒擅改经义的不满。

纪昀着眼于"实学经世"这一中国文化的基本精神，多次在其纂修的《四库全书总目提要》中批评宋学的空疏无用，不切人事。宋明理学讲究"崇王道，贱霸功"②，热衷心性空谈，讲求内省自修，"一切国计民生，皆视为末务"③，结果是"务彼虚名，受其实祸"④，最终误国误民。对此，诸多书籍的提要中都有所阐发。如对于宋儒热衷的理气、心性、太极诸说，《总目提要》抨击道：

> 宋儒因性而言理气，因理气而言天，因天而言及天之先，辗转相推，而太极、无极之辨生焉。朱、陆之说既已，连篇累牍，衍朱、陆

---

① （清）纪昀：《阅微草堂笔记·卷一·滦阳消夏录一》，上海：上海古籍出版社，2004年1月，第8页。
② （清）永瑢：《四库全书总目提要》卷一二〇，《论衡》提要，北京：中华书局，2003年，第1032页。
③ （清）永瑢：《四库全书总目提要》卷一三四，《天学初函》提要，北京：中华书局，2003年，第1134页。
④ （清）永瑢：《四库全书总目提要》卷一一七，《颜氏家训》提要，北京：中华书局，2003年，第1006页。

之说者又复充栋汗牛。夫性善性恶，关乎民彝天理，此不得不辨者也。若夫言太极不言无极，于阳变阴合之妙，修吉悖凶之理，未有害也。言太极兼言无极，于阳变阴合之妙，修吉悖凶之理，亦未有害也。顾舍人事而争天，又舍共睹共闻而争耳目不及之天，其所争者毫无与人事之得失，而曰吾以卫道。学问之醇疵，心术人品之邪正，天下国家之治乱，果系于此二字乎？①

纪昀是个有名的反程朱的人物，在当时北京提倡考证运动最有影响力的领袖就是朱筠和纪昀。余嘉锡所指出：

（纪晓岚）自名汉学，深恶性理，遂峻词丑诋，攻击宋儒，而不肯细读其书。②

这种学术上的争端也深深影响到了《阅微草堂笔记》的创作，有学者说道："纪晓岚排程、朱，在《提要》中用的是明枪，在《阅微草堂笔记》中用的是暗箭。《笔记》中许多讥笑骂'讲学家'的故事都是他挖空心思编造出来的。"③

《阅微草堂笔记》中一则典型的故事以"鬼亦说无鬼"的方法，讽刺宋儒的格物求理，用一种悖谬的艺术手法达到强烈的讽刺效果：

交河及孺爱、青县张文甫，皆老儒也，并授徒于献。尝同步月南村北村之间，去馆稍远，荒原阒寂，榛莽翳然。张心怖欲返，曰："墟墓间多鬼，曷可久留！"俄一老人扶杖至，揖二人坐曰："世间安

---

① （清）永瑢：《四库全书总目提要》卷一，《经部总叙》，北京：中华书局，2003 年，第 1 页。
② （清）余嘉锡：《四库提要辨证》，北京：中华书局，1974 年，《序录》第 54 页，《四库全书纂修考》，1938 年再版，也说提要"标榜汉学，排除宋学"。
③ 余英时：《论戴震与章学诚》，北京：生活·读书·新知三联书店 2000 年 6 月，第 120 页。

第②章
《阅微草堂笔记》志怪特色形成的原因

得有鬼,不闻阮瞻之论乎?二君儒者,奈何信释氏之妖妄。"因阐发程朱二气屈伸之理,疏通证明,词条流畅。二人听之,皆首肯,共叹宋儒见理之真。递相酬对,竟忘问姓名。适大车数辆远远至,牛铎铮然。老人振衣急起曰:"泉下之人,岑寂久矣。不持无鬼之论,不能留二君作竟夕谈。今将别,谨以实告,毋讶相戏侮也。"俯仰之顷,歘然已灭。是间绝少文士,惟董空如先生墓相近,或即其魂欤?①

纪昀尤其质疑宋儒事事求理的做法,多次在小说中借故事表示自己的观点:

> 世间真有不可解事。宋儒事事言理,此理从何处推求耶?②

此外,纪昀的实学思想的形成与其朋友的影响也有一定关系,尤其是戴震。他与纪昀过从甚密,曾经表达过与纪昀相似的学术观点:

> 诸君子之为道也,譬仰观泰山,知群山之卑;临视北海,知众流之小。今有人履泰山之巅,跨北海之涯,所见不又悬殊乎哉?……求其本,更有所谓大本。大本既得矣,然后曰:"是道也,非艺也。"则彼诸君子之为道,固待斯道而荣瘁也者。圣人之道在六经,汉儒得其制数,失其义理;宋儒得其义理,失其制数。③

虽然世人对戴东原的这段话有不同看法,但是其中"本"、"末"之

---

① (清)纪昀:《阅微草堂笔记·卷一·滦阳消夏录一》,上海:上海古籍出版社,2004年1月,第6页。
② (清)纪昀:《阅微草堂笔记·卷二·滦阳消夏录二》,上海:上海古籍出版社,2004年1月,第24页。
③ (清)戴震:《戴震全书·与方希原书》第七册,张岱年主编,合肥:黄山出版社,1991年10月,第148页。

学,关乎儒学的分化,是学术发展的阶段性标志。早在北宋,程颐就明确将儒学分为三类:

> 古之学者一,今之学者三,异端不与焉。一曰文章之学,二曰训诂之学,三曰儒者之学。欲趋道,舍儒者之学不可。①

程颐虽不以文章及训诂为异端,但仍视此二端为学之末。在《颜子所好何学论》中称:

> 不求诸己而求诸外,以博闻强记、巧文丽辞为工,荣华其言,鲜有至于道。②

这就几乎将文章训诂之学排斥于古今学问之外,纪昀、戴震等人明确反对宋儒这种不看重文章训诂、追求空谈议论的观点,《四库全书总目》中更是毫不留情地予以指责:

> 宋明人皆好议论,议论异则门户分,门户分则朋党立,朋党立则恩怨结。恩怨既结,得志则排挤于朝廷,不得志则以笔墨相报复。③

特别是明中叶以后:

> 风气渐移,朝论所趋,大致乃与南宋等。故二百余年之中,士

---

① (宋)程颢、程颐:《二程遗书·卷二上》,上海:上海古籍出版社,1992年,第25页。
② (宋)程颢、程颐:《二程遗书·卷十八伊川先生语四》,上海:上海古籍出版社,1992年,第171页。
③ (清)永瑢:《四库全书总目提要》卷四五,《史部总叙》,北京:中华书局,2003年,第397页。

大夫所敷陈者,君子置国政而论君心,一札动至千万言,有如策论之体;小人舍公事而争私党,一事或至数十疏,全为讦讼之词。迨其末流,弥增诡薄,非惟小人牟利,即君子亦不过争名。台谏哄于朝,道学哗于野。……盖宋人之弊,犹不过议论多而成功少,明人之弊,则直以议论亡国而已矣。①

据此,纪昀总结说:

儒者明体达用,务潜修;致远通方,当求实济。徒博卫道之名,聚徒讲学,未有不水火交争,流毒及于宗社者。②

所以,他在《四库全书总目提要》中从解经方法论的角度,揭露理学空疏措大、舍传求经的弊病。纪昀等考据派学者们认为,解经不能离传,尤其不能全弃史实事迹,凭空臆说。而宋儒往往舍传求经,结果是其说愈繁,离经书旨意愈远:

苟无事迹,虽圣人不能作《春秋》;苟不知其事迹,虽以圣人读《春秋》,不知所以褒贬。儒者好为大言,动曰舍传以求经,此其说必不通。③

对宋儒任意删经、改经的做法,他们也多次予以严厉抨击。理学家说《诗》"务绳以理",凡有认为不合于其"理"之处,即加删削。王柏所著《诗疑》,即删《诗》达三十二篇之多。对此,考据派学者忍无可忍,愤

---

① （清）永瑢:《四库全书总目提要》卷五五,《钦定明臣奏议提要》,北京:中华书局,2003年,第492页。
② （清）永瑢:《四库全书总目提要》卷五七,《庆元党禁提要》,北京:中华书局,2003年,第513页。
③ （清）永瑢:《四库全书总目提要》卷四五,《史部总叙》,北京:中华书局,2003年,第397页。

然直斥："柏何人斯,敢奋笔而进退孔子哉"！①

纪昀创作《阅微草堂笔记》的故事亦与之相呼而应,在故事中通过先贤现身的故事来讽刺、批判篡改经典的宋儒：

> 相传有塾师,夏夜月明,率门人纳凉河间献王祠外田塍上。因共讲《三百篇》拟题,音琅琅如钟鼓。又令小儿诵《孝经》,诵已复讲。忽举首见祠门双古柏下,隐隐有人。试近之,形状颇异,知为神鬼。然私念此献王祠前,决无妖魅。前问姓名。曰毛苌、贯长卿、颜芝,因谒王至此。塾师大喜,再拜,请授经义。毛、贯并曰："君所讲,适已闻,都非我辈所解,无从奉答。"塾师又拜曰："《诗》义深微,难授下愚。请颜先生一讲《孝经》可乎？"颜回面向内曰："君小儿所诵,漏落颠倒,全非我所传本。我亦无可著语处。"俄闻传王教曰："门外似有人醉语,聒耳已久,可驱之去。"余谓此与爱堂先生所言学究遇冥吏事,皆博雅之士,造戏语以诟俗儒也。②

对比《阅微草堂笔记》和《四库全书总目》,就会发现两者很多相同的学术观点,但是表述全然不同。前者在故事中简单利用佛、道、民间宗教等这些宗教元素把枯燥的学术道理加以生发、阐释,更加激烈、尖锐,比如对于汉宋学之争和汉宋儒之争的评价。通过两个例子来看一下具体的不同之处,先来看对宋儒说衍《易》经的认识。《阅微草堂笔记》一则故事记：

> 牛公悔庵,尝与五公山人散步城南,因坐树下谈《易》。忽闻背后语曰："二君所论,乃术家《易》,非儒家《易》也。"怪其适自何来。

---

① （清）永瑢：《四库全书总目提要》卷十五,《毛诗本义提要》,北京：中华书局,2003年,第119页。

② （清）纪昀：《阅微草堂笔记·卷二·滦阳消夏录二》,上海：上海古籍出版社,2004年1月,第19页。

曰:"已先坐此,二君未见耳。""但为一二上智设,非千万世垂教之书,千万人共喻之理矣。经者常也,言常道也;经者径也,言人所共由也。曾是《六经》之首,而诡秘其说,使人不可解乎?"二人喜其词致,谈至月上未已。诘其行踪,多世外语。二人谢曰:"先生其儒而隐者乎?"崔微哂曰:"果为隐者,方韬光晦迹之不暇,安得知名?果为儒者,方反躬克己之不暇,安得讲学?世所称儒称隐,皆胶胶扰扰者也。吾方恶此而逃之。先生休矣,毋污吾耳。"划然长啸,木叶乱飞,已失所在矣。方知所见非人也。①

《四库全书总目提要》(以下简称《总目》)的表述为:

> 宋人以数言《易》,已不甚近于人事,又务欲究数之所以然,于是由画卦推奇偶,由奇偶推《河图》、《洛书》,由《河图》、《洛书》演为黑白方圆,纵横顺逆,至于汗漫而不可纪。曰:此作《易》之本也。圣人垂训,实教人用《易》,非教人作《易》。今不谈其所以用,而但谈其所以作,是《易》之一经,非千万世遵为法戒之书,而一二人密传玄妙之书矣。经者常也,曾是而可为常道乎?②

《总目》对宋儒说经之弊,更多的还是冷静的理性分析。如在比较了汉学、宋学两家说经的差异之后,《总目》明确指出:

> 汉儒说经以师传,师所不言,则一字不敢更。宋儒说经以理断,理有可据,则六经亦可改。然守师传者其弊不过失之拘,凭理断者其弊或至于横决而不可制。王柏诸人点窜《尚书》,删削二

---

① (清)纪昀:《阅微草堂笔记·卷六·滦阳消夏录六》,上海:上海古籍出版社,2004年1月,第92页。
② (清)永瑢:《四库全书总目提要》卷六,《易》类案语,北京:中华书局,2003年,第34页。

《南》,悍然欲出孔子上,其所由来者渐矣。①

应当说,这一分析是颇中肯綮的。相比之下,《阅微草堂笔记》对宋儒的批评就显得有些突兀、过于尖锐了,以致常受"讥刺宋儒太过"之诟病。

再来看二者对于门户之争的认识。纪昀清醒地看到,汉学和宋学之间的相互攻驳,除思想方法的差异之外,还缘于门户意气之争。所谓:

> 攻汉学者意不尽在于经义,务胜汉儒而已;信汉学者意亦不尽在于经义,愤宋儒之诋汉儒而已。各挟一不相下之心,而又济以不平之气,激而过当,亦其势然欤?②

如果不持门户之见,应当说,汉学、宋学是各有其长处的。纪昀也十分强调要消融门户之见:

> 消融门户之见而各取所长,则私心祛而公理出,公理出而经义明。③
>
> 汉学具有根柢,讲学者以浅陋轻之,不足服汉儒也。宋学具有精微,读书者以空疏薄之,亦不足服宋儒也。④

在书籍别择去取上,主张"铲除畛域","一本至公",但凡"阐明学

---

① (清)永瑢:《四库全书总目提要》卷三二,《孝经问》提要,北京:中华书局,2003年,第263页。
② (清)永瑢:《四库全书总目提要》卷一一七,《刍言》提要,北京:中华书局,1995年,第1006页。
③ (清)永瑢:《四库全书总目提要·凡例》,北京:中华书局,1995年,第16页。
④ (清)永瑢:《四库全书总目提要》卷十五,《诗》类序,北京:中华书局,1995年,第119页。

术,各撷所长;品骘文章,不拘一格"。努力做到兼收并蓄,归诸至当。

当然,纪昀在《总目》的学术评判以及书籍甄录上,并未有也不可能做到完全公正,特别是对明代理学家的著述,其批评不免严苛,但它这种力求"消融门户之见而各取所长"的宽容境界,仍然是值得充分肯定的。

但是,在《阅微草堂笔记》中对于门户之见,纪昀表现得就没有这样心气平和了,常常出语尖锐:

> 盖汉儒之学务实,宋儒则不出新义,不能耸听。①
> 讲学家崖岸过峻,使人甘于自暴弃,皆自沽己名,视世道人心如弃物。②

这种差异除了文体不同的原因之外,恐怕与"私人话语"、"官方话语"有关,写作小说,乃有休闲成分在其中,私人话语圈中真实感情表现得更加充分一些。

表达对汉宋学之争的认识,是《阅微草堂笔记》很重要的一部分内容。客观来讲,汉学、宋学都是儒学内部的不同派别,尽管其研究对象不同,治学途径与方法有异,但归根结底,它们是儒学发展的不同形态。因此,即便在汉学风靡之时,宋学也有自己的阵地。于是,有识见的学者主张相互取长补短,共同补偏救弊。被称之为汉学护法大师的阮元,则更明显地表现出一种折中汉宋,二者兼采的倾向。他以《周礼》师、儒之分来涵盖汉宋之别,认为:

> 两汉名教,得儒经之功;宋明讲学,得师道之益。皆于周孔之

---

① (清)纪昀:《阅微草堂笔记·卷十二·槐西杂志二》,上海:上海古籍出版社,2004年1月,第244页。
② (清)纪昀:《阅微草堂笔记·卷十二·槐西杂志二》,上海:上海古籍出版社,2004年1月,第228页。

道得其分合，未可偏讥而互诮也。①

因而他既反对"学人求道太高，卑视章句"的倾向，也不赞成"但求名物，不论圣道"的弊端②，而主张兼采二者之长。再如焦循不满考据学"狭隘"的弊病，大力强调"通核"，反对"据守"，甚至主张摒弃"考据"之名，直称"经学"，以融会众说，兼收并蓄③。这些都或多或少地在《阅微草堂笔记》中有所反映。

总体而言，《阅微草堂笔记》创作的年代正是中国封建社会政治、经济、文化发展的最后一个高峰时期，他们依据前代学者遗留下来的丰厚的思想资料，以前所未有的高屋建瓴的眼光，理清经学源流，评骘各家学说，总结各派得失。

需要指出的是，清代的官方学术仍然是理学，但是它的命运也发生了戏剧性的变化。尽管在形式上，理学仍然高踞于官方统治思想的地位，但清统治者所注意的，已不再是理学自身的庞大体系和那些高远空洞的性理之旨，而是归结为对儒家思想的核心，亦即纲常名教的提倡。继康熙帝制订著名的《圣谕十六条》，雍正帝对其加以注释发挥，刊为《圣谕广训》，颁发全国，朔望宣讲之后，乾隆帝更为强调"阐明风教，培

---

① （清）阮元：《研经室一集》，邓经元点校，北京：中华书局，1993年，第27页。
② （清）阮元：《研经室一集》，邓经元点校，北京：中华书局，1993年，第30页。
③ （清）焦循撰：《雕菰楼集》卷十三，《与孙渊如观察论考据著作书》，苏州：苏州文学山房，民国15年。

第②章
《阅微草堂笔记》志怪特色形成的原因

植彝伦",注重用儒家的纲常名教来统一思想,维系人心①。

与此同时,面对着当时"吏治、民风、士习,由此日坏,此漕弊之相因而成积重无已之实在情形也"②的情况,士人们提出更多的具体可实施的方法,表现更多的经世致用的精神。如嘉庆朝士人对海运一事的商议③,虽然由于保守势力的阻挠,终嘉庆一朝,海运之事始终未能付诸实施,但诸多官吏士子对漕运的关注以及改革的设想,却仍然反映了他们的经世精神。其他如河工、盐政、铜政乃至人口等重大问题,也不乏有识见的官吏士子起而揭露其弊端,并提出种种改革的建议。

纪昀虽然没有在《阅微草堂笔记》中对这些重大问题发表看法,但是求实、经世致用的学风对他产生了很大影响,其中老河兵的故事,就充分体现了这一点:

> 沧州南一寺临河干,山门圮于河,二石兽并沉焉。阅十余岁,僧募金重修,求二石兽于水中,竟不可得,以为顺流下矣。棹数小舟,曳铁钯,寻十余里无迹。一讲学家设帐寺中,闻之笑曰:"尔辈

---

① 乾隆帝本人十分推崇程朱思想。例如他在25岁(1734年)所作的诗中有这样一首:尧舜传心学,危微十六字。禹汤继其传,执中与礼义。文王躬亹亹,不已功常粹。唐虞三代初,大道中天丽。比屋皆可封,无烦别义利。诗亡春秋作,风薄俗亦伪。惟时王道衰,人人骋私智。天生我仲尼,金声振洙泗。删诗定礼乐,尧舜功不啻。一自泰山颓,弥天布妖慧。杨墨逞邪说,申韩建私议。邹峰乃扬徽,奋然辟险诐。战国逮嬴秦,道蚀斯文坠。祖龙轻狂儿,辄敢焚典志。刘季称提三尺,儒风岂云炽。武帝始求贤,董子明正谊。三策醇乎醇,天人理咸备。昌黎称闻道,犹未齐其载。自汉迄宋初,道昏人如醉。伟哉无极翁,粹然秉道气。学不由诗传,理已臻极致。二程实见知,主敬标赤帜。朱子集其成,经天复纬地。缅维千载心,授受本同契。绝续递相衍,斯文统绪寄。午运数恰中,自协唐虞治。作君兼作师,吉士踵相继。(《古风十三首》,参看《清高宗御制诗文全集》)这首诗代表了乾隆本人对于中国思想文化以及历史的认识。即使在阎若璩等人已经证实了"危微十六字"是假的道统,乾隆帝还是认可程朱道统思想的。

② (清)贺长龄等辑:《皇朝清经世文编》卷四六,蒋攸铦《拟更定漕政章程书》,台北:文海出版社,1966年,第1598页。

③ 有的士人申明漕船定式;或优恤运弁旗丁,保证沿途开销;或更定漕政章程,不得随意勒收折色,等等。更多的官员士子则开始从根本上考虑漕运的改革办法,提出了改河运为海运的主张。他们一致认为,海运一省费用,二能避免沿途需索,三可根据四时风信,通盘筹算,使南粮北货互通有无,种种优势,皆河运所不及。

不能究物理。是非木杮,岂能为暴涨携之去?乃石性坚重,沙性松浮,湮于沙上,渐沉渐深耳。沿河求之,不亦颠乎?"众服为确论。一老河兵闻之,又笑曰:"凡河中失石,当求之于上流。盖石性坚重,沙性松浮,水不能冲石,其反激之力,必于石下迎水处啮沙为坎穴。渐激渐深,至石之半,石必倒掷坎穴中。如是再啮,石又再转。转转不已,遂反溯流逆上矣。求之下流,固颠;求之地中,不更颠乎?"如其言,果得于数里外。然则天下之事,但知其一,不知其二者多矣,可据理臆断欤!①

可以说,乾嘉时期知识界和统治阶级上层的有识之士,需要走出汉学狭小的书斋,摆脱理学的束缚,直面现实,经世致用。这种认识和思想无疑对《阅微草堂笔记》的选材有重要影响。此外,当时的文艺格局也处在乾嘉考据学笼罩之下,纪昀的创作明显地受到其影响,文本内容、创作风格都随之呈现出鲜明的实学色彩。

第二节　纪昀宗教倾向简述

一　纪昀家世对其宗教倾向的影响

纪昀的家世对其宗教观有很大的影响,他很多对宗教的认识和观点承自纪氏家族。纪昀是直隶献县人,据《献县志》记载,明永乐二年,纪昀始祖椒坡公迁景城,后因战乱,二世至七世祖皆无考。纪氏八世祖

---

① (清)纪昀:《阅微草堂笔记·卷十六·姑妄听之二》,上海:上海古籍出版社,2004年1月,第343页。

九世祖在明朝均为诸生。纪昀高祖纪坤字厚斋,著有《花王阁剩稿》,已收入《四库全书》。纪昀的曾祖纪钰曾"年十七补博士弟子员,于顺治壬辰岁贡入北监,逝后因孙纪容舒赠中宪大夫、刑部江苏司郎中,以曾孙纪昀故赠光禄大夫"①。

纪昀的祖父纪天申曾为监生县丞,以子容舒赠奉直大夫;从伯纪策曾"岁捐数百金,置义馆于周家村,延师课士"②。纪昀之父纪容舒,康熙五十二年逢万岁恩科,遂举于乡,曾见千叟宴之典,历官户部四川司员外郎、刑部江苏司郎中、云南姚安知府。所著《唐韵考》、《杜律疏》、《玉台新咏考异》,死后赠光禄大夫;纪昀的从兄纪昭,曾任宗人府主事,其后子孙也多为官。

纪氏家族乃是书香门第、诗礼簪缨之族。纪昀成长在这样的儒士之家,熟知"子不语怪力乱神",对于佛教、道教也并不笃信。尤其对于成仙和道士的神异之术表示怀疑,他也不相信道教服食丹药修习方法,甚至把服食丹药求仙看作是邪道:

> 赤城山中一老翁,相传元代人也。巨源往见之,呼为仙人。曰:"我非仙,但吐纳导引,得不死耳。"叩其术。曰:"不离乎丹经,而非丹经所能尽……苟无口诀真传,但依法运用,如检谱对弈,弈必败;如拘方治病,病必殆。缓急先后,稍一失调,或结为痈疽,或滞为拘挛;甚或精气瞀乱,神不归舍,竟至于颠痫。是非徒无益已也。"问:"容成、彭祖之术,可延年乎?"曰:"此邪道也,不得法者,祸不旋踵;真得法者,亦仅使人壮盛。壮盛之极,必有决裂横溃之患。譬如悖理聚财,非不骤富,而断无终享之理。公毋为所惑也。"又问:"服食延年,其法如何?"曰:"药所以攻伐疾病,调补气血,而

---

① (清)李昌祺等撰:《献县志》咸丰年间四卷,北京:全国图书文献缩微中心,2003 年,第 15 页。
② (清)李昌祺等撰:《献县志》咸丰年间四卷,北京:全国图书文献缩微中心,2003 年,第 16 页。

非所以养生。方士所饵,不过草木金石。草木不能不朽腐,金石不能不消化。彼且不能自存,而谓借其馀气,反长存乎?"又问:"得仙者,果不死欤?"曰:"神仙可不死,而亦时时可死。夫生必有死,物理之常。炼气存神,皆逆而制之者也。"①

这种观念与纪容舒的教育直接相关。纪容舒经常教导纪昀,不要陷于对仙佛的崇拜中:

士大夫好奇,往往为此辈所累。即真仙真佛,吾宁交臂失之。②

与之矛盾的是,纪氏家族似乎有很强的猎奇心理,十分热衷于对鬼神的记载,特别是对一些奇异的法术非常有兴趣。纪昀在《阅微草堂笔记》中不仅记述了他的从伯私自练习道教法术——五雷法,受到惩罚的故事,也记载了自己遇鬼的故事:

嘉庆丙辰冬,余以兵部尚书出德胜门监射。营官以十刹海为馆舍,前明古寺也。……余住东廊室内,气冷如冰,爇(ruò)数炉不热,数灯皆黯黯作绿色。知非佳处,然业已入居,姑宿一夕,竟安然无恙。惟闻封闭室中,喁喁有人语,听之不甚了了耳。轿夫九人,入室酣眠。天晓,已死其一矣。仿别觅停,乃移住真武祠。祠中道士云,闻有十刹海老僧,尝见二鬼相遇,其一曰:"汝何来?"曰:"我转轮期未至,偶此闲游。汝何来?"其一曰:"我缢魂之求代者也。"问:"居此几年?"曰:"十余年矣。"又问:"何以不得代?"曰:"人见我皆惊走,无如何也。"数夕后,寺果有缢者。……此鬼可谓阴险

---

① (清)纪昀:《阅微草堂笔记·卷八·如是我闻二》,上海:上海古籍出版社,2004年1月,第137页。
② (清)纪昀:《阅微草堂笔记·卷三·滦阳消夏录三》,上海:上海古籍出版社,2004年1月,第36页。

矣。然寺中所封闭，似其鬼尚多，不止此一二也。①

面对这种矛盾的情况，纪昀将之统一为鬼神能够对人类监察、警戒，利用鬼神来实现儒家的传统道德：

> 此事何巧相牵引，一至于斯！殆有鬼神颠倒其间也。夫鬼神之颠倒，岂徒博人一快哉！②

纪昀更多次重申其以儒为本三教调和、假佛道以惩戒的宗教态度。

二 纪昀宗教倾向简述

总体来说，纪昀的宗教观是以儒为本的三教调和论者。纪昀明确表示儒家乃是根本，佛、道是为辅，是为了帮助实现儒家传统道德规范：

> 盖儒如五谷，一日不食则饿，数日则必死。③
> 道家言祈禳，佛家言忏悔，儒家则言修德以胜妖：二氏治其末，儒家治其本也。④

所以，纪昀并非宗教信徒，却在《阅微草堂笔记》中大谈佛氏因果，道教劝善等。这恐怕与儒家传统的"神道设教"和宗教的劝善功能也

---

① （清）纪昀：《阅微草堂笔记·卷二十一·滦阳续录三》，上海：上海古籍出版社，2004年1月，第448页。
② （清）纪昀：《阅微草堂笔记·卷二·滦阳消夏录二》，上海：上海古籍出版社，2004年1月，第27页。
③ （清）纪昀：《阅微草堂笔记·卷一·滦阳消夏录一》，上海：上海古籍出版社，2004年1月，第69页。
④ （清）纪昀：《阅微草堂笔记·卷十一·槐西杂志一》，上海：上海古籍出版社，2004年1月，第208页。

有关系。

　　神道设教在中国是宗教同政治相结合的一种重要形式,它在维护封建统治方面,发挥了儒家纲常礼教所不及的重要作用,所以一直为封建社会历代统治者所推崇。"神道设教"最早出现于战国时期的《易书》,其《系辞·象》中写道:

　　　　观天之神道,而四时不忒。圣人以神道设教,而天下服矣。①

　　这句话的意思很明显,就是圣人借助神道的力量来治理百姓。孔子是神道设教的倡导者,但他提出不要相信鬼神却又要祭神的"祭神如神在"。《说苑·辨物》中记录了孔子师徒的一段对话,表明了孔子的矛盾的心态:

　　　　子贡问孔子:"死人有知无知也?"孔子曰:"吾欲言死者有知也,恐孝子顺孙妨生以送死也;欲言无知,恐不孝子孙而不葬也。赐,欲知死人有知将无知也,死徐自知之,犹未晚也。"②

　　儒家很看重鬼神的道德教化功能,纪昀也继承了这一观念,他在《阅微草堂笔记》中多次重申要利用宗教文化内容来教化百姓,为儒家的纲常伦理服务:

　　　　佛以神道设教,众生或信或不信,故守之以神。儒以人道设教,凡人皆当敬守之,亦凡人皆知敬守之,故不烦神力。非偏重佛经也。③

---

①　《周易》,《四部丛刊初编缩本第一册》,上海:上海商务印书馆,第14页。
②　《说苑·辨物》,向宗鲁校正,北京:中华书局,1987年7月,第474页。
③　(清)纪昀:《阅微草堂笔记·卷四·滦阳消夏录四》,上海:上海古籍出版社,2004年1月,第69页。

第 2 章
《阅微草堂笔记》志怪特色形成的原因

但对这种"补充作用"的佛道,纪昀也是有选择的。彼时,僧人、道士的不少行径背离了释、道教义,他在《阅微草堂笔记》中曾明确表示要区分佛道二教与僧人、道士,认为当世的僧人道士已无法代表佛道二教的真实教义:

> 吾平生信佛不信僧,信圣贤不信道学。今日观之,灼然不谬。①
> 先师刘文正公曰:"神仙必有,然必非今之卖药道士;佛菩萨必有,然必非今之说法禅僧。"斯真千古持平之论矣。②

纪昀生活在实学范围浓厚的时代,且他本身也是乾嘉考据大家,不相信那些白日飞升、成仙之事,并且认为成仙道实际上是成人道:

> 成道,成人道也。其饮食男女,生老病死,亦与人同。若夫飞升霞举,又自一事。比如千百人中,有一二人求仕宦。其炼形服气者,如积学以成名;其媚惑采补者,如捷径以求售。然游仙岛、登天曹者,必炼形服气乃能;其媚惑采补,伤害或多,往往干天律也。问:"禁令赏罚,孰司之乎?"曰:"小赏罚统于其长,大赏罚则地界鬼神鉴察之。苟无禁令,则来往无形,出入无迹,何事不可为乎!"③

纪昀等人之所以看中佛、道二教作为儒家传统规范的补充,与宗教的道德劝化功能不可分割。道德劝化不仅是儒家强调的内容,释、道两家对此也很看重,明清时期流行于社会上的"功过格"就是佛、道二教特

---

① (清)纪昀:《阅微草堂笔记·卷十七·姑妄听之三》,上海:上海古籍出版社,2004年1月,第377页。
② (清)纪昀:《阅微草堂笔记·卷八·如是我闻二》,上海:上海古籍出版社,2004年1月,第149页。
③ (清)纪昀:《阅微草堂笔记·卷十·如是我闻四》,上海:上海古籍出版社,2004年1月,第188页。

别是道教劝善的表现。

　　道教劝善书《太上感应篇》、《文昌帝君阴骘文》和《关圣帝君觉世真经》被誉为"善书三圣经",其中《太上感应篇》被誉为"善书之祖"。他们主要采用功过格方式来评价凡人功德、劝人行善,即善言善行为"功",登"功格",恶言恶行为"过"记入"过格"。一月一小比,一年一大比,功过相抵,累积之功或过,转入下月或下年。功多者得福,过多者则得咎。

　　"功过格"这种规范人们行为的方式最早可以追溯到元代。元代净明道有学道人自录功过的规定,托名许真君所著的《太上灵宝净明飞仙度人经法》,要求学道者"自录"功过得失。"自录者,所以修检善恶之处",因此是"不教之师也,不说之友也,不诏之君父,不约之法度"①。在《太平经》中也有道教徒进行自我行为监督的小册子,名为"天券"。人们把自己平日的善恶年复一年地记录在"天券"上②,神和人都持这种小册子记录个人的功过。人的记录要与神的记录一致,即"天徵相符",上天最后进行善恶决算,按照功过对教徒实行赏罚,这可能就是后世道教功过格的雏形。

　　这种劝善方式也影响到佛教,明代四大高僧之一的袾宏在万历三十二年(1605年)写出了佛教功过格《自知录》③,他在序中说:

予少时,见《太微仙君功过格》而大悦,旋梓以施。已而出俗行脚,匍匐于参请;暨归隐深谷,方事禅思,遂无暇及此。今老矣,复得诸乱帙中,悦犹故也。乃稍为删定,更增其未备,而重梓焉。……先民有云:"人苦不自知。"唯知其恶,则惧而戢;知其善,

---

　　① 《道藏·太玄部》,天津:天津古籍出版社,1988年3月,第24卷,第616页。
　　② 《道藏·太平经》,天津:天津古籍出版社,1988年3月,第24卷,第311页。
　　③ 明万历年间的云谷禅师也著有云谷《功过格》,此外,早在《太平经》《抱朴子内篇》中就有劝人行善避恶之论,谓行善事者可长年,行恶事者减年夺算,视行善避恶为修仙之重要条件。但道士自记功过,则是宋后仿儒作。此外,不仅佛道中人写制功过格,文人也多有此举,如北宋代范仲淹、苏洵等均置有《功过格》,用以鞭策自己,循礼教轨道,行善去恶。

则喜而益自勉。不知则任情肆志,沦胥于禽兽而亦莫觉其禽兽也。兹运心举笔,灵台难欺,邪正淑慝,炯乎若明镜之鉴形,不师而严,不友而诤,不赏罚而劝惩,不蓍龟而趋避,不天堂地狱而升沈,驯而致之,其于道也何有?因易其名曰《自知录》。①

道教、佛教功过格区分"善恶功过"之基本点,仍是儒家之伦理纲常。所谓"置力于伦常,则心正而不乱"②。比如《万善同归集》中,把佛道劝善的规则归结为儒家的标准:

> 若有目而无足,岂到清凉之地?得实而忘权,奚升自在之乡?是以方便般若,常相辅翼,真空妙有,恒其成持,云布慈门,波腾行海,由此观之,则知佛仙一贯,同归于教人行善立功。固与吾儒名异而实同者也。洵乎参同归一,端由切脉探源。峙立成三。盖方门分执承。今劝世人,深参此理。莫生分别。但去立功行善。则求儒求佛求仙,皆在此中。③

道教神不仅掌管行为上的功过,也掌管内心的善恶之念,一切善恶都无所逃于天地之间。卿希泰教授指出:

> 儒家的伦理纲常,主要是靠政权的力量来贯彻,而道教的伦理道德,则主要是靠神的威力来贯彻,因而对一般老百姓来说,在心理上所起的作用更大。④

正是因为佛道的劝善书以儒家伦理道德为基准,利用神鬼等对百

---

① (明)袾宏:《自知录》,北京:北京图书馆出版社,2005年1月,第2页。
② (清)邵志琳:《警世功过格求心篇》,北京:全国图书文献微缩中心,2004年,第23页。
③ (宋)释延寿:《万善同归集》,北京:北京图书馆出版社,2000年,第176页。
④ 卿希泰主编:《中国道教史》,成都:四川人民出版社,1996年,第4页。

姓产生震慑力。此外,功过格对于百姓的劝诫十分具体,且与百姓日常生活息息相关,如《警世功过格》之"功格"规定"意善"五十六条,"语善"三十九条,"行善"七十二条,"过格"规定"意恶"五十九条,"语恶"五十七条,"行恶"一百二十一条。

这种细致入微的方式也影响到《阅微草堂笔记》的创作,纪昀在其中安排了很多和劝善书的内容相类的故事,比如劝诫世人不要"恶言",讲一个婢女的祖母因为善骂,口生疮而死;民人欠钱不还而遭报应;家族溺爱子孙招致祸端等等,将许多生活琐事都列入劝惩的范围内。

此外,纪昀借用小说来完成这种劝善惩恶的作用,与当时的创作环境要求作者承担起这样的责任也有很大关系。彼时,小说(包括文言和白话)数量比前代大增,如何规范它们,就成了一个重要问题。有的小说作者以作品的劝善功能为标准,甚至将小说等同于劝善书。以与纪昀同为乾隆年间人的静恬主人为例①,他在《金石缘序》曾明确说道:

> 小说何为而作也?曰以劝善也,以惩恶也。夫书之足以劝惩者,莫过于经史,而义理艰深,难令家喻而户晓。反不若稗官野乘,福善祸淫之理悉备,忠佞贞邪之报昭然,能使人触目惊心,如听晨钟,如闻因果,其于世道人心不为无补也。……虽不敢称全璧,亦可为劝惩之一助。阅者幸勿以小说忽之。当反躬自省,见善即兴,见恶思改,庶不负作者一片婆心,则是书竟作《太上感应篇》读也可。②

竟然将文学作品直接比作劝善书,这种忽略文学表达和"幸勿以小

---

① 静恬主人的生活年代主要通过《金石缘》和《疗妒缘》两部书来确定。《金石缘序》署名为静恬主人戏题,文光堂刊本总评落款为乾隆十四年。《疗妒缘》不属撰人,延南堂藏版写刻本内封署名静恬主人戏题,后日省轩刊本改名为《鸳鸯会》,内有庚戌年序。庚戌年即位乾隆五十五年(1790年)。由此推断,静恬主人与纪昀生活年代接近,同为乾隆年间人。

② (清)静恬主人:《金石缘》,呼和浩特:内蒙古人民出版社,2001年,第2页。

说读之"的心态,与纪昀及其门人何其相似。《阅微草堂笔记》郑序中写道:

> 虽小说,犹正史也。①

盛跋中写道:

> 虽托诸小说,而义存劝诫无一非典型之言……然视先生之书去小说几何哉?②

除了静恬主人之外,许多小说作者都明确要赋予作品劝惩戒的功能,这固然与古代小说承载劝世说教的任务有关③,也与作者的好恶相关。纪昀特别强调小说的劝惩作用,甚至把劝导惩戒凌驾于作品的文学表现之上,使得劝导惩戒成为《阅微草堂笔记》故事的鲜明特色,文学性反倒退居其次,以致《阅微草堂笔记》在几百年后尚因此招致他人诟病。

综上所述,纪昀以儒家思想为根本,坚持与释道三教调和,热衷于利用佛道二教的劝善功能来完成劝惩戒的创作目的,将故事的基调统一于劝善和说出自己内心的真实想法。当然这种劝善和真情流露是在儒家的传统和允许范围内的,《阅微草堂笔记》就是在这种创作环境和创作思想指导下完成的,其中志怪故事的特点也是这样形成的。

---

① (清)纪昀:《阅微草堂笔记·序》,上海:上海古籍出版社,2004年1月。
② (清)纪昀:《阅微草堂笔记》,上海:上海古籍出版社,2004年1月,第411页。
③ 关于小说劝惩的话题学界已经讨论很多,这里就不再赘述了。

第章 《阅微草堂笔记》志怪故事与佛教文化研究

第一节 佛教"施食"仪轨"放焰口"研究

《阅微草堂笔记》中有不少故事提到佛教"施食"仪轨"放焰口",和其他文言志怪小说比起来呈现出数量多、情况复杂的特点。何以佛教这一仪式会成为小说中的重要情节?它在《阅微草堂笔记》中有何独特的文学功能?本章在深入讨论这些问题之前,先对"放焰口"作一番溯源。

一 "施食"仪轨"放焰口"溯源

"放焰口"原本是佛教密宗"施食"仪轨,是根据《救拔焰口饿鬼陀罗尼经》施食饿鬼、超度亡灵的佛教法事活动。此经乃是唐朝于阗三藏宝叉难陀译,最初名为《佛说救面然饿鬼陀罗尼神咒经》及《甘露陀罗尼经咒》,乃同经异译。面然也就是面燃,即面上喷火之意,与"焰口"同

义,此经来源于佛陀弟子阿难在禅思静坐时看到一名面上喷火的饿鬼的传说。《佛说救面然饿鬼陀罗尼神咒经》中提到这个传说:

> 尔时阿难独居,净处一心计念。即于其夜三更之后。见一饿鬼名曰面然,往阿难前白阿难言:"却后三日汝命将近,即便生此饿鬼之中。"是时阿难闻此语已,心生惶怖问饿鬼言:"我此灾祸作何方计得免斯苦?"尔时饿鬼报阿难言:"汝于晨朝,若能布施百千那由他恒河沙数饿鬼,并百千婆罗门及仙人等,以摩伽陀国斗,各施一斗饮食,并及为我供养三宝,汝得增寿。令我离于饿鬼之苦得生天上。"阿难见此面然饿鬼身形羸瘦,枯燋极丑,面上火然,其咽如针,头发蓬乱,毛爪长利,身如负重,又闻如是不顺之语,即从座起,疾至佛所,五体投地,顶礼佛足。身心战栗而白佛言:"救我世尊,救我善逝。过此三日命将终尽,昨夜见一面然饿鬼语我言:'汝于三日必当命尽生饿鬼中。'我即问言:'以何方计得免斯苦。'饿鬼答言:'汝若施於百千那由他恒河沙数饿鬼,及百千婆罗门并诸仙等饮食。汝得增寿。'世尊,我今云何得免此苦?"尔时世尊告阿难言:"汝今勿怖,有异方便。令汝得施如是饿鬼诸婆罗门及仙等食,勿生忧恼。"佛告阿难:"有陀罗尼名曰一切德光无量威力,若有诵此陀罗尼者,既成,已施俱胝那由他百千恒河沙数饿鬼,及六十八俱胝那由他百千婆罗门并诸仙等前,各有摩伽陀斗四斛九斗饮食。"①

阿难被饿鬼胁迫,在这个令人恐怖的场景中,是佛祖的《陀罗尼经》救了阿难的命。可见念此经不仅可施食众多饿鬼,还能积攒功德,超拔救赎。

根据目前掌握的材料,唐代多部经典提到"面然",在《开元释教录中》即有《施燋面饿鬼一切鬼神陀罗尼经要诀》,《唐代湖州杼山皎然

---

① 《大乘单译经》,《乾隆大藏经》(乾隆三年)第48册第535卷,第738页。

传》中提到皎然：

> 又兴冥斋，盖循燋面故事施鬼神也。①

"面然"在此时也叫"燋面"。直到南宋嘉泰年间才出现"焰口"一词。

嘉泰年间，四明石芝沙门宗晓所著的《施食通览》中有《佛说救拔焰口陀罗尼经》一卷，说明至迟在南宋的嘉泰年间就出现了"焰口"一词。不过，此时"面然"和"焰口"是并存的，在南宋的《施食通览》中仍有《佛说救面然饿鬼陀罗尼经》。至明代苦水所著的《瑜伽焰口注集纂要仪轨》，乃专用"焰口"一词。于是"焰口"一词大量出现，不过此时对于施食故事与原本有所偏差，如《十界孤魂文》中有：

> 又法界面然鬼王所统，薛荔部多百亿沙河饿鬼。②

原本中的"面然"不过是个鬼，在这里变成了鬼王。在辗转流传的过程中，原来的经文有了变化。莲池大师袾宏曾在《瑜伽集要图像焰口施食》序对此描述道：

> 惟施食一法行世。然此经初译，变食真言之外无闻焉。再译之，三译之，浸增浸广，至不动师所传而备极矣。③

总体来看，明清两代的施食之法都是比较混乱的。后来，天机禅师编成了《修习瑜伽集要施食坛仪》，是为"天机焰口"。经过莲池袾宏的

---

① （宋）赞宁：《宋高僧传》，北京：中华书局，1987 年，第 728 页。
② （清）《乾隆大藏经》，《十界孤魂文》，台北：佛经印寻处印，第 15 卷，第 1533 页。
③ （明释）袾宏：《云栖法汇》，云栖大师山房杂录卷一，北京：民族出版社，2008 年，第 1 页。

整理,将"天机焰口"略加修订,编成《修设瑜伽集要施食坛仪》,《云栖法汇》中对此描述道:

> (袾宏)定水陆仪文,乃瑜伽焰口,开放生池,著戒杀文。①

这样以后,瑜伽焰口施食仪轨的情况才较为明晰。但是对于袾宏的改革,当时似乎存在着两派意见。《瑜伽焰口注集纂要仪轨》序中对此有记载:

> 阅大藏作陀罗尼法,须得五智灌顶。绍阿闍黎位,方可传授。若不尔者,自招殃咎。此世尊授阿难之密嘱耳,相传既久,法臣成弊。后莲大师去华就实,稽古考定。时流奇好,痛口苛责。②

清代康熙年间,宝华山德基又将袾宏本稍作删改,名为《瑜伽集要焰口施食仪》,是为"华山焰口"。此时,对施食仪轨的修订似乎才告了一个段落。

"放焰口"这种施食仪式,以唱为主,辅以招魂咒语,是真正的音声佛事。举行起来非常热闹,故深受僧俗两界的喜爱。就史料记载来看,"放焰口"在清中后期已经是南北两地盛行的民俗,尤其是在盂兰盆会上,"放焰口"更是不可或缺。乾隆年间的李斗在《扬州画舫录》中记:

> 盖江南中元节,每多妇女买舟作盂兰,放焰口,照灯水面。③

生活在乾嘉时期的顾禄在《清嘉录》中记载南方盂兰盆会的情形:

---

① (明)袾宏:《云栖法汇·山房杂录·云栖纪事》,《嘉兴藏》第 371 函第五册,北京:民族出版社,2008 年 6 月,第 25 页。
② (清)《续藏论》,《瑜伽焰口注集纂要仪轨》,台北:佛经印导处印,第 453 卷,第 266 页。
③ (清)李斗:《帝京岁时记胜》,《清代史料笔记丛书》,北京:中华书局,1981 年,第 85 页。

> 好事之徒，敛钱纠会集僧众，设坛礼忏诵经，摄孤判斛，施放焰口，纸糊方船长丈余，纸锭累数百万……杂以盂兰盆冥器之属。①

此时的"放焰口"为民众熟知，在民间也较为流行，不仅在盂兰盆会上施放焰口，有超度亡灵、祈祷活动时也要施放焰口，纪昀在《阅微草堂笔记》中对此多有记载。且"放焰口"本身可以沟通阴阳两界，恰与志怪小说品格相符，能够为志怪小说提供素材。

具体到小说作品来看，不同时期的文言志怪小说对"放焰口"记载有很大不同。回溯自唐至明的文言志怪小说中，涉及"放焰口"的有《冥报记》（2篇）、《宣室志》（2篇）、《奇闻类记》（2篇）、《梅花草堂笔记》（1篇），其他如《朝野佥载》、《酉阳杂俎》、《剪灯新话》略略提到了饿鬼，《夷坚志》中涉及水陆道场、斋僧等相关内容，但大多语焉不详，简短而缺乏故事性，说明此时"放焰口"还没有大量地、普遍地出现在民间，还没有完全进入小说家的视野。

延至清中后期，有三部文言志怪作品的故事中明确提到了"放焰口"：《阅微草堂笔记》（10篇）、《右台仙馆笔记》（3篇）、《子不语》（1篇）。此外，在多部白话小说中也出现"放焰口"的情节，并且与整个故事密切相关②，这个过程与"放焰口"在民间的流行程度也大致相符，恰好可互相印证。

比起上述这些作品，《阅微草堂笔记》中"放焰口"描写存在着数量多、情况复杂的主要特征，牵扯到民俗、民间信仰、历史环境等原因，也是纪昀"崇礼"、"慎终"观念的体现，值得研究者进行文化解读，下面就其特征展开具体的文化分析。

---

① （清）顾禄：《清嘉录》，南京：江苏古籍出版社，1999年，第156页。
② 如《子不语》、《右台仙馆笔记》、《儒林外史》第4回《荐亡斋和尚吃官司 打秋风乡绅遭横事》、《九命奇冤》第16回《区爵兴当筵俨行军令 凌祈伯临阵却用火攻》、《济公全传》第79回《龙游县日办三案 二龙居耍笑凶徒》等故事情节都与"放焰口"相关。

二 《阅微草堂笔记》"放焰口"描写特点及文化分析

《阅微草堂笔记》中"放焰口"故事多而密集、富有变化,涉及百姓生活的各个方面。

亲人去世,超度亡灵需要"放焰口",《姑妄听之二》记:

> 济南有贵公子,妾与妻相继殁。一日,独坐荷亭,似睡非睡,恍惚若见其亡姬。素所怜爱,即亦不畏。问:"何以能返?"曰:"……今日明日,值娘子诵经期,连放焰口,得来领法食也。"①

阳世"放焰口",阴间的亲人就会得益,是属于另类的"慈善事业"。此外,为鬼所缠得了恶疾,无法医治,也需要"放焰口"来化解,如《如是我闻三》记:

> 交河有书生,日暮独步田野间,遥见似有女子,避入秫田……逼往视之,寂无所睹。归而大发寒热,且作谵语曰:"我饿鬼也,以君有禄相,不敢触忤,不虞忽相顾盼,缓步相寻……便当从君索食,乞惠放焰,即从此辞。"其家为具纸钱奠酒,霍然而愈。②

"放焰口"还是祭祀祖先的需要。祖先灵魂甚至专门叮嘱后代为自己"放焰口":

> 佃户何大金,夜守麦田。有一老翁来共坐。大金念村中无是

---

① (清)纪昀:《阅微草堂笔记·卷十六·姑妄听之二》,上海:上海古籍出版社,2004年1月,第351页。
② (清)纪昀:《阅微草堂笔记·卷九·如是我闻三》,上海:上海古籍出版社,2004年1月,第166页。

人,意是行路者偶憩……因问大金姓氏,并问其祖父。恻然曰:"汝勿怖,我即汝曾祖,不祸汝也。"……临行,嘱大金曰:"鬼自伺放焰口求食外,别无他事。……"……回顾再四,丁宁勉励而去。①

甚至搬家,求屋宅平安也要"放焰口",如《如是我闻一》记:

雍正甲寅,余初随姚安公至京师。闻御史某公性多疑……更虎坊桥东一宅,与余邸隔数家。见屋宇幽邃,又疑有魅。先延僧诵经,放焰口,钹鼓铮铮者数日,云以度鬼。②

由是观之,无论在时间还是地点上,"放焰口"已经发生了较大变化,不再局限于盂兰盆会,而是有着更广泛的存在空间。那么,何以在《阅微草堂笔记》中出现如此之多的"放焰口"故事,其中的原因是什么,对于文本又有何帮助?

笔者认为,在《阅微草堂笔记》中出现如此之多的"放焰口"故事,与清代中叶的民间鬼神信仰有着很大的联系,特别是遇鬼致病致灾的文化心理相关。《焰口经》本身救度饿鬼、超拔世人,正好可以"对症下药"。

清代民间鬼神信仰中有一部分是鬼神能致人病,所以要施食饿鬼祛灾除病。最早关于鬼能致人病的记载是在托名葛洪的《神仙传》中的《壶公》篇,讲长房遇到壶公传授他本领:

长房乃行符收鬼治病,无不愈者。③

---

① (清)纪昀:《阅微草堂笔记·卷四·滦阳消夏录四》,上海:上海古籍出版社,2004年1月,第62页。
② (清)纪昀:《阅微草堂笔记·卷七·如是我闻一》,上海:上海古籍出版社,2004年1月,第123页。
③ (晋)葛洪:《神仙传校释》,胡守为校点,北京:中华书局,1990年。

第③章
《阅微草堂笔记》志怪故事与佛教文化研究

至于鬼能致病的"原理"大约与《礼记》中的这样一种认识有关：

> 大凡生于天地之间者皆曰命,人死曰鬼,此五代之所不变也。①
> "人主于昼,鬼行于夜,阴阳分明,各有司存,违者必加诛戮",于是幽冥异域,人鬼殊途。②

人鬼之间宜各守边界,如果超过了这个界限就会受到惩罚。这可以说是鬼能致人生病的理论来源,类似情节也被后世许多志怪小说作家沿用。《阅微草堂笔记》大部分故事就是因为主人公得了莫名其妙的病症才来"放焰口"、施食饿鬼的。

最早出现饿鬼求食的故事是《冥报记》中"眭仁蒨"篇。后世不断衍化,民众们将饿鬼与鬼致病联系起来,得了怪病就是招惹了鬼,只要施食,解除了鬼的饥饿就能驱灾病愈。另一方面,且施食还能积功德,《焰口经》中明确写道：

> 佛告阿难:有陀罗尼名曰一切德光无量威力,如是鬼等遍皆饱满。是诸饿鬼吃此食已。悉舍虚身尽得升天……若能常诵此陀罗尼经并奉饮食,即为具足无量功德,命得延长。③

《阅微草堂笔记》对此也有相同的记述,如前文引述：

> "施食无益于亡者,作焰口何益?"曰:"天心仁爱,佛法慈悲,赈人者佛天喜,赈鬼者佛天亦喜。是为亡者资冥福,非为其自来

---

① （东汉）郑玄注:《礼记正义·祭法》,《传世藏书·经库》,海口:诚成集团有限公司,1996 年,第 772 页。
② （晋）葛洪:《神仙传校释》,胡守为校点,北京:中华书局,1990 年。
③ 《大乘单译经》,《乾隆大藏经》（乾隆三年）第 48 册,第 535 卷,第 740 页。

食也。"①

故事中的鬼特别提到了"资冥福",代表着人们的普遍心理和共同愿望。活人"放焰口"可以得到佛天的欢喜,能为自己在阴间积攒功德,为死去的亲人聚攒"冥福"。这些正好符合下层民众的需要,所以"放焰口"在民间才如此流行,《阅微草堂笔记》中才出现那么多"放焰口"的故事。

纪昀乐于记录"放焰口"的故事,还有一个原因,即"慎终追远"的情怀。纪昀在创作《阅微草堂笔记》时,常常怀着"慎终追远"的感情,对于家乡、祖先的怀恋,使得他将注意力放到"放焰口"这种施食饿鬼、缅怀先人的仪式上,加之"放焰口"最初的目的即是"善逝",正好符合"慎终"之观念。

通过"放焰口"缅怀先人、寄托哀思,既是对"慎终"之"礼"的追求,也是清代的厚葬风俗的反映。清中叶,物质丰富,社会流行奢侈之风。葬礼作为人生的重大礼仪之一,自是为人看重。百姓一般都会倾其所有办一个隆重的葬礼,这在乾隆年间写实性小说《红楼梦》中有非常细致的描写——富贵如贾家,办秦可卿的葬礼,尚且讲出"尽我的所有"话来,可见丧礼之奢华。历史著作中对此也多有记载:《雍正陕西通志》记载韩城县民人办葬礼时:

稍有力则用椁,名曰"套材",扯布散衣,名曰"破孝",又以各色纸结金银山斗、牛马轿车……广作佛事,名曰"同坛"。②

而且民间的葬礼程序十分繁缛,礼必请僧诵经,《光绪顺天府志》记:

---

① (清)纪昀:《阅微草堂笔记·卷十六·姑妄听之二》,上海:上海古籍出版社,2004年1月,第351页。

② 《雍正陕西通志·风土记》,台北:成文出版社,1968年,第358页。

> 人死,寝床于堂内,家人往哭五道庙或土地庙中,烧纸名曰"报庙"。为数须往七次,历时经一昼夜,然后殓之于棺,延僧诵经,男烧纸轿车马,女烧纸轿牛车,停柩五日或七日葬于茔,名曰"发引"……①

《光绪昌平州志》记:

> 孝子负之,奉以空车焚之,葬之前一日成主堂祭,读祝文,延僧诵经,作忏焰法事。②

此书中还记有个叫刘挺的,在父亲的葬礼上不打算请僧人诵经做法事"放焰口",竟遭到了所有亲友的反对,无奈之下只好请僧做法事。看来当时延僧讲经忏成了葬礼的必须,成了一种规范、一种秩序的象征,同时也寄托了百姓尊重先人、招福祛灾的愿望。

纪昀创作《阅微草堂笔记》时是抱着规范社会、重塑世道人心的目的,"尚礼"、"尚孝"更是重要目的。因此他在故事中借"放焰口"强调"礼",强调"孝道",有意识地突出与"礼"有关的内容。于是"放焰口"故事夹杂着重礼、慎终追远的孝道思想、鬼神观念出现在《阅微草堂笔记》中。

三 "放焰口"文学功能研究

"放焰口"作为一种有固定文化意义的符号出现在《阅微草堂笔记》和其他小说中,虽然宗教意味冲淡了不少,却承负了较多的文学功

---

① 《光绪顺天府志·风俗》,北京:北京古籍出版社,2001年,第1025页。
② 《光绪昌平州志·风土记》,台北:台北成文出版社,1968年,第460页。

能,如导入情节、寄托寓意、加强讽刺效果等等。具体到《阅微草堂笔记》中其主要的文学功能是寄托寓意和加强讽刺效果:

纪昀记载了一些鬼欺骗人类、冒名要求放焰口的故事,具有极强的象征意味,使得故事富有深刻的现实性,耐人寻味:

> 有廖太学,悼其宠姬,幽郁不适。……一夕,闻隔溪榜掠有冤楚声,望似缚一女子,俯地受仗。……谛视,正其宠姬,骇痛欲绝。……姬泣曰:"生前恃宠,造业颇深。殁被谪配于此,犹人世之军流也。社公酷毒,动辄捶楚,非大放焰口,不能解脱也。"语讫,为众鬼牵曳去。廖公爱恋既深,不违所请,乃延僧施食,冀拔沉沦。月余后,声又如前……姬裸身反接,更摧辱可怜。见公哀号曰:"……必七昼夜水陆道场,始能解此厄也。"廖猛省社公不在,谁此监刑?社公如在,鬼岂敢斥言其恶?毋乃黠鬼幻形,绐求经忏耶?……因诘曰:"汝身有红痣,能举其生于何处,则信汝矣。"鬼不能言,斯须间,稍稍散去,自是遂绝。此可悟世情狡狯,虽鬼亦然。①

《阅微草堂笔记》虽是记鬼,焉不是人世间的反映。黠鬼骗人来求得焰口,犹若人靠骗取同情心来诈得钱财,人鬼殊途,世情却同。纪昀善意地告诫人们,在狡狯的世间行走可要小心,这种比喻和劝诫形象生动,让人难以忘记。

纪昀还通过放焰口的象征意味来讽刺当世没有佛心的僧人,讽刺效果入木三分:

> 横街一宅,旧云有祟,居者多不安。宅主病之,延僧作佛事。入夜放焰口时,忽二女鬼现灯下,向僧作礼忏曰:"师等皆饮酒食

---

① (清)纪昀:《阅微草堂笔记·卷十三·槐西杂志三》上海:上海古籍出版社,2004年1月,第276页。

肉,诵经礼忏殊无益;即焰口施食,亦皆虚抛米谷,无佛法点化,鬼弗能得。烦师传语主人,别延道德高者为之,则幸得超生矣。"僧怖且愧,不觉失足落座下。……后先师程文恭公居之,别延僧禅诵,音响遂绝。①

僧人不合格,导致"放焰口"竟没有法力,不仅没能震慑住鬼,反而被鬼揶揄了一顿,真是对当世酒肉和尚的莫大讽刺。此时"放焰口"成了一个不错的讽刺故事的载体。

无独有偶,在《右台仙馆笔记》中,俞樾也记下了一个借"放焰口"讽刺僧人的故事:

> 镇江甘露寺,一巨刹也。嘉庆间长白等公守是郡,不信佛法。一日至寺,寺僧与之畅谈内典……公曰:"佛法深微,固难追逾。……明日烦吾师施放焰口,吾亲临观之,必有所见辨吾疑。不然,则是师之慧力未见洞彻幽明。"②

最后寺僧自忖绝无"放焰口"成功之理,便雇用乞丐蒙混过关,高僧的真面目暴露无遗。围绕着"放焰口"这个事件,守郡的简单、粗暴,寺僧的窘迫、狡猾得以充分地表现。

比起《右台仙馆笔记》、《子不语》相关故事,《阅微草堂笔记》中"放焰口"描写还有一个显著的特点:出现了不少鬼享用焰口、享用酒食的场面:

> 曩遇一大家放焰口……俯见摇铃诵咒时,有黑影无数,高可二三尺,或逾垣入,或由窦入,往来摇漾,凡无人处皆满。迨撒米时,

---

① (清)纪昀:《阅微草堂笔记·卷二十一·滦阳续录三》,上海:上海古籍出版社,2004年1月,第443页。
② (清)俞樾:《右台仙馆笔记》,济南:齐鲁书社,2006年,第85页。

倏聚倏散,倏前倏后,如环绕攘夺,并仰接俯拾之态,亦仿佛依稀。……然则鬼求食,不信有之乎?①

这种描写正是在民间花钱消灾的实用性思维下产生的。人们之所以对"放焰口"深信不疑,是因为相信鬼能够接收到"焰口"的祭祀,从而达到祈福攘灾的目的,对于"放焰口"施食的态度是完全功利的,实用的。

百姓根据自己的实际生活需要选择了"放焰口"作为解决日常困难、身后大事的良药,这种功利的、实用性的态度与明清民俗信仰的实用性有很大关系:

> 明清人的信仰态度以实用功利为旨归,人们虽然遇事祈求神灵,但神灵在人们心目中只是帮助自己达到现实目的的神秘助力。②

大家选择的是能直接达到目的的仪式来信仰和应用,人们只记得消灾保平安是"放焰口"施食的终极价值,只选择它可以驱鬼攘灾这一点来信仰。至于原本的佛教含义在百姓眼中已经不那么重要了。

相比同类作品,纪昀还赋予了《阅微草堂笔记》中"放焰口"故事相当的教化功能。《夷坚志》涉及作佛事飨鬼的故事都是以记述奇事为主,没有什么明确的目的。《子不语》中《王夫人斋僧》、《施三嫂》等都是记述鬼来祟人求取钱财,人为了自保只好焚钱奠之,重在叙述事件本身。而《阅微草堂笔记》中"放焰口"故事则有劝惩、说教的意味,对民众进行着更为具体、形象的劝善惩恶的教育。

有的人生前作恶,身后竟无法享用焰口。《姑妄听之四》记有一个

---

① (清)纪昀:《阅微草堂笔记·卷十·如是我闻四》,上海:上海古籍出版社,2004年1月,第192页。

② 萧放:《明清民俗特征论纲》,《中国文化研究》2007年1月春之卷。

乡人梦入冥府：

> 乡人曰："闻有地狱，可一观乎？"……行半里许，至一地，空旷如墟墓。见一鬼，状貌如人，而鼻下则无口。问："此何故？"曰："是人生时，巧于应对，诐词欲语，媚世悦人，故受此报，使不能语；或遇焰口浆水，则饮以鼻。"①

还有的人生前蝇营狗苟，趋炎附势，身后甚至真的处于"焰口之境"（口边猛火）无法受用施舍食物：

> 有刘生训蒙于古寺，一夕，微月之下，闻窸窣之声；自隙窥之，墙缺似有二人影……忽隔墙语曰："我辈非人……猥以凤业，堕饿鬼道中，已将百载。残羹冷粥，赐一浇奠可乎？"曰："佛家经忏，足济冥途，何不向寺僧求超拔？"曰："鬼逢超拔，是亦前因。我辈过去生中，营营仕宦，势盛则趋附，势败则掉臂如路人。……则如目连母键在大地狱中，食至口边，皆化猛火，虽佛力亦无如何也。"②

通过这些放焰口的故事，纪昀劝善之心跃然纸上。

在其他类型的小说作品中，"放焰口"还承担着贯穿情节的文学功能。如光绪年间的《海上尘天影》第四十二回《金翠梧看春动欲念 谢珊宝步月遇私情》写珊宝晚上去看放焰口，遇到萱宜的情形。由于"放焰口"多在晚间，热闹，深受百姓欢迎，连平日不怎么出门的妇女都可以去观看，这就给爱情故事的发生搭建了很好的平台：

---

① （清）纪昀：《阅微草堂笔记·卷十八·姑妄听之四》，上海：上海古籍出版社，2004年1月，第389页。

② （清）纪昀：《阅微草堂笔记·卷十二·槐西杂志二》，上海：上海古籍出版社，2004年1月，第219页。

> 到了上灯之后，珊宝想要去找燕卿，到漱药庵里去看放焰口。……二人一直来到漱药庵，听里边和尚正在念梵语，撞击钟铙。就是这个时候，假山洞里突然黑魅魅的一个男子模样的奔出来，奔漱药庵向北逃去了。……一个女子的身形快快地跑出去了，燕卿看来倒像萱宜的模样。①

夜看焰口为珊宝一个女孩子夜间出门找到了充分的理由，从而撞破了萱宜的私情，自然地衔接故事情节，暗示了以后萱宜的种种行为。如果没有谢珊宝晚间去看放焰口，故事则无法顺畅地发展。而且，"放焰口"为萱宜的私情提供了合适的时间、地点，使得整回书既合情又合理。

类似的情况还有一些，如《儒林外史》第四回《荐亡斋和尚吃官司 打秋风乡绅遭横事》，吴趼人所著《九命奇冤》第十六回《区爵兴当筵俨行军令 凌祈伯临阵却用火攻》等。在这些故事中，"放焰口"因联系僧俗两界和自身的一些特点，都起到了贯穿情节的作用，甚至是书中大关键之所在。

在多部小说中，"放焰口"已经不再是一个简单的佛教名词，也不再是可有可无的故事情节，而是成为驱邪获福的标志，具有固定含义的心理暗示。因而它的出现能够把人的思维带到特定情境中去，暗示情节、引导读者，又因其沟通阴阳两界的独特作用，在志怪文学作品中发挥独特的作用。

对文学作品中富有宗教色彩的文化现象深入分析，既可以对这种现象有立体、直观的认识，又能够从一个侧面看出宗教对社会、对文学创作的影响。能够让我们能够更深刻、全面地了解文学作品的创作背景、思想内涵和时代特征，使文学研究更加饱满，更具说服力。

---

① （清）邹弢：《海上尘天影》，南昌：百花洲文艺出版社，1993年，第128页。

第二节 果报轮回故事研究

翻开《阅微草堂笔记》就会发现,果报轮回故事占了相当大的比例。现代寺院还曾将《阅微草堂笔记》因果报应故事择印成册,发放世人,以示劝惩。小说中的因果报应已不是个新话题,果报轮回观念在中国也已存在了千年,它已经成为人们不自觉地认识世界的一种思维方式①。果报轮回观念在《阅微草堂笔记》中既有继承也有变化。那么,《阅微草堂笔记》的果报轮回故事有些什么新的特点,纪昀本人对于因果报应又有何认识,本章将对此专门论述。

一 纪昀果报轮回观念概述

果报轮回题材的故事是《阅微草堂笔记》中的重要内容,既是纪昀着力描写的内容,也是目前为止研究成果最多的。

因果报应的意识在中国早已有之,《易经》中就已经有"积善之家必有余庆,积不善之家必有余殃"的认知。随着佛教的传入,因果轮回与中国本土朴素的善善恶恶观念结合在一起,并日益为社会接受,人们逐渐习惯了因果报应,并把它纳入到认识世界的方法中。

佛教在民间广泛流传和普及之后,佛教的因果报应、轮回转生等说教在民众心灵深处积淀深厚并形成一种强烈的心理暗示。所谓"因"是种因,为能生;"果"是结果,为所生。由此因得此果,即为因果义。佛家

---

① 有研究者称《阅微草堂笔记》故事提到冥间有些判罚妓女来世当转生为雀鸽,此说来源于佛教。早期佛经寓言中讲鸽子是种淫欲旺盛的动物,且被欲望所困苦。另外,佛教以为人死之后会按"习气相投"的原则转生,故欲望重者就会转生为鸽子之类。参看项裕荣《"娼女当堕为雀鸽"与"龙畏细虫"二说之佛教渊源考论》一文,《南昌大学学报》2006年第4期。

认为，世界一切事物都处在因果联系之中，依因果法则而生灭变化。所谓"因缘和合而生"，"因缘离散而灭"①。相关论述连篇累牍，不庸赘述，总体来看，因果报应说是佛教用以说明世界一切关系并支持其宗教体系的基本理论，长期而广泛的影响着中国人的整个精神世界，渗透到人们的思想行为、民俗信仰乃至文化的各个层面。

因果报应思想介入小说文本，最初是出于宣佛辅教之目的，这种现象多出现在魏晋六朝时期，如《搜神记》、《冥详记》、《宣验记》等。这些作品大都表述得简单直白，作者的果报轮回观念也较易理解。

纪昀在《阅微草堂笔记》中继承了这种简单明了的表达方式，但故事中表现的果报轮回观念却是复杂的，甚至是矛盾的②。一方面极力证明果报轮回实有，一方面又对此感到疑惑。

不过，笔者认为纪昀在绝大多数时候是相信因果报应、六道轮回的。但由于他求实的思想和追根究底的思维方式，使得他有时也对果报轮回产生怀疑。

纪昀相信因果报应，与纪氏家族的影响有着不可分割的联系。纪昀的父辈就很相信因果报应，并以此教育纪昀兄弟：

> 先姚安公性严峻，门无杂宾。一日，与一褴褛人对语，呼余兄弟与为礼，曰："此宋曼珠曾孙，不相闻久矣，今乃见之。明季兵乱，汝曾祖年十一，流离戈马间，赖宋曼珠得存也。"乃为委曲谋生计。

---

① 《大正藏》卷八五《善恶因果经》就历数众生"受报不同者，皆由先世用心不等，是以所受千差万别"，如"身端政者从忍辱中来为人，丑陋者从嗔恚中来为人，贫穷者从悭贪中来为人，高贵者从礼拜中来为人，下贱者从骄慢中来为人……"，"佛今身屠杀斩截众生者，死堕刀山剑树地狱中……今身多邪行者，死堕铜柱铁床地狱中……今身两口骂人者死堕拔舌地狱中……"相反，行善则可免上述苦难："若有众生今身作大化主造立浮图寺舍者，未来必作国王统领万民无往不伏……今身喜布施慈心养命者，生处大富衣食自然；今身好施人饮食者，所生之处天厨……"等相关内容已有很多。

② 参看杨亮：《纪晓岚因果轮回危机之危机》，《西华师范大学学报》（哲学社会科学版）2007年第2期。

因戒余兄弟曰："义所当报，不必谈因果。然因果实亦不爽。"①

三从伯灿宸公喜谈因果，尝举以为戒。久而忘之。戊午五月十二日，住密云行帐，夜半睡醒，忽然忆及，悲其名氏翳如。②

纪昀的先祖还将因果报应故事记到自己的文集中，重申"因果信非偶"的观点：

先高祖集有《快哉行》一篇，曰："一笑天地惊，此乐古未有。平生不解饮，满引亦一斗。老革昔媚珰，正士皆碎首。宁知时势移，人事反覆手。当年金谷花，今日章台柳。巧哉造物心，此罚胜枷杻。酒酣谈旧事，因果信非偶。淋漓挥醉墨，神鬼运吾肘。姓名讳不书，聊以存忠厚。时皇帝十载，太岁在丁丑，恢台仲夏月，其日二十九，同观者六人，题者河间叟。"盖为许显纯诸姬流落青楼作也。初，诸姬隶乐籍时，有以死自誓者。夜梦显纯浴血来曰："我死不蔽辜，故天以汝等示身后之罚。汝若不从，吾罪益重。"诸姬每举以告客，故有"因果信非偶"句云。③

纪氏家族也用因果报应来治家：

先外祖母曹太恭人尝告先太夫人曰："沧州一宦家妇，不见容于夫，郁郁将成心疾，性情乖剌，琴瑟愈不调。会有高行尼至，诣问因果。尼曰：'吾非冥吏，不能稽配偶之籍也；亦非佛菩萨，不能照见三生也。然因缘之理，则吾知之矣。夫因缘无无故而合者也，大

---

① （清）纪昀：《阅微草堂笔记·卷二·滦阳消夏录二》，上海：上海古籍出版社，2004年1月，第20页。
② （清）纪昀：《阅微草堂笔记·卷二十三·滦阳续录五》，上海：上海古籍出版社，2004年1月，第471页。
③ （清）纪昀：《阅微草堂笔记·卷六·滦阳消夏录六》，上海：上海古籍出版社，2004年1月，第100页。

抵以恩合者必相欢,以怨结者必相忤。又有非恩非怨,亦恩亦怨者,必负欠使相取相偿也。如是而已。尔之夫妇,其以怨结者乎? 天所定也,非人也;虽然,天定胜人,人定亦胜天。故释迦立法,许人忏悔。但消尔胜心,戢尔傲气,逆来顺受,以情感而不以理争;修尔内职,事翁姑以孝,外娣姒以和,待妾媵以恩,尽其在我,而不问其人,庶几可以挽回乎! 徒问往因,无益也。'妇用其言,果相睦如初。"先太夫人尝以告诸妇曰:"此尼所说,真闺阁中解冤神咒也。信心行持,无不有验;如或不验,尚是行持未至耳。"①

纪昀自幼在这种环境中生长,也对果报轮回之说深信不疑:

轮回之说,凿然有之。②
因果信其然也。③

他还用因果轮回来表示一种对人生来世的希望,在《绛云别志序》中,纪昀写道:

色是空,空即是色,固可澄观;因生果,果又生因,亦由自造。玉环可辨,知前身再世之非诬;金钿同坚,信天上人间之相见。三生石在,姑此时听我销忧;一瓣香存,会有日证公结愿。④

---

① (清)纪昀:《阅微草堂笔记·卷十三·槐西杂志三》,上海:上海古籍出版社,2004年1月,第266页。
② (清)纪昀:《阅微草堂笔记·卷二十一·滦阳续录三》,上海:上海古籍出版社,2004年1月,第439页。
③ (清)纪昀:《阅微草堂笔记·卷十·如是我闻四》,上海:上海古籍出版社,2004年1月,第193页。
④ (清)纪昀:《纪晓岚文集》第一册,孙致中、吴恩扬等点校,石家庄:河北教育出版社,1991年,第218页。

"再来人"、"三生石"等词成了纪昀表达人生希望的一种常用词，他的很多诗句也可相互印证：

> 三生香未烬，一枕梦初醒。《题云叶表弟小照》①
> 旧游回首似前身，弹指流光廿八春。《题闽中校士砚》②
> 翰墨因缘智慧果，三生结习从胚胎。《铁冶亭玉阆峰两学士联床对雨图》③
> 三生谁更问前因，一念缠绵泣鬼神。
> 缘尽犹寻来下路，魂归宛见梦中人。《吴烈妇诗》④

纪昀极力试图找到轮回的证据：

> 朱子所谓轮回虽有，乃是生气未尽，偶然与生气凑合者，亦实有之。余崔庄佃户商龙之子，甫死，即生于邻家。未弥月，能言。元旦父母偶出，独此儿在襁褓。有同村人叩门，云贺新岁。儿识其语音，遽应曰："是某丈耶？父母俱出，房门未锁，请入室小憩可也。"闻者骇笑。然不久夭逝。朱子所云，殆指此类矣。天下之理无穷，天下之事亦无穷，未可据其所见，执一端论之。⑤

这很容易让人想起羊祜的故事：

---

① （清）纪昀：《纪晓岚文集》，孙致中、吴恩扬等点校，石家庄：河北教育出版社，1991年，第520页。
② （清）纪昀：《纪晓岚文集》，孙致中、吴恩扬等点校，石家庄：河北教育出版社，1991年，第521页。
③ （清）纪昀：《纪晓岚文集》，孙致中、吴恩扬等点校，石家庄：河北教育出版社，1991年，第524页。
④ （清）纪昀：《纪晓岚文集》，孙致中、吴恩扬等点校，石家庄：河北教育出版社，1991年，第546页。
⑤ （清）纪昀：《阅微草堂笔记·卷二十一·滦阳续录三》，上海：上海古籍出版社，2004年1月，第439页。

> 祜年五岁,时令乳母取所弄金环。乳母曰:"汝先无此物。"祜即诣邻人李氏东垣桑树中探得之。主人惊曰:"此吾亡儿所失物也,云何持去?"乳母具言之,李氏悲惋。时人异之,谓李氏子则祜之前身也。①

虽然这种类似的故事并不能按照常理来解释,但是纪昀还是用"天下之理无穷,天下之事亦无穷,未可据其所见,执一端论之"的通融态度来对待。以纪昀的穷究物理的思维方式,能够对因果报应如此宽容,还是比较少见的。而且,纪昀在《阅微草堂笔记》中极力让人相信因果,并让那些不信因果的人现身说法,承认果报:

> 恒王府长史东鄂洛,谪居玛纳斯,乌鲁木齐之支属也。一日,诣乌鲁木齐。因避暑夜行,息马树下。遇一人半跪问起居,云是戍卒刘青。与语良久,上马欲行。青曰:"有琐事,乞公寄一语:印房官奴喜儿,欠青钱三百。青今贫甚,宜见还也。"次日,见喜儿,告以青语。喜儿骇汗如雨,面色如死灰。怪诘其故,始知青久病死——初死时,陈竹山闵其勤慎,以三百钱付喜儿市酒脯楮钱莫之。喜儿以青无亲属,遂尽乾没。事无知者,不虞鬼之见索也。竹山素不信因果,至是悚然曰:"此事不诬,此语当非依托也。吾以为人生作恶,特畏人知;人不及知之处,即可为所欲为耳。今乃知无鬼之论,竟不足恃。然则负隐慝者,其可虑也夫!"②

对一些果报类的奇异事件,纪昀一直持宁可信其有,不可信其无的

---

① (唐)房玄龄:《晋书·卷三十四列传第四·羊祜传》,北京:中华书局,1975 年,第 1013 页。

② (清)纪昀:《阅微草堂笔记·卷十·如是我闻四》,上海:上海古籍出版社,2004 年 1 月,第 186 页。

态度。类似这种生活中偶然事件,在纪昀的时代不可能给出科学的解释,于是他只有把这一切归于头脑中已经形成印象的果报轮回观念。当然,纪昀相信果报轮回也可归结为劝惩的创作目的,想用果报来劝惩,毕竟要让人先相信它。

当时热衷于谈论果报轮回者绝非纪昀一人,他身边有很多文人愿意谈因果,讲轮回。《阅微草堂笔记》中就有纪昀和同僚争论三世因果的记录:

> 馀疆曰:"卫洗马问乐令梦,乐云是想。汝殆积有是想,乃有是梦。既有是想是梦,乃有是堕落。果自因生,因由心造,安可委诸夙命耶?"余谓此辈沉沦贱秽,当亦前身业报,受在今生,未可谓全无冥数。馀疆所言,特正本清源之论耳。后苏杏村闻之,曰:"晓岚以三生论因果,惕以未来。馀疆以一念论因果,戒以现在。虽各明一义,吾终以馀疆之论,可使人不放其心。"①

他们很乐意把生活中的种种事件归于因果报应,或者说倾向于相信是因果报应的结果,甚至觉得婚姻也是因果循环的结果:

> 庞雪崖初婚日,梦至一处,见青衣高髻女子,旁一人指曰:"此汝妇也。"醒而恶之。后再婚殷氏,宛然梦中之人。故《丛碧山房集》中有悼亡诗曰:"漫说前因与后因,眼前业果定谁真? 与君琴瑟初调日,怪煞箜篌入梦人。"记此事也。②

这种梦中娶妇的情况不由得让人想起《红楼梦》中贾宝玉梦游太虚

---

① (清)纪昀:《阅微草堂笔记·卷九·如是我闻三》,上海:上海古籍出版社,2004年1月,第154页。
② (清)纪昀:《阅微草堂笔记·卷十二·槐西杂志二》,上海:上海古籍出版社,2004年1月,第249页。

幻境的情况。当时的文人是怎样认识这种梦中娶妇的现象,以及后来的故事情节中一系列的应验情形,又有什么样的独特的价值,也许值得研究者关注。

总之,果报轮回观念对小说家的思维或者说当时中国人的思维的重要影响是赋予了他们一种整体思维的眼光,借此把本来头绪杂乱的现象统一起来。纪昀也是如此,他运用头脑中已有的因果报应思维方式去理解、解释奇异事件,并对之做出判断。

二 《阅微草堂笔记》果报故事特色

《阅微草堂笔记》中"夙冤"故事是果报故事中很有特色的一类。检索《聊斋志异》、《子不语》、《阅微草堂笔记》、《夜雨秋灯录》、《女聊斋志异》等文言小说共23部,涉及夙冤故事的非常少,《阅微草堂笔记》独有六篇,且其开篇就是一个夙冤的故事。可见纪昀对"夙冤"的相信和重视:

> 胡御史牧亭言:其里有人畜一猪,见邻叟辄瞋目狂吼,奔突欲噬,见他人则否。邻叟初甚怒之,欲买而啖其肉,既而憬然省曰:"此殆佛经所谓夙冤耶!世无不可解之冤。"乃以善价赎得,送佛寺为长生猪。后再见之,弭耳昵就,非复囊态矣。尝见孙重画伏虎应真,有巴西李衎题曰:"至人骑猛虎,驭之犹骐骥。岂伊本驯良,道力消其鸷。乃知天地间,有情皆可契。共保金石心,无为多畏忌。"可为此事作解也。①

类似的还有:

---

① (清)纪昀:《阅微草堂笔记·卷一·滦阳消夏录一》,上海:上海古籍出版社,2004年1月,第1页。

第③章
《阅微草堂笔记》志怪故事与佛教文化研究

奴子刘琪,畜一牛一犬。牛见犬辄触,犬见牛辄噬,每斗至血流不止。然牛惟触此犬,见他犬则否;犬亦惟噬此牛,见他牛则否。后先系置两处,牛或闻犬声,犬或闻牛声,皆昂首瞑视。后先姚安公官户部,余随至京师,不知二物究竟如何也。或曰:"禽兽不能言者,皆能记前生。此牛此犬殆佛经所谓夙冤,今尚相识欤?"①

将这种无法理解的互相仇视的现象归为夙冤,固然缺乏科学性,但纪昀认为

夙冤之说,凿然无疑。②

在他的意识中,"夙冤"是产生种种事端的一个重要缘由,并多次借佛经来解释。佛经所说的夙冤,来自《慈悲三昧水忏》。但此书并非印度原典,而是根据唐朝的悟达国师遇迦诺迦尊者,教他以三昧水洗涤人

---

① (清)纪昀:《阅微草堂笔记·卷九·如是我闻三》,上海:上海古籍出版社,2004年1月,第169页。
② (清)纪昀:《阅微草堂笔记·卷一·滦阳消夏录一》,上海:上海古籍出版社,2004年1月,第20页。

面疮而消除累世冤业忏法的故事所造①。原来,悟达国师和人面疮分别是袁盎和晁错的转世,两人的夙冤导致了悟达国师受苦的结果,悟达国师用此水洗除了夙冤,据此写成忏本,是为《慈悲三昧水忏》。那个拯救悟达国师的僧人就是诺迦尊者,为十八罗汉中的第三尊,分司东胜神州,神通广大,发慈善心,专为民间解除夙冤,为百姓驱除疾病。

这个故事让人联想到《阅微草堂笔记》的另一个非常类似故事:

> 罗仰山通政在礼曹时,为同官所轧,动辄掣肘,步步如行荆棘中。性素迂滞,渐恚愤成疾。一日,郁郁枯坐,忽梦至一山,花放水流,风日清旷,觉神思开朗,垒块顿消。沿溪散步,得一茅舍。有老翁延入小坐,言论颇洽。老翁问何以有病容,罗具陈所苦。老翁太息曰:"此有夙因,君所未解。君七百年前为宋黄筌,某即南唐徐熙也。徐之画品,本居黄上。黄恐夺供奉之宠,巧词排抑,使沉沦困顿,衔恨以终。其后辗转轮回,未能相遇。今世业缘凑合,乃得一快其宿仇。彼之加于君者,即君之曾加于彼者也,君又何憾焉。大抵无往不复者,天之道;有施必报者,人之情。既已种因,终当结果。其气机之感,如磁之引针:不近则已,近则吸而不解。其怨毒

---

① 故事大意是说,唐懿宗时,知玄悟达国师未成名时曾参访丛林,挂单在一间小寺,同行的一位僧人得了很重的病,通身长满了疮,悟达国师尽力照应他。病僧的病好了之后,那位僧人非常感激悟达国师,说:"你以后如有难临身,请你到西蜀彭州九陇山来找我,我会设法解救你的灾难。记住山上左边两棵大松树连在一起,那就是我居住地方的标志。"说完便离去了。后来,知玄被封为国师之后,唐懿宗赐他沉香装饰的宝座,悟达国师生出傲慢之心,膝盖上便生出一个人面疮来,能像人一样开口吃东西,还要用饮食喂他。悟达国师当时痛苦难忍,遍请各地的名医,都无法医治。国师这时突然记起那位病僧临别所说的话,于是便前往西蜀彭州九陇山去寻找,找到了两棵并立的松树,找到了曾经的病僧,两人相见甚欢。悟达国师便把所患的怪疾告诉他,僧人告诉他不要担心,只要用清泉水洗一洗即可。国师刚要捧水洗时,人面疮竟然大声呼喊:"不可以洗啊!您知识广博、见解深远,但不知是否曾读过西汉书上,袁盎与晁错传呢?"国师回答说:"曾经读过。"人面疮就说:"往昔的袁盎就是您,而晁错就是我,当时晁错被腰斩时,心怀怨恨,因此我累世都在寻求报复的机会,可是您十世以来,都是身为持戒严谨的高僧,冥冥中戒神在旁守护,使我没有机会报复,而今您受到恩宠,动了一念名利心,无形中德行已经亏损,因为这个缘故,我才能接近您的身边来报仇。现在蒙圣人诺迦尊者出面来调解,赐我三昧法水忏,让我得解脱,今后我不再为难您了。"

之结,如石之含火:不触则已,触则激而立生。其终不消释,如疾病之隐伏,必有骤发之日。其终相遇合,如日月之旋转,必有交会之躔。然则种种害人之术,适以自害而已矣。吾过去生中,与君有旧,因君未悟,故为述忧患之由。君与彼已结果矣,自今以往,慎勿造因可也。"罗洒然有省,胜负之心顿尽;数日之内,宿疾全除。此余十许岁时,闻霍易书先生言。或曰:是卫公延璞事,先生偶误记也。未知其审,并附识之。①

同样都是权臣之间的争斗,互相倾轧导致的冤冤和因果轮回。两个故事如此相似,即使没有直接证据证明纪昀受到了佛典冤冤观念的影响,但至少可以说纪昀受到"冤冤故事思维模式"的影响而选择了这样的故事题材(也许就是他自造的)来抚慰那些在仕途中挣扎的人们。

除了能够解释日常现象,果报轮回观点更多地承载了中国人的道德思维。中国自古以来就有善恶相偿的认知理念,《国语·周语》中记有:

天道赏善而罚淫。②

《韩非子·安危》中记有:

祸福随善恶。③

《墨子·公孟》中有:

---

① (清)纪昀:《阅微草堂笔记·卷五·滦阳消夏录五》,上海:上海古籍出版社,2004年1月,第73页。
② (春秋)左丘明:《国语·周语中》,上海师大古籍整理组校点,上海:上海古籍出版社,1978年,第81页。
③ (战国)韩非:《韩非子集释·安危二十五》,(清)陈其猷释,上海:上海人民出版社,1994年,第483页。

> 以鬼神为明,能为祸福。为善者赏之,为不善者罚之。①

这些都是善善恶恶道德思维的体现。佛教传入中国后,中国人援儒入佛,在因果报应中也融入了儒家的道德观念和价值判断标准。因此,果报轮回的观点更多地反映了道德层面的问题。似乎佛门中人早已经意识到,果报轮回是可以且应当和儒家的基本观念相结合起来,这样才能长久。

极力宣扬因果报应思想的东晋高僧慧远,他所倡导的因果报应论就明显体现出与儒家理论的沟通的态势。其《沙门不敬王者论》云:

> 是故因亲以教爱,使民知其有自然之恩;因严以教敬,使民知其有自然之重。二者之来,实由冥应,应不在今,则宜寻其本。故以罪对为刑罚,使惧而后慎;以天堂为爵赏,使悦而后动。此皆即其影响之报,而明于教,以因顺为通而不革其自然也。②

这里将孝顺父母、尊敬君主认为是合乎因果报应的道理,很显然,是儒家的"孝""敬"观念与佛家的因果报应论的结合。这种例子后世还有很多,就不一一列举了。

纪昀正是看中了果报轮回观念能够寄托儒家道理这个特点,才在《阅微草堂笔记》中大量选用果报故事作为故事题材。他关注的不仅是果报故事的题材,还有果报轮回故事在小说作品中的教化律人功能,并为之找到儒学根据。他曾大篇幅地论述儒释二教中对于果报劝世的看法:

---

① (战国)墨翟:《墨子·公孟》,《新语校注——新编诸子集成》,北京:中华书局,1986年。

② (东晋)慧远:《沙门不敬王者论》,《弘明集》卷五,上海:上海古籍出版社,1991年,第31页。

第③章
《阅微草堂笔记》志怪故事与佛教文化研究

(客曰):"盖天下上智少而凡民多,故圣人之刑赏,为中人以下设教。佛氏之因果,亦为中人以下说法。儒释之宗旨虽殊,至其教人为善,则意归一辙。先生执董子谋利计功之说,以驳佛氏之因果,将并圣人之刑赏而驳之乎?先生徒见缁流诱人布施,谓之行善,谓可得福。见愚民持斋烧香,谓之行善,谓可得福。不如是者,谓之不行善,谓必获罪。遂谓佛氏因果,适以惑众。而不知佛氏所谓善恶,与儒无异;所谓善恶之报,亦与儒无异也。"①

《阅微草堂笔记》中记载了很多平民日常生活中无法逃脱的果报故事,显示了果报观念由释氏的自神其教逐渐演变为一种让人们自觉地避恶趋善的过程,弥补了道德说教的不足。于是,果报轮回成为纪昀等小说家自觉运用的说教工具,同时"由于因果报应观念意在唤起人们的道德自律,让人们自觉地避恶趋善,它既体现了宗教世化俗的伦理使命意识,也反映了一种广泛的对社会规范的心理期待,从而坚定人们道德信仰的力量"②。

从实质上说,无论是从作者还是读者的角度来看,果报轮回观念更像是一种道德思维。纪昀借助小说的力量宣扬因果报应时,将因果报应的普泛化推到了极点,并且极力宣扬它的偶然性、不可抗拒和后果的严重性:

郑苏仙言:有约邻妇私会,而病其妻在家者,凤负妻家钱数千,乃遣妻赍还。妻欣然往。不意邻妇失期,而其妻乃途遇强暴,尽夺衣裙簪珥,缚置秫丛。皆客作流民,莫可追诘。其夫惟俯首太息,无复一言。人亦不知邻妇事也。后数年,有村媪之子挑人妇女,为

---
① (清)纪昀:《阅微草堂笔记·卷二·滦阳消夏录二》,上海:上海古籍出版社,2004年1月,第33页。
② 普慧:《佛教对六朝志怪小说影响》,《复旦学报》(社会科学版)2002年第2期。

媪所觉，反覆戒饬，举此事以明因果。人乃稍知。盖此人与邻妇相闻，实此媪通词，故知之审；惟邻妇姓名，则媪始终不肯泄，幸不败焉。①

这种利用果报故事说教、劝善在《阅微草堂笔记》中大量的出现，与盛行于明清两代的"功过格"有很大关系。明清时期，功过格是很重要的一种社会现象，它是将人们的言行按善恶功过加以分类，并说明相应的祸福报应。按照"功过格"的要求，每个人要天天省察自己所做的善事恶事，并予打分，一月一小计，一年一大计，最终依据善恶事情的多少领受报应。

许多文学作品都对此有不同程度的反应：《豆棚闲话》第四则《藩伯子散宅兴家》开篇讲述积德行善时说：

> 故此温公司马光只要劝人积些阴德，在于人所不知不觉之处，那天地鬼神，按着算子，压定盘星，分分厘厘，全然不爽，或于本身，或于子孙，一代享用不尽的再及一代，十代享用不尽的直及生生世世，不断头的。②

这种思维方式显然就是从"功过格"而来的。《阅微草堂笔记》中也有不少通过计算来完成果报的故事：

> 少年言："有一事告君，祈君勿拒。君四世前与我为密友，后忽藉胥魁势豪夺我田。我诉官，反遭笞。郁结以死，诉于冥官。主者以契交隙末，当以欢喜解冤。判君为我妇二十年。不意我以业重，遽堕狐身，尚有四年未了。比我炼形成道，君已再入轮回，转生今

---

① （清）纪昀：《阅微草堂笔记·卷十五·姑妄听之一》，上海：上海古籍出版社，2004年1月，第324页。
② （清）艾衲居士：《豆棚闲话》，上海：上海古籍出版社，1983年，第38页。

世。前因虽昧,旧债难消;夙命牵缠。遇于此地。业缘凑合,不能待君再堕女身,便乞相偿,完此因果。"……突梁上大笑曰:"此足抵答三十矣。"自是遂不至。后葺治草屋,见梁上皆白粉所画圈,十圈为一行。数之,得一千四百四十,正合四年之日数。乃知为所记淫筹。计其来去,不满四年,殆以一度抵一日矣。①

东光霍从占言:一富室女,五六岁时,因夜出观剧,为人所掠卖。越五六年,掠卖者事败,供曾以药迷此女。移檄来问,始得归。归时视其肌肤,鞭痕、杖痕、剪痕、锥痕、烙痕、烫痕、爪痕、齿痕遍体如刻画,其母抱之泣数日,每言及,辄沾襟。先是女自言主母酷暴无人理,幼时不知所为,战栗待死而已;年渐长,不胜其楚,思自裁。夜梦老人曰:"尔勿短见,再烙两次,鞭一百,业报满矣。"果一日缚树受鞭,甫及百而县吏持符到。盖其母御婢极残忍,凡馘觫而侍立者,鲜不带血痕;回眸一视,则左右无人色。故神示报于其女也。然竟不悛改,后疽发于项死。子孙今亦式微。②

后一个故事固然是古代拐卖妇女的惨痛故事,但是纪昀等人认为这是"业报"的结果,并且业报的精确度准确到打几鞭、烙几下,这完全是"功过格"思维方式的延续。他极力让人相信即使是极小的恶性,也难逃因果宿命。当然,由于一善一恶在上天都有记录,善行也可弥补所行之恶,对此的计算也是毫厘不爽的,善行通过因果报应也会得到彰显:

王符九言:凤皇店民家,有儿持其母履戏,遗后圃花架下,为其父所拾。妇大遭诟诘,无以自明,拟就缢。忽其家狐祟大作,妇女

---

① (清)纪昀:《阅微草堂笔记·卷十六·姑妄听之二》,上海:上海古籍出版社,2004年1月,第340页。
② (清)纪昀:《阅微草堂笔记·卷九·如是我闻三》,上海:上海古籍出版社,2004年1月,第171页。

近身之物,多被盗掷于他处,半月余乃止。遗履之疑,遂不辩而释,若阴为此妇解结者,莫喻其故。或曰:"其姑性严厉,有婢私孕,惧将投缳。妇窃后圊钥纵之逃。有是阴功,故神遣狐救之欤!"或又曰:"既为神佑,何不遣狐先收履,不更无迹乎?"符九曰:"神正以有迹明因果也。"余亦以符九之言为然。①

《聊斋志异》中也有一则相似的因为女鞋招致冤狱的故事:

先是,巷中有毛大者,游手无籍。尝挑王氏不得,知宿与洽,思掩执以胁之。是夜过其门,推之未扃,潜入。方至窗下,踏一物耎若絮绵,拾视,则巾裹女舄。伏听之,闻宿自述甚悉,喜极,抽息而出。逾数夕,越墙入女家,门户不悉,误诣翁舍。翁窥窗,见男子,察其音迹,知为女来。大怒,操刀直出。毛大骇,反走。方欲攀垣,而下追已近,急无所逃,反身夺刃;媪起大呼,毛不得脱,因而杀翁。女稍痊,闻喧始起。共烛之,翁脑裂不能言,俄顷已绝。于墙下得绣履,媪视之,胭脂物也。逼女,女哭而实告之;不忍贻累王氏,言鄂生之自至而已。天明,讼于邑。②

由此故事开始了漫长的诉讼过程,种种巧合使得鄂生受尽冤屈,虽然鄂生最终昭雪,但是这场人为的冤狱给他带来不小的伤害。两相比较,《聊斋志异》的故事更接近生活现实,《阅微草堂笔记》中则安排了狐仙的出场,既省去了许多复杂的情节,又表彰了善行,只能算是纪昀的一种美好愿望吧。

果报轮回又引发出了"定数"的观念。在今人看来这些认识当然有落后的一面,但是这毕竟是三百多年前中国人用来观察、思考世界的一

---

① (清)纪昀:《阅微草堂笔记·卷十三·槐西杂志三》,上海:上海古籍出版社,2004年1月,第259页。

② (清)蒲松龄:《聊斋志异·胭脂》,北京:人民文学出版社,2009年,第1409页。

种方式,他们没有外来科学填充头脑,只能从他们熟知的经典和观念意识中来寻求事物的答案。

《阅微草堂笔记》中的果报故事还有个很大的特点,强调对动物不要虐杀:

> 闽中某夫人喜食猫,得猫则先贮石灰于罂,投猫于内,而灌以沸汤。猫以灰气所蚀,毛尽脱落,不烦扫治;血尽归于脏腑,肉白莹如玉,云味胜鸡雏十倍也。日日张网设机,所捕杀无算。后夫人病危,呦呦作猫声,越十余日乃死。卢观察撝吉尝与邻居,撝吉子荫文,余婿也,尝为余言之。因言景州一宦家子,好取猫犬之类,拗折其足,捩之向后,观其孑孑跳号以为戏,所杀亦多。后生子女,皆足踵反向前。又余家奴子王发,善鸟铳,所击无不中,日恒杀鸟数十。惟一子,名济宁州,其往济宁州时所生也。年已十一二,忽遍体生疮如火烙痕,每一疮内有一铁子,竟不知何由而入。百药不痊,竟以绝嗣。杀业至重,信夫!①

纪昀一再以"信夫"结尾,可见杀业在他头脑中罪孽之深。类似的观念在明清时期的白话小说中也多有出现,如《古今小说》中《计押番金鳗产祸》的故事主体就是主人公因为钓鱼而误伤金明池掌,招致这一水神的严厉报复。这一融合了杀生与渎神的因果报应设定,强调了对动物的尊重,与周围生物世界的和谐相处。

不要虐杀、杀业至重的思维方式在佛经故事中体现得较为突出,如《六度集经》中五色鹿的故事。故事讲五色鹿用自己的身体来代替怀孕的母鹿进献给国王,国王非常感动,从此认识到杀业之重。《三昧水忏经》中也说到杀业奇重:

---

① (清)纪昀:《阅微草堂笔记·卷四·滦阳消夏录四》,上海:上海古籍出版社,2004年1月,第65页。

虽复禽兽之殊,保命畏死,其事是一。若寻此众生无始以来,或是我父母兄弟,六亲眷属。以业因缘轮回六道,出生入死,改形易报,不复相识,而今兴害,食啖其肉,伤慈之甚。是故佛言设得余食,当如饥世食子肉,想何况食啖此鱼肉耶?又言为利杀众生,以财网诸肉,二者俱是恶业,故知杀业及食啖罪深河海重丘岳。①

《阅微草堂笔记》中还记有很多类似的故事,如记载屠驴的乡人死时做驴鸣等等。纪昀大量记载这类故事说明他很重视杀业这个问题,并试图为之找到佛学依据和科学解释,在其他同类作品中比较少见。

《阅微草堂笔记》的果报轮回故事除了劝诫人们不要虐杀动物外,还很关注家庭问题,如妾媵问题:

王庆坨一媪,恒为走无常。有贵家姬问之曰:"我辈为妾媵,是何因果?"曰:"冥律小善恶相抵,大善恶则不相掩。姨等皆积有小善业,故今生得入富贵家;又兼有恶业,故使有一线之不足也。今生如增修善业,则恶业已偿,善业相续,来生益全美矣。今生如增造恶业,则善业已销,恶业又续,来生恐不可问矣。然增修善业,非烧香拜佛之谓也,孝亲敬嫡,和睦家庭,乃真善业耳。"一姬又问:"有子无子,是必前定,祈一检问。如冥籍不注,吾不更作痴梦矣。"曰:"此不必检,但常作有子事,虽注无子,亦改注有子;若常作无子事,虽注有子,亦改注无子也。"②

对妾媵问题的关注,与纪昀的生活现状有关。纪昀原配马夫人,《阅微草堂笔记》笔记中出现的侍姬也有四五人,纪昀周旋其中,用果报

---

① [日]《大正藏》卷138《佛说慈悲三昧水忏经》,台北:佛陀教育基金会出版,1990年,第645页。
② (清)纪昀:《阅微草堂笔记·卷十二·槐西杂志二》,上海:上海古籍出版社,2004年1月,第245页。

观念来解释侍姬的命运,也是为了更好地安抚妾媵、安定家庭吧。

三 果报轮回观念面临的危机

纪昀在《阅微草堂笔记》中虽然多次提到果报、轮回实有,但有时对此也表现出了怀疑。这个现象本身似乎已经表现出了当时果报问题面临的危机。

纪昀对于果报故事时时流露出怀疑的态度,恐怕与他本人对于佛教的虚妄有着很清醒的认识有关,他曾对有关刘石庵藏佛经残帙的种种神佛护佑说加以驳斥,指出:

> 如云佛力所保持,何不全秩皆完整,或曰墨宝神搞诃,胡不护惜张钟等?乃知剩此亦偶然,一瞥电光仍幻景。①

纪昀一方面言之凿凿地强调果报轮回实有,一方面又以一种站在当时时代思想前列的姿态质疑那些害人的所谓经忏②,他对释氏绝不是全盘吸收,而是理智地选择。而且,《阅微草堂笔记》中出现过很多人能够胜过鬼神、甚至蔑视轮回的故事:

> 外祖雪峰张公家奴子王玉善射。尝自新河携盐租返,遇三盗,

---

① (清)纪昀:《纪晓岚文集》,孙致中、吴恩扬等点校,石家庄:河北教育出版社,1991年,第564页。
② 如纪昀在《阅微草堂笔记》明确反对所谓《血盆经》。他表示:"福田之说兴,瞿昙氏之本旨晦矣。闻有走无常者,以血盆经忏有无利益问冥吏。"冥吏曰:"无是事也。夫男女构精,万物化生,是天地自然之气,阴阳不息之机也。化生必产育,产育必秽污,虽淑媛贤母,亦不得不然,非自作之罪也。如以为罪,则饮食不能不便溺,口鼻不能不涕唾,是亦秽污,是亦当有罪乎?为是说者,盖以最易惑者惟妇女,而妇女所必不免者惟产育,以是为有罪,以是罪为非忏不可;而闺阁之财,无不充功德之费矣。尔出入冥司,宜有闻见,血池果在何处?堕血池者果有何人?乃犹疑而问之欤!"走无常后以告人,人讫无信其言者。积重不返,此之谓矣。《阅微草堂笔记·卷九·如是我闻三》,上海:上海古籍出版社,2004年1月。

三矢仆之,各唾面纵去。一日,携弓矢夜行,见黑狐人立向月拜,引满一发,应弦饮羽,归而寒热大作。是夕,绕屋有哭声曰:"我自拜月炼形,何害于汝?汝无故见杀,必相报恨。汝未衰,当诉诸司命耳。"数日后,窗棂上铿然有声,愕眙惊问。闻窗外语曰:"王玉我告汝:我昨诉汝于地府,冥官检籍,乃知汝过去生中,负冤讼辩。我为刑官,阴庇私党,使汝理直不得申,抑郁愤恚,自刺而死。我堕身为狐,此一矢所以报也。因果分明,我不怨汝。惟当日违心枉拷,尚负汝笞掠百余。汝肯发愿免偿,则阴曹销籍,来生拜赐多矣。"语讫,似闻叩额声。王叱曰:"今生债尚不了了,谁能索前生债耶?妖鬼速去,无扰我眠。"遂寂然。世见作恶无报,动疑神理之无据。乌知冥冥之中,有如是之委曲哉。①

"今生债尚不了了,谁能索前生债耶?"这是那些理性已经觉醒的人们的疑问,也代表着存在了千年的果报之说面临的质疑。当人们回顾自身的生存环境并期以得到确切答案时,就会发现今生之债尚不能偿完,又何能谈到上辈子、下辈子的事情,存在已逾千年的因果报应观念面临着人们的信任危机。在《阅微草堂笔记》中纪昀从不忌讳说出自己对果报故事的怀疑:

谓鬼无轮回,则至古至今,鬼日日增,将大地不能容。谓鬼有轮回,则此死彼生,旋即易形而去,又当世间无一鬼。贩夫田妇,往往转生,似无不轮回者。荒阡废冢,往往见鬼,又似有不轮回者。②
人死者,魂隶冥籍矣。然地球圆九万里,径三万里,国土不可以数计,其人当百倍中土,鬼亦当百倍中土。何游冥司者,所见皆

---

① (清)纪昀:《阅微草堂笔记·卷七·如是我闻一》,上海:上海古籍出版社,2004年1月,第121页。
② (清)纪昀:《阅微草堂笔记·卷四·滦阳消夏录四》,上海:上海古籍出版社,2004年1月,第76页。

中土之鬼,无一徼外之鬼耶?其在在各有阎罗王耶?顾郎中德懋,摄阴官者也。尝以问之,弗能答。①

轮回之说确实不能帮助纪昀解决所有的疑问,他站在一个考据学大家的立场上来讨论果报轮回,穷究其有无的时候便自然产生了种种疑问。难能可贵的是,他以接触到西方传入的近代地学知识为据,来思考、质疑,表现出科学思维的素质。但事实上没人能给他确切的答复。因此,果报轮回故事在《阅微草堂笔记》中呈现出一种矛盾胶着的、危机的状态。同时,也说明纪昀津津有味地讲述果报故事,信仰、辅教并不是主要动机,"神道设教"的因素和追根究底的目的才是最重要的。

四 果报轮回观念的文学作用

果报观念的地位虽然受到动摇,但是它对于中国古代文学作品结构的影响却是意义重大的,其中也包括对《阅微草堂笔记》叙事影响。果报轮回在故事中的意义不只是表层结构上的,还有宗教意识、现实规律和叙述逻辑的契合,实际上已构成了《阅微草堂笔记》叙事上的一个基本特点。

纪昀要给自己的故事找到合理的解释,并用果报思想来使这些故事逻辑相通,合理顺畅:

> 朱某一婢,粗材也。稍长,渐慧黠,眉目亦渐秀媚,因纳为妾。颇有心计,扪挡井井,米盐琐屑,家人纤毫不敢欺,欺则必败。又善居积,凡所贩鬻,来岁价必贵。朱以渐裕,宠之专房。一日,忽谓朱曰:"君知我为谁?"朱笑曰:"尔颠耶?"因戏举其小名曰:"尔非某

---

① (清)纪昀:《阅微草堂笔记·卷五·滦阳消夏录五》,上海:上海古籍出版社,2004年1月,第108页。

耶?"曰:"非也,某逃去久矣,今为某地某人妇,生子已七八岁。我本狐女,君九世前为巨商,我为司会计。君遇我厚,而我乾没君三千余金。冥谪堕狐身,炼形数百年,幸得成道。然坐此负累,终不得升仙。故因此婢之逃,幻其貌以事君。计十余年来,所入足以敌所逋。今尸解去矣。我去之后,必现狐形。君可付某仆埋之,彼必裂尸而取革,君勿罪彼。彼四世前为饿殍时,我未成道,曾啖其尸。听彼碎磔我,庶冤可散也。"俄化狐磔地,有好女长数寸,出顶上,冉冉去;其貌则别一人矣。朱不忍而自埋之,卒为此仆窃发,剥卖其皮。朱知为凤业,浩叹而已。①

此故事是两个因果的连接,狐化成奴婢完成对朱某的因果,狐死后完成某仆的因果。因果串联起整个故事,不仅使不相干的两部分得以顺利衔接,使故事更符合逻辑,也使果报轮回不再是干巴巴的说教,更具可观赏性。正如研究者所说:

> 因果报应与其说是出于一种宗教信仰,不如说是出于一种世俗愿望。在这一点上,它们与谐谑化和柔性化的描写有相似之处。②

果报轮回故事除了结构功能之外,还有平衡故事情感的作用。《阅微草堂笔记》中的果报轮回故事也不都是惨烈、警戒的,也有通过洞彻因果寻求一种心灵的平静和淡然的故事:

> 白衣庵僧明玉言:昔五台一僧,夜恒梦至地狱,见种种变相。

---

① (清)纪昀:《阅微草堂笔记·卷十二·槐西杂志二》,上海:上海古籍出版社,2004年1月,第236页。
② 刘勇强:《论古代小说因果报应观念的艺术化过程与形态》,《文学遗产》2007年第1期。

有老宿教以精意诵经,其梦弥甚,遂渐至委顿。又一老宿曰:"是必汝未出家前,曾造恶业。出家后,渐明因果,自知必堕地狱,生恐怖心。以恐怖心;造成诸相。故诵经弥笃,幻象弥增。夫佛法广大,容人忏悔,一切恶业,应念皆消。放下屠刀,立地成佛。汝不闻之乎?"是僧闻言,即对佛发愿,勇猛精进,自是宴然无梦矣。①

当然,果报也不都是为了教化百姓,它也可以成为弱者申诉冤屈的文学化手段,《阅微草堂笔记》即有一则故事借冤死之鬼控诉恶人的罪行,在那个时代,纪昀似乎也想不出更好的方法为平民申冤,虽然他富有正义感和良知,也是朝中重臣,但也只能抬出果报这样无力的手段来安抚百姓,也只有借鬼之口才能畅快淋漓地一吐怨气:

(鬼曰):"……别无亲属,尔据其宅,收其资,而棺衾祭葬俱草草,与死一奴婢同。尔无良否耶?尔妇附粮艘寻至,入门与尔相诟厉,即欲逐我;既而知原是我家,尔衣食于我,乃暂容留。尔巧说百端,降我为妾。我苟求宁静,忍泪曲从。尔无良否耶?既据我宅,索我供给,又虐使我,呼我小名,动使伏地受杖。尔反代彼摁我项背,按我手足,叱我勿转侧。尔无良否耶?越年余,我财产衣饰剥削并尽,乃鬻我于西商。来相我时,我不肯出,又痛捶我,致我途穷自尽。尔无良否耶?我殁后,不与一柳棺,不与一纸钱,复褫我敝衣,仅存一裤,裹以芦席,葬丛冢。尔无良否耶?吾诉于神明,今来取尔,尔尚责人无良耶?"其声哀厉,僮仆并闻。南士惊怖瑟缩,莫措一词,遽噘然仆地。不知其后如何,谅无生理矣。因果分明,了然有据。但不知讲学家见之,又作何遁词耳。②

---

① (清)纪昀:《阅微草堂笔记·卷四·滦阳消夏录四》,上海:上海古籍出版社,2004年1月,第70页。
② (清)纪昀:《阅微草堂笔记·卷二十四·滦阳续录六》,上海:上海古籍出版社,2004年1月,第488页。

一声一声"尔无良否耶"的质问,浸透着多少弱者的血泪控诉和愤怒,但是,处在那样的时代、哪里有弱者去争取自己权益或者说为自己生存斗争的权利呢,他们只有通过因果报应来完成所谓的复仇。作为统治阶级的纪昀虽然非常同情他们的遭遇,但是也只能提供给受害者如此苍白无力的手段和方法。

客观地说,纪昀写作果报故事的最终目的是使百姓安于现状,逆来顺受,这是不容否认的。此外,他把一些偶然事件也一定要看作是因果轮回的结果,不顾事实真相地胡乱联系,确实是《阅微草堂笔记》果报故事落后的地方。

总体来看,因果报应故事占《阅微草堂笔记》故事总量的三分之一左右,我们不能把他们笼统地看成迷信、反动的内容,应该看到故事背后蕴藏的种种文化因素。把这些故事放到大的时代背景下来看,就会发现更多的值得研究的内容,其中出现矛盾的情形也值得研究者探讨。

第三节　禅僧形象与纪昀的禅宗观念研究

一　善比佛法　取诸墨杨

《阅微草堂笔记》中的禅僧形象需要引起研究者的注意,纪昀记载的这些禅僧,侧重日常的、真实的言行,鲜少演绎故事,既是对当时禅僧生存状态的真实反映,也较为集中地展示了纪昀本人的禅宗观念和对禅宗的认识。如《滦阳消夏录一》中的一则故事:

无云和尚,不知何许人。康熙中,挂单河间资胜寺,终日默坐,与语亦不答。一日,忽登禅床,以界尺拍案一声,泊然化去。视案上有偈曰:"削发辞家净六尘,自家且了自家身。仁民爱物无穷事,原有周公孔圣人。"佛法近墨,此僧乃近于杨。①

故事中评论性语句"佛法近墨,此僧乃近与杨"虽然简短,其背后的含义却非常丰富。

纪昀用墨子理论来比喻佛法,首先因为墨子"兼爱"观与佛教"慈悲"观类似,墨子"兼爱"观与佛教"慈悲"观的本质都是"爱人"。"兼爱"指人类整体之爱。正如《墨子·大取》所言:

> 爱众世与爱寡世相若,兼爱之有相若;爱上世与爱后世,一若今世之人也。②

在墨子学派看来,爱没有时空、区域、方位的限制,佛教慈悲观也强调以爱心去帮助众生,觉悟众生,解救众生,使众生摆脱生死轮回的苦境,到达常、乐、我、净的涅槃境界。从这一点来看,墨子和佛家确实有相似之处。

其次,墨家和佛家都强调在平等基础上的"兼爱"、"慈悲"。《墨子·法仪》言:

> 今天下无大小国,皆天之邑也。人无幼长贵贱,皆天之臣也。③

《墨子·小取》中说道:

---

① (清)纪昀:《阅微草堂笔记·卷一·滦阳消夏录一》,上海:上海古籍出版社,2004年1月,第5页。
② (春秋)墨翟:《墨子》,北京:中华书局,2007年3月,第91页。
③ (春秋)墨翟:《墨子》,北京:中华书局,2007年3月,第24页。

获（婢女），人也。爱获，爱人也。臧（奴仆），人也。爱臧，爱人也。①

佛经亦云：

一切众生，莫不有心，凡有心者，定当得成阿耨多罗三藐三菩提。②

心佛众生，三无差别。③

两者在这些方面不谋而合。纪昀以墨喻佛的观念同样体现在《四库全书总目提要》中，第一百十七卷《子部·杂家类·墨子·十五卷》条下说：

然佛氏之教其清净取诸老，其慈悲则取诸墨。④

《提要》更论证道：

韩愈《送浮屠文畅师序》，称儒名墨行，墨名儒行。以佛为墨盖得其真。⑤

这些都是墨子学说与佛家相似性的表现。佛教自印度传来，属于

---

① （春秋）墨翟：《墨子》，北京：中华书局，2007年3月，第95页。
② （清）《大般涅槃经第二十七》《狮子吼菩萨品第十一之一》，《乾隆大藏经》第31卷，台北：传正有限公司，1997年12月，第61页。
③ （清）《胜发义记卷下》，《乾隆大藏经》第31卷，台北：传正有限公司，1997年12月，第80页。
④ （清）永瑢：《四库全书总目提要·一百十七卷·子部·杂家类·墨子·十五卷》，北京：中华书局，2003年，第1006页。
⑤ （清）《四库全书总目提要·一百十七卷·子部·杂家类·墨子·十五卷》，北京：中华书局，2003年，第1006页。

外来文化,中国的文人们在自己熟悉的墨家学说中找到相似点,也是自然的事情。

不过,二者还是有区别的。墨子"兼爱"观与佛教"慈悲"观各自的出发点和最终目的并不相同,墨子倡扬"爱利万民,爱利百姓",即"兼相爱,交相利"。

《墨子·兼爱上》言:

> 夫爱人者,人必从而爱之;利人者,人必从而利之。①

借着主动的先爱他人,从而达到人人互爱、互利的境界,使得墨家的兼爱具有功利主义的色彩。相比之下,佛家讲的"爱人"没有这样浓重的功利色彩,反而要求为了普度众人而牺牲自己的利益。作为大乘教义的"六度"之首的布施(其他五度为持戒、忍辱、精进、禅定、智慧),是大乘佛教的最重要的修持方法,它要求佛教徒以自己的财力、体力和智慧去救助贫困者和需要帮助的人,并强调应以净心布施,不带任何功利性。《大乘宝要义论》卷十二中说:

> 言布施者,以己财事分布于他,名之为布;辍己惠人,名之为施。②

佛法近墨,但是具体到禅宗观念则与之有不同之处。纪昀对于故事中禅僧评价是"此僧乃近于杨",评价的由来是无云和尚的偈语:

> 削发辞家净六尘,自家且了自家身。仁民爱物无穷事,原有周

---

① (春秋)墨翟:《墨子》,北京:中华书局,2007年3月,第66页。
② (清)《大乘宝要义论》,《乾隆大藏经》,台北:传正有限公司,1997年12月,第105卷,第253页。

公孔圣人。①

这首偈语正是禅宗"佛在心头,不必外求"的表现。禅宗重在"修心"、"见性",开发内心,不向外求,只向内求,即心即佛,也就是教外别传,不立文字,直指人心,见性成佛。"自家且了自家身",这其实表现的是禅宗中的自性自度的观点,《坛经》中对此即有相关论述。虽然《坛经》作者曾有争议,但是书中的观点却是值得大家考量的,如其中对"自性自度"做了进一步解释:

何名自性自度? 自色身中邪见烦恼,愚痴迷妄,自有本觉性。只本觉性,将正见度。既悟正见,般若之智,除却愚痴迷妄,众生各各自度。邪来正度,迷来悟度,愚来智度,恶来善度。如是度者。名为真度。②

具体到"自性自度"悟的是什么,比慧能略晚的僧人宗密说:

顿悟自若心本来清净,元无烦恼,智性本自具足,此心即佛。③

按照他们的认识,"自性自度"能够悟到的自性的本来清静,而这个清静心也就是真心,这才是"自家且了自家身"的真实目的。不借助外力,本性具足,按照这种观点,作恶和求善都是不对的,即使有"仁民爱物"的心也是不对的,显然这是僧人大彻大悟之后所体悟到的境界。

有的学者认为纪昀并没有领悟到这一点,纪昀把无云和尚偈语比

---

① (清)纪昀:《阅微草堂笔记·卷一·滦阳消夏录一》,上海:上海古籍出版社,2004年1月,第5页。
② (唐)慧能:《六祖坛经》(敦煌本),北京:宗教文化出版社2001年,第26页。
③ (唐)宗密:《禅源诸诠集都序(卷一)》,邱高兴校释,郑州:中州古籍出版社,2008年,第9页。

作杨朱理论是一种误读①。纪昀的这种比喻到底有没有误读,有没有合理性,需要进一步分析。

纪昀把无云和尚比做杨朱,注意到了禅僧关注内心、关注个人的特点,这与杨朱强调"为我"理论有相似性。杨朱的理论集中体现在《列子·杨朱篇》:

> 杨朱曰:"伯成子高不以一毫利物,舍国而隐耕。大禹不以一身自利,一体偏枯。古之人损一毫利天下不与也。悉天下奉一身不取也。人人不损一毫,人人不利天下,天下治矣。"禽子问杨朱曰:"去子体之一毛以济一世,汝为之乎?"杨子曰:"世固非一毛之所济。"禽子曰:"假济,为之乎?"杨子弗应。禽子出语孟孙阳。孟孙阳曰:"子不达夫子之心,吾请言之。有侵若肌肤获万金者,若为之乎?"曰:"为之。"孟孙阳曰:"有断若一节得一国,子为之乎?"禽子默然有间。孟孙阳曰:"一毛微于肌肤,肌肤微于一节,省矣。然则积一毛以成肌肤,积肌肤以成一节,一毛固一体万分中之一物,奈何轻之乎?"禽子曰:"吾不能所以答子,然则以子之言问老聃、关尹,则子言当矣;以吾言问大禹墨翟,则吾言当矣。"孟孙阳因顾与其徒说他事。……②

杨朱"拔一毛利天下而不为"的观点受到孟子等人的猛烈批判。《孟子·尽心上》云:

> 杨子取为我,拔一毛而利天下不为也。③

《韩非子·显学》曰:

---

① 参看杨亮:《清代文人禅宗观念的困惑与缺失》,《上饶师范学院学报》2007 年 4 月卷。
② (战国)列御寇:《列子集释》,杨伯峻译,北京:中华书局,1996 年,第 230 页。
③ (战国)孟轲:《孟子·尽心上》,杨伯峻译注,北京:中华书局,1960 年,第 301 页。

今有人于此，义不入危城，不处军旅。不以天下大利易其胫一毛。世主必从而礼之，贵其智而高其行，以为轻物重生之士也。①

　　实际上，杨朱在其理论中集中强调了"为我"、"重生"。"为我"的真义乃在于自觉自省，进而做到自治、自重、自爱，并非单纯提倡完全自利的利己主义，与禅宗的观念有某种相似之处。

　　杨朱讲"为我"的第一要义是"存我"。"存我"是为了保证人作为生物体的基本存活的需要，这在任何时代都是可以理解的。

　　其次，杨朱虽然突出强调个人，但是如果换个角度来看，这种理论也有其自身价值。杨朱在中国社会思想史上第一个提出了以个人为本的思想，认为个人的存在高于国家和社会，强调个体能动的力量。刘泽华对此评价道：

　　　　杨朱的思想可以说是一种个人本位论。个人作为一种自然的独立存在，与他人是平等的，又具有不可侵犯性。这种思想在当时可以说是最激进的思想之一，是反抗等级制和人身依附关系的强大思想武器。②

　　这种强调本体的重要性和能动性的观点同样在禅宗中多有表现，《坛经》中讲：

　　　　见自性自净，自修自作自性法身，自行佛行，自作自成佛道。③

----

①（战国）韩非：《韩非子集释·显学第十九》，（清）陈其猷释，上海：上海人民出版社，1994年第1080页。
② 刘泽华：《中国政治思想史（先秦卷）》，杭州：浙江人民出版社，1996年，第25页。
③（唐）慧能：《六祖坛经笺注忏悔品第六》，丁福保注，香港：法藏寺印赠，1998年，第27页。

禅宗重视弟子的自立、能动。惠昕本《坛经》记载这样的故事：五祖弘忍把衣钵传给慧能后,当晚要慧能离开,亲自把他送到九江驿。慧能上船后,弘忍为之摇橹,慧能请摇橹,

> 祖云:"合是吾度汝。"慧能曰:"迷时师度,悟了自度。度名虽一,用处不同,慧能生在边方,语音不正,蒙师传法,今已得悟,只合自性自度。"祖云:"如是如是,以后佛法,由汝大行。……"①

师傅只是弟子入道的接引人,一旦弟子觉悟了,则完全可以也应该自立。

此外,杨朱强调贵己重生、全性保真,以保全自己为重。后世的杨朱学派更发展了这一点,高亨在《杨朱学派》一文对此表示赞赏:

> 盖杨朱思想以平民为出发点,彼见当时平民制于君主淫威之下,困于君主虐政之中,坐涂炭,陷水火,供奉竭脂髓,驱使如犬马,生命侔草芥,故倡为己之说,以期唤起民庶,共起推翻君主。呜呼!杨朱殆一平民革命家也。②

禅宗同样强调自性悟道,保全自己,超拔于尘念欲海之中,两者亦有相似之处。

需要说明的是,杨墨之间并非绝对对立的状态,当他们的认识向群体方向发展的就是墨子的公义,向个人本质可贵的方向发展的就是杨朱之学。

不过,纪昀这段"近杨"之论还有另一种解释的可能,即并非针对一般意义上的"禅宗",而是针对这一个具体的僧人。"佛法近墨"主要是

---

① (唐)慧能,赖丞海主编:《六祖坛经行由品第一》,北京:中华书局,2010 年 5 月,第 27 页。

② 高亨:《诸子新笺》(第四册),上海:上海古籍出版社,1982 年,第 134 页。

从大乘佛教"普渡众生"的教义着眼;"此僧近杨",则从无云和尚的偈语着眼,其实也就是小乘佛教"自了汉"的观念——不一定是指特定的禅宗。看来,两种解释各有合理性,并存之可也。

最后,纪昀这种用杨朱墨子比喻佛理的做法,除了在《阅微草堂笔记》和《四库全书总目提要》中有所体现外,前者还有以儒家比喻释家的文字:

> 释家诚与儒家异,然彼此均各有品地。果为孔子,可以辟佛;颜、曾以下弗能也。果为颜、曾可以辟菩萨;郑、贾以下弗能也。果为郑、贾,可以辟阿罗汉;程、朱以下弗能也。果为程、朱,可以辟诸方祖师;其依草附木,自托讲学者弗能也。①

这些固然与禅宗没有直接联系,但是当时文人的这种譬喻习惯也是值得研究者注意的,同时也是三教合一的具体体现。

二 纯任本心 世俗成佛

《阅微草堂笔记》中还有一类禅僧是纯任本心,在世俗生活中成佛的。《滦阳续录五》中记一个槐镇僧,他与常人生活无异,却纯任本心,求佛之真,在世俗生活中坐化成佛,是禅宗中"青青翠竹尽是法身,郁郁黄花无非般若"、"担水砍柴即是修行"精神具体的体现:

> 余十岁时,闻槐镇一僧,农家子也,好饮酒食肉。庙有田数十亩,自种自食,牧牛耕田外,百无所知。非惟经卷法器,皆所不蓄,毗卢袈裟,皆所不具;即佛龛香火,亦在若有若无间也。特首无发,

---

① (清)纪昀:《阅微草堂笔记·卷十四·槐西杂志四》,上海:上海古籍出版社,2004年1月,第296页。

室无妻子,与常人小异耳。一日,忽呼集邻里,而自端坐破几上,合掌语曰:"同居三十余年,今长别矣。以遗蜕奉托可乎?"溘然而逝,合掌端坐仍如故,鼻垂两玉箸,长尺余。众大惊异,共为募木造龛。舅氏安公实斋居丁家庄,与相近,知其平日无道行,闻之不信。自往视之,以造龛未竟,二日尚未敛,面色如生,抚之肌肤如铁石。时方六月,蝇蚋不集,亦了无尸气,竟莫测其何理也。①

佛教对于修行本身有一套特定的经典、仪轨和戒律等等,但自六祖慧能之后,中国的禅宗把上述都简化了,无需念经持戒,也不需礼拜佛像。成佛达到涅槃境界只要靠自己一心的觉悟,即"一念觉,即佛;一念迷,即众生"。

到了清代,禅宗这种只要顿悟本心,不需坐禅,更不用脱离日常生活的修行方式深受崇尚自然、自由精神的士大夫的欢迎,他们对于世俗成佛的人物也很推崇。纪昀笔下这样一个好饮酒吃肉,法器、经卷、袈裟都没有,甚至佛龛都在若有若无间的槐镇僧人,最后竟成了佛,可以说是对禅宗一个很好的诠释。他的身上似乎也有"狂禅"的影子,这个无名的槐镇僧,似乎真的领略到了禅的意境,所以能够在欲海横流的俗世,保持本心的清净和佛性的纯净,坐化成佛。

相比之下,纪昀在《阅微草堂笔记》中写了大量的酒肉和尚,并对之极尽讽刺、谴责之长。但是对同样饮酒吃肉的槐镇僧却无此意,并详加介绍其成佛的经过和对众人的震撼,可见纪昀心中自有评判标准,他对于禅宗的认识还是比较深刻的。

《聊斋志异》中也有这样一个过着世俗生活的和尚:金和尚,《聊斋志异·金和尚》记一个暴富的和尚,不仅享受着世俗生活,而且前呼后拥,颇有势力。金和尚暴富之时:

---

① (清)纪昀:《阅微草堂笔记·卷二十三·滦阳续录五》,上海:上海古籍出版社,2004年1月,第477页。

奴辈呼之皆以"爷",即邑之人若民,或"祖"之,"伯叔"之,不以"师",不以"上人",不以禅号也。生平不奉一经,持一咒,迹不履寺院,室中亦未尝蓄铙鼓;此等物,门人辈弗及见,并弗及闻。凡跶屋者,妇女浮丽如京都,脂泽金粉,皆取给于僧,僧亦不之靳。①

历史上实有金和尚此人,据李象先等编《五莲山志诸师本传》②记载其在明末山东诸城五莲山寺出家。王士禛《分甘馀话》《金姓僧假子金举人》中也对此多有记载:

国初一僧,金姓,自京师来青之诸城,自云是旗人金中丞之族,公然与冠盖交往。诸城九仙山古刹,常住腴田数千亩,据而有之。益置膏腴,起甲第。徒众数百人,或居寺中,或以自随,居别墅。鲜衣怒马,歌儿舞女,虽豪家仕族不及也。有金举人者,自吴中来,父事之,愿为之子。此僧以势利横行同者几三十年,乃死。中分其资产,半予僧徒,半予假子。有往吊者,举人辄衰稽颡,如俗家礼。余为祭酒日,举人方肆业太学,亦能文之士,而甘为妖髡假子,忘其本生,大可怪也。③

蒲松龄记此事是抱着否定态度的,文以"奇观哉"结束。对此,但明伦评价道:

观之者恬不为怪,行之者觍不知羞,抑且侈为美谈,传为盛事。文以"奇观哉"三字冷语结之。通篇字字皆成斧钺,为佛门护法,为

---

① (清)蒲松龄:《聊斋志异》,北京:人民文学出版社,2009年,第1044页。
② 李象先:《五莲山志诸师本传》,徐自强《中国历代禅师传记资料汇编》,上海:上海古籍出版社,1997年,第379页。
③ (清)王士禛:《分甘余话》,张士林校点,北京:中华书局,1989年,第89页。

第③章
《阅微草堂笔记》志怪故事与佛教文化研究

世教防闲,功德不少。①

　　金和尚和槐镇僧比起来,一个从外表到内心都沉迷于人世的欲海,一个则是内心持守,终成正果,两人虽然都生活在世俗生活中,但是内心却截然相反。正好在两部作品中为读者提供了反正两方面的教材。

　　最后,《阅微草堂笔记》的禅僧故事有很多从寓意现实、劝诫世人这个角度来切入,用僧人的禅定状态喻指世情。构思新巧别致,扩大了禅僧故事的表现范围:

> 陈云亭舍人言:其乡深山中有废兰若,云鬼物据之,莫能修复。一僧道行清高,径往卓锡。初一两夕,似有物窥伺。僧不闻不见,亦遂无形声。三五日后,夜有夜叉排闼入,狰狞跳掷,吐火嘘烟。僧禅定自若。扑及蒲团者数四,然终不近身;比晓,长啸去。次夕,一好女至,合什作礼,请问法要。僧不答。又对僧琅琅诵《金刚经》,每一分讫,辄问此何解。僧又不答。女子忽旋舞,良久,振其双袖,有物簌簌落满地,曰:"此比散花何如?"且舞且退,瞥眼无迹。满地皆寸许小儿,蠕蠕几千百,争缘肩登顶,穿襟入袖。或龁啮,或搔爬,如蚊虻虮虱之攒咂;或抉别耳目,擘裂口鼻,如蛇蝎之毒螫。撮之投地,爆然有声,一辄分形为数十,弥添弥众。左支右绌,困不可忍,遂委顿于禅榻下。久之苏息,寂无一物矣。僧慨然曰:"此魔也,非迷也。惟佛力足以伏魔,非吾所及。"天明,竟打包返。余曰:"此公自作寓言,警正人之慍于群小耳。然亦足为轻尝者戒。"云亭曰:"仆百无一长,惟平生不能作妄语。此僧归路过仆家,面上血痕细如乱发,实曾目睹之。"②

---

① 张友鹤集校:《聊斋志异》(会校、会注、会评本),北京:人民文学出版社,1988年,第127页。
② (清)纪昀:《阅微草堂笔记·卷二十三·滦阳续录五》,上海:上海古籍出版社,2004年1月,第475页。

用禅僧打坐受扰来喻正直官员受到群小掣肘,既形象又贴切,准确地表达了寓世之意。使得故事富有深意,耐人寻味,又为说教、劝惩的创作意图找到一个极好的载体,既有趣味性又很深刻。

第四节　僧侣故事描写特点研究

《阅微草堂笔记》中有一类僧人故事是其独有的,姑且称之"阅微特色"僧侣故事。即,用僧事比吏事,将僧人比官吏,用僧人对佛事的认识来比喻为官之道,显得新颖别致。纪昀多年身处高位,正直清廉,不满官场蝇营狗苟,但又不可能直言,只好借题骂世。如《如是我闻四》中记一则故事:

> 戴遂堂先生曰:"尝见一巨公,四月八日在佛寺礼忏放生。偶散步花下,遇一游僧,合掌曰:'公至此何事?'曰:'作好事也。'又问:'何为今日作好事?'曰:'佛诞日也。'又问:'佛诞日乃作好事,余三百五十九日皆不当作好事乎?……然则苞苴公行,簠簋不饰,而月限某日某日不受钱,谓之廉吏乎?'"[1]

纪昀每每对事情有独到的见解,决不人云亦云。对于佛门的持斋,不仅表示怀疑并且由此生发开去,从具体故事延伸到为官之道。这与纪昀的身份、地位有关。纪昀身处高位,时时不忘吏治,《阅微草堂笔记》亦多次劝讽官吏,可见其良苦用心。

---

[1] (清)纪昀:《阅微草堂笔记·卷十·如是我闻四》,上海:上海古籍出版社,2004年1月,第185页。

第③章
《阅微草堂笔记》志怪故事与佛教文化研究

纪昀长于就题发挥,加以推衍,而且他的落脚点绝非是故事那么简单,他常就某一具体的僧侣故事来说明世间的道理:

> 有僧善禁咒,为狐诱至旷野,千百为群,噪叫搏噬。僧运金杵,击踣人形一老狐,乃溃围出。后遇于途,老狐投地膜拜。曰:"曩蒙不杀,深自忏悔。今愿皈依受五戒。"僧欲摩其顶,忽掷一物幂僧面,遁形而去。其物非帛非革,色如琥珀,粘若漆,牢不可脱。瞀闷不可忍,使人奋力揭去,则面皮尽剥,痛晕殆绝。后痂落,无复人状矣。又一游僧,榜门曰"驱狐"。亦有狐来诱,僧识为魅,摇铃诵梵咒。狐骇而逃。旬月后,有媪叩门,言家近墟墓,日为狐扰,乞往禁治。僧出小镜照之,灼然人也,因随往。媪导至堤畔,忽攫其书囊掷河中,符箓法物,尽随水去。妪亦奔匿秫田中,不可踪迹。方懊恼间,瓦砾飞击,面目俱败;幸赖梵咒自卫,狐不能近,狼狈而归。次日,即愧遁。久乃知妪即土人,其女与狐昵;因其女,赂以金,使盗其符耳。此皆术足以胜狐,卒为狐算,狐有策而僧无备,狐有党而僧无助也,况术不足胜而轻与妖物角乎!①

还有通过僧人破戒故事来劝诫世人凡事多从理性的角度考虑,不可意气用事,主观臆断,以致自毁前程:

> 有浙僧立志精进,誓愿坚苦,胁未尝至席。一夜,有艳女窥户。心知魔至,如不见闻。女蛊惑万状,终不能近禅榻。后夜夜必至,亦终不能使起一念。女技穷,遥语曰:"师定力如斯,我固宜断绝妄想。虽然,师忉利天中人也,知近我者则必败道,故畏我如虎狼。即努力得到非非想天,亦不过柔肌著体,如抱冰雪;媚姿到眼,如见

---

① (清)纪昀:《阅微草堂笔记·卷十二·槐西杂志二》,上海:上海古籍出版社,2004年1月,第250页。

尘垢,不能离乎色相也。如心到四禅天,则花自照镜,镜不知花;月自映水,水不知月,乃离色相矣。再到诸菩萨天,则花亦无花,镜亦无镜,月亦无月,水亦无水,乃无色无相,无离不离,为自在神通,不可思议。师如敢容我一近,而真空不染,则摩登伽一意皈依,不复再扰阿难矣。"师自揣道力足以胜魔,坦然许之。偎依抚摩,竟毁戒体。懊丧失志。①

这个故事与《古今小说》中的《月明和尚度柳翠》故事有相似之处。红莲肩负让玉通禅师破戒的任务,假说自己患有腹痛,对禅师百般魅惑,致其破戒。恐怕当时玉通禅师一方面怜悯红莲,一方面也是像"浙僧"一样,自忖自己修行五十二年的戒体能够抵挡女色的"魔障",这种自负的心理,最终毁掉自己的一生。纪昀的重点绝非在浙僧破戒的问题上,而是让读者吸取教训,千万不要自负逞强,以身涉险地。

在《阅微草堂笔记》中还有一个现象:和尚与道士同师。这种现象并非当时才有,却是佛道发展的客观事实,也是当时社会的发展现实,故提出。

有僧游交河苏吏部次公家,善幻术,出奇不穷,云与吕道士同师。尝抟泥为豕,咒之,渐蠕动。再咒之,忽作声。再咒之,跃而起矣。因付庖屠以供客,味不甚美。食讫,客皆作呕逆,所吐皆泥也。②

其实,早在纪昀生活的时代之前,僧道混同的情况就已经出现了。唐代人写经,已经是"诸天大菩萨、摩诃萨""泰山府君、五道大神"的乱

---

① (清)纪昀:《阅微草堂笔记·卷十六·姑妄听之二》,上海:上海古籍出版社,2004年1月,第325页。
② (清)纪昀:《阅微草堂笔记·卷一·滦阳消夏录一》,上海:上海古籍出版社,2004年1月,第13页。

叫一气了,吕洞宾本是道教的神仙,却为佛教的《般若波罗密多心经》作注释等等。可以说,大家互相学习,不要管和尚还是道士,正如葛兆光描述的那样:

> 你有斋醮大会,我有水陆道场,你是七天十四天,我也是七天十四天。你能超度亡灵,我也能镇宅安灵,你有剑印镜,我有金刚杵,反正彼此彼此,所以后来就你学我我学你。①

佛道二教为了扩大影响,生存下去,不得不接受这种改变,共同向更加世俗的境地走去。《阅微草堂笔记》中还记录了僧、道的奇法异术,如咒术、星占术等,正是这种现象的反映。

此时,咒术、星占等早期佛教排斥的东西逐渐成了佛教炫耀佛的神通和宣传其教义的手段。面对大批关于咒语治病、安宅、驱鬼和降雨等巫术性质的佛典,我们从中不难看到道教的影子。

除了教义、仪轨的变化,佛、道为了保证在民间的生存,甚至不加挑选地收纳信徒。早在南宋时,朱熹就对当时佛教滥收的情况有过论述:

> 老氏煞清高,佛氏乃为逋逃渊薮。今看何等人,不问大人小儿,官员村人、商贾,男子妇人,皆得入其门。②

这种揽徒入门,不加筛选的情况,在《阅微草堂笔记》的记述中变得更为彻底。僧人们似乎只剩下对民间最有吸引力的神异法术了,他们靠着这些幻术游走于士人、百姓之家,或是劝惩或是糊口。

最后,《阅微草堂笔记》中还记载有和尚的自杀行为,个中原因我们已经无从知晓,但是这也属于僧侣生活的一部分,有助于我们全面地了

---

① 葛兆光:《道教与中国文化》,上海:上海人民出版社,1987年,第153页。
② (宋)朱熹:《朱子·诸子语类》,上海:上海古籍出版社,1998年5月,第570页。

解当时的僧团情况。

> 励庵先生又云:有友聂姓,往西山深处上墓返。天寒日短,曀然已暮,畏有虎患,竭蹶力行,望见破庙在山腹,急奔入。时已曛黑,闻墙隅人语曰:"此非人境,檀越可速去。"心知是僧,问:"师何在此坐?"曰:"佛家无诳语。身实缢鬼,在此待替。"①

《阅微草堂笔记》中此类故事还有很多,纪昀以实录的态度记录了当时山野小僧的生存状态。他们是和18世纪的普通百姓一样,是连名字也不会留下的一群人,但是这些人的种种行为恰恰是佛教当时在民间真实的存在状态,也是僧人们堕入扰攘红尘的真实的存在状态。

总之,《阅微草堂笔记》对僧人的描写,侧重正面的、积极的内容,对那些能够弘扬佛法,对世间颇多关怀的僧人,纪昀表示赞赏,但更多的还是对僧侣生存状态的揭露和反思。

---

① (清)纪昀:《阅微草堂笔记·卷三·滦阳消夏录三》,上海:上海古籍出版社,2004年1月,第50页。

第4章 《阅微草堂笔记》志怪故事与道教文化研究

第一节 道教法术——"牒"文化研究

《阅微草堂笔记》的故事中多次出现尘世与异类,与他界互相交往的一种方式:"牒报"或"牒"。牒本身是道教的一种法术,《道藏》中对其有记载,属于符箓的一种。在唐代的志怪小说中,已经出现了道士通过"牒"召唤神灵或鬼魂的情节,同时鬼神还可以"牒摄人命"。此后,"牒"的神异性为历代小说家沿用,"牒摄捉鬼"几乎成了志怪小说的保留情节,成为民间一种为人信服的与神灵沟通的方法。牒的本意是文书,那么它如何从这种文字符号变成了充满神秘色彩的道教召神祛鬼的"武器",在文学作品中,它存在情况是怎样的,《阅微草堂笔记》中的"牒"又有何独特之处,本节就这一问题拟作初探。

一 "牒"之溯源

牒的本意是文字,由文字引申出来的记录、书籍等意,如《韩非子·大体第二十九》记:

> 故车马不疲弊于远路,旌旗不乱于大泽,万民不失命于寇戎,雄骏不创寿于旗幢;豪杰不著名于图书,不录功于盘盂,记年之牒空虚。①

在汉代,"牒"已经有了神秘图示之意:《后汉书·郡国四》注补引《湘中记》:

> 衡山有玉牒,禹案其文以治水,遥望衡山如阵云。②

对于"玉牒",累世帝王都赋予了它神秘的色彩:

> 开元十三年,玄宗既封禅,问贺知章曰:"前代帝王,何故秘玉牒之文?"知章对曰:"玉牒本通神明之意。前代帝王,所求各异,或祷年算,或求神仙,其事微密,故外人莫知之。"③

从"玉牒本通神明意"一句反映了时人对其神秘性的崇拜敬畏之心,后来帝王家的家谱也被称为"玉牒"。

较常用的还有一种是官府之间的"牒报",就是公文文件。如《世说新语·雅量第六》记载:

---

① (清)陈其猷:《韩非子集释》,上海:上海人民出版社,1974年1月,第234页。
② (南朝)范晔:《后汉书·志第二十二》,北京:中华书局,1973年,第3485页。
③ (后晋)刘昫:《旧唐书·卷二十三·志第三》,北京:中华书局,1975年,第881页。

> 桓宣武与郗超议芟夷朝臣,条牒既定,其夜同宿。明晨起,呼谢安、王坦之入,掷疏示之。郗犹在帐内。谢都无言,王直掷还,云:"多!"宣武取笔欲除,郗不觉窃从帐中与宣武言。谢含笑曰:"郗生可谓入幕宾也。"①

这里面的"牒"指的是奏议的公文。道教典籍《云笈七签》也记载:

> 汉和帝时,蔡伦始造纸,尔前唯书简牒。牒者,诠牒语事也;简者,在简而不繁也。但知本是天书金简,余地书已下八体六文,皆从真出外,学者自更详之。②

这是"牒"在道教典籍中较早的一次出现,这种"诠牒语事"的功能给了后代道士"牒诉城隍"捉鬼提供了可能。

还有我们熟知的"谱牒",是记载家族情况的文字,已专门有谱牒学这门学科。后面的问题我们还会根据《阅微草堂笔记》中的具体作品联系到"谱牒",容后再谈。

文学作品中大量出现"牒",是在唐朝的志怪小说中。唐代的志怪小说中出现了一批法师通过"牒"来祛鬼的故事:

> 唐长道县山野间,有巫曰权师,善死卜。至于邪魅鬼怪,隐状逃亡,地秘山藏,生期死限,罔不预知之。人有急告行儒者,闻而惧,遂命之至。谓张曰:"可以奉为,牒阎罪山兔之。"于是闭目,于纸上书之,半如篆籀,祝焚之。既讫,张以含胎马奔奉之,巫曰:"神只许其母,子即奉还。以俟异日。"所言本州十余人算尽者,应期而

---

① (南朝宋)刘义庆:《世说新语笺注》,余嘉锡撰,北京:中华书局,1983年,第368页。
② (北宋)张君房:《云笈七签》,《道藏》,天津:天津古籍出版社,1988年3月,第20卷,第851页。

殁,惟张行儒免之。及牝诞驹,遂还其主。①

此时由于人们有"发书捉鬼"的认识,"牒"于是逐渐成了道士捉鬼的重要符箓工具。据《三洞神符记》记道教符文中就有玉牒金书,作为用来召仙祛鬼的符文:

《三元布经》皆刻金丹之书,盛以自然云锦之囊,封以三元宝神之章,藏于九天之上大有之宫。谓之玉牒金书。又云:以紫玉为简,生金为文;编以金缕,缠以青丝。《太上太真科》云:玉牒金书,七宝为简,又名紫简。②

人类与他界(神祇或冥鬼)打交道是间接的,因此,他们之间需要一种媒介,牒在这里就起到了这个作用。鬼可以牒摄人魂,人也同样可以通过牒来捉鬼,它具有人与异类互动的特点,正好成为志怪小说家们的素材。

清代乃是文言小说又一个高峰期,"牒"和"牒"故事大量出现在其中,《聊斋志异》中出现"牒"40次,但牒在故事中没有显著的特点和作用;《子不语》43次,涉及牒的情节比较单一;《阅微草堂笔记》出现"牒"的次数是52次,与上两部作品比较起来,《阅微草堂笔记》中的"牒"有很多独特之处。

二 《阅微草堂笔记》"牒"故事分类

就《阅微草堂笔记》整体来看,整部作品中出现"牒"的次数是52次。比起聊斋故事对"牒"的简单记录,阅微故事中对"牒"本身内容有

---

① (北宋)李昉:《太平广记》,北京:中华书局,2006年6月,第508页。
② 《三洞神符记》,《道藏》,天津:天津古籍出版社,1988年3月,第二卷,第150页。

第④章
《阅微草堂笔记》志怪故事与道教文化研究

很多拓展。阅微牒故事主要分为两类,一类是涉及百姓生活的琐碎事情,另一类是富有官秩等级色彩的故事,第二类是纪昀着墨较多的部分,现在分别来看。

(一)情况多而复杂,涉及百姓生活的方方面面。

"牒"上面记载着人的前世今生、预测人的未来,人不过按照"牒"上安排好的内容在完成一生甚至是三世的进程:

> 遥见数人从小径来,敷席山冈,酌酒环坐。知其非人,惧不敢起,姑侧听所言。一人曰:"二公谪限将满,当入转轮,不久重睹白日矣。受生何所,已得消息否?"上坐二人曰:"尚不知也。"既而皆起,曰:"社公来矣。"俄一老人扶杖至,对二人拱手曰:"顷得冥牒,来告喜音:二公前世良朋,来生嘉耦。"指右一人曰:"公官人。"指左一人曰:"公夫人也。"右者顾笑,左者默不语。社公曰:"公何悒悒?阎罗王宁误注哉!此公性刚直,刚则凌物,直则不委曲体人情。平生多所树立,亦多所损伤。故沉沦几二百年,乃得解脱。然究君子之过,故仍得为达官。公本长者,不肯与人为祸福。然事事养痈不治,亦贻患无穷。故堕鬼趣二百年,谪堕女身。以平生深而不险,柔而不佞,故不失富贵。又以此公多忤,而公始终与相得,故生是因缘。神理分明,公何悒悒哉?"①

牒除了记载主宰命运的大事外,还能够帮助凡人解决琐碎的生活杂事。虽然清官难断家务事,但如果人类将家务事通过牒的形式通告给土神,他还是乐意给评个究竟是非的。"牒"中还记录着人言行的点点滴滴,尤其是恶行。由于牒一头联系着虚无的幽冥世界,一头联系着实实在在的生活,这种独特性使得民众对其更加信赖,在民众中间有很

---

① (清)纪昀:《阅微草堂笔记·卷十三·槐西杂志三》,上海:上海古籍出版社,2004年1月,第277页。

强的震慑力和威望。

（二）《阅微草堂笔记》中还有一类带着很强公文色彩和官秩意识的牒故事。

"牒"的一个重要作用就是道士用来驱除妖怪的武器，这在唐代小说中已经多次见到，似乎是志怪小说的"保留节目"。但是，究竟为何道士能用牒来捉妖祛鬼，《阅微草堂笔记》有一则故事为我们揭开了这个"秘密"：

叶旅亭御史宅，忽有狐怪，白昼对语，迫叶让所居。扰攘戏侮，至杯盘自舞，几榻自行。叶告张真人。真人以委法官，先书一符，甫张而裂。次牒都城隍，亦无验。法官曰："是必天狐，非拜章不可。"乃建道场七日。至三日，狐犹诟詈。至四日，乃婉词请和，叶不欲与为难，亦祈不竟其事。真人曰："章已拜，不可追矣。"至七日，忽闻格斗砰訇，门窗破堕，薄暮尚未已。法官又檄他神相助，乃就擒，以罂贮之，埋广渠门外。余尝问真人驱役鬼神之故，曰："我亦不知所以然，但依法施行耳。大抵鬼神皆受役于印，而符箓则掌于法官。真人如官长，法官如胥吏。真人非法官不能为符箓，法官非真人之印，其符箓亦不灵。中间有验有不验，则如各官司文移章奏，或准或驳，不能一一必行耳。"此言颇近理。又问："设空宅深山，猝遇精魅，君尚能治否？"曰："譬大吏经行，劫盗自然避匿。倘或无知猖獗，突犯双旌，虽手握兵符，征调不及，一时亦无如之何。"①

牒在道士手中，就为他获取了驱妖的主动权，虽然驱鬼最终倚靠的力量是城隍，但是如果没有牒，城隍无法接收到相关信息，自然鬼也驱

---

① （清）纪昀：《阅微草堂笔记·卷一·滦阳消夏录一》，上海：上海古籍出版社，2004年1月，第7页。

不成。由此我们也从故事中看到一个由牒联系起来的冥界官僚制度：鬼—土神—城隍—东岳（当然这只是道教复杂的神系中的一小部分，由于在志怪故事经常用到，故特别列出）。

这一体系其实就是人间基层的社会管理体制的反映，纪昀驰骋官场大半生，用阳间官秩来比较来比拟牒报的程序是他比较熟悉的。因此，比起其他志怪小说中的牒故事，《阅微草堂笔记》中的牒故事带了很多官秩的色彩。

牒虽然属于符箓的一种，但是在《阅微草堂笔记》中比"符"出现的次数更多，似乎"牒"更受到民众的欢迎。笔者认为这其中一个重要的原因是牒具有公文特性，"符"似乎更带了道士写画的随意性。

冥界具有发牒资格的不是"城隍"，就是"东岳大帝"，比道士手中的"符"更具权威性。故事中冥鬼只有拿牒才能勾摄人命，牒的出现使得鬼的勾摄行为"合法化"，比"符"在民间百姓中更有可信度，其实也就是"牒"在阳间公文作用的延续。

牒甚至能够沟通三界，级别高的佛能够通过牒来命令下属阎罗王。这些免不了是百姓的想象，同时也是人间官秩思维方式的体现。

"牒"能够用来比拟阳间官员的品级，因为它本身就分为明确的等级。作为道教的法术，牒有着比较详细的分类。根据《道教授箓奏职文检》记载，牒的大类分为两种：佩身牒和做法时用的牒。佩身牒是道士佩带在身上，牒报不同的地方，文书的写作有不同的要求和范文，具体情况如下：

牒五雷院式、牒天枢院式、牒驱邪院式、牒掌护教式、牒玄坛式、牒都统式、牒地祇式、牒地司式、牒谢白元帅式、牒神虎式、牒灵宝式、牒破秽式、牒灵官式、牒王元帅式、牒朱元帅式、牒三元式、牒送生式、牒保胎式、牒都功式、牒坛靖式、牒兵司马式、牒虚空式、牒速报司式、牒功德司式、牒库官式、牒咒诅案式、牒子孙案式、牒诸岳曹案式、牒亡人案式、牒关煞案式、牒天医式、牒龙虎君式、牒扬旗式、牒太岁式、牒瘟司式、牒火部式、牒城隍式、牒台湾城隍式、牒五土式、牒添职坛靖式、牒孤魂庵式。①

共41式，在每一式的结尾，都会标出相应的神来负责接管此牒，不同牒式的结尾也不一样。如，牒天枢院式的，在尾部会有"上清天枢院尹真二大元帅"的字样。这些应该是按照最后接牒神仙的不同官阶、官位来排序的，按照法力的高低排出来的结果。

综合这些情况，我们可以看出"牒"是中国人与他界交往的一种非常独特的手段，体现了渴望与超自然世界交流的愿望。交往中，人们不是为了探求高深的道义与经典，而是充满了世俗的愿望和一己的私欲。于是道教的牒也针对不同人的需要，书写不同样式，既有牒添职的，也有牒保胎的、牒瘟司的，世俗生活中的婚丧嫁娶无所不包，并且让道教的法术听起来更符合世人的思维方式。此时道士们和他们的牒不仅生活在小说的字里行间，更是存在于人们真实的、日常的生活中，成为一种宗教文化现象。

纪昀在《阅微草堂笔记》中不独把这种体制关系表现出来，还把人间官员欺压百姓的情况，通过冥府中级官吏城隍的所作所为表现出来。如城隍利用牒来胁迫生魂，恰是阳间滥用权力的曲折象征：

> 军吏巴哈布因言：有卖丝者妇，甚有姿首。忽得奇疾，终日惟昏昏卧，而食则兼数人。如是两载馀。一日，欻然长号，僵如尸厥。灌治竟夜，稍稍能言。自云魂为城隍判官所摄，逼为妾媵，而别摄一饿鬼附其形。至某日寿尽之期，冥牒拘召，判官又嘱鬼役别摄一饿鬼抵。饿鬼亦喜得转生，愿为之代。迨城隍庭讯，乃察知伪状，

---

① 《道教授箓奏职文检（卷三）》，嘉义：台湾南华大学宗教文化研究中心，1998年5月，第40页。

以判官鬼役付狱,遣我归也。①

病人弥留之际,说是看到拿着牒的冥吏来捉,是必死无疑的结果,可见在当时人心中,似乎牒在这里具有不可抗拒的震慑力,那些拿牒来捉人的鬼是多么可怕,而这些狰狞的鬼身上也有阳间狠若虎狼的胥吏的影子。

不过百姓也不是一味地逆来顺受,《子不语·裘秀才》中曾经记载百姓通过牒来质问城隍、反抗冥吏:

> 南昌裘秀才某,夏日乘凉,裸卧社公庙,归家大病。其妻以为得罪社公,即具酒食、烧香纸,为秀才请罪。病果愈。妻命秀才往谢社公,秀才怒,反作牒呈,烧向城隍庙,告社公诈渠酒食,凭势为妖。烧十日后寂然,秀才更怒,又烧催呈,并责城隍神纵属员贪赃,难享血食。是夜,梦城隍庙墙上贴一批条,云:"社公诈人酒食,有玷官箴,着革职。裘某不敬鬼神,多事好讼,发新建县责三十板。"秀才醒,心怀狐疑,以为己乃南昌县人,纵有责罚,不得在新建地方,梦未必验。②

"牒"能够成为追摄人命的工具,一样也能成为反抗的武器。人们对于牒寄予了很多的希望,便在小说中赋予它相当多的功能。

三 "牒"故事特点及成因

《阅微草堂笔记》的牒故事中有两类比较有特点,这两类故事在其他文言志怪小说中涉及数量较少,或者没有涉及。

---

① (清)纪昀:《阅微草堂笔记·卷十六·姑妄听之二》,上海:上海古籍出版社,2004年1月,第350页。
② (清)袁枚:《子不语·卷三》,济南:齐鲁书社,2004年,第44页。

第一，百姓利用牒来申冤。

"牒"在《阅微草堂笔记》中有一个重要作用，成为屈死之魂申冤的工具。

乾隆戊午，运河水浅，粮艘衔尾不能进。共演剧赛神，运官皆在。方演《荆钗记》投江一出，忽扮钱玉莲者长跪哀号，泪随声下，口喃喃不止，语作闽音，唧唽无一字可辨。知为鬼附，诘问其故。鬼又不能解人语。或投以纸笔，摇首似道不识字，惟指天画地、叩额痛哭而已。无可如何，掖于岸上，尚呜咽跳掷，至人散乃已。久而稍苏，自云突见一女子，手携其头自水出。骇极失魂，昏然如醉，以后事皆不知也。此必水底羁鬼，见诸官会集，故出鸣冤。然形影不睹，言语不通。遣善洇者求尸，亦无迹。旗丁又无新失女子者，莫可究诘。乃连衔具牒，焚于城隍祠。越四五日，有水手无故自到死，或即杀此女子者，神谴之欤？①

牒成为人类与鬼神世界，确切地说是与"鬼世界"相联系、交往的有效手段。城隍不仅能接受到阳间的牒报，而且还能据此准确地杀死凶手，鬼魂因此可以报仇。牒能够成为柔弱无依的鬼魂的保护伞，被赋予了某种神秘力量。那些人间恶霸的罪行，也被人通过牒的方式向冥府去申诉：

有富室子病危，绝而复苏，谓家人曰："吾魂至冥司矣。吾尝捐金活二命，又尝强夺某女也。今活命者在冥司具保状，而女之父亦诉牒喧辩。尚未决，吾且归也。"越二日，又绝而复苏曰："吾不济矣。冥吏谓夺女大恶，活命大善，可相抵。冥王谓活人之命，而复

---

① （清）纪昀：《阅微草堂笔记·卷十五·姑妄听之一》，上海：上海古籍出版社，2004年1月，第317页。

夺其女，许抵可也。今所夺者此人之女，而所活者彼人之命；彼人活命之德，报此人夺女之仇，以何解之乎？既善业本重，未可全销，莫若冥司不刑赏，注来生恩自报恩，怨自报怨可也。"语讫而绝。①

"牒"已经成了在阳间平民百姓最后的希望和申冤诉屈的方法，也成为警示恶人的一道警戒线。

如此之多的冤屈故事，正是现实的反映，当时社会法律的不健全，使得冤案迭生。柔弱的百姓也只能把希望寄托在通过冥吏报仇上，这是他们认为有效的反抗方法，《聊斋志异》中就直接描写了当时冤案如山，百姓积怨无处倾诉的情形：

朱公徽荫巡抚粤东时，往来商旅，多告无头冤状。千里行人，死不见尸，数客同游，全无音信，积案累累，莫可究诘。初告，有司尚发牒行缉；迨投状既多，竟置不问。公莅任，历稽旧案，状中称死者不下百余，其千里无主，更不知凡几。公骇异恻怛，筹思废寝。遍访僚属，迄少方略。②

比起《聊斋志异》，《阅微草堂笔记》更多的是记载那些不得志的士子们激愤之下，以牒诉于文昌祠：

李又聃先生言：昔有寒士下第者，焚其遗卷，牒诉于文昌祠。夜梦神语曰："尔读书半生，尚不知穷达有命耶？"尝侍先姚安公，偶述是事。先姚安公哂然曰："又聃应举之士，传此语则可。汝辈手掌文衡者，传此语则不可。聚奎堂柱有熊孝感相国题联曰：'赫赫

---

① （清）纪昀：《阅微草堂笔记·卷十三·槐西杂志三》，上海：上海古籍出版社，2004年1月，第273页。
② （清）蒲松龄：《聊斋志异·卷十二》铸雪斋抄本，北京：人民文学出版社，2009年，第1633页。

科条,袖里常存惟白简;明明案牍,帘前何处有朱衣?'汝未之见乎?"①

读书人在那个狂热的科举时代,能够通过四书五经开始缙绅之途的毕竟是少数,大多数落第的举子需要一个情感释放的出口。于是带着满腔的委屈与不满牒诉文昌祠,他们相信,冥冥之中总会有一个公平的地方存在,于是用拿手的文字来质询冥界,以期得到回答。"牒"也能够直达神灵处,并且根据不同人的情况一一作答,正因如此,人们才不断地相信牒,不断地利用它,"牒"也就多次出现在文学作品中:

> 老儒周懋官,口操南音,不记为何许人。久困名场,流离困顿,尝往来于周西擎、何华峰家。华峰本亦姓周,或二君之族欤?乾隆初,余尚及见之,迂拘拙钝,古君子也。每应试,或以笔画小误被贴,或已售而以一二字被落。如题目写日字偶稍狭,即以误作日字贴;写己字末笔偶锋尖上出,即以误作已字贴。尤抑郁不平。一日,焚牒文昌祠,诉平生未作过恶,横见沮抑。数日后,梦朱衣吏引至一殿,神据案语曰:"尔功名坎坷,遽渎明神,徒挟怨尤,不知因果。……"②

不管这些理由能不能够让落拓的士子安于自己的命运,至少牒能够让文士与冥界进行沟通,询问自己的前途命运。甚至可以发出质问,这是道教其他法术如"咒"、"符"无法办到的,所以文士与牒的故事也特别多。

虽然发牒面对的依然是缥缈虚幻的冥界,但是也比人们面对的更

---

① (清)纪昀:《阅微草堂笔记·卷五·滦阳消夏录五》,上海:上海古籍出版社,2004年1月,第78页。

② (清)纪昀:《阅微草堂笔记·卷十五·姑妄听之一》,上海:上海古籍出版社,2004年1月,第327页。

加无望的现实强一些。正如葛兆光评价斋醮的那段话：

> 人们理性地追求心理平衡，把心灵深处对生命的忧患与对欲望满足的渴求升华为一种对宗教的虔诚……尽管有时人们也知道这是自欺欺人，但仍宁愿将自己沉浸在这种虔诚与幻想中。使自己的精神获得支柱，使自己的理想有所寄托，使自己的忧患有所派遣。……渐渐积淀为一种形式、一种符号，至于它具体的内容与目的，它的实际效用与灵验都成了次要的了。①

这段话虽然在说斋醮，但也是对《阅微草堂笔记》中大量出现的牒做了最好的解释。

第二、"牒"能够使游魂返乡。这是《阅微草堂笔记》中独有的牒故事，而且纪昀本人就为异地的游魂写过"返乡牒"。

《姑妄听之》一则故事记述乌鲁木齐异乡之魂返乡需要"还乡证"，即抬棺归籍，要官员给"牒"。

> 余在乌鲁木齐，军吏具文牒数十纸，捧墨笔请判，曰："凡客死于此者，其棺归籍，例给牒，否则魂不得入关。"以行于冥司，故不用朱判，其印亦以墨。视其文，鄙诞殊甚。曰："为给照事：照得某处某人，年若干岁，以某月某日在本处病故。今亲属搬柩归籍，合行给照。为此牌仰沿路把守关隘鬼卒，即将该魂验实放行，毋得勒索滞留，致干未便。"余曰："此胥役托词取钱耳。"启将军除其例。旬日后，或告西墟墓中鬼哭，无牒不能归故也。余斥其妄。又旬日，或告鬼哭已近城。斥之如故。越旬日，余所居墙外缥缥有声。余尚以为胥役所伪。越数日，声至窗外。时月明如昼，自起寻视，实无一人。同事观御史成曰："公所持理正，虽将军不能夺也。然鬼

---

① 葛兆光：《道教与中国文化》，上海：上海人民出版社，1987年，第91页。

哭实共闻,不得照者,实亦怨公。盍试一给之,故间谚嫕之口。倘鬼哭如故,则公益有词矣。"勉从其议。是夜寂然。又军吏宋吉禄在印房,忽眩仆。久而苏,云见其母至。俄台军以官牒呈,启视,则哈密报吉禄之母来视子,卒于途也。天下事何所不有,儒生论其常耳。余尝作乌鲁木齐杂诗一百六十首,中一首云:"白草飕飕接冷云,关山疆界是谁分?幽魂来往随官牒,原鬼昌黎竟未闻。"即此二事也。①

纪昀开始不相信人死后需要"牒报"而且还是"官牒"这种形式才能灵魂返乡,后来的一些灵异事件不得不让他相信。等给牒之后,频频出现的鬼魂才寂然。

灵异事件的真实性我们暂且不去管他,《阅微草堂笔记》中这个牒故事透露给我们当时的一种文化现象:当时对于游魂返乡的重视。道教牒式中有专门的"孤魂牒"写作格式,我们把道教牒和纪昀写作的牒做一下对比:

道教孤魂牒:

"牒孤魂案式"灵宝大法司
据　国　省　县　镇
道设醮、传度奏职保安植福、嗣法弟子某某

偕合坛人等、涓补今月吉旦、杖师就宇立坛、修建灵宝传度芳醮几旦夕等、因本司得此、除已籙奏天庭三界外、於中结立花号、合行移文大师、请详前事理,疾速示下,案内掌管无祀男女孤魂一切神众、合干去处、咸令知悉、日后凡遇弟子奉行斋醮、济度幽显拔度

---

① (清)纪昀:《阅微草堂笔记·卷一·滦阳消夏录一》,上海:上海古籍出版社,2004年1月,第15页。

第④章
《阅微草堂笔记》志怪故事与道教文化研究

之际、文移到时、并与依应施行、务在感通,以彰道化,须至牒者。①

纪昀牒:

> 为给照事:照得某处某人,年若干岁,以某月某日在本处病故。今亲属搬柩归籍,合行给照。为此牌仰沿路把守关隘鬼卒,即将该魂验实放行,毋得勒索滞留,致干未便。②

相比之下,纪昀牒的内容呈现出一种类似"谱牒"的特性,介于官府的公文牒与家族谱牒之间。既是阳间官员向阴间府吏交接异乡游魂的"公文",也是对于客死者最后的明确的记录,属于逝者生平的一部分,是应该被列入其谱牒中的内容。胥吏对"牒"的重视,与它对逝者的保护作用与中国人对"谱牒"神秘崇拜有关。

游魂需要牒来证明才能入籍归乡,重新归入宗族之中,牒被赋予的这种神奇作用其来源恐怕要从古代中国人赋予"谱牒"的神秘色彩找到根据。

据《史记》的记载,早在西周时期,族谱就已经出现了:

> 五帝三代之记,尚矣。自殷以前诸侯不可得而谱,周以来乃颇可著……余读牒记,黄帝以来皆有年数。稽其历谱牒终始五德之传,今古文咸不同,夫子弗论次其年月,岂虚哉!……于是以五帝系牒,黄帝以来讫共和为世表,维三代上矣,年纪不可考,盖旧取之牒谱闻,本于兹,于是略推,作《三代世表》第一。幽厉之后,周室衰微,诸侯专政,春秋有所不记,而谱牒经略,五霸更盛衰,欲睹周世

---

① 《道教授箓奏职文检(卷三)》,嘉义:台湾南华大学宗教文化研究中心,1998 年 5 月,第 40 页。
② (清)纪昀:《阅微草堂笔记·卷一·滦阳消夏录一》,上海:上海古籍出版社,2004 年 1 月,第 15 页。

相先后之意，作《十二诸侯年表》第二。①

西周时期的《周礼》、《礼记》中详细地列出了谱牒的记载内容，如记录尊者的讳、忌；族中生子，要记某年、某月、某日生；族人有谥者要记其谥等。到了汉代，族谱广义上仍然包括记载生卒、官职、世系。经过唐宋的发展，谱牒到达了高度成熟的阶段，在中国人的家庭中占有无比重要的位置。明清时代的谱牒，多称之为"家乘"，即是家族历史的记录，其内容家族文献的倾向十分突出，谱牒记事范围几乎涉及家族、家族事务的各个方面，包括"哀挽、遗文、赠答、附录"等。

谱牒除了记事外，还有重要的社会功用。据郑樵在《通志》中的记载，谱牒早在魏晋时期就有了选官和通婚的功用，选官和通婚关系着士人的前途命运：

> 自隋唐而上，官有薄状，家有谱系，官之选举必由于薄状，家之婚姻必有于谱系。历代并有图谱居，置郎、令史以掌之，仍用博古通今之儒知撰谱事，凡百官族姓之有家状者则上之，官为考订翔实，藏于秘阁，副在左户。若私书有滥，则究之以官籍；官籍不及，则稽之以私书，此近古之定制，以绳天下，使贵有常尊，贱有等威者也。所以人尚谱系之学，家藏谱系之书，自五季以来，取士不问家世，婚姻不问阀阅，故其书散佚而其学不传。②

士子们的一生可能全部取决于谱牒，他们难免要对谱牒心存敬畏和崇拜，对其宗教般的崇拜也就不为怪了。正如马克思·韦伯在《儒教与道教》中写的那样：

---

① （西汉）司马迁：《史记》，北京：中华书局，2005年，第487—488页。
② （南宋）郑樵：《通志·氏族略》，北京：中华书局，2003年，第78页。

第④章
《阅微草堂笔记》志怪故事与道教文化研究

(认识)来源于族谱曾经具有的史书功能、官府取士功能、定婚姻、辨门第等等国家政治权力的赋予。①

谱牒还有灵魂寄托、寻找认同感的功能。明清时代,谱牒早已超出了记录血缘世系的范围,而是成为宗族的象征和标志,在常人心目中,家族的谱牒已经有了"神器"的意味。此时的谱牒修补也有着宗教仪式般的意味,而且修补的人也带着宗教般虔诚的心情。家族中对族谱的编订、使用等都有明确的规定:

> 正月之吉,会族以修谱也;四时孟春,会族以读谱也;十二月之吉,会族以书其行为以为劝惩也,非至于饮酒叙情而已。其法诚善,第恐相见既旷,良法日坏。族长于每季孟月之旦,督率各家长率子侄谒祖,令年壮子弟宣《谕族文》一遍,并《宗范》各条。如有犯教令者,备书其过于副谱之上,然后量其范之大小,而示罚焉。②

谱牒这种神器性质,也正如有的研究者所言,需要彰显"这样一种普遍的社会心理:即我是谁?从哪里来?到哪里去?这样一个永恒的人生之问,今古相同"③的问题。

在中国人的心目中,人在离开世间之后,更需要在神灵的保护下找到一个灵魂的回归之所。《阅微草堂笔记》故事中那些异乡之魂,就是因为缺乏谱牒保护而无法回到故乡。纪昀之牒虽然不是谱牒,但那是亡灵在世间存在的最后的消息,属于当事人生存内容的一部分,也是异乡之魂归宗返祖的权威证明。因此也具有同样的神力和保护作用。能

---

① [德]马克思·韦伯:《儒教与道教》,洪天富译,苏州:江苏人民出版社,2008年,第27页。

② (明)徐师道纂修稿本,万历丙子余姚江南徐氏宗谱,北京:全国文献图书微缩中心,1998年。

③ 车广锦:《中国传统文化论——关于生殖崇拜和祖先崇拜的考古学研究》,"中国东南滨海地区古代文化学术讨论会"会议论文,1990年。

够使客死异乡之人魂归故里,这种情况同样是谱牒神器化的体现。

同时,《阅微草堂笔记》中对于游魂需要牒才得以返乡的描写,也是对当时大多数人客死异乡的真实反映。纪昀用深切的、同情的笔触来写这些客死异乡的旅人们经过"牒"的帮助得以魂归故里,这可能只是纪昀美好愿望,却也体现了他对不幸的孤魂的人文关怀。

在自己的作品中,他曾细致地描绘过孤魂的凄惨处境:

> 先师桂林吕公闇斋言:其乡有官邑令者,莅任之日,梦其房师某公,容色憔悴,若重有忧者。邑令蹵然迎拜曰:"旅榇未归,是诸弟子之过也。然念之未敢忘。今幸托荫得一官,将拮据营窆穸矣。"——盖某公卒于戍所,尚浮厝僧院也。——某公曰:"甚善。然归我之骨,不如归我之魂。子知我骨在滇南,不知我魂羁于此也。……诉者纷纷,吾心知其词直,而恐干吏议,百计回护,使不得申,遂至今为民累。土神诉与东岳,岳神谓事由疏舛,虽无自利之心,然恐以检举妨迁擢,则其罪与自利等。牒摄吾魂,羁留于此,待此浮粮减免,然后得归。困苦饥寒,所不忍道。回思一时爵禄,所得几何?而业海茫茫,竟杳无崖岸,诚不胜泣血椎心。今幸子来官此,倘念平生知遇,为吁请蠲除,则我得重入转轮,脱离鬼趣。虽生前遗蜕,委诸蝼蚁,亦非所憾矣。"①

还有那些没有牒而苦苦徘徊的孤魂也会小心翼翼地出来求人的帮助:

> 田侯松岩言:今岁六月,有扈从侍卫和升,卒于滦阳。马兰镇总兵爱公星阿,与和亲旧,为经理棺衾,送其骨归葬。一夕如厕,缺

---

① (清)纪昀:《阅微草堂笔记·卷十一·槐西杂志一》,上海:上海古籍出版社,2004年1月,第212—213页。

月微明。见一人如立烟雾中,问之不言,叱之不动。爱公故能视鬼,凝神谛审,乃和之魂也。因拱而祝曰:"昔殓君时,物多不备,我力绵薄,君所深知。今形见,岂有所责耶?"不言不动如故。又祝曰:"闻殁于塞外者,不焚路引,其鬼不得入关。曩偶忘此,君毋乃为此来耶?"魂即稽首至地,倏然而隐。爱公为具牒于城隍,后不复见。①

而且,道教中的法术中唯一一个"牒式"、"帖式"内容都涉及的就是"孤魂",分别是"帖孤魂式"和"牒孤魂案式"。不管是纪昀还是道教法术文书,这种对孤魂问题的关注反映了背后深刻的社会原因:百姓流徙千里、客死异乡的情况还是比较普遍的。

据清代史料记载,自康熙中后期至乾隆中期,大量的农民因为天灾人祸不得不背井离乡,四处谋食。这种流民数量很大,乾隆初期的云贵总督张允随奏折中有相关论述:

> 检查旧案,记自乾隆八年至今(乾隆十二年),广东、湖南两省人民由黔赴川就食者,其二十四万三千余口。其自陕西、湖北而往者,更不知凡几。②

数量不知凡几的流民在异乡的路上风餐露宿、困顿不堪,甚至倒毙路旁都无人知晓,而中国人最是安土重迁的族群,死后还乡成为他们最大的愿望。大量游魂的出现正是这种情况文学化的表现,可以说是纪昀这些富有同情心的小说家们帮流民们实现了最后的愿望。

透过谱牒神秘力量的背后我们还能看到祖先崇拜的痕迹。人们对

---

① (清)纪昀:《阅微草堂笔记·卷二十三·滦阳续录五》,上海:上海古籍出版社,2004年1月,第478页。

② (清)庆桂等编:《清实录·高宗纯皇帝实录》,卷二百八十二,北京:中华书局,1985年。

于牒的神化，人们相信它的神力，很大程度上源于祖先能够保护子孙的观念。人们崇拜谱牒、崇拜祖先，也是因为祖先能够保护自己。这种观点也影响到佛教和道教的一些教义和宣传理念，佛教特意突出孝亲的思想，道教则宣扬孝子可成神。

在《阅微草堂笔记》中有不少故事中以祖父母出现的鬼怪，能够给当事人帮助并保佑家族。如一个冒犯髑髅的乡民，受到惩罚，发现髑髅乃是祖姑才幸免于死亡。当然，我们完全有理由认为这家人为了暂时的利益骗了髑髅，但是祖先保护子孙的作用却是得到了体现。这种神化了的族谱或者说祖先崇拜，是基于人们相信祖先能够对后代人提供一种保护的认知。

四 "牒"在故事中的文学价值

最后来看"牒"在《阅微草堂笔记》中的文学价值。牒在《阅微草堂笔记》中最突出的一个文学价值即纪昀巧妙地实现了创作目的。纪昀创作《阅微草堂笔记》一个重要目的就是：

> 归于醇正，欲使人知所劝惩。[①]

只有将惩戒寓于好看的故事中，这样才会对读者产生强烈的影响。"牒"的出现无疑使故事更加连贯、充满趣味，纪昀劝惩的写作目的也借此很自然地融合进来。

《阅微草堂笔记》故事中牒并不是完全都灵验的，这就使故事更加富有戏剧冲突。道士有时候达不到预期效果，不能摄魂或者捉鬼，给了创作者很大的发挥空间。纪昀把这种不灵验的情况归结为当事人的德行有问题，于是顺势联系到劝惩的目的上。有这样一则故事：

---

① （清）纪昀：《阅微草堂笔记·序》，上海：上海古籍出版社，2004年1月。

吴惠叔言:其乡有巨室,惟一子,婴疾甚剧。叶天士诊之,曰:"脉现鬼症,非药石所能疗也。"乃请上方山道士建醮。至半夜,阴风飒然,坛上烛光俱暗碧。道士横剑瞑目,若有所睹。既而拂衣竟出,曰:"妖魅为厉,吾法能祛。至冤世冤愆,虽有解释之法,其肯否解释,仍在本人。若伦纪所关,事干天律,虽醮章拜奏,亦不能上达神霄。此祟乃汝父遗一幼弟,汝兄遗二孤侄,汝蚕食鲸吞,几无余沥。又茕茕孩稚,视若路人,至饥饱寒温,无可告语;疾痛疴痒,任其呼号。汝父茹痛九原,诉于地府。冥官给牒,俾取汝子以偿冤。吾虽有术,只能为人驱鬼,不能为子驱父也。"果其子不久即逝。后终无子,竟以侄为嗣。①

于是,在牒的"接与不接"、"灵与不灵"之间,都有了很大的灵活性,给纪昀的"劝惩"、说教留下了无限空间:如果做了善事,牒的负面作用甚至可以变成正面的,《滦阳消夏录四》中记史某仗义疏财,解救了即将被卖出的乡民之妻。本来史某一家应该葬身火海,因为他急公好义,多行善事,使得东岳神改写了牒的内容,一家人得以存活,原本是催命牒变成了救生牒。

因为做善事得到冥界统治者的原谅,使得生命延续,这极大地吸引了广大的民间百姓,也给了他们无穷的做好事的动力。不仅增加了人们对于"牒"的敬畏和"牒"自身的神秘色彩,也使得纪昀劝人行善之本意有了实在的载体,而不至于流于空疏。

在今天看来,牒不过是一些文字记号组成的,但是却被赋予了宗教意味的崇拜,注入了宗教般的情感,爱弥尔·涂尔干对此有十分清楚的论述:

---

① (清)纪昀:《阅微草堂笔记·卷六·滦阳消夏录六》,上海:上海古籍出版社,2004年1月,第94页。

我们爱慕、畏惧、崇敬的是记号,我们觉得的感激和快慰是记号,我们为之献身的也是记号。士兵为他的旗帜而死,为他的国家而死;但事实上,在他的意识中,旗帜是第一位的,有时候甚至是旗帜决定了行动。单单一面旗子是不是在敌人手中,并不会决定国家的命运,而士兵为了夺回它却不惜生命。他不顾旗帜只是一个记号,本身没有价值,只是想到它所代表的实体,于是,记号被当作实体本身那样对待了。①

18世纪的中国普通民众,为了自己的不同愿望而挣扎,文士为了功名、乡人为了治病或者活命,无法申冤的为了昭雪,迷失在外的为了回家,种种愿望都希望通过牒来完成。而小小的一张牒又带给我们多少真实的历史和尘封的情感,将那时中国人的生活通过牒的串接,全面地展现在我们面前。

此外,《阅微草堂笔记》中"牒"故事的记载,不仅全面展示了这种道教法术当时在民间的生存状态,而且突破了单纯志怪故事的记录。寄托了作者劝惩戒、寓世情的独特意义,成为《阅微草堂笔记》志怪故事独特的一点。

第二节 民间法术——扶乩研究②

《阅微草堂笔记》中有一个古老又现代的宗教文化现象,在其中反复地出现,这就是"扶乩"。说它古老,因为它确切的起源时间已经无法

---

① [法]爱弥尔·涂尔干:《宗教生活的几种形式》,渠东、汲喆译,上海:上海世纪出版集团,2006年,第210页。
② 关于这种分类需要说明一下。扶乩这种法术有学者将其分在"佛教文化"中,如黄洽所著《〈聊斋志异〉与宗教文化》一书,济南:齐鲁书社2005年。

考了,说它现代,到纪昀生活的年代,还是文人之间举行的比较重要的活动。甚至在当今,扶乩这种被学者一度称之为迷信的活动在我国的台湾省以及东南亚华侨中还存在着,成为了特有的文化现象。那么这种与占卜术有关的宗教文化现象何以有如此顽强的生命力,《阅微草堂笔记》中对扶乩的描写和记载也许会给我们一些启示。

一 "扶乩"溯源及纪昀对扶乩的态度

扶乩的英文是"Coscino-mancy",是根据希腊语的语根而来的,英文的"mancy"就是"占卜"的意思。在中国,汉字的"乩"象征占卜深隐的事情之意。乩也称作"扶箕"、"扶鸾"、"扶銮"、"扶栾"等,也叫"箕卜"、"乩卜"。乩卜有多种形式,最主要占法就是根据簸箕的移动变化来确定所占的事情的解答。"扶箕"的取名就是这样来的,宋代也把它称之为"秽迹金刚法"。

扶乩做法很简单:求乩者先将要问的问题或用口说出,或写在纸上,乩手根据求者的问题,再请示神灵,记录下来,予以解答。这个仪式通常由几个人组成一个小组,每个人各负一职。扶乩时在簸箕里装满了沙,沙面平整,将一支笔捆在绳子上,再把绳子拴在房梁上。然后扶乩的人手中握笔,在沙面书写,按照天意来画出痕迹。旁边的人看笔形辨字,报读乩文,再由听报乩文的人记录下来,然后誊写出来,交给求乩的人。方法虽然简单,重要的是乩手要摒除自己的意识,处于一种半清醒、半沉醉的状态,完全按照神的旨意来写画。《阅微草堂笔记》中记载,纪昀和他的从兄都做过乩手:

其扶乩之人,遇能书者则书工,遇能诗者即诗工,遇全不能诗能书者,则虽成篇而迟钝。余稍能诗而不能书,从兄坦居能书而不能诗。余扶乩,则诗敏捷,而书潦草。坦居扶乩,则书清整而诗浅率。余与坦居实皆未容心,盖亦借人之精神始能运动,所谓鬼不自灵,待人而灵也。蓍龟本枯草朽甲,而能知吉凶,亦待人而灵耳。①

这段材料非常珍贵,是扶乩当事人对自己心理状态的一种描述。并对扶乩真相加以揭示,即扶乩乃是有所凭,根据乩手的不同,所表现的扶乩内容、风格也不同。所谓鬼不自灵,待人而灵也。这种"物有所凭"的观点在明末四高僧之一的莲池大师那里也有相似的论述,他在《降仙》一文中写道:

  世人取桃木作乩以降仙,然多精灵不散之鬼。其能诗能文者,则在生聪慧人,滞于鬼录而未及受生,随符请而来,非真仙也。②

从科学的角度来看,乩文应该是乩手潜意识的一种表现。扶乩活动主要是以心理感应为主的,是"心想事成"的活动,它属于心理活动的范畴。当然,求乩者所关心的只是灵验与否的问题,对其中的环节并不在意,或者说,有时人们刻意保持它的神秘性。当时的人们在和神明交通,预测未来时首先想到的方法就是扶乩。这其中不乏高级文人,纪昀就是其中一个。纪昀虽然对佛、道抱着怀疑的态度,但还是比较相信扶乩的:

  大抵幻术多手法捷巧。惟扶乩一事,则确有所凭附,然皆灵鬼之能文者耳。所称某神某仙,大属假托;即自称某代某人者,叩以本集中诗文,亦多云年远忘记,不能答也。③

---

① (清)纪昀:《阅微草堂笔记·卷四·滦阳消夏录四》,上海:上海古籍出版社,2004年1月,第53页。
② (明)袾宏:《莲池大师合集》,福建省莆田广化寺印行,第4166页。
③ (清)纪昀:《阅微草堂笔记·卷四·滦阳消夏录四》,上海:上海古籍出版社,2004年1月,第54页。

纪昀如此相信扶乩,恐怕与自己和他的父亲纪容舒的经历有关。姚安公纪容舒和纪昀在未第之时,都曾经用扶乩的方式来测算自己的运程:

> 姚安公未第时,遇扶乩者,问有无功名。判曰:"前程万里。"又问登第当在何年。判曰:"登第却须候一万年。"意谓或当由别途进身。及癸巳万寿恩科登第,方悟万年之说。后官云南姚安府知府,乞养归,遂未再出。并前程万里之说亦验。大抵幻术多手法捷巧。惟扶乩一事,则确有所凭附,然皆灵鬼之能文者耳。所称某神某仙,大属假托;即自称某代某人者,叩以本集中诗文,亦多云年远忘记,不能答也。①

传说纪昀在未第之时,乩仙断言他可以考中,但是他的老师和同学却让他不要相信乩仙等无所凭据的话语,并且认为他不太可能考中。不过,纪昀最终以庶吉士的身份出仕,自此以后,他对于扶乩笃信无疑。正如许地山说的那样:

> 扶箕为问问题,问功名,一次底灵验可使他终身服膺。居官时,有不能解决的事情也就会想到扶箕。②

对于那些不相信扶乩的人,纪昀对之持批评的态度,并在《阅微草堂笔记》中记录下他们最后受到乩仙捉弄的丑态,有的甚至丢了性命。在故事中往往安排乩仙勘破士人隐秘之事的结局,以示神奇和劝惩。《滦阳消夏录四》一则故事记:

---

① (清)纪昀:《阅微草堂笔记·卷四·滦阳消夏录四》,上海:上海古籍出版社,2004年1月,第53—54页。
② 许地山:《扶乩底迷信研究》,微缩品,北京:全国图书馆文献微缩文印中心,2002年,第1页。

卧虎山人降乩于田白岩家，众焚香拜祷。一狂生独倚几斜坐，曰："江湖游士，练熟手法为戏耳。岂有神仙日日听人呼唤？"乩即书下坛诗曰："鹈鴂惊秋不住啼，章台回首柳萋萋。花开有约肠空断，云散无踪梦亦迷。小立偷弹金屈戍，半酣笑劝玉东西。琵琶还似当年否？为问浔阳估客妻。"狂生大骇，不觉屈膝。盖其数日前密寄旧妓之作，未经存稿者也。仙又判曰："此笺幸未达，达则又作步非烟矣。此妇既已从良，即是窥人闺阁。香山居士偶作寓言，君乃见诸实事耶？大凡风流佳话，多是地狱根苗。昨见冥官录籍，故吾得记之。业海洪波，回头是岸。山人饶舌，实具苦心，先生勿讶多言也。"狂生鹄立案旁，殆无人色。后岁余，即下世。①

不过，作为一个追求实录创作风格的人，纪昀对于乩仙的骗术并不避讳，《阅微草堂笔记》中也记录下了乩仙的骗局：

有歌童扇上画鸡冠，于筵上求李露园题。露园戏书绝句曰："紫紫红红胜晚霞，临风亦自弄天斜。枉教蝴蝶飞千遍，此种原来不是花。"皆叹其运意双关之巧。露园赴任湖南后，有扶乩者，或以鸡冠请题，即大书此诗。余骇曰："此非李露园作耶？"乩忽不动，扶乩者狼狈去。颜介子叹曰："仙亦盗句。"或曰："是扶乩者本伪托，已屡以盗句败矣。"②

这种乩仙盗句、骗人的把戏决非此时才出现，也早有学者注意到这一点。《坚瓠集》八集卷三中《何仙姑》中写有降乩诗：

---

① （清）纪昀：《阅微草堂笔记·卷四·滦阳消夏录四》，上海：上海古籍出版社，2004年1月，第53页。
② （清）纪昀：《阅微草堂笔记·卷七·如是我闻一》，上海：上海古籍出版社，2004年1月，第116页。

第④章
《阅微草堂笔记》志怪故事与道教文化研究

开口何须问洞宾,洞宾与我却无情。
是非吹入凡人耳,万丈长河洗不清。①

与《处州府志》"巫山神女"一条写得极为相似:

此段姻缘梦托成,襄王与妾本无情,
至今落在诗人口,万古长流洗不清。②

其实纪昀扶乩一事,偶尔也流露出怀疑的样子:

司笔之神,果佩阿欤?姑妄听之,为卜此居。予书苦拙,汝其相予。毛颖之族,兹焉假馆。我有指挥,莫听驱遣。此操纵之无术,非尔曹之骄蹇。③

纪昀作为一个实录主义者,对一切都以穷究物理的态度来对待。但是对于扶乩这种虚幻的东西,在明明知道自己受骗的情况下,却还是以一种宽容大度的心态对待,并百般为乩仙开脱:

乩仙多伪托古人,然亦时有小验。温铁山前辈尝遇扶乩者,问寿几何。乩判曰:"甲子年华有二秋。"以为当六十二。后二年卒,乃知二秋为二年。盖灵鬼时亦能前知也。又闻山东巡抚国公,扶乩问寿。乩判曰:"不知。"问:"仙人岂有所不知?"判曰:"他人可

---

① (清)褚人获:《坚瓠集》《清代笔记小说大观》,上海:上海古籍出版社,2005 年,第 375 页。
② (清)曹榆彬等修:《处州府志》,台北:成文出版社有限公司,1983 年,第 27 页。
③ (清)纪昀:《阅微草堂笔记·卷七·如是我闻一》,上海:上海古籍出版社,2004 年 1 月,第 121 页。

知,公则不可知。修短有数,常人尽其所禀而已。若封疆重镇,操生杀予夺之权,一政善,则千百万人受其福,寿可以增;一政不善,则千百万人受其祸,寿亦可以减。此即司命之神不能预为注定,何况于吾?娄师德亦误杀二人,减十年寿耶?然则年命之事,公当自问,不必问吾也。"此言乃凿然中理,恐所遇竟真仙矣。①

他的这种态度与乾隆年间扶乩在文人间依然盛行有很大关系。文人扶乩大概起于宋朝,洪迈的《夷坚志》和《苏东坡集》中都提到了"紫姑神记",紫姑神(子姑神)是人们普遍信奉的乩仙,这两则故事都是记载紫姑如何由一个受大妇凌虐至死的妾媵成为乩仙的。这似乎也为预示后世乩仙多为女性做了铺垫。

不过,扶乩最流行的时候却是在明清科举时代,此时士子们都希望通过扶乩得知功名、前程。这种对文字图书的神圣化在明清达到了一个非常普及的程度,惜字会和劝善书在士大夫、文人、中小知识分子阶层之间十分流行,一时乩盘大动,处处鸾书不停。

纪昀身处这样的环境,自然也对扶乩颇为关注。同时,《阅微草堂笔记》中对扶乩"不虚美、不隐恶"的态度也反映出他的"求实"思想,决不因为个人的好恶而影响客观事件的记录。

二 《阅微草堂笔记》"扶乩"故事的主要内容

扶乩在《阅微草堂笔记》中共出现101次,可见一时风气之盛,以及纪氏对扶乩的浓厚兴趣。纪昀不仅自己参与这项活动,而且平常也很注意搜集这方面的故事,并热衷于和同事探讨。

《阅微草堂笔记》中记录的扶乩多是文人士子的活动。他们最关心

---

① (清)纪昀:《阅微草堂笔记·卷二十二·滦阳续录四》,上海:上海古籍出版社,2004年1月,第458页。

的莫过于科举考试、仕途晋升,因此扶乩故事中涉及较多的是扶乩人对前程、官阶、寿数的测算。特别是民间的中小知识分子,他们面对着科举的迷茫和无所预期,显示出一种恐惧,因此强烈地要求找到一种方式来预期自己的未来,需要用精神的解脱或者说是暂时的慰藉,来补偿现实中的恐惧和不安。如《槐西杂志四》中记:

> 夔典又言:尝向乩仙问科第。乩判曰:"场屋文字,只笔酣墨饱,书味盎然,即中式矣,何必预问乎!"后至乾隆丙辰登进士,本房同考官出阅卷簿视之,所注批词即此八字也。然则科名前定,并批词亦前定乎?①

相信扶乩能够预测未来,与人们相信文字的神奇力量的传统思维方式有关。自古中国人就认为文字可以通神,有文字崇拜的传统和意识。古代的文字崇拜很好理解,在生产力低下,人们无法预知命运的时候,希望用各种方式与神灵沟通。先民们认为文字能产生某种神秘的力量,具有超越文字符号自身的附加功能。能够传达上天的旨意,指导人们的行动,预示人们的前途命运等等。

这点就如马克思·韦伯在《儒教与道教》中所说:

> 在中国,有文字记载的礼书、历史和史书都可以上溯到史前时期。早在最古老的传说中,古文字就被说成为神奇的东西,识文断字的人被视为神奇的卡里斯马的化身。而且,我们将看到,今天依然如故。……当外在的世俗权力逐步衰减、消失之时,而伴随着神圣化、象征性的精神认同、心理文化含量却逐步增强放大,放大到

---

① (清)纪昀:《阅微草堂笔记·卷十四·槐西杂志四》,上海:上海古籍出版社,2004年1月,第306页。

所有图书著述、编撰等文化活动之中。①

在纪昀的时代,这种思维方式依然保留,人们希望通过文字,这种外观的、直观的方式,来表达自己对前途命运、幸福的生活向往和憧憬。从而使得文字符号的能量在这里被一定程度地放大了——被赋予了某种可以能实现人们愿望的神秘力量。于是当"人类对来自身外的某种神秘力量抱有期望时,崇拜便悄悄地在人们心中萌生了"②。并经久不衰,这也是为什么扶乩在现代社会仍然得以存在的重要原因。

对于封建时代的文士来说,他们最熟悉的就是文字,乐意以这种熟悉的方式与神灵交流。而且由于乩文大多以诗的形式出现,使得文人的扶乩活动增加了"疑义相与析"的味道,纪昀不仅经常参加扶乩活动,而且本人也很注意对乩诗的搜集和甄别。《阅微草堂笔记》中收录了一些乩仙之诗,不过他都认为是鬼诗:

庚午秋,买得《埤雅》一部,中折叠绿笺一片,上有诗曰:"愁烟低幂朱扉双,酸风微戛玉女窗。青磷隐隐出古壁,土花蚀断黄金釭。""草根露下阴虫急,夜深悄映芙蓉立。湿萤一点过空塘,幽光照见残红泣。"末题"靓云仙子坛诗,张凝敬录"。盖扶乩者所书。余谓此鬼诗,非仙诗也。③

文人还通过扶乩与乩仙交流诗歌,可以对乩仙的诗提出异议,或指摘乩诗的毛病。扶乩于是成了文人圈子中交往的常见手段:

---

① [德]马克思·韦伯:《儒教与道教》,洪天富译,苏州:江苏人民出版社,2008年,第27页。
② [英]弗雷泽:《金枝》,徐育新等译,北京:新世界出版社,2006年,第36页。
③ (清)纪昀:《阅微草堂笔记·卷二·滦阳消夏录二》,上海:上海古籍出版社,2004年1月,第24页。

第④章
《阅微草堂笔记》志怪故事与道教文化研究

  汪主事厚石言：有在西湖扶乩者，下坛诗曰："旧埋香处草离离，只有西陵夜月知。词客情多来吊古，幽魂肠断看题诗。沧桑几劫湖仍绿，云雨千年梦尚疑。谁信灵山散花女，如今佛火对琉璃。"众知为苏小小也。客或请曰："仙姬生在南齐，何以亦能七律？"乩判曰："阅历岁时，幽明一理。性灵不昧，即与世推移。宣圣惟识大篆，祝词何写以隶书？释迦不解华言，疏文何行以骈体？是知千载前人，其性识至今犹在，即能解今之语，通今之文。江文通、谢玄晖能作爱妾换马八韵律赋，沈休文子青箱能作《金陵怀古》五言律诗，古有其事，又何疑于今乎？"又问："尚能作永明体否？"即书四诗曰："欢来不得来，侬去不得去。懊恼石尤风，一夜断人渡。"①

  还有士人将乩仙问倒，让其哑口无言的：

  吴云岩家扶乩，其仙亦云邱长春。一客问曰："《西游记》果仙师所作，以演金丹奥旨乎？"批曰："然。"又问："仙师书作于元初，其中祭赛国之锦衣卫，朱紫国之司礼监，灭法国之东城兵马司，唐太宗之大学士、翰林院中书科，皆同明制，何也？"乩忽不动。再问之，不复答，知已词穷而遁矣。然则《西游记》为明人依托无疑也。②

  这则故事还透露给我们一个信息，即，生活在18世纪的中国人对于扶乩这种古老的占卜术产生了较多的怀疑和不解。不过，这丝毫没有影响扶乩在文人之间的流行，或者说这种怀疑本身就是人们对扶乩关注的一种表现。

---

  ① （清）纪昀：《阅微草堂笔记·卷十八·姑妄听之四》，上海：上海古籍出版社，2004年1月，第393页。
  ② （清）纪昀：《阅微草堂笔记·卷九·如是我闻三》，上海：上海古籍出版社，2004年1月，第165页。

扶乩在大大小小的文人之间的流行,甚至使得下层文人能通过扶乩结交到文坛领袖:陈洪师写过一篇谈金圣叹与钱谦益扶乩倡和的文章,其中涉及明末金圣叹、钱谦益两个地位悬殊的文人怀着各自目的通过扶乩交流的情况。① 扶乩成了文人之间交流感情、逞才炫能的一种手段,而且对于乩诗中好的句子,都不忍丢弃,颇有惺惺相惜的味道。这种对扶乩的感情一直持续到清代中期,戴震、纪昀等一些高级知识分子、官吏都乐于谈论扶乩。当时品评乩诗也成了当时官僚、文人之间重要的一项活动。扶乩者似乎为了取悦文士,专门使自己的举止行为文士化,不惜丢掉扶乩能谈休咎的特性:

> 癸巳、甲午间,有扶乩者自正定来,不谈休咎,惟作书画。颇疑其伪托。然见其为曹慕堂作着色山水长卷及醉钟馗像,笔墨皆不俗。又见赠董曲江一联曰:"黄金结客心犹热,白首还乡梦更游。"亦酷肖曲江之为人。②

这些扶乩故事更像文人之间的游戏,那个时代的读书人没有什么太多的娱乐活动,扶乩既是自己所熟悉的文字,又较方便易行,因此出现了纯粹是文字游戏的扶乩活动:

> 阳曲王近光言:冀宁道赵公孙英有两幕友,一姓乔,一姓车,合雇一骡轿回籍。赵公戏以其姓作对曰:"乔、车二幕友,各乘半轿而行。"恰皆轿之半字也。时置中召仙,即举以请对。乩判曰:"此是实人实事,非可强凑而成。"越半载,又召仙,乩忽判曰:"前对吾已得之矣:卢、马两书生,共引一驴而走。"又判曰:"四日后,辰巳之

---

① 详见陈洪:《浅俗下的厚重》,《金圣叹"仙坛倡和"之文化心理透视》,天津:南开大学出版社,2001年,第256页。
② (清)纪昀:《阅微草堂笔记·卷五·滦阳消夏录五》,上海:上海古籍出版社,2004年1月,第82页。

间,往南门外候之。"至期遣役侦视,果有卢、马两生,以一驴负新科墨卷,赴会城出售。赵公笑曰:"巧则诚巧,然两生之受侮深矣。"此所谓箭在弦上,不得不发,虽仙人亦忍俊不禁也。①

仙人似乎已经没有了高高在上的不可侵犯性,好像偶然遇到的幽默长者一般,有的甚至与人开起了玩笑,这与扶乩之初的状态有了较大改变,最初扶乩的行为是非常神圣不可侵犯的,扶乩者都是战战兢兢。有关乩仙的记载最惹人注目的就是陶弘景的《真诰》,记载愕绿华的降坛:

> 愕绿华者,自云南山人,不知是何山也。女子年可二十,上下青衣。颜色绝,以升平三十年十一月十日降,自此往来一月辄六过来。赠诗一篇,并致火汗布手巾一枚,金玉条脱各一枚。②

这样一位端庄的女仙,对于扶乩是非常郑重的:

> 但书字有少乖违耳。且以灵笔真手,初不敢下交於肉人,虽时当有得道之人,而身为超世者,亦故不敢下手陈书以显示字迹也。③

《阅微草堂笔记》中的乩仙不仅已经没有那种"不可转交肉人"的小心翼翼与神秘,而且还调侃、戏弄扶乩者。乩仙似乎走下神坛,不再是一副颐指气使的态度,而是包含了更多普通人的情感,与人的感情相通。

---

① (清)纪昀:《阅微草堂笔记·卷六·滦阳消夏录六》,上海:上海古籍出版社,2004年1月,第93页。
② 陶弘景:《真诰》、《道学举要》,《道藏》,天津:天津古籍出版社,1988年3月,第20卷,第490页。
③ 陶弘景:《真诰》、《道学举要》,《道藏》,天津:天津古籍出版社,1988年3月,第20卷,第495页。

据《阅微草堂笔记》记载,用乩还可以画画,这种功能有一个由简到繁的过程:

> 原始的箕卜只视察箕动底次数,如以不动为否,动为是,一动为吉,三动为凶等,后来便发展成为写字、甚至能画画。指令信者惊为神妙莫测。①

纪昀对此也津津乐道,并参与到其中:

> 曹慕堂宗丞有乩仙所画《醉钟馗图》,余题以二绝句曰:"一梦荒唐事有无,吴生粉本几临摹;纷纷画手多新样,又道先生是酒徒。""午日家家蒲酒香,终南进士亦壶觞;太平时节无妖厉,任尔闲游到醉乡。"……遥见双灯自林外冉冉来,人语嘈杂,乃一大鬼醉欲倒,诸小鬼掖之踉跄行。安知非醉钟馗乎?天地之大,无所不有。随意画一人,往往遇一人与之肖;随意命一名,往往有一人与之同。无心暗合,是即化工之自然也。②

三 "扶乩"故事的特点

《阅微草堂笔记》的扶乩故事一个重要特点是乩仙人员构成复杂,降乩的乩仙已经从各种大仙、历史人物变成民众身边的人:

> 一故家子,以奢纵撄法网殁后数年,亲串中有召仙者,忽附乩

---

① 许地山:《扶乩底迷信研究》,微缩品,北京:全国图书馆文献微缩文印中心,2002年,第5页。
② (清)纪昀:《阅微草堂笔记·卷十六·姑妄听之二》,上海:上海古籍出版社,2004年1月,第342页。

自道姓名,且陈愧悔;既而复书曰:"仆家法本严。仆之罹祸,以太夫人过于溺爱,养成骄恣之性,故蹈陷阱而不知耳。"①

百姓对谁来做乩仙似乎并不关心,他们关注的重点在于乩仙的能验与否,他们需要的是乩仙对日常活动做出指示,至于是谁在指示,似乎并不重要。正如日本学者对于乩的评价:

> 贯穿于民众宗教信仰深处的另一要素是"乩",民众的宗教活动对出现于"乩"上的神训,寄以绝对的信赖,总之,中国民众宗教的历史特色是民众相信善意和乩示,然后加以护持。②

此外,《阅微草堂笔记》的扶乩故事拓展了扶乩的内容。许多文言小说中关于扶乩的描写,把笔墨集中在三方面:问功名,求得与女仙见面,治病问药。而《阅微草堂笔记》中的乩诗涉及内容更广,如与乩仙对弈、介绍为人处世良方等等。其中有两则写与乩仙对弈的故事,比较别致,这恐怕与纪昀酷爱下棋有关,他给自己起的别号就是"观弈道人"。如《槐西杂志一》记载的一个故事:

> 程念伦,名思孝,乾隆癸酉甲戌间,来游京师,弈称国手。如皋冒祥珠曰:"是与我皆第二手,时无第一手,遽自称耳。"一日,门人吴惠叔等扶乩,问:"仙善弈否?"判曰:"能。"问:"肯与凡人对局否?"判曰:"可。"时念伦寓余家,因使共弈。……初下数子,念伦茫然不解,以为仙机莫测也,深恐败名,凝思冥索,至背汗手颤,始敢应一子,竟犹惴惴。稍久,似觉无他异,乃放手攻击。乩仙竟全局覆没,满室哗然。乩忽大书曰:"吾本幽魂,暂来游戏,托名张三丰

---

① (清)纪昀:《阅微草堂笔记·卷八·如是我闻二》,上海:上海古籍出版社,2004年1月,第132页。
② [日]吉冈义丰:《中国民间宗教概说》,台北:华宇出版社,1995年,第4页。

耳。因初解弈,故尔率答。不虞此君之见困,吾今逝矣。"惠叔慨然曰:"长安道上,鬼亦诳人。"余戏曰:"一败即吐实,犹是长安道上钝鬼也。"①

也有的故事借扶乩教后人如何为人处世,这些规劝之意的话语即使在今世也值得我们去体味:

海宁陈文勤公言:昔在人家遇扶乩,降坛者安溪李文贞公也。公拜问涉世之道,文贞判曰:"得意时毋太快意,失意时毋太快口,则永保终吉。"公终身诵之。尝诲门人曰:"得意时毋太快意,稍知利害者能之;失意时毋太快口,则贤者或未能。夫快口岂特怨尤哉,夷然不屑,故作旷达之语,其招祸甚于怨尤也。"余因忆先高祖《花王阁剩稿》中载宋盛阳先生赠诗曰:"狂奴犹故态,旷达是牢骚。"与公所论,殆似重规叠矩矣。②

由于纪昀做过兵部侍郎,所以对于扶乩中涉及的军事内容也颇为注意:

太原折生遇兰言:其乡有扶乩者,降坛大书一诗曰:"一代英雄付逝波,壮怀空握鲁阳戈。庙堂有策军书急,天地无情战骨多。故垒春滋新草木,游魂夜览旧山河。陈涛十郡良家子,杜老酸吟意若何?"署名曰:"柿园败将。"皆悚然知为白谷孙公也。柿园之役,败于中旨之促战,罪不在公。诗乃以房琯车战自比,引为己过。正人君子之用心,视王化贞辈偾辕误国,犹百计卸责于人者,真三光之

---

① (清)纪昀:《阅微草堂笔记·卷十一·槐西杂志一》,上海:上海古籍出版社,2004年1月,第206页。
② (清)纪昀:《阅微草堂笔记·卷十·如是我闻四》,上海:上海古籍出版社,2004年1月,第179页。

第④章
《阅微草堂笔记》志怪故事与道教文化研究

于九泉矣。①

还有写新疆地区的扶乩活动,大漠风沙间,葱雪奇寒中,为扶乩增添了一丝雄壮色彩:

> 副都统刘公鉴言:曩在伊犁,有善扶乩者,其神自称唐燕国公张说。与人唱和诗文,录之成帙。性嗜饮,每降坛,必焚纸钱而奠以大白。不知龙沙葱雪之间,燕公何故而至是?刘公诵其数章,词皆浅陋。殆打油、钉铰之流,客死冰天,游魂不返,托名以求食欤!②

他还通过扶乩故事婉转地讽刺明代贰臣:

> 宋按察蒙泉言:某公在明为谏官,尝扶乩问寿数。仙判某年某月某日当死,计期不远,恒悒悒。届期乃无恙。后入本朝,至九列。适同僚家扶乩,前仙又降。某公叩以所判无验。又判曰:"君不死,我奈何?"某公俯仰沉思,忽命驾去。盖所判正甲申三月十九日也。③

这些扶乩故事与纪昀自身经历关系密切,也是《阅微草堂笔记》独有的扶乩故事。

总体来看,纪昀在扶乩中寄托了自己太多的真实感情和苦口婆心的劝惩意愿,看重的不仅是扶乩本身这种活动,而是扶乩这项活动能够带来什么样的作用。或者说,可以借扶乩这种形式来抒发自己的感情,

---

① (清)纪昀:《阅微草堂笔记·卷七·如是我闻一》,上海:上海古籍出版社,2004年1月,第106页。
② (清)纪昀:《阅微草堂笔记·卷六·滦阳消夏录六》,上海:上海古籍出版社,2004年1月,第96页。
③ (清)纪昀:《阅微草堂笔记·卷二·滦阳消夏录二》,上海:上海古籍出版社,2004年1月,第20页。

说出自己的真心话,所以尽管知道这种活动具有一定的虚妄性,纪昀还是一再写入自己的作品中,并按照自己的意愿加工、叙述。

此外,从《阅微草堂笔记》中扶乩的主体和内容来看,已经不再限于文人群体和举业,而是包括大量的底层百姓,涉及更多的日常生活。求乩的内容也涉及普通百姓的家庭生活、社会活动、人际往来:

> 束城李某,以贩枣往来于邻县,私诱居停主人少妇归。比至家,其妻先已偕人逃。自诧曰:"幸携此妇来,不然,鳏矣。"人计其妻迁赗之期,正当此妇乘垣后日,适相报,尚不悟耶!既而此妇不乐居农家,复随一少年遁,始茫然自失。后其夫踪迹至束城,欲讼李。李以妇已他去,无佐证,坚不承。纠纷间,闻里有扶乩者,众曰:"盍质于仙?"仙判一诗曰:"鸳鸯梦好两欢娱,记否罗敷自有夫。今日相逢须一笑,分明依样画壶芦。"其夫默然径返。两邑接壤,有知其事者曰:"此妇初亦其夫诱来者也。"①

此时的扶乩活动呈现出一种世俗性特征,成为民间百姓笃信的一种方式,也有品质败坏之人利用百姓对扶乩的信赖进行犯罪活动的现象。

从陶弘景到纪昀,扶乩也经历了神化到世俗化的过程,这个过程显示出扶乩旺盛的生命力。直到现代的一些文学作品中仍然提到扶乩,如巴金的《家》中就有觉新和兄弟姐妹们扶乩的场面描写,对于连贯故事情节、塑造人物形象有着很重要的作用。

四 "扶乩"故事的劝惩功能

除了文人之间游戏、娱乐功能之外,《阅微草堂笔记》记述的扶乩故

---

① (清)纪昀:《阅微草堂笔记·卷三·滦阳消夏录三》,上海:上海古籍出版社,2004年1月,第37页。

事一个重要功能是规劝世人,"劝惩戒"是纪昀创作小说的一个重要目的,在《阅微草堂笔记》中无时无刻不在,连品评乩仙好坏都是以是否能劝诫世人为标准。

纪昀和父亲纪容舒参与最多的富有宗教意味的活动就是扶乩。他还经常对扶乩的结果进行评论,崇敬那些能够规劝人过的乩仙,认为规人过比谈休咎更高明,对此大加赞赏:

> 余所见扶乩者,惟此仙不谈休咎,而好规人过。殆灵鬼之耿介者耶!先姚安公素恶淫祀,惟遇此仙必长揖曰:"如此方严,即鬼亦当敬。"①

如果乩手的道德品质出现缺失,不符合社会规范,有违于公理道义,则扶乩亦不灵:

> 甲与乙共学其符,召之亦至,然字多不可辨,扶乩者手不习也。一日,乙焚符,仙竟不降。越数日再召,仍不降。后乃降于甲家,甲叩乙召不降之故。仙判曰:"人生以孝弟为本,二者有惭,则不可以为人。此君近与兄析产,隐匿千金;又诡言其父有宿逋,当兄弟共偿,实掩其实。"②

纪昀能够利用扶乩进行劝惩,是因为"鸾堂飞鸾的宗教仪式具有神圣性与世俗性,以超自然力的交感作用,使信徒在神通与灵验的法术感应下,全部地投向圣神,以其神意的指令作为人生准则"③。这样,在神

---

① (清)纪昀:《阅微草堂笔记·卷十一·槐西杂志一》,上海:上海古籍出版社,2004年1月,第53页。
② (清)纪昀:《阅微草堂笔记·卷三·滦阳消夏录三》,上海:上海古籍出版社,2004年1月,第46页。
③ 郑志明:《台湾扶乩与鸾书现象——善书研究回顾》,嘉义:台湾南华大学,1998年,第223页。

圣与世俗之间,扶乩为之搭好了桥梁。

除了对百姓的劝惩,纪昀还借助乩仙对吏治的反映和规劝,特别是对于一些"循吏"一针见血的揭露,是《阅微草堂笔记》中引人注目的地方对于今天的官员也有一定的启示和借鉴作用:

> 田白岩言:康熙中,江南有征漕之案,官吏伏法者数人。数年后,有一人降乩于其友人家,自言方在冥司讼某公。友人骇曰:"某公循吏,且其总督两江,在此案前十余年,何以无故讼之?"乩又书曰:"此案非一日之故矣。方其初萌,褫一官,窜流一二吏,即可消患于未萌。某公博忠厚之名,养痈不治,久而溃裂,吾辈遂遘其难。吾辈病民蠹国,不能仇现在之执法者也。追原祸本,不某公之讼而谁讼欤?"书讫,乩遂不动。迄不知九幽之下,定谳如何。《金人铭》曰:"涓涓不壅,将为江河;毫末不札,将寻斧柯。"古圣人所见远矣。此鬼所言,要不为无理也。①

纪昀对于这种只肯独善其身,貌似忠厚清廉实则不敢有所作为的官吏非常不满,他作为朝廷的股肱之臣,不仅对吏治颇为关心,而且能够透过现象看到问题的本质,他记载的这个故事正是官吏腐败问题的变形表现。

吏治问题一直是清朝政府比较头痛的问题。自康熙时期起至乾隆后期,虽经明君的治理,但是官吏腐败问题还是比较严重的,其中一个重要原因是腐败的内涵不明确,比如陋规、惰政和玩忽职守等等。

但是,乾隆帝对各地日益严重的亏空和吏治腐败仍认识不足,到了乾隆帝晚年,亏空大案屡屡出现,而且官吏侵蚀钱粮已呈集团化犯罪的趋势。内阁大学士尹壮图于乾隆五十五年(1790年)奏称:

---

① (清)纪昀:《阅微草堂笔记·卷五·滦阳消夏录五》,上海:上海古籍出版社,2004年1月,第74页。

> 天下督抚,习为奢侈,因之库帑空虚,民业凋敝。①

官吏养痈已久,以致疾将入骨,纪昀对此深表担忧,官吏养痈不治,国家的正常运转就会受到很大的影响,但他又不能表达得过于直接,只好用扶乩遮掩,来说出自己的真心话。

不管古代或是现代,人们总是想象着人与神灵处在同一个对应的偶合的体系中,人与神灵在精神上、属性上、能量上以及情感上能够相通,扶乩正是给了人们这样一个机会。在扶乩的过程中,人们除了想获得乩仙的指引,获得好奇心的满足,还想通过扶乩寄托自己的情感、反观自己的本心,这恐怕是扶乩活动历久不衰的原因之一吧。

在现代的台湾,扶乩也被称为儒家神教、儒家至教:

> 鸾堂标榜以儒为宗,以神为教,主祀恩主公,有些学者将扶乩也称为恩主公崇拜或儒道教。②

这种与儒学"联姻"的方式,恐怕也是扶乩为求自身存在之策。纪昀在《阅微草堂笔记》中记载的扶乩故事就是以一个正宗儒者的视角来进行叙述和筛选的,他把许多儒家的人生观、价值观和处世方法融入到扶乩这项活动中,使其对现实社会更具指导意义,而绝非耽于"文字游戏"。

与《阅微草堂笔记》齐名的《聊斋志异》故事中仅有一篇关于乩仙的故事,和《阅微草堂笔记》中的丰富、充满趣味性比起来显得平淡无奇,认识也不够深刻。至于《聊斋志异》中的乩诗更是近乎无聊,参与者也都是些平民百姓。这种情况就值得我们探讨一下,以蒲氏这样一个

---

① 《清史列传》,王钟翰点校,卷27《尹壮图传》、卷32《章煦传》,北京:中华书局,1981年,第2029、2499页。
② 郑志明:《台湾扶乩与鸾书现象——善书研究回顾》,嘉义:台湾南华大学,1998年,第105页。

爱好奇谈的人,理应对扶乩很感兴趣,事实上并没有,而且他也没有效仿金圣叹,用扶乩的方法去和赏识自己的王士祯有进一步的交往,这些可能是他本人对扶乩的态度和生存环境所致。毕竟纪昀身边的人都是些中高层文人,与蒲松龄不同,对扶乩的态度也不同。纪蒲二人地位、眼界的不同造成了同一题材处理不同的结果。

第三节 《阅微草堂笔记》彰表故事的道教启示

《阅微草堂笔记》许多彰表类故事提到至刚至烈之魂经过彰表可化为神仙,且按照不同的标准成神等级也不同。这种观念绝非纪昀凭空自造,而是渊源有自,与道教的"彰表思想"和"气"的理论有一定的联系。

一 彰表故事的道教思想溯源

《阅微草堂笔记》中有大量描写节妇、烈妇的鬼魂与人交流希望得到彰表的故事,这是《阅微草堂笔记》故事重要特色之一。其他文言小说《聊斋志异》、《子不语》此类内容写作数量和描写力度都不如《阅微草堂笔记》,这既是纪昀充满人文主义关怀的一方面,也是他深信贞孝节义之人得到彰表才能为神的体现:

> 余谓忠孝节义,殁必为神。天道昭昭,历有证验。此事可以信其有……人心以为神,天亦必以为神矣,何必又疑其妄焉。①

---

① (清)纪昀:《阅微草堂笔记·卷五·滦阳消夏录五》,上海:上海古籍出版社,2004年1月,第77页。

第④章
《阅微草堂笔记》志怪故事与道教文化研究

"忠孝节义,必殁为天神"的思想与道教的渊源,可以追溯到唐代。总结杜光庭在《墉城集仙录叙》中相关观点,即,至孝至忠至贞至烈之人,道心坚固,然而善行没有得到彰显,功德积累不足,即使修炼年数长久也只能成为鬼仙;如果善行能够有人彰显,鬼仙继续修行,积累功德达到一定数量,就可以成为地仙乃至天仙,可见彰表的作用。

后来的张君房在《云笈七签》中也明确表示了善行、节义需要彰表:

> 夫神仙之上者,云车羽盖,形神俱飞;其次牝谷幽林,隐景潜化;其次解形托象,蛇蜕蝉飞。然而冲天者为优,尸解者为劣。又有积功未备,累德未彰,或至孝至忠、至贞至烈,或心不忘道、功未及人、寒栖独炼于己身、善行不加于幽显者,太上以其有志、太极以其推诚,限尽而终,魂神受福者,得为善爽之鬼。地司不制,鬼录不书,逍遥福乡,逸乐遂志,年充数足,得为鬼仙。然后升阴景之中,居王者之秩,积功累德,亦入仙阶矣。如此则善不徒施,仙固可学,功无巨细,行无洪纤,在立功而不休,为善而不倦也。修习之士,得不勖哉![1]

这种言论,像极了《阅微草堂笔记》中一则故事的说法:

> 乌鲁木齐又言:有厮养曰巴拉,从征时,遇贼每力战。后流矢贯左颊,镞出于右耳之后,犹奋力斫一贼,与之俱仆。后因事至孤穆第(在乌鲁木齐、特纳格尔之间),梦巴拉拜谒,衣冠修整,颇不类贱役。梦中忘其已死,问:"向在何处,今将何往?"对曰:"因差遣过此,偶遇主人,一展积恋耳。"问:"何以得官?"曰:"忠孝节义,上帝所重。凡为国捐生者,虽下至仆隶,生前苟无过恶,幽冥必与一职

---

[1] (北宋)张君房:《云笈七签》,《道藏》,天津:天津古籍出版社,1988年3月,第22卷,第850页。

事;原有过恶者,亦消除前罪,向人道转生。奴今为博克达山神部将,秩如骁骑校也。"问:"何往?"曰:"昌吉。"问:"何事?"曰:"贵有文牒,不能知也。"霍然而醒,语音似犹在耳。时戊子六月。至八月十六日而有昌吉变乱之事,鬼盖不敢预泄云。①

微不足道的小人物,为国家捐躯之烈被上帝所重,死后可封官,这固然是纪昀鼓励战士的手段,同时也是纪昀希望通过小说的记载彰表烈行的表现,毕竟在战争中默默死去的战士鲜有可能被历史记住名字。

战士们如此,那些持守着奇节义烈的节妇们就更值得关注了。节妇问题一直是纪昀非常关心的,除了多次为乡间节妇吟咏写诗外,他在《阅微草堂笔记》中记录很多节妇的故事,这一举动除了对她们表示深深的同情外,可能也是借《阅微草堂笔记》加以彰表希望她们能够来世成仙,能用这一生的苦难换作修行的积累到来世享福。为了这个目的,纪昀不惜损害苦苦维护的志怪小说的体例:

念古来潜德,往往藉稗官小说,以发幽光。因撮厥大凡,附诸琐录。虽书原志怪,未免为例不纯;于表彰风教之旨,则未始不一耳。②

毕竟在当时"奇节异烈,湮没无传者,何可胜道哉"③!

---

① (清)纪昀:《阅微草堂笔记·卷三·滦阳消夏录三》,上海:上海古籍出版社,2004年1月,第40页。
② (清)纪昀:《阅微草堂笔记·卷十一·槐西杂志一》,上海:上海古籍出版社,2004年1月,第312页。
③ (清)纪昀:《阅微草堂笔记·卷八·如是我闻二》,上海:上海古籍出版社,2004年1月,第140页。

二 节妇彰表故事的道教启示

《阅微草堂笔记》中的彰表故事主要包括对节妇的彰表和对战争中死去的战士的彰表,其中节妇彰表故事占了70%的篇幅。纪昀这种较大规模的"民间彰表"行为可能与节妇不易获得官方彰表有关。

清廷对于彰表节妇有一套非常繁琐的制度:

> 节妇烈女,学校同举于州郡,州郡条上于台司,乃具奏请旨,下礼曹议,从公论也。礼曹得察核之、进退之,而不得自搜罗之,防私防滥也。①

导致乡间大量的节妇孤独凄苦地死去,有的仅仅因为贫穷,无法得到彰表,只能借助神异手段完成:

> 董秋原言:……梦中见妇女数十辈,联袂入祠。心知神降,亦不恐怖。忽见所识二贫媪亦在其中,再三审视,真不谬。怪问其未邀旌表,何亦同来。一媪答曰:"人世旌表,岂能遍及穷乡蔀屋?湮没不彰者,在在有之。鬼神愍其茶苦,虽祠不设位,亦招之来飨。或藏瑕匿垢,冒滥馨香,虽位设祠中,反不容入。故我二人得至此也。"此事颇创闻,然揆以神理,似当如是。②

纪昀也为不能一一旌表这些节妇而心存愧疚:

---

① (清)纪昀:《阅微草堂笔记·卷十四·槐西杂志四》,上海:上海古籍出版社,2004年1月,第312页。
② (清)纪昀:《阅微草堂笔记·卷十一·槐西杂志一》,上海:上海古籍出版社,2004年1月,第200页。

马夫人尝从容谓昀曰:"君为宗伯,主天下节烈之旌典。而此媪失诸目睫前,其故何欤?"余曰:"国家典制,具有条格……譬司文柄者,棘闱墨牍,得握权衡,而不能取未试遗材,登诸榜上。此媪久去其乡,既无举者;京师人海,又谁知流寓之内,有此孤嫠?沧海遗珠,盖由于此。岂余能为而不为欤?"①

面对官方繁琐的申请过程,又有多少人能够等到最终结果,至于那些在战争、离乱、灾荒中死去的妇女们,她们尽自己最终的力量保存贞节,却终归于湮灭。虽然封建统治者已经注意到湮没在战乱中的节妇们,明朝就曾设立旌善亭来大批彰表贞烈妇女:

正德年月礼部又议"兵焚之余,公私匱竭,立坊于门恐人众不能遍及,宜如近例,刻石于旌善亭,以彰贞烈。"②

但是这种机会并不常有,而且彰表烈女只是旌善亭的一部分作用③,故纪昀还是多次在《阅微草堂笔记》中记载灾荒、离乱中妇女们的奇节义烈:

许南金先生言:康熙乙未,过阜城之漫河。夏雨泥泞,马疲不进;息路旁树下,坐而假寐。恍惚见女子拜,言曰:"妾黄保宁妻汤氏也,在此为强暴所逼,以死捍拒,卒被数刃以死。官虽捕贼骈诛,然以妾已被污,竟不旌表。冥官哀其贞烈,俾居此地,为横死诸魂长,今四十余年矣。夫异乡丐妇,踽踽独行,猝遇三健男子,执缚于

---

① (清)纪昀:《阅微草堂笔记·卷十四·槐西杂志四》,上海:上海古籍出版社,2004年1月,第312页。

② (明)费宏等纂修:《大明武宗实录》第121卷,北京:全国图书文献微缩中心,1987年,第1786页。

③ 清代县一级的官衙都设有旌善亭,但并不是仅仅表彰节妇。据闽人李世熊的《宁化县志》记载,当时旌善亭还有别的功能。

树,肆行淫毒;除骂贼求死,别无他术。其啮齿受玷,由力不敌,非节之不固也。司谳者苛责无已,不亦冤乎? 公状貌似儒者,当必明理,乞为白之。"梦中欲询其里居,霍然已醒。后问阜城士大夫,无知其事者。问诸老吏,亦不得其案牍。盖当时不以为烈妇,湮没久矣。①

纪昀写这些人,希望她们的奇节异烈能够得到彰表,通过小说流传后世,也算是对节妇们不幸生活的一种慰藉吧。纪昀多次重申节妇会受到神明的保护,如果不慎使节妇受到伤害,将会受到惩罚,至于那些真孝妇甚至可以成神:

> 一日,喧传节妇至,冥王改容,冥官皆振衣伫迓。见一老妇偒然来,其行步步渐高,如蹑阶级。比到,则竟从殿脊上过,莫知所适。冥王怃然曰:"此已升天,不在吾鬼道中矣。"②

不过,纪昀也明白这不过是缓解悲惨生活的美好愿望罢了,偶尔自己也会表示怀疑,《姑妄听之二》记一个"微贱无人闻于官"的孝妇故事:

> 褚寺农家有妇姑同寝者,夜雨墙圮,泥土簌簌下。妇闻声急起,以背负墙而疾呼姑醒。姑匍匐堕炕下,妇竟压焉,其尸正当姑卧处。是真孝妇,以微贱无人闻于官,久而并佚其姓氏矣。相传妇死之后,姑哭之恸。一日,邻人告其姑曰:"夜梦汝妇冠帔来曰:'传语我姑,无哭我。我以代死之故,今已为神矣。'"乡之父老皆曰:

---

① (清)纪昀:《阅微草堂笔记·卷七·如是我闻一》,上海:上海古籍出版社,2004年1月,第106页。
② (清)纪昀:《阅微草堂笔记·卷二·滦阳消夏录二》,上海:上海古籍出版社,2004年1月,第29页。

"吾夜所梦亦如是。"或曰:"妇果为神,何不示梦于其姑?此乡邻欲缓其恸,造是言也。"①

虽然孝妇成神的话只可能是"造言",但这种死后成神的观念则是道教"彰表思维"方式的延续。不过,在当时的社会中也只有通过鬼神、转世这样虚幻的方式来安慰那些苦苦挣扎的妇女。

纪昀热衷于记录彰表节妇故事,和他自身以及纪氏家族的情况有很大关系,他的身边就有很多节妇,对她们的生活也比较了解。纪昀和他的兄弟姐妹都由一位老节妇带大:

廖姥,青县人,母家姓朱,为先太夫人乳母。年未三十而寡,誓不再适,依先太夫人终其身。殁时年九十有六。性严正,遇所当言,必侃侃与先太夫人争。先姚安公亦不以常媪遇之。余及弟妹皆随之眠食,饥饱寒暑,无一不体察周至。然稍不循礼,即遭呵禁。约束仆婢,尤不少假借。②

纪氏家族也不乏苦苦守节之人:

亡侄汝备,字理含。尝梦人对之诵诗,醒而记其一联曰:"草草莺花春似梦,沉沉风雨夜如年。"以告余,余讶其非佳谶。果以戊辰闰七月夭逝。后其妻武强张氏,抚弟之子为嗣,苦节终身,凡三十余年,未尝一夕解衣睡。至今婢媪能言之,乃悟二语为孀闺独宿之兆也。③

---

① (清)纪昀:《阅微草堂笔记·卷五·滦阳消夏录五》,上海:上海古籍出版社,2004年1月,第77页。

② (清)纪昀:《阅微草堂笔记·卷四·滦阳消夏录四》,上海:上海古籍出版社,2004年1月,第64页。

③ (清)纪昀:《阅微草堂笔记·卷九·如是我闻三》,上海:上海古籍出版社,2004年1月,第156页。

> 东光马节妇,余妻党也。年未二十而寡,无翁姑兄弟,亦无子女。艰难困苦,坐卧一破屋中,以浣濯缝纫自给,至鬻釜以易粟,而拾破瓦盆以代釜。年八十余,乃终。①

纪昀耳闻目睹了守节生活的痛苦,体会到节妇们的心情,也继承了先辈们对节妇的同情之意,在《三十六亭诗》中多次表示对节妇的同情。同时,纪昀又是一个比较开通的人,他能够客观反映节妇们的真实心理状态:

> 交河一节妇建坊,亲串毕集。有表姊妹自幼相谑者,戏问曰:"汝今白首完贞矣,不知此四十馀年中,花朝月夕,曾一动心否乎?"节妇曰:"人非草木,岂得无情。但觉礼不可逾,义不可负,能自制不行耳。"一日,清明祭扫毕,忽似昏眩,喃喃作呓语。扶掖归,至夜乃苏,顾其子曰:"顷恍惚见汝父,言不久相迎,且劳慰甚至,言人世所为,鬼神无不知也。幸我平生无瑕玷,否则黄泉会晤,以何面目相对哉!"越半载,果卒。此王孝廉梅序所言,梅序论之曰:"佛戒意恶,是铲除根本工夫,非上流人不能也。常人胶胶扰扰,何念不生?但有所畏而不敢为,抑亦贤矣。此妇子孙,颇讳此语。余亦不敢举其氏族。然其言光明磊落,如白日青天,所谓皎然不自欺也,又何必讳之!"②

不能做到心如止水,这是正常情况,从人性的角度看,节妇们因为种种原因恋恋尘世是完全可以理解的。但是在纪昀的时代,节妇也被分为等级,如果还怀有人之常情,就会在冥间列入次等:

---

① (清)纪昀:《阅微草堂笔记·卷十六·姑妄听之二》,上海:上海古籍出版社,2004年1月,第357页。
② (清)纪昀:《阅微草堂笔记·卷十一·槐西杂志一》,上海:上海古籍出版社,2004年1月,第205页。

顾员外德懋，自言为东岳冥官。……尝谓余曰："冥司重贞妇，而亦有差等：或以儿女之爱，或以田宅之丰，有所系恋而弗去者，下也；不免情欲之萌，而能以礼义自克者，次也；心如枯井，波澜不生，富贵亦不睹，饥寒亦不知，利害亦不计者，斯为上矣。如是者千百不得一，得一则鬼神为起敬。"①

节妇根据品行的不同死后成神亦有差等，这种思维方式也可从佛教、道教神灵的等级中找到影子，特别是道教封神的官秩思想。

早在南朝齐梁之际的陶弘景编撰中国道教史上第一部完整体系的神仙谱系《真灵位业图》时，这个谱系开始就已经有等级的封神了。《真灵位业图》共收录了700余位道教神灵，并按照各阶层和左位、右位、散仙位、女仙位的布局列出。该神仙谱系确立了"原始天尊"、"灵宝天尊"、"道德天尊"在道教神仙信仰中的崇高地位，其余神仙则按等级分列其下。前面说过的《云笈七签》中也涉及天仙、地仙、鬼仙等，分等级的成仙，这其实是人间现实情形的模拟：

> 道士和神祠的信众都信神，而且是神祠中的大部分。他们都相信神祠之间存在等级，人为神祠之间（以及人神之间）的等级和人们之间的等级对应。②

这种分等级彰表的思想也比较明显地表现在《阅微草堂笔记》其他的故事中：

---

① （清）纪昀：《阅微草堂笔记·卷二·滦阳消夏录二》，上海：上海古籍出版社，2004年1月，第29页。
② ［美］韩明士：《道与庶道》，皮庆生译，南京：江苏人民出版社，凤凰出版传媒集团，2007年，第27页。

第④章
《阅微草堂笔记》志怪故事与道教文化研究

乌鲁木齐提督巴公彦弼言:昔从征乌什时,梦至一处山麓,有六七行幄,而不见兵卫;有数十人出入往来,亦多似文吏。试往窥视,遇故护军统领某公……握手相劳苦,问"公久逝,何事到此?"曰:"吾以平生拙直,得授冥官。今随军籍记战殁者也。"见其几上诸册,有黄色、红色、紫色、黑色数种。问:"此以旗分耶?"微哂曰:"安有紫旗、黑旗,此别甲乙之次第耳。"问:"次第安在?"曰:"赤心为国,奋不顾身者,登黄册。恪遵军令,宁死不挠者,登红册。随众驱驰,转战而殒者,登紫册。仓皇奔溃,无路求生,踩践裂尸,追歼断胆者,登黑册。"问:"同时授命,血溅尸横,岂能一一区分,毫无舛误?"曰:"此惟冥官能辨矣。大抵人亡魂在,精气如生。应登黄册者,其精气如烈火炽腾,蓬蓬勃勃。应登红册者,其精气如烽烟直上,风不能摇。应登紫册者,其精气如云漏电光,往来闪烁。此三等中,最上者为明神,最下者亦归善道。至应登黑册者,其精气瑟缩摧颓,如死灰无焰。在朝廷褒崇忠义,自一例哀荣;阴曹则以常鬼视之,不复齿数矣。"①

这则故事受到道教的分等级彰表的方式的影响是非常明显的。回过头再来看对节妇们分的等级,这实际上也反映出了现实中节妇们处境的复杂性。事实上很多时候,当时的妇女都面临着一种尴尬,或者说节孝两难的境地。如槐镇农妇郭六,因为丈夫出外,无力养活公婆,万般无奈之下只好做娼妓:

乃恸哭白翁姑,公然与诸荡子游。阴蓄夜合之资,又置一女子,然防闲甚严,不使外人觏其面。或曰,是将邀重价。亦不辩也。越三载余,其夫归,寒温甫毕,即与见翁姑,曰:"父母并在,今还

---

① (清)纪昀:《阅微草堂笔记·卷十·如是我闻四》,上海:上海古籍出版社,2004年1月,第176页。

汝。"又引所置女见其夫曰："我身已污，不能忍耻再对汝。已为汝别娶一妇，今亦付汝。"夫骇愕未答，则曰："且为汝办餐。"已往厨下自刭矣。县令来验，目炯炯不瞑。县令判葬于祖茔，而不祔夫墓，曰："不祔墓，宜绝于夫也；葬于祖茔，明其未绝于翁姑也。"目仍不瞑。其翁姑哀号曰："是本贞妇，以我二人故至此也。子不能养父母，反绝代养父母者耶？况身为男子不能养，避而委一少妇，途人知其心矣，是谁之过而绝之耶？此我家事，官不必与闻也。"语讫而目瞑。时邑人议论颇不一。先祖宠予公曰："节孝并重也，节孝又不能两全也。此一事非圣贤不能断，吾不敢置一词也。"①

还有那些未婚殉节的妇女，处境更为悲惨：

范衡洲之侄女，未婚殉节，吞金环不死，卒自投于河。曾太守之女，以救母并焚死。其事迹始末，当时皆了了知之。今四十馀年，不能举其详矣。奇闻易记，庸行易忘，固事理之常欤！附存姓氏，冀不泯幽光。《孔子家语》载弟子七十二人，固不必一一皆具行实尔。②

这些人因行有亏欠，不能得到彰表。纪昀虽然同情她们，但是他还是站在封建正统文人的立场上，不惜给悲惨妇女身上再加一道枷锁：

惟节妇守贞者，其夫在泉下暂留，待死后同生人世，再续前缘，以补其一生之茕苦。馀则前因后果，各以罪福受生，或及待，或不

---

① （清）纪昀：《阅微草堂笔记·卷三·滦阳消夏录三》，上海：上海古籍出版社，2004年1月，第41页。
② （清）纪昀：《阅微草堂笔记·卷十五·姑妄听之一》，上海：上海古籍出版社，2004年1月，第328页。

及待,不能齐矣。①

可知现实生活中绝不缺乏《儒林外史》中"王三姑娘"式的人物,在一声声"死得好"的压迫下,多少青春与生命被无情吞噬。纪昀等富有同情心的知识分子无力反抗这样的大环境,只能通过小说记录来彰表节妇,通过虚幻的宗教手段来抚慰她们的灵魂。只不过,在一个个鲜活的生命面前,这种彰表显得如此沉重。

三 彰表故事对道教"气"观念的体现

《阅微草堂笔记》中许多彰表故事中体现了道教中"气"的观念,即故事中的人物秉正义之气,魂灵不散,所以能够彰表;忤逆作乱之人亦会出现凶悖之气,并相应地表现出来。关于"气"本身已经是个非常复杂的命题,其来由和变化暂且不去讨论,只做简单回顾,重点落在"气"在文学作品中的表现。

道教认为元气不仅化生天地万物,道教的大神也是由气化成。《灵宝洞玄自然九天生神章经》说:

> 天宝、灵宝、神宝三大开天神乃是玄、元、始三气所化。②

《太上老君开天经》记述,天地未成之时,"唯吾老君,犹处空玄寂寥之外,玄虚之中""老君从虚空而下,为太初之师,口吐《开天经》一部""以教太初"③。由此,道士们推衍出一系列的气法,并融外丹理论,演

---

① (清)纪昀:《阅微草堂笔记·卷十三·槐西杂志三》,上海:上海古籍出版社,2004年1月,第266页。
② 《道藏·洞神部》,天津:天津古籍出版社,1988年3月,第3卷,第266页。
③ 《续道藏·太上老君开天经》,天津:天津古籍出版社,1988年3月,第3卷,第266页。

变成了内丹修习之法。《内经》认为,万物与人皆由气所化生,气的不同,塑造的人也因之不同。《素问元天纪大论》曰:

> 在天为气,在地成形,形气相感而化生万物矣。……人以天地之气生,四时之法成。①

人不但由气所化生,人的生命、生理活动也取决于气,于是"气"成了支撑人的必需。但是不同性格、遭遇之人所秉之气亦不同,《阅微草堂笔记》中对此有详细区分:

> 大意谓人之馀气为鬼,气久则渐消。其不消者有三:忠孝节义,正气不消;猛将劲卒,刚气不消;鸿材硕学,灵气不消。不遽消者亦三:冤魂恨魄,茹痛黄泉,其怨结则气亦聚也;大富大贵,取多用宏,其精壮则气亦盛也;儿女缠绵,埋忧赍恨,其情专则气亦凝也。至于凶残狠悍,戾气亦不遽消,然堕泥犁者十之九,又不在此数中矣。言之凿凿,或亦有所征耶?②

不仅人类能够感受到秉忠烈之气之人的正气,并加以彰表,鬼神对此也感到畏惧:

> 一夕,闻冢间呼曰:"尔狼狈何至是?"一人应曰:"适路遇一女,携一童子行。见其面有衰气,死期已近,未之避也。不虞女忽一嚏,其气中人,如巨杵舂撞,伤而仆地。苏息良久,乃得归。今胸膈尚作楚也。"此人默记其语。次日,耘者聚集,具述其异,因问:"昨

---

① (唐)王冰校注:《重广补注黄帝内经素问》,上海:涵芬楼藏书,民国间,全国图书文献微缩中心,第17页。
② (清)纪昀:《阅微草堂笔记·卷十三·槐西杂志三》,上海:上海古籍出版社,2004年1月,第267页。

日谁家女子傍晚行,致中途遇鬼?"中一宋姓者曰:"我女昨晚同我子自外家归,无遇鬼事也。"众以为妄语。数日后,宋女为强暴所执,捍刃抗节死。乃知贞烈之气,虽届衰绝,尚刚劲如是也。鬼魅畏正人,殆以此夫。①

这种忠烈之气能够带来奇异之景、奇异效果的说法也给了小说家们非常大的创作空间。如冯梦龙在《喻世明言》中写的《任孝子烈性成神》一篇故事,记牛皮街任珪妻子梁氏与周得通奸,任珪作为正义的一方,杀死妻子梁氏一家及奸夫。如此至刚至烈之人,死时怪异的景象连连出现,任珪本人竟像得道一样,坐化成神:

> 将次午时,真可作怪,一时间天昏地暗,日色无光,狂风大作,飞沙走石,播土扬泥,你我不能相顾。看的人惊得四分五落,魄散魂飘。少顷,风息天明,县尉并刽子众人看任珪时,绑索长钉,俱已脱落,端然坐化在木驴之上。众人一齐发声道:"自古至今,不曾见有这般奇异的怪事!……"(任珪)说道:"玉帝怜吾是忠烈孝义之人,各坊城隍、土地保奏,令做牛皮街土地。汝等善人可救我屋立基庙,春秋祭祀,保国安民。"②

此外,《阅微草堂笔记》故事还表现了气与人的心念息息相关,因此善恶不同之人,气也随之不同的认识。

> 心之善恶,亦现于阳气中。生一善念,则气中一线如烈焰;生一恶心,则气中一线如烟。浓烟幂首,尚有一线之光,是畜生道中

---

① (清)纪昀:《阅微草堂笔记·卷十四·槐西杂志四》,上海:上海古籍出版社,2004年1月,第299页。

② (明)冯梦龙:《喻世明言》,北京:中国文联出版公司,1999年,第510页。

人。并一线之光而无之,是泥犁狱中人矣。①

《阅微草堂笔记》中许多故事提到"气衰则鬼现","妖由人兴",因为所秉之气的盛衰不同,最终结果也不同:

> 张铉耳先生之族,有以狐女为妾者,别营静室居之。……张故巨族,每姻戚冥集,多请一见,皆不许。一日,张固强之。则曰:"某家某娘子犹可,他人断不可也。"入室相晤,举止娴雅,貌似三十许人。诘以室中寒凛之故,曰:"娘子自心悸耳,室故无他也。"后张诘以独见是人之故。曰:"人阳类,鬼阴类,狐介于人鬼之间,然亦阴类也。故出恒以夜,白昼盛阳之时,不敢轻与人接也。某娘子阳气已衰,故吾得见。"……后见之人果不久下世。②
>
> 妖由人兴,往往有焉。③

那些凶悖之魂秉戾气,则会造成灾难。纪昀远戍乌鲁木齐的时候,对于昌吉流民叛乱记忆深刻,他回忆,即使叛乱结束,那些造反的凶悖之魂还是会出现:

> 昌吉叛乱之时,捕获逆党,皆戮于迪化城西树林中(迪化即乌鲁木齐,今建为州。树林绵亘数十里,俗称之树窝)。时戊子八月也。后林中有黑气数团,往来倏忽,夜行者遇之辄迷。余谓此凶悖之魄,聚为妖厉,犹蛇虺虽死,余毒尚染于草木,不足怪也。凡阴邪

---

① (清)纪昀:《阅微草堂笔记·卷三·滦阳消夏录三》,上海:上海古籍出版社,2004年1月,第49页。
② (清)纪昀:《阅微草堂笔记·卷五·滦阳消夏录五》,上海:上海古籍出版社,2004年1月,第77页。
③ (清)纪昀:《阅微草堂笔记·卷六·滦阳消夏录六》,上海:上海古籍出版社,2004年1月,第96页。

之气,遇阳刚之气则消。遣数军士于夜伏铳击之,应手散灭。①

这些观念受到道教"气"理论的影响还是比较明显的。道教借用"气"概念广泛用于医药、道术、炼丹等领域后,促成了中国人用"气"来认识客观世界(包括虚无的鬼神世界),成了中国人认识世界的一种方式。

第四节 《阅微草堂笔记》道士形象特点研究

《阅微草堂笔记》中的神仙、道士形象的描写有一个重要的特点就是很少浪漫的描写,也鲜少丰富的想象,他们似乎没有白日飞升、遨游仙界的愿望,只想实实在在地生活在人间,为了种种欲望奔波。《阅微草堂笔记》记录最多的是道士们的奇异法术,道士们在人间的生活,似乎只剩下了这些巫觋一样的法术,以此来获得生存的空间。

一 纪昀对道士态度的研究

如果说,纪昀对佛教、僧侣的态度是宽容的,侧重其积极的一面,那么纪昀对于道教、道士的态度是复杂的、矛盾的。一方面纪昀和纪氏家族对于道士们的奇异法术充满了兴趣,另一方面却对道教的成仙、修炼的一些妖术持排斥的、抵触的态度。整体来看,纪昀在《阅微草堂笔记》中表现出的道教观是倾向于否定的:

---

① (清)纪昀:《阅微草堂笔记·卷三·滦阳消夏录三》,上海:上海古籍出版社,2004年1月,第35页。

儒家释家,情伪日增,门径各别,可勿与辩也。吾疾夫道家之滋伪,故因汝好道,姑一正之。①

这些都通过《阅微草堂笔记》中的道士形象具体表现出来。《阅微草堂笔记》中记载了许多不同类型的道士,有的善用幻术,残害百姓;有的坑蒙拐骗,无所不为;有的寂寞孤独,老死道观,形形色色,无所不包。其中最引人注目的,也是纪昀着墨最多的,是一大批善用幻术的道士,他们采用种种妖术,蛊惑人心、残害百姓,他们的法术中既有密宗法术的影子,也有道教自身刻意突出妖魔化的法术的因素。《滦阳续录》里有一则故事,每每读起来,都感到妖道、妖术的可怕:

门人王廷绍言:忻州有以贫鬻妇者,去几二载。忽自归,云初被买时,引至一人家。旋有一道士至,携之入山,意甚疑惧。然业已卖与,无如何。道士令闭目,即闻两耳风飕飕。俄令开目,已在一高峰上。室庐华洁,有妇女二十余人,共来问讯,云此是仙府,无苦也。因问:"到此何事?"曰:"更番侍祖师寝耳。此间金银如山积,珠翠锦绣、嘉肴珍果,皆役使鬼神,随呼立至。服食日用,皆比拟王侯。惟每月一回小痛楚,亦不害耳。"因指曰:"此处仓库,此处庖厨,此我辈居处,此祖师居处。"指最高处两室曰:"此祖师拜月拜斗处,此祖师炼银处。"亦有给使之人,然无一男子也。自是每白昼则呼入荐枕席,至夜则祖师升坛礼拜,始各归寝。惟月信落红后,则净裎内外衣,以红绒为巨绠,缚大木上,手足不能丝毫动;并以绵丸窒口,喑不能声。祖师持金管如箸,寻视脉穴,刺入两臂两股肉内,吮吸其血,颇为酷毒。吮吸后,以药末糁创孔,即不觉痛,顷刻结痂。次日,痂落如初矣。其地极高,俯视云雨皆在下。忽一日狂

---

① (清)纪昀:《阅微草堂笔记·卷十七·姑妄听之三》,上海:上海古籍出版社,2004年1月,第366页。

第④章
《阅微草堂笔记》志怪故事与道教文化研究

飚陡起,黑云如墨压山顶,雷电激射,势极可怖。祖师惶遽,呼二十余女,并裸露环抱其身,如肉屏风。火光入室者数次,皆一掣即返。俄一龙爪大如箕,于人丛中攫祖师去。霹雳一声,山谷震动,天地晦冥。觉昏瞀如睡梦,稍醒,则已卧道旁。询问居人,知去家仅数百里。乃以臂钏易敝衣遮体,乞食得归也。忻州人尚有及见此妇者,面色枯槁,不久患瘵而卒。盖精血为道士采尽矣。据其所言,盖即烧金御女之士。其术灵幻如是,尚不免于天诛;况不得其传,徒受妄人之蛊惑,而冀得神仙,不亦颠哉!①

妖道将妇女捉去,只为喝人血,遭到天谴时竟将无辜妇女作为屏障,其道术之可怕、品德之卑下实在是令人发指。这个故事虽然是道术妖魔化的极端例子,但是绝非纪昀臆造,是有原型的。故事中的法术似是房中术与内丹的结合,所以纪昀说这是"烧金御女之士"的行为。烧金御女之术在明代颇为流行,故事中道士身上颇有明朝世宗皇帝的荒唐影子,明世宗朱厚熜崇信道教,用道教房中术作为房中密戏之用,不仅社会对此需求大大增加,也影响了道教外丹术和内丹术的修炼方法,什么红铅、秋石统统上阵,难怪有学者批评道教的这些法术"更为下作"②。在这一时期,道教内丹术和房中术结合起来,创造出一种采阴补阳,借少女为外鼎而结丹的闺丹,亦称泥水丹法,既助淫乐,又能长寿。

朱厚熜为了采炼红铅在嘉靖三十一年和三十四年两次选处女进京,供其习闺丹做外鼎和炼制红铅用。据《明实录》记:

嘉靖三十一年冬,选处女年八至十四岁者三百人进京……三

---

① (清)纪昀:《阅微草堂笔记·卷二十二·滦阳续录四》,上海:上海古籍出版社,2004年1月,第460页。
② 胡孚琛、吕锡琛:《道学通论·道教道学丹道》,北京:社会科学出版社,1993年,第75页。

十四年秋选十岁以下处女百六十人入京。①

这与故事中道士劫人妇女的根本性质是一样的,明代人已经对此非常不齿,《涌幢小品》卷二十九批评道教法术:

> 本邪僻谬悠,而惑之者罹祸不浅。②
> 非老子清净本旨,盖源于古之巫,与老子殊不相干。……徒滋益人心之惑,而重为世之害。③

《聊斋志异》中也有类似的一则故事,《长治女子》中有一个用相似法术摄妇女的道士,也是胁迫妇女为自己驱遣:

> （妇女）定逾刻,始恍惚能立,将寻告母。及出门,则见茫茫黑波中,一路如线,骇而却退,门舍居庐,已被黑水淹没。又视路上,行人绝少,惟道士缓步于前。遂遥尾之,冀见同乡以相告语。走数里,忽睹里舍,视之,则已家门。大骇曰:"奔驰如许,固犹在村中。何向来迷惘若此!"欣然入门,父母尚未归。复仍至己房,所绣业履,犹在榻上。自觉奔波殆极,就榻憩坐。道士忽入,女大惊欲遁。道士捉而拶之,女欲号,则喑不能声。道士急以利刃剖女心,女觉魂飘飘离壳而立,四顾家舍全非,惟有崩崖若覆。视道士以己心血点木人上,又复叠指诅咒,女觉木人遂与己合。道士嘱曰:"自兹当听差遣,勿得违误!"遂佩戴之。④

---

① "中研院"历史语言研究所编:《明实录·明世宗实录》嘉靖三十一年至嘉靖三十四年,上海:上海古籍出版社,1983 年,卷 382,第 7 页。
② （明）朱国祯:《涌幢小品》,王根林校注《明代笔记小说大观四》卷 27,上海:上海古籍出版社,2005 年,第 3793 页。
③ （明）李翊:《戒庵老人漫笔》,《四库全书·子部杂家类》,北京:中华书局,1982 年,第 205 页。
④ （清）蒲松龄:《聊斋志异》,北京:人民文学出版社,2009 年,第 686 页。

第④章
《阅微草堂笔记》志怪故事与道教文化研究

这两个故事比较起来，《阅微草堂笔记》的故事更显得神奇，且更加惨烈，尤其是道士被捉的场面描写更是惊心动魄，这两个故事也让人看到当时妖术在民间存在的情况还是不容忽视的。时代虽然由明入清，但是明朝皇帝推崇的这种法术并没有消失，《阅微草堂笔记》中故事提到的法术不过是这种方法的延续、变异而已。

《阅微草堂笔记》中还多次出现道士对未成年人颂咒，是人则惘惘不知所之，这应该是当时拐卖儿童和贩卖妇女的反映。基于上述原因，纪昀在《阅微草堂笔记》中对道士的总的态度是怀疑的，即使是道术再精巧，他也认为这是"怪民"的行为，还有道士污人妇女，且骗且偷，种种行径更为人不齿，纪昀常借异类之口对道士此类的卑劣行径进行辛辣的讽刺。除了《阅微草堂笔记》记录了道士的恶行，《子不语》等文言小说中也有记录恶道的故事，如《害人取香火》，为了取得香火钱，竟不惜残害信徒。

自明至清，道术的花样日益繁多，纪昀在《阅微草堂笔记》中让道士自己"现身说法"，一一点破流行的所谓道术，并把他们归为妖道：

　　道之本旨，清净冲虚而已。章咒符箓，非也；炉火服饵亦非也。尔所见种种，是皆章咒符箓事，去炉火服饵，尚隔几尘，况长生乎？然无所征验，遽斥其非，尔必谓誉其所能，而毁其所不能，徒大言耳。今示以种种能为，而告以种种不可为，尔庶几知返乎！因指诸方士曰："尔之不食，辟谷丸也。尔之前知，桃偶人也。尔之烧丹，房中药也。尔之点金，缩银法也。尔之入冥，茉莉根也。尔之召仙，摄灵鬼也。尔之返魂，役狐魅也。尔之搬运，五鬼术也。尔之辟兵，铁布衫也。尔之飞跃，鹿卢蹻也。名曰道流，皆妖人耳。不速解散,雷部且至矣。"①

不过,《阅微草堂笔记》中一则记录道士使用法术的故事,还是有较为浓厚的文学色彩的:

德州宋清远先生言:吕道士,不知何许人,善幻术,尝客田山疆司农家。值朱藤盛开,宾客会赏。一俗士言词猥鄙,喋喋不休,殊败人意。一少年性轻脱,厌薄尤甚,斥勿多言。二人几攘臂。一老儒和解之,俱不听,亦愠形于色。满坐为之不乐。道士耳语小童,取纸笔,画三符焚之。三人忽皆起,在院中旋折数四。俗客趋东南隅坐,喃喃自语。听之,乃与妻妾谈家事。俄左右回顾若和解,俄怡色自辩,俄作引罪状,俄屈一膝,俄两膝并屈,俄叩首不已。视少年,则坐西南隅花栏上,流目送盼,妮妮软语。俄嬉笑,俄谦谢,俄低唱《浣纱记》,呦呦不已,手自按拍,备诸冶荡之态。老儒则端坐石磴上,讲《孟子》齐桓、晋文之事一章。字剖句析,指挥顾盼,如与四五人对语。忽摇首曰:"不是",忽瞠目曰:"尚不解耶",咯咯謦欬仍不止。众骇笑,道士摇手止之。比酒阑,道士又焚三符。三人乃惘惘痴坐,少选始醒,自称不觉醉眠,谢无礼。众匿笑散。道士曰:"此小术,不足道。叶法善引唐明皇入月宫,即用此符。当时误以为真仙,迂儒又以为妄语,皆井底蛙耳。"后在旅馆,符摄一过往贵人妾魂。妾苏后,登车识其路径门户,语贵人急捕之,已遁去。此《周礼》所以禁怪民欤!②

从文学的角度来看,这个故事还是写得相当细致、精彩的,一反纪

---

① (清)纪昀:《阅微草堂笔记·卷十七·姑妄听之三》,上海:上海古籍出版社,2004年1月,第366页。
② (清)纪昀:《阅微草堂笔记·卷一·滦阳消夏录一》,上海:上海古籍出版社,2004年1月,第12页。

昀"不屑于描头画角"的风格,细致地刻画了俗士、少年、老儒在中了道士法术之后的种种姿态,而且非常符合他们各自的身份。

俗客与妻妾谈家庭琐事:"俄左右回顾若和解,俄怡色自辩,俄作引罪状,俄屈一膝,俄两膝并屈,俄叩首不已",其在家中的种种丑态毕现;少年"俄嬉笑,俄谦谢,俄低唱《浣纱记》,呦呦不已,手自按拍,备诸冶荡之态",也符合他个性跳脱的特征;老儒还在那里讲"《孟子》齐桓、晋文之事一章。字剖句析,指挥顾盼,如与四五人对语。忽摇首曰:'不是',忽瞠目曰:'尚不解耶',咯咯謏嗾仍不止",也是他的本色,这些描写让人忍俊不禁。

正是借助道士的力量才使得故事前后充满了戏剧性和趣味性,这个场面描写好似一个长镜头,描写得精当、细致,使读者身临其境。不过,最终纪昀结束了这一番充满趣味性的描述后,将重点落在了"禁怪民"上,可见,他对道士的奇异法术还是排斥的。

此外,纪昀对于道士们常说的术数、天命也表示怀疑:

> 至国之兴亡,系乎天命;兵之胜败,在乎人谋。一切术数,皆无所用。从古及今,有以壬遁星禽成事者耶?即如符咒厌劾,世多是术,亦颇有验时。然数千年来,战争割据之世,是时岂竟无传?亦未闻某帝某王某将某相死于敌国之魔魅也,其他可类推矣。姚安公曰:"此语非术士所能言,此理亦非术士所能知。"[①]

纪昀对于道士的态度与与其家族影响不无关系。纪昀的父亲多次表示,对于真仙真佛宁可失之交臂,也不愿意轻易受骗。

此外,文人士大夫之间这种对道教的认识与当时的统治者的道教政策有很大关系。自乾隆帝始,清王朝对道教的抑制越来越严厉,乾隆

---

① (清)纪昀:《阅微草堂笔记·卷九·如是我闻三》,上海:上海古籍出版社,2004年1月,第168页。

帝即位之后,一直提高藏传佛教的地位,对道教(主要是正一道)一再采取贬抑的政策。《清高宗纯皇帝圣训》卷十八记载,乾隆四年敕令:

> 嗣后真人差委法员往各省开坛传度,一概永行禁止。①

《清史稿》卷一百一十五载,乾隆五年:

> 正一真人诣京祝万寿,鸿胪寺卿梅谷城疏言:"道流卑贱,不宜滥厕朝班。"于是停朝觐筵宴例。②

此后,对于道教首领正一真人品秩由二品降为五品,此后虽偶有升迁但是比起前代,地位已经降得很低了,直至道光年间,道教退出了政治舞台。道士的处境随着这种颓势,似乎变得更加艰难,不仅受人嘲讽,甚至经常作为反面教材出现,《阅微草堂笔记》一则故事记:

> 有人患狐祟,延术士禁咒。狐去而术士需索无厌,时遣木人纸虎之类至其家扰人。赂之,暂止。越旬日复然,其祟更甚于狐。携家至京师避之,乃免。锐于求胜,借助小人,未有不遭反噬者,此亦一征矣。③

延道士来治狐,道士贪得无厌,恶劣行径比狐还甚,拿道士的品格与狐做对比,其中自寓褒贬。道士在时人心目中处于何种地位也可窥见一斑。

清代的正一道虽然呈现全面颓势,而全真道经过多年的沉寂,道士

---

① (清)《清朝续文献通考》卷89,北京:商务印书馆,1936年,第1册,第8494页。
② 赵尔巽:《清史稿》,北京:中华书局,1975年5月第一版,第3331页。
③ (清)纪昀:《阅微草堂笔记·卷十八·姑妄听之四》,上海:上海古籍出版社,2004年1月,第314页。

的修养和相关论述逐渐成熟,比较受到统治者的重视,相对情况要好些。特别是全真道主张儒、释、道三教合一,凡圣同一,所谓"生仙生佛,不离人伦"等等,更加符合高级文人、士大夫的口味。于是纪昀把那些符合儒教处事标准的道士看作是真正的仙人,并将之与方士区别开来,《滦阳续录三》一则故事记:

> 又神仙清净,方士幻化,本各自一途。诸书所记,凡幻化者皆曰神仙,殊为无别。有王媪者,房山人,家在深山。尝告先母张太夫人曰:山有道人,年约六七十,居一小庵,拾山果为粮,掬泉而饮,日夜击木鱼诵经,从未一至人家。有就其庵与语者,不甚酬答,馈遗亦不受。王媪之侄佣于外,一夕,归省母,过其庵前。道人大骇曰:"夜深虎出,尔安得行!须我送尔往。"乃琅琅击木鱼前道。未半里,果一虎突出。道人以身障之,虎自去,道人不别亦自去。后忽失所在。此或似仙欤?①

故事中纪昀罕见地表示承认神仙的存在,那些无所欲求的道士才是真正能够成仙的,他认为这种境界是那些江湖术士永远无法达到的。

二 纪昀对道术态度的研究

结合上一节内容来看,纪昀对于道术的态度总体来看是矛盾的:一方面纪昀对道术有排斥的心理,另一方面他以及他的家族对道术充满了兴趣,还私下演练。

《阅微草堂笔记》中记录不少奇异的法术,从这些法术的描写来看,受天心正一派影响较大。纪昀记录了本族长辈私练天心派五雷正法的

---

① (清)纪昀:《阅微草堂笔记·卷二十一·滦阳续录三》,上海:上海古籍出版社,2004年1月,第427页。

故事：

> 伯高祖爱堂公，明季有声黉序间。刻意郑、孔之学，无间冬夏，读书恒至夜半。一夕，梦到一公廨，榜额曰"文仪"，班内十许人治案牍，一一恍惚如旧识。见公皆讶曰："君尚迟七年乃当归，今犹早也。"霍然惊寤，自知不永，乃日与方外游。偶遇道士，论颇洽，留与共饮。道士别后，途遇奴子胡门德，曰："顷一书忘付汝主，汝可携归。"公视之，皆驱神役鬼符咒也。闭户肄习，尽通其术，时时用为戏剧，以消遣岁月。越七年，至崇祯丁丑，果病卒。卒半日复苏，曰："我以亵用五雷法，获阴谴。冥司追还此书，可急焚之。"焚讫复卒。半日又苏曰："冥司查检，阙三页，饬归取。"视灰中，果三页未烬；重焚之，乃卒。此事姚安公附载家谱中。公闻之先曾祖，曾祖闻之先高祖，高祖即手焚是书者也。孰谓竟无鬼神乎？①

这样一件似乎属于无稽之谈的事情竟被记在家谱中几代相传。故事中的爱堂公亵用的"五雷法"是纪昀接触较多的一种道教法术，在《阅微草堂笔记》中也多有出现，因为威力大，且有教材传世，易于练习，对百姓很有吸引力，直到现在人们赌咒发誓时也说，"天打五雷轰"。可见其流传程度之广。

五雷法也叫五雷正法，简称为雷法，雏形最早可以追溯到北帝派的符箓系统（北帝派以崇拜北极紫微大帝为基本特征）。正一部收有《北帝说豁落七元经》、七元璇玑召魔品经和《太上紫微中天七元真经》等北帝派的七部经典中涉及雷法的问题。唐孙夷中编《三洞修道仪》评价他们：

---

① （清）纪昀：《阅微草堂笔记·卷六·滦阳消夏录六》，上海：上海古籍出版社，2004年1月，第98页。

治六天鬼神辟邪攘祸之事。①

其所收符法中有各种经书符箓十余种,其中有"北帝雷公法"一种。这是迄今为止所知最早提到与雷公有关的法术。

该法术体系主要提及召役五雷神兵的方法,称若有道士一心目,专一法,建立道场,燃灯行道,符章厌阵,追捉鬼神:

我当为召请五雷神兵亿亿万骑,来降道场,消灭精魅,挥虫毒疫精。②

召请五雷,即指中央大云雷和东、南、西、北大云雷,各统有火铃神兵,伴有木、火、金、水、土精神兵,成为后来的五雷正法的主要内容。只是后世的五雷正法在召役之法上与此颇有差异,而且雷法盛行之后,对所谓五雷的含义作了新的解释,除北帝派的五方五雷外,又构想出各种不同的"五雷"称号等。

关于"五雷法"许多细节问题保留在《冲虚通妙侍辰王先生家话》一书中,这是北宋末年一个叫王文卿的道士与其弟子袁庭植之间就五雷法的对话:

问曰:使者之捷,固已神矣。且如祖宫一出,随方可以发用,第查冥空寂,何以验使者之至否?

答曰:法官当默然叩齿,握雷局,依法召之。默念咒音,含光默默,眉尖痒时,使者即至。

问曰:弟子昔蒙师指教,授以法诀,因在宜黄陈子寔家救病,亦冥冥召使者,诛其祸祟,坐定,忽冷风袭两足,后以符与病者,见使

---

① 《道藏·正一部》,天津:天津古籍出版社,1988年3月,第24卷,第191页。
② 《正统道藏》《七元召魔伏大天神咒经》,天津:天津古籍出版社,1988年3月,第34卷,第450页。

者现形,此验何为与师眉间之说颇异?

答曰:念头起于一点,报应验于一身。头圆象天,足方象地。眉间之验,使者从天而来,足下验,使者从地户而至。盖祟之形影声响,在于阳间,止于地矣。此乃使者破地户搜祟而至,然动雷之验,诀于眉间,以至五脏之内。①

从这篇记录中我们可以看到,五雷法的雷法是由内丹和符箓结合而成的,主张内炼成丹,外用成法。宋时徽宗好符箓道教,有九人与之共修,王文卿即是其中一人,其他八人包括林灵素、王允诚、徐知常、董南运、李得柔、王冲道、张虚白诸人。王文卿和林灵素俱得神霄雷法之传,后世王文卿之徒繁盛,随着他在民间的公信力逐渐增高,他所代表的五雷法在民间成为比较通行的法术。

正因为如此,纪昀的族人才开始演练这种风行于当世的法术。不过,从纪昀的伯高祖亵用五雷法而受惩罚一事,可见,这些法术在民间还是有一定震慑力的。即使如此也抵挡不住百姓对于法术的兴趣,私练法术的也绝非纪昀伯高祖一人:

先姚安公曰:里有白以忠者,偶买得役鬼符咒一册,冀借此演搬运法,或可谋生。乃依书置诸法物,月明之夜,作道士装,至墟墓间试之。据案对书诵咒,果闻四面啾啾声。俄暴风突起,卷其书落草间,为一鬼跃出攫去。众鬼哗然并出,曰:"尔恃符咒拘遣我,今符咒已失,不畏尔矣。"聚而攒击,以忠踉跄奔逃,背后瓦砾如骤雨,仅得至家。是夜疟疾大作,困卧月馀,疑亦鬼为祟也。一日诉于姚安公,且惭且愤。姚安公曰:"幸哉,尔术不成,不过成一笑柄耳。

---

① 《道藏》《冲虚通妙侍辰王先生家话》,天津:天津古籍出版社,1988年3月,第32卷,第390页。

倘不幸术成,安知不以术贾祸?此尔福也,尔又何尤焉!"①

类似情况在白话小说中也有反映,如《初刻拍案惊奇》卷十八中的《丹客半黍九还 富翁千金一笑》和《二刻拍案惊奇》卷十八的《甄监生浪吞秘药 春花婢误泄风情》都写到市井之徒妄学烧丹炼银求仙之术之后,设局骗取贪财的故事。

此外,《阅微草堂笔记》中还有"腹语"的记载:

> 鬼魅在人腹中语,余所闻见,凡三事:一为云南李编修衣山,因扶乩与狐女唱和。狐女姊妹数辈,并入居其腹中,时时与语。正一真人劾治弗能遣,竟颠痫终身。余在翰林目睹之。一为宛平张丈鹤友,官南汝光道时,与史姓幕友宿驿舍。有客投刺谒史,对语彻夜。比晓,客及其仆皆不见,忽闻语出史腹中。后拜斗祛去。俄仍归腹中,至史死乃已。疑其夙冤也。闻金听涛少宰言之。一为平湖一尼,有鬼在腹中,谈休咎多验,檀施鳞集。鬼自云夙生负此尼钱,以此为偿。如《北梦琐言》所记田布事。人侧耳尼腋下,亦闻其语,疑为樟柳神也。闻沈云椒少宰言之。②

后世许多武侠小说中出现的"腹语"异能,看来也绝非主观臆造,而是早已有之。

三 道士故事描写特色

《阅微草堂笔记》中还有一个道士的故事值得人们注意,记乌鲁木

---

① (清)纪昀:《阅微草堂笔记·卷六·滦阳消夏录六》,上海:上海古籍出版社,2004年1月,第90页。

② (清)纪昀:《阅微草堂笔记·卷九·如是我闻三》,上海:上海古籍出版社,2004年1月,第172页。

齐一个道士的神奇道术,与佛经颇有渊源,其承自其他志怪小说相似情节的痕迹也较为明显:

乌鲁木齐有道士卖药于市。或曰,是有妖术,人见其夜宿旅舍中,临睡必探佩囊,出一小壶卢,倾出黑物二丸,即有二少女与同寝,晓乃不见。问之,则云无有。……"公信传闻之词,据无稽之说,遽兴大狱,似非所宜。塞外不当留杂色人,饬所司驱之出境,足矣。"余乃止。后将军温公闻之曰:"欲穷治者太过。倘畏刑妄供别情,事关重大,又无确据,作何行止?驱出境者太不及。倘转徙别地,或酿事端,云曾在乌鲁木齐久住,谁职其咎?……"①

道士以药变出少女同寝,这个情节来自佛经《旧杂譬喻经》卷上的一则故事:

太子上树,逢见梵志独行来,入水池浴出饭食,作术吐出一壶,壶中有女人,与于屏处作家室,梵志遂得卧。女人则复作术,吐出一壶,壶中有年少男子复与共卧,已便吞壶。须臾,梵志起复内妇着壶中,吞之已作杖而去。②

在讲述了如上故事后,提出一条令世人警醒的结论:

女人能多欲……如是女人奸不可绝……其欲行者从志也。师曰:"天下不可信女人也。"③

---

① (清)纪昀:《阅微草堂笔记·卷三·滦阳消夏录三》,上海:上海古籍出版社,2004年1月,第49页。
② (三国吴)康僧会译:《旧杂譬喻经卷十八》《大正藏》第四卷《本缘部下》,台北:佛陀教育基金会印赠,1990年,第517页。
③ 《旧杂譬喻经》、《大正藏》第四卷《本缘部下》,台北:佛陀教育基金会印赠,1990年,第517页。

正所谓红颜乃祸水的道理。佛经中将口吐少女法术的重点则落在了警戒世人红颜祸水这一点上。

东晋时代的《灵鬼志》中《外国道人》一则故事也有类似记载：

既行数十里,树下住食……语担人:"我欲与妇共食。"即复口吐出一女子,年二十许,衣裳容貌甚美,二人便共食。食欲竟,其夫便卧。妇语担人:"我有外夫,欲来共食;夫觉,君勿道之。"妇便口中吐出一年少丈夫,共食。笼中便有三人,宽急之事,亦复不异。有顷,其夫动,如欲觉,妇便以外夫内口中。夫起,语担人曰:"可去。"即以妇内口中,次及食器物。①

梁朝志怪小说《续齐谐记》中也有个类似的《鹅笼书生》的故事：

前行,息树下,书生乃出笼……又于口中吐一女子,年可十五六,衣服绮丽,容貌殊绝,共坐宴。俄而书生醉卧,此女谓彦曰:"虽与书生结妻,而实怀外心,向亦窃得一男子同行,书生既眠,暂唤之,君幸勿言。"彦曰:"善。"女子于口中吐出一男子,年可二十三四,亦颖悟可爱,仍与彦叙寒温。书生卧欲觉,女子口吐一锦行障,遮书生,书生乃留女子共卧。男子谓彦曰:"此女子虽有情,心亦不尽。向复窃得一女人同行,今欲暂见之,愿君勿泄。"彦曰:"善。"男子又于口中吐一妇人,年可二十许,共酌,戏谈甚久。闻书生动声,男子曰:"二人眠已觉。"因取所吐女人,还纳口中。须臾,书生处女子乃出,谓彦曰:"书生欲起。"乃吞向男子,独对彦坐。然后书生起,谓彦曰:"暂眠遂久,君独坐当悒悒邪？日又晚,当与君别。"遂

---

① 《灵鬼志》作者一度被学界误认为是唐朝的常沂,经过考证乃是东晋时期的苟氏,苟氏生卒年月不详。史仲文:《中国文言百部小说经典》,北京:北京出版社,2000年,第779页。

吞其女子,诸器皿悉纳口中。①

上述几个故事比较起来,《外国道人》和《鹅笼书生》更注重真实与虚幻之间游戏腾挪的乐趣,作者似乎特意地表现这一点。就《鹅笼书生》而言,研究者认为:

> 它与魏晋南北朝以来的俳谐文的兴盛有着密切的关联。……《鹅笼书生》之于《外国道人》的汲取,在某种程度上已俨然不过是故事原型的借用,而那些似乎从不愿停顿下来的吞吐环节,正是作者俳谐滑稽的心理表现。②

相比之下,在《阅微草堂笔记》中,这种法术已成为道士自神其教、炫耀神异的工具了。故事中神异情节所占比例少了很多,纪昀写作重点明显不在这里,他关心的也绝非道人如何神奇,而是如何破解道士的法术,制服这样的"怪民"。故事中将道士法术的神奇归结于"摄生人魂魄",使得原本的印度故事在流传中加入了中国元素,以此用来解释道士的法术的由来,一旦有了"生魂"的加入,道士形象立刻变成了妖道,原文滑稽、幽默的快乐气氛也不见了,被"云曾在乌鲁木齐久住,谁职其咎?"现实气氛所代替。

纪昀因漏言获罪远戍乌鲁木齐,自然对于辖区中怪人特别在意。他在写作时是不会有《外国道人》和《鹅笼书生》一样游戏的心态,反倒是和佛经中故事比较相近,充满着劝惩的意味,并没有耽溺于富于变化的故事情节。

《阅微草堂笔记》还有一类道士故事比较有特色,即平民道士的真

---

① (南朝梁)吴均:《续齐谐记》,史仲文《中国文言小说百部经典》第五,北京:北京出版社,2000年,第1535页。
② 王耘:《从〈外国道人〉到〈鹅笼书生〉——论佛经故事向志怪小说的叙述范式转型》,《中国文学研究》2007年第4期。

实生活,这些资料补充了道教史的内容,让人能够全面地了解当时道士的生活状况。这些普通的道士,他们绝无可能用一张符、一把桃木剑便可逍遥度日,他们在贫穷、枯燥的道观中辛苦地讨生活,那些把一生虚掷在道观里的道士固守着仅有的"爱好":

> 景城北冈有玄帝庙,明末所建也。庙祝棋道士不知其姓,以癖于象戏,故得此名。或以为齐姓误也。棋至劣而至好胜,终日丁丁然不休。对局者或倦求去,至长跪留之。尝有人指对局者一著,衔之次骨,遂拜绿章,诅其速死。又一少年偶误一著,道士幸胜。少年欲改著,喧争不已。少年粗暴,起欲相殴。惟笑而却避曰:"任君击折我肱,终不能谓我今日不胜也。"亦可云痴物矣。①

至于那些死后尚不能忘记钱财的道士,更显得真实:

> 乌鲁木齐八蜡祠道士,年八十余。一夕,以钱七千布荐下,卧其上而死。众议以是钱营葬。夜见梦于工房吏邬玉麟曰:"我守官庙,棺应官给。钱我辛苦所积,乞纳棺中,俟来生我自取。"玉麟悯而从之。葬讫,太息曰:"以钱贮棺,埋于旷野,是以璠玙殓也,必暴骨。"余曰:"以钱买棺,尚能见梦;发棺攘夺,其为厉必矣。谁能为七千钱以性命与鬼争? 必无恙。"……然玉麟正论也。②

死后尚忘不掉钱财,道士生活困顿如此,他们在人间欲求面前的表现,不过是披着道袍的普通人罢了。

《阅微草堂笔记》中道士故事主要情况如此,但事实可能远比这些

---

① (清)纪昀:《阅微草堂笔记·卷二十四·滦阳续录六》,上海:上海古籍出版社,2004年1月,第480页。
② (清)纪昀:《阅微草堂笔记·卷六·滦阳消夏录六》,上海:上海古籍出版社,2004年1月,第102页。

纸上文字复杂得多，其中还有很多情况值得研究者深入开掘，随着研究的深入，会有更多发现，有助于读者更好地理解故事中的深意，了解当时道教存在的状态。

第五节 纪昀的神仙观念与成仙故事的变异

一 纪昀的神仙观念研究

唐代之前，不少文人相信神仙实有。比如干宝，他虽然是历史学家，但是也相信神仙实有，强调自己所记的故事乃是实录神仙：

盖非一耳一目所闻睹也，又安敢谓无失实者哉！①

葛洪也说：

仙化可得。②

他们认为古书上的神仙都是真实的，此类例子不胜枚举。直到唐以后，人们才逐渐从神仙梦里醒过来，虽然人们怀疑神仙的存在，但是由于神仙思想具有劝善和教化的功能，同儒家"以神道设教"的思想相契合，因而赋予了神仙思想更多劝戒功用，或是作为人生一种理想状态的寄托。纪昀就是这样，他并不相信在他生活的时代会有神仙，神仙存

---

① （晋）干宝：《搜神记》，北京：中华书局，1979年，第2页。
② （晋）葛洪：《抱朴子》，北京：中华书局，1985年，第15页。

在的状态应是"烟涛微茫信难求"的:

> 吴惠叔携一小幅挂轴,纸色似百年外物,云得之长椿寺市上。笔墨草略,半以淡墨扫烟霭,半作水纹,中惟一小舟,一女子坐篷下,一女子摇橹而已。右角浓墨写一诗曰:"沙鸥同住水云乡,不记荷花几度香。颇怪麻姑太多事,犹知人世有沧桑。"款曰:"画中人自画并题。"无年月,无印记。或以为仙笔,然女仙手迹,人何自得之?或以为游女,又不应作此世外语。疑是明末女冠,避兵于渔庄蟹舍,自作此图。无旧人跋语,亦难确信。①

纪昀对这些奇异事件持一种怀疑态度,告诫世人对于一些法术当作游戏还可,万不可当真:

> 律尝禁师、巫,为奸民窜伏其中也。……故乩仙之术,士大夫偶然游戏,倡和诗词,等诸观剧则可;若藉卜吉凶,君子当怖其卒也。②

与之矛盾的是,纪昀本人对于神异事件非常有兴趣,也愿意与异类交往,他甚至主动去寻找机会:

> 丁亥春,余携家至京师。因虎坊桥旧宅未赎,权住钱香树先生空宅中。云楼上亦有狐居,但扃锁杂物,人不轻上。余戏粘一诗于壁曰:"草草移家偶遇君,一楼上下且平分。耽诗自是书生癖,彻夜吟哦莫厌闻。"一日,姬人启锁取物,急呼怪事。余走视之,则地板

---

① (清)纪昀:《阅微草堂笔记·卷十四·槐西杂志四》,上海:上海古籍出版社,2004年1月,第309页。

② (清)纪昀:《阅微草堂笔记·卷十一·槐西杂志一》,上海:上海古籍出版社,2004年1月,第211页。

尘上，满画荷花，茎叶苕亭，具有笔致。因以纸笔置几上，又粘一诗于壁曰："仙人果是好楼居，文采风流我不如。新得吴笺三十幅，可能一一画芙蕖？"越数日启视，竟不举笔。以告裘文达公，公笑曰："钱香树家狐，固应稍雅。"①

而且在纪昀家中也常有奇异之事发生：

安氏表兄，忘其名字，与一狐为友，恒于场圃间对谈。安见之，他人弗见也。②

余第三女，许婚戈仙舟太仆子。年十岁，以庚戌夏至卒。先一日，病已革。时余以执事在方泽，女忽自语曰："今日初八，吾当明日辰刻去，犹及见吾父也。"问何以知之，瞑目不言。余初九日礼成归邸，果及见其卒。卒时壁挂洋钟恰鸣八声，是亦异矣。③

比较起来，纪昀似乎更愿意记录那些文化底蕴深厚，颇有仙人风采的精怪，这类故事都写得清丽脱俗，极有韵味。其中一些"鬼仙"的形象，寄托了他厌倦官场、向往平淡自由生活的愿望：

道士王昆霞言：昔游嘉禾，新秋爽朗，散步湖滨。去人稍远，偶遇宦家废圃，丛篁老木，寂无人踪。徙倚其间，不觉昼寝。梦古衣冠人长揖曰："岑寂荒林，罕逢嘉客；既见君子，实慰素心。幸勿以异物见摈。"心知是鬼，姑诘所从来。曰："仆耒阳张湜，元季流寓此邦，殁而旅葬。爱其风土，无复归思。园林凡易十余主，栖迟未能

---

① （清）纪昀：《阅微草堂笔记·卷三·滦阳消夏录三》，上海：上海古籍出版社，2004年1月，第36页。
② （清）纪昀：《阅微草堂笔记·卷四·滦阳消夏录四》，上海：上海古籍出版社，2004年1月，第64页。
③ （清）纪昀：《阅微草堂笔记·卷五·滦阳消夏录五》，上海：上海古籍出版社，2004年1月，第83页。

第④章
《阅微草堂笔记》志怪故事与道教文化研究

去也。"问:"人皆畏死而乐生,何独耽鬼趣?"曰:"死生虽殊,性灵不改,境界亦不改。山川风月,人见之,鬼亦见之;登临吟咏,人有之,鬼亦有之。鬼何不如人?且幽深险阻之胜,人所不至,鬼得以魂游;萧寥清绝之景,人所不睹,鬼得以夜赏。人且有时不如鬼。彼夫畏死而乐生者,由嗜欲撄心,妻孥结恋,一旦舍之入冥漠,如高官解组,息迹林泉,势不能不戚戚。不知本住林泉者,耕田凿井,恬熙相安,原无所戚戚于中也。"①

纪昀一生历经官场沉浮,看多了官场的狗苟蝇营,向往恬淡生活的清新,当他仕途不顺的时候,也希望追求隐逸,过上"小舟从此逝,沧海寄余生"的生活,所以仙人的名字也经常出现在他的诗作中,《又题秋山晚眺图》写道:

秋山高不极,盘蹬入烟雾。仄径莓苔滑,猿猱不敢步。仗策陟巉岩,披榛寻微路。直上万峰巅,振衣独四顾。秋风天半来,奋讯号林树。俯见豺狼蹲,侧闻虎豹怒。久立心茫茫,悄然生恐惧。置身岂不高,时有蹉跌虑。徙倚将何衣,凄切悲霜露。微言如可闻,冀与孙登遇。②

还有题画诗也多表此意:

辛卯冬,有以"八仙对弈图"求题者,画为韩湘、何仙姑对局,五仙旁观,而铁拐李枕一壶卢睡。余为题曰:"十八年来阅宦途,此心

---

① (清)纪昀:《阅微草堂笔记·卷八·如是我闻二》,上海:上海古籍出版社,2004年1月,第134页。
② (清)纪昀:《纪晓岚文集》(第一册),孙致中、吴恩扬等点校,石家庄:河北教育出版社,1995年,第476页。

久似水中凫。如何才踏春明路,又看仙人对弈图。"①

此时的神仙形象寄托了纪昀超越俗世、隐逸山林的愿望。不过,寄托归寄托,纪昀还是以一种现实的、冷静的眼光看着这个世界,他明确地表示,仙佛也许有,但绝非今世之道僧:

> 盖符箓烧炼之术,有时而效,有时而不效也。先师刘文正公曰:"神仙必有,然必非今之卖药道士;佛菩萨必有,然必非今之说法禅僧。"斯真千古持平之论矣。②

在纪昀看来,仙佛已经被道士走街串巷的药丸、和尚无所不为的秽行给玷污了,真正的仙佛也只存在于百多年前的记忆之中,绝非俗世的道士、和尚,更非那些伪仙伪佛。在这种态度影响下,对那些想着要成仙的人,纪昀表现出鲜明的规劝之意,对于众人茫然地追求成仙持一种否定态度。

总体而言,《阅微草堂笔记》中表现出来的纪昀的神仙思想,是比较矛盾的。纪昀自己也没有明确地否定或肯定态度,只是在两者之间摇摆,需要哪方面时,他就表现出哪方面的态度。所以,故事中的神仙思想真的就像神仙一样,总是在若即若离,似有似无之间,留给人无限的遐想和回味。

需要指出的是,纪昀还是站在正宗儒者的立场上来看待神仙和奇异事件,认为神鬼是用来彰显德行的重要工具。

> 清苑张公钺,官河南郑州时,署有老桑树,合抱不交,云栖神

---

① (清)纪昀:《阅微草堂笔记·卷十二·槐西杂志二》,上海:上海古籍出版社,2004 年 1 月,第 244 页。
② (清)纪昀:《阅微草堂笔记·卷八·如是我闻二》,上海:上海古籍出版社,2004 年 1 月,第 149 页。

物。恶而伐之。是夕,其女灯下睹一人,面目手足及衣冠色皆浓绿,厉声曰:"尔父太横,姑示警于尔!"惊呼媪婢至,神已痴矣。后归戈太仆仙舟,不久下世。驱厉鬼,毁淫祠,正狄梁公、范文正公辈事。德苟不足以胜之,鲜不取败。①

纪昀的这种神仙观念与实学大盛的社会氛围有关,他本人就是实学考据派的中坚力量,反对空谈,自然对虚无缥缈的神仙表示怀疑。这些在第一章已经介绍过了,不再赘述,这里仅做原因列出。

二　成仙故事和仙人形象的变异

《阅微草堂笔记》中关于求仙、成仙的故事有很多,大约一百则。由于作者是抱着实录的态度来写作这些故事,来源有自,颇少臆造,因此客观、真实地反映出"成仙"观念在当时面临的尴尬境地,反映了人们对成仙的"再认识"。

生活在18世纪中国的人们,在那个对土地空前依赖的时代,在勤勤恳恳的劳动中已经找到了自己的价值实现的方式,且物质生活相对富裕,他们不会再迷失于求仙梦,或者说无暇顾及看似虚无缥缈的求仙。

先来看《阅微草堂笔记》中一则比较有代表性的故事:

门人葛观察正华,吉州人,言其乡有数商,驱骡纲行山间,见樵径上立一道士,青袍棕笠,以尘尾招其中一人曰:"尔何姓名?"具以对。又问籍何县,曰:"是尔矣,尔本谪仙,今限满当归紫府。吾是尔本师,故来导尔。尔宜随我行。"此人私念生平不能识一字,鲁钝

---

①　(清)纪昀:《阅微草堂笔记·卷一·滦阳消夏录一》,上海:上海古籍出版社,2004年1月,第15页。

如是,不应为仙人转生;且父母年纪已高,亦无弃之求仙理,坚谢不往。道士太息,又招众人曰:"彼既堕落,当有一人补其位。诸君相遇,即是有缘,有能随我行者乎?千载一遇,不可失也。"众亦疑骇无应者,道士呋然去。众至逆旅,以此事告人,或云仙人接引,不去可惜,或云恐妖物,不去是。有好事者,次日循樵径探之,甫登一岭,见草间残骸狼藉,乃新被虎食者也,惶遽而返。此道士殆虎伥与?①

成仙,千百年来人们梦寐以求的事情,如今却被凡人理智、平静地拒绝了。人们不再是孜孜以求仙,而是更多地考虑现实因素。那些本来是可以超度的"仙根",却更多的从"生平不能识一字,鲁钝如是,不应为仙人转生;且父母年纪已高,亦无弃之求仙理,坚谢不往"这样的世俗的、现实的眼光来考量成仙一事和看待自己。

故事的结尾更为可怖,仙人的真实面目竟然很可能是虎伥,所谓仙人不过是妖怪伪装而成,只是想通过"成仙"来诱惑世人,满足其口腹之欲。原本令人神往的成仙故事在这里呈现出一种现实、狡狯、残忍的色彩。

故事中神仙度人不加选择,有很强的随意性,确实很可疑。之前的文学作品中神仙度人是非常困难的。如《醒世恒言》中《吕洞宾飞剑斩黄龙》中写吕洞宾立志度脱世人,辞别师父钟离权之前,原是满怀信心的:

洞宾曰:"师父计年一千一百岁有零,度得几人?"师父曰:"只度得你一人。"洞宾曰:"缘何只度得弟子一人?只是俺道门中不肯慈悲,度脱众生。师父若教弟子三年严限,只在中原之地,度三千

---

① (清)纪昀:《阅微草堂笔记·卷十五·姑妄听之一》,上海:上海古籍出版社,2004年1月,第335页。

余人,兴俺道家。"师父听得说,呵呵大笑:"吾弟住口!世上众生不忠者多,不孝者广。不仁不义众生,如何做得神仙?吾教汝去三年,但寻得一个来,也是汝之功。"洞宾曰:"只就今日拜别吾师,弟子云游去了。"①

吕洞宾先后准备度脱河南府的殷氏、奉道太监王惟善、黄龙山的傅太公,但都失败了,他还费尽心思假扮成腌臜先生试探王惟善,假意试探傅太公。吕洞宾采用种种手段、费尽心机来度脱人都没有成功,可见神仙度人的艰难,哪里像纪昀笔下这个"仙人"随随便便就度脱别人,也难怪故事中的商人感到疑惑。

度人不容易,成仙也没有那么简单。后人熟知的《太平广记》中杜子春故事,为了成仙,他必须要忍受种种常人难以忍受的痛苦:

> 道士适去,旌旗戈甲,千乘万骑遍满崖谷,呵叱之声震动天地。有一人称大将军……直入堂前,呵曰:"汝是何人?敢不避大将军!"左右竦剑而前,逼问姓名,又问作何物,皆不对。问者大怒,摧斩争射之,声如雷竟不应……既而大雨滂澍,雷电晦暝,火轮走其左右,电光光掣其前后。目不得开,须臾,庭际水深丈余,流电吼雷,势若山川开破不可制止。瞬息之间,波及坐下。子春端坐不顾,未顷,而将军者复来引牛头狱卒,奇貌鬼神,将大镬汤而置子春前。长枪两叉,四面周匝,传命曰:"肯言姓名即放,不肯言即当心。"取叉置之镬中,又不应。因执其妻来拽于阶下,指曰:"言姓名免之。"又不应,及鞭捶流血,或射或斫或煮或烧,苦不可忍。……令取锉碓,从脚寸寸锉之。妻叫哭愈急。竟不顾之。……敕左右斩之。斩讫,魂魄被引见阎罗王,曰:"此乃云台峰妖民乎?"捉付狱中。于是火坑镬汤,刀山剑树之苦。无不备尝,王曰:"此人阴贼,

---

① (明)冯梦龙:《醒世恒言》,呼和浩特:内蒙古人民出版社,1999年,第308页。

不合得作男，宜令作女人，配生宋州单父县丞王劝家。"生而多病，针灸药医，略无停日。亦尝堕火床，痛苦不齐，终不失声。俄而长大，容色绝代而口无声。其家目为哑女。亲戚狎者侮之万端，终不能对。同乡有进士卢珪者，闻其容而慕之，因媒氏求焉。……恩情甚笃，生一男仅二岁聪慧无敌，卢抱儿与之言，不应。多方引之，终无辞。卢大怒……乃持两足以头扑於石上，应手而碎，血溅数步。子春爱生于心，忽忘其约，不觉失声云："噫噫"，声未息，身坐故处，道士者亦在其前，初五更矣。见其紫焰穿屋上，大火起四，合屋室俱焚。道士叹曰："错大误，余乃如是。"①

杜子春忍受了如许苦痛都无法成仙，更何况《阅微草堂笔记》中，随随便便几句话就能成仙呢。

当然，《阅微草堂笔记》中这个故事与纪昀不太相信成仙的观念紧密相关，也与当时人们对凡人"羽化成仙"的怀疑有关。清代中后期，"成仙"对于普通百姓的吸引力的下降，连道教内部也承认这一点。道光年间的长乙山人涵虚生在《三丰祖师全集》的序言中写道：

程子谓却病延年则有，白日飞升则无。欧阳公谓养生之术则有，神仙之事则无。余以为却病、养生即仙道也。《黄庭经》云："仙人道士非有神，积精累气以成真。"诚平允之论哉！②

纪昀也倾向于否定凡人成仙，具体表现在《阅微草堂笔记》中，是对那些"久而舍去"的"仙姬"、"仙人"真面目的揭露：

游士某，在广陵纳一妾，颇娴文墨。意甚相得，时于闺中倡和。

---

① （北宋）李昉等编：《太平广记》，北京：中华书局，2006年，第110页。
② （明）张三丰：《张三丰集》，（清）李西月重编，扬州：江苏广陵古籍刻印社，1993年，第1页。

一日,夜饮归,僮婢已睡,室内暗无灯火。入视阒然,惟案上一札曰:"妾本狐女,僻处山林,以夙负应偿,从君半载。今业缘已尽,不敢淹留。本拟暂住待君,以展永别之意,恐两相凄恋,弥难为怀。是以茹痛竟行,不敢再面……"某得书悲感,以示朋旧,咸相慨叹。以典籍尝有此事,弗致疑也。后月余,妾与所欢北上,舟行被盗,鸣官待捕;稽留淮上者数月,其事乃露。盖其母重鬻于人,伪以狐女自脱也。周书昌曰:"是真狐女,何伪之云?吾恐志异诸书所载,始遇仙姬,久而舍去者,其中或不无此类也乎!"①

仙姬恐怕是道教吸引人的一个重要组成部分,人们无数次沉迷于与仙女相遇结合的神话中。但在纪昀笔下,所谓的仙姬缘尽不过是女子为再嫁编造的谎言,完全打破了传统观念中人仙相遇的美好故事,褪去了故事中原有的梦幻的、浪漫的色彩。

还有那些对传统意义上曼妙的仙女形象的颠覆:

一夕,隐隐似有声,乃潜踪急往,伏匿丛薄间。果见数女皆殊绝,一女方拈笛欲吹,瞥见人影,以笛指之。遽僵如束缚,然耳目犹能视听……一女微哂曰:"悯汝至诚,有小婢亦解横吹,姑以赐汝。"士人匍匐叩谢,举头已杳。回顾其婢,广颡巨目,腰腹彭亨,气咻咻如喘。惊骇懊恼,避欲却走。婢固引与狎,捉搦不释。愤击仆地,化一豕嗥叫去。岩下乐声,自此遂绝。观于是婢,殆是妖,非仙矣。或曰:"仙借豕化婢戏之也。"倘或然欤?②

还有对道教人物的否定,在《阅微草堂笔记》中,"容成"、"彭祖"之

---

① (清)纪昀:《阅微草堂笔记·卷十三·槐西杂志三》,上海:上海古籍出版社,2004年1月,第271页。
② (清)纪昀:《阅微草堂笔记·卷十四·槐西杂志四》,上海:上海古籍出版社,2004年1月,第284页。

类成仙的"代表"竟然被当时人视为"邪道":

> 冯巨源官赤城教谕时,言赤城山中一老翁,相传元代人也。巨源往见之,呼为仙人。曰:"我非仙,但吐纳导引,得不死耳。"叩其术。曰:"不离乎丹经,而非丹经所能尽。……苟无口诀真传,但依法运用,如检谱对弈,弈必败;如拘方治病,病必殆。缓急先后,稍一失调,或结为痈疽,或滞为拘挛;甚或精气瞀乱,神不归舍,竟至于颠痫。是非徒无益已也。"问:"容成、彭祖之术,可延年乎?"曰:"此邪道也,不得法者,祸不旋踵;真得法者,亦仅使人壮盛。壮盛之极,必有决裂横溃之患。譬如悖理聚财,非不骤富,而断无终享之理。公毋为所惑也。"①

纪昀以实录态度记录下来的这些故事,真实地表现出了当时人们对于道、仙的怀疑,以及对于修道者的讽刺。如果我们结合当时18世纪中国的社会大环境来看,就会发现,这些观点和故事的产生与当时人们的生存状况有很大关系,下面详细述之。

三 成仙故事变异的原因

成仙故事呈现出这样的变异,和乾隆时期的经济环境有很大关系。18世纪的中国,经济环境中突出一点就是人地矛盾的加剧,当百姓出于各种各样的原因被牢牢依附在土地上时,虚无缥缈的成仙愿望和实实在在的农作物比起来实在是不堪一击。

明末,中国人口大概有1.5亿左右,到清代后期,已达到四亿以上。整体来看,清代的人口增长速度既快,增加幅度又大,从康熙二十年到

---

① (清)纪昀:《阅微草堂笔记·卷八·如是我闻二》,上海:上海古籍出版社,2004年1月,第137页。

乾隆末年，短短一百年时间增加了两三亿人口，这是以前各朝都无法比拟的。而当时全国的土地情况是，自顺治末年到康熙四十六年，全国耕地面积不过从51000余万亩增加到59000余万亩，人口增加了近三倍，而耕地只增加了8000余万亩。

乾隆皇帝掌国之时，面对的是一个人口众多，但是耕地数量没有太多变化的帝国。但是当时的中国经济还是保持了较快的增长，据美国学者德怀特·希尔德·铂金斯研究，从1400年—1700年中国的粮食总产量提高了46.6%，而1700年—1850年中国的粮食总产量在此基础上又提高了17%[1]，粮食产量大幅增高的情况下，人地矛盾空前突出的情况下，还要保持经济的增长，唯一的办法只有将劳动力牢牢地束缚在土地之上。

农民被空前地束缚在土地上，土地也成为利益矛盾最为尖锐的方面，《清史稿》中的经济部分记载了很多因为土地而引起的争斗，百姓流散四处寻找土地的情况：

> （乾隆三十九年）至歉收地方男妇出外求食，乃北省之常，如直隶、山东贫民，赴口外种地觅食，借以滋生者甚多。[2]

而最高统治者时刻都没有忘记提高耕地数量，在乾隆五年，经过多方讨论，高宗特谕：

> 朕思则壤成赋，固有常经，但各省生齿日繁，地不加广，穷民资生无策，亦当筹划变通之计。想问边省山多田少之区，闲土尚多，或宜禾稼，或宜杂植，即内地各省，似此未耕之土、不成丘段者，亦颇有之，皆听其闲，殊为可惜。用是特降谕旨，凡边省内地零星土

---

[1] [美]德怀特·希尔德·铂金斯：《中国农业的发展（1368—1968）》，宋海文等译，上海：上海译文出版社，1984年，第30页。

[2] 赵尔巽等撰：《清史稿》，北京：中华书局，1975年5月第一版，第3275页。

地可以开垦者,嗣后悉听该地民夷垦种,免其升科。①

为了保证国家正常运转,清廷开始了劝农政策,并且把它提到了相当高的程度:

  清代的劝农政策已将政府对经济事务的关心推进到空前的地步。②

这些政策包括招徕外省移民来开垦土地、兴修水利、经理田功、广行蚕桑、劝种甘薯、广植林木。为了节约粮食以应对日益严峻的人口问题,甚至在乾隆二年五月命令禁止制造消耗粮食数量较大的烧锅:

  养民之政多端,而莫先于储备,所以是粟米有余,以应缓急之用也。而耗谷之尤甚者,则莫如烧酒。夫与其禁于已饥之后,节省于临时,孰若禁于未饥之先?③

这项决定对于烧酒最盛的北方五省,"永行严禁",大概能节约粮食千余万石。

上述政策实施直接结果就是把民众最大程度地禁锢在土地上,并且把百姓的注意力最大程度地放在农业生产上。人们所追求的是如何在这片土地上收获更美好的生活,追求的是实实在在的收获。而且,朝廷的这些农业政策也使得中国人通过农业生产得以安身立命,不必再另找生存之道。

在这种讲求实际效果的社会氛围中,人们考虑问题也大都从现实

---

① 《清实录·高宗纯皇帝实录》,卷123,北京:中华书局影印本,1985年。
② 陈振汉等编:《清实录经济史资料》(顺治—嘉庆朝),北京:北京大学出版社,1989年,第95页。
③ 《清实录·高宗纯皇帝实录》,卷42,北京:中华书局影印本,1985年。

出发,以致那些仍然孜孜于成仙的人竟被描绘成怪人。纪昀的好朋友董天士,常向往成仙,但却是个性格孤僻的怪人:

> 天士之生平,可以想见。县志不为立传,盖未见先高祖诗也。相传天士殁后,有人见其骑驴上泰山,呼之不应,俄为老树所遮,遂不见。意或尸解登仙欤!抑貌偶似欤!迹其孤僻之性,似于仙为近也。①

在这个求实的生活氛围中,不事农业生产的僧侣和道士难免显得有些刺眼,文人毫不留情斥责他们"惑人":

> 真人府所以惑人者印也。②

一些高级官员甚至上书要求裁汰僧道,乾隆帝对此作御制诗回应:

> 御史有以沙汰僧道为请者,朕谓沙汰何难,即尽去之,不过一纸之颁,天下有不奉行者乎?但今之僧道,实不比昔日之横恣,有赖于儒氏辞而辟之,盖彼教已式微矣。且藉以养流民分田授井之制,既不可行,将此数千百万无衣无食游手好闲之人,置于何处?故为诗以见意云:"颓波日下岂能回,二氏于今亦可哀。何必辟邪犹泥古,留资画景与诗材。"③

释道二教存在的意义似乎只是为了文人闲暇时辞赋之资,那些追

---

① (清)纪昀:《阅微草堂笔记·卷六·滦阳消夏录六》,上海:上海古籍出版社,2004 年 1 月,第 99 页。
② (清)恽敬:《大云山房杂记·初集》(卷一)《笔记小说大观》,台北:文海出版有限公司,1979 年,第 293 页。
③ 《清实录·高宗纯皇帝实录》,北京:中华书局影印本,1985 年,第 600 页。

求成仙的人很不合时宜,甚至不被亲人理解,遭人嘲笑:

> 刘书台言:其乡有导引求仙者,坐而运气,致手足拘挛,然行之不辍。有闻其说而悦之者,礼为师,日从受法,久之亦手足拘挛。妻孥患其闲废至郁结,乃各制一椅,恒舁于一室,使对谈丹诀。二人促膝共语,寒暑无间,恒以为神仙奥妙,天下惟尔知我知,无第三人能解也。人或窃笑。二人闻之,太息曰:"朝菌不知晦朔,蟪蛄不知春秋,信哉是言,神仙岂以形骸论乎!"至死不悔,犹嘱子孙秘藏其书,待五百年后有缘者。或曰:"是有道之士,托废疾以自晦也。"余于杂书稍涉猎,独未一阅丹经。然欤否欤?非门外人所知矣。①

求仙之人得到的结果竟然遭到嘲笑,肢体残疾,成为家庭的负担,直至失去生命,纪昀对于成仙这件事,不置一语,褒贬自现。

他还用自己的亲身经历来说明仙的不存在,或者说所谓仙人仙话很大程度上是以讹传讹的结果:

> 余从军西域时,草奏草檄,日不暇给,遂不复吟咏。或得一联一句,亦境过辄忘。乌鲁木齐杂诗百六十首,皆归途追忆而成,非当日作也。一日,功加毛副戎自述生平,怅怀今昔,偶为赋一绝句曰:"雄心老去渐颓唐,醉卧将军古战场;半夜醒来吹铁笛,满天明月满林霜。"毛不解诗,余亦不复存稿。后同年杨君逢元过访,偶话及之。不知何日杨君登城北关帝祠楼,戏书于壁,不署姓名。适有道士经过,遂传为仙笔。余畏人乞诗,杨君畏人乞书,皆不肯自言。人又微知余能诗不能书,杨君能书不能诗,亦遂不疑及,竟几于流为丹青。追余辛卯还京祖饯,于是始对众言之。乃爽然若失。昔

---

① (清)纪昀:《阅微草堂笔记·卷二十一·滦阳续录三》,上海:上海古籍出版社,2004年1月,第441页。

南宋闽人林外题词于西湖,误传仙笔。元王黄华诗刻于山西者,后摹刻于滇南,亦误传仙笔。然则诸书所谓仙诗者,此类多矣。①

　　需要注意的是,清代虽然人地矛盾突出,但比起前代,国家经济状况有了较大好转。关于这一点,需要特别解释一下。通观目前《阅微草堂笔记》的研究就会发现,研究者围绕在一个似乎已经成为定势的观点,即《阅微草堂笔记》反映的是封建社会的黑暗与落后,盛世出妖的感慨等等。的确,康乾时代确实隐藏着很多的危机,但同时它也是盛世,在这个时期,中国的经济有了一个很快的发展,当时清政府的财政规模达到了中国封建社会有史以来的最高峰,百姓的生活水平比起前代也有了相当大的提高。

　　由于国家政策得当,18世纪(前中期)中国的经济出现了前所未有的繁荣,农业和乡镇工业都有所发展,特别是中国的乡镇工业产品,在当时保持着一种黄昏前的质量优势,所赚外汇保持着经常、持久的状态。流通的货币量增多,加上国库及各省区的铜钱铸造,流通加速,通货膨胀较为温和,即使在人口急剧增加、耕种地扩大的环境里,也无恶性后果。

　　同时,为了在社会分配中让百姓得到更多的实惠,康雍乾三朝都进行过蠲免全国赋税的行动,特别是乾隆朝蠲免规模与频繁程度远胜于康、雍时期。乾隆皇帝登基后,即发布谕旨,各省民欠赋税在10年以上的部分,奏明蠲免,根据这道上谕,山东省免赋银120余万两,江南免1000多万两,其他地区也有不同程度的受益。

　　此后,蠲免之举不断,数额一般也都很大,乾隆十六年(1751年)228万两,乾隆五十五年(1790年)免直隶未完赋税银142万两,在乾隆帝退位那一年(1795年)向全国颁布了"普免天下积欠"的谕旨,免去各

---

①　(清)纪昀:《阅微草堂笔记·卷十六·姑妄听之二》,上海:上海古籍出版社,2004年1月,第358页。

地未完欠税银1718万两,同时,将没有赋税积欠的奉天、山西、四川、湖南、贵州、广西等地的次年赋税,减免1/5①。

百姓生活在这样一个相对富足的环境中,自然对成仙不那么热衷了,而道教倡导的"食甘食、服轻煖"已经不再是幻想,现实社会中也能够实现得了,世俗生活的优裕的物质条件,让大部分人感到满足,那些从没人真正得到过的物质吸引力便降低了许多。

当然,也有人一心要修道成仙,但想要成仙依然要走过艰辛的道路。《阅微草堂笔记》中描述了当时修道者的形象,在外人看来,多少带点恐怖的色彩:

> 杨雨亭言:崂山深处,有人兀坐木石间,身与木石同色矣。然呼吸不绝,目炯炯尚能视。此婴儿炼成,而闭不能出者也。不死不生,亦何贵于修道,反不如鬼之逍遥矣。大抵仙有仙骨,质本清虚,仙有仙缘,诀逢指授。不得真传而妄意冲举,因而致害者不一,此人亦其明鉴也。②

修道竟然是这样的情况,不生不死,享受不了人世繁华,还有受到种种教规束缚,"反不如鬼之逍遥矣",这些似乎实在无法吸引人。纪昀本人则明确反对这种求仙方法:

> 夫修道者须谢绝万缘,坚持一念,使此心寂寂如死,而后可不死;使此气绵绵不停,而后可长停。然亦非枯坐事也。仙有仙骨,亦有仙缘。骨非药物所能换,缘亦非情好所能结。必积功累德,而后列名于仙籍,仙骨以生;仙骨既成,真灵自尔感通,仙缘乃凑。此

---

① 数据根据陈振汉等编:《清实录经济史资料》(顺治—嘉庆朝),北京:北京大学出版社,1989年,第37页。
② (清)纪昀:《阅微草堂笔记·卷二十·滦阳续录二》,上海:上海古籍出版社,2004年1月,第257页。

第④章
《阅微草堂笔记》志怪故事与道教文化研究

在尔辈之自度,仙家安有度人法乎?①

纪昀的友人甚至因为求仙而丧命:

> 申铁蟾,名兆定,阳曲人。……铁蟾聪明绝特,善诗歌,又工八分,驰骋名场,翛然以风流自命。与人交,意气如云,邮筒走天下。中年忽慕神仙,遂生是魔障,迷惘以终。妖以人兴,象由心造。才高意广,翻以好异陨生,其可惜也夫。②

纪昀对于申铁蟾这样一个"聪明绝特,善诗歌,又工八分,驰骋名场"的人因为迷恋神仙最终丧命迷惘以终的结局充满了深深的惋惜之情,并隐约表达了劝诫之意。一面是清苦甚至艰辛的求仙之路,过着大异于常人的痛苦生活,一面是物质丰富后的饱食暖衣,又有多少人能够摈弃现实的幸福来追求想象中的仙界。

此外,人们不再相信"道"或"仙"的存在,与方士的法术、骗术有很大关系,甚至可以说是方士的败坏使得"成仙"和"仙人"在人们心目中的形象大打折扣。纪昀本人对于"仙人"和"方士"分得很清楚:

> 从叔梅庵公言:尝见有人使童子登三层明楼上,以手招之,翩然而下,一无所损。又以铜盂投溪中,呼之,徐徐自浮出。此皆方士禁制之术,非神仙也。③

对于道教传统的服食丹药来成仙的方法,纪昀对此颇多微词,并对

---

① (清)纪昀:《阅微草堂笔记·卷十七·姑妄听之三》,上海:上海古籍出版社,2004年1月,第366页。
② (清)纪昀:《阅微草堂笔记·卷八·如是我闻二》,上海:上海古籍出版社,2004年1月,第147页。
③ (清)纪昀:《阅微草堂笔记·卷二十·滦阳续录二》,上海:上海古籍出版社,2004年1月,第427页。

此详加解释：

> 李芍亭家扶乩，其仙自称邱长春。……客或拜求丹方，乩判曰："神仙有丹诀，无丹方，丹方是烧炼金石之术也。《参同契》炉鼎铅汞，皆是寓名，非言烧炼。方士转相附会，遂贻害无穷。夫金石燥烈，益以火力，亢阳鼓荡，血脉偾张，故筋力似倍加强壮；而消铄真气，伏祸亦深。观艺花者，培以硫黄，则冒寒吐蕊；然盛开之后，其树必枯。盖郁热蒸于下，则精华涌于上，涌尽则立槁耳。何必纵数年之欲，掷千金之躯乎？"其人悚然而起。①

那些以服食丹药成仙的人往往是以身体受损为代价：

> 神仙服饵，见于杂书者不一，或亦偶遇其人；然不得其法，则反能为害。戴遂堂先生言：尝见一人服松脂十余年，肌肤充溢，精神强固，自以为得力。然久而觉腹中小不适，又久而病燥结，润以麻仁之类，不应。攻以硝黄之类，所遗者细仅一线。乃悟松脂粘挂于肠中，积渐凝结愈厚，则其窍愈窄，故束而至是也。无药可医，竟困顿至死。又见一服硫黄者，肤裂如磔，置冰上，痛乃稍减。古诗"服药求神仙，多为药所误"，岂不信哉！②

时人对于道教那种用外丹黄白之术自神其教的方法已起厌倦之心，曾经让道教兴盛的丹药如今却成了其荒谬不可信的罪证。

对于仙和佛的崇拜，中国百姓们的表现似乎更带有中国式的实在和智慧，缺乏一种"破釜沉舟"的勇气。中国人重视现实人生，成仙成佛

---

① （清）纪昀：《阅微草堂笔记·卷九·如是我闻三》，上海：上海古籍出版社，2004 年 1 月，第 165 页。
② （清）纪昀：《阅微草堂笔记·卷十九·滦阳续录一》，上海：上海古籍出版社，2004 年 1 月，第 419 页。

只是他们生活中的一个方面,或者说是一种补充,他们并不是把全部的生命、全部的情感和热情寄托在"仙人"身上,当现实让大多人感到满意以后,人们就会以新的眼光重新考量起成仙这件事了。

《阅微草堂笔记》中的求仙故事只是当时人们对于"仙"、"道"态度的一个缩影,但是它集中、真实地反映了当时人们对于成仙的态度和看法,在务实的清人面前,"成仙"多少显得有些不合时宜。

第章 《阅微草堂笔记》志怪故事中宗教文化内容描写之特点

第一节 "求实"的美学风格

《阅微草堂笔记》中志怪故事的讲述多与宗教文化内容相关其叙事最大特色即是"求实"。志怪,本是虚妄之言,偏要"求实",产生的艺术张力颇值得玩味。

一 清代"求实"美学概述

清代文学艺术的整体特征是"祛虚尚实",有研究者将其称为"实学的美学"[①]。实学在整个清代文艺学格局中具有举足轻重的作用,特别是经世致用之学和考据学(朴学),对于文学、音乐、建筑等领域影响都非常大。要研究《阅微草堂笔记》的美学风格,离不开当时实学审美风

---

① 张传友博士论文《清代实学美学研究》,复旦大学2006年。

格的大环境。目前,有关清代实学的审美风格对清代文学作品的影响,也逐渐进入学术界的视野,已有相关论述出版①。

清代"求实"审美风格的形成与清代的"实学"思潮有直接关系。"实学"有广义与狭义之分,广义的实学是指自先秦以来注重现实、经世致用的学问,也有学者称之为"实心实学",本质上是一种"崇尚道德理性、注意道德修养、关注社会民生的人文精神"②。狭义的实学是指发端于北宋中叶、昌盛于明末清初,延续至晚清洋务运动的实体达用之学;更为狭义的实学则指清代康熙年间李塨、颜元倡导的学派。本文则折中,主要取第二义。

清代"实学"的组成部分中既有经世之学,也有当时影响很大的考据学,后者代表了清学的独特成就。正如《清史稿·艺文志序》的评价:

文治之隆,汉、唐以来所未逮。③
人文炳蔚,学术昌盛,方笃汉、唐……论者至欲特立"清学"④之名。⑤

考据学的主要成就表现在校订、辑修、翻译古籍,其功劳"超汉越宋",对于文化事业的振兴起到了重要作用。这与清朝历代统治者的稽古修史、博采遗籍的政策有很大关系,清政权肇始即开始"文教始兴":

太宗设文馆,命达海等翻译经史……编纂国史,收藏书籍。⑥

---

① 可参看聂春艳:《论清代前期实学思潮对英雄传奇小说创作的影响》,《复旦学报》2008年第1期;聂春艳:《清代前期白话小说与实学思潮》,北京:高等教育出版社2007年。
② 王振复:《中国美学的文脉历程》,成都,四川人民出版社,2002年,第35页。
③ 赵尔巽:《清史稿·艺文志》,北京:中华书局,1976年,第4219页。
④ 梁启超视清代为一"文化昂进之时代",他有时把清人做学问的这种学术作风称为"清学"。参见《清代学术概论》
⑤ 赵尔巽:《清史稿·艺文志》,北京:中华书局,1976年,第4200页。
⑥ 赵尔巽:《清史稿·志一百二十·艺文一》,北京:中华书局,1976年。

清世祖顺治入定中原后也多次"诏求遗书"①,圣祖康熙帝更是

> 诏举博学鸿儒,修经史,纂图书,稽古右文,润色鸿业,海内彬彬向风焉。②

康熙帝本人还

> 多能艺事,贯通中、西历算之学,一时鸿硕,蔚成专家。③

高宗乾隆帝也是毫不逊色,他

> 继试鸿词,博采遗籍,特命辑修四库全书。④
> 别辑永乐大典三百八十五种。⑤

乾隆帝自己还热衷于整理医书:

> 钦定《医宗金鉴》,荟萃古今学说,宗旨纯正,补阴阳术数家言,亦有《协纪方一书》,颁行沿用,从俗从宜,隐示崇实黜虚之意,斯徵微尚矣。⑥

儒林中也多讲训诂、考据之学,出现了"经籍既盛,学术斯昌"之局面。⑦ 清儒的崇实融虚、考据索实的做法除了与统治者的倡导有关以外,主要是针对晚明疏空之学风,为了救晚明空谈性理之流弊。晚明时

---

① 赵尔巽:《清史稿·艺文第一》,北京:中华书局,1976年。
② 赵尔巽:《清史稿·艺术传》,北京:中华书局,1976年。
③ 赵尔巽:《清史稿》,北京:中华书局,1976年,第209页。
④⑤ 赵尔巽:《清史稿》卷一百四十五,志一百二十,北京:中华书局,1976年。
⑥ 赵尔巽:《清史稿》,北京:中华书局,1976年,第834页。
⑦ 赵尔巽:《清史稿》,北京:中华书局,1976年,第836页。

期的儒林，或高谈性命、死守语录，不通实务，或狂荡不羁，置一切道德于不顾，静坐清谈而近于狂禅，终至于国破家亡。

　　清儒以此为惨痛之教训，于是出现了一批鼓吹实学的学者。如用实用之学"补救空疏"的颜（元）李（塨）学派，他们"用实用主义作基础，对于因袭的宋明理学作有力的革命"①；惠栋（吴派）、戴震（皖派）等人侧重训诂与考证的方法，或从汉儒经典入手，或从文字音韵入手，辑古考辨，成一时之主流学风。纪昀亦是其中的中坚力量，于两派俱有创见，且在《阅微草堂笔记》中多借狐、鬼、怪来阐述自己崇尚实学的学术观点。

　　故梁启超对清代学术特点总结道：

　　　　以实事求是为学鹄，饶有科学的精神，而更辅以分业的组织。②

　　正因如此，清学才有了自己鲜明的特色，别树一宗：

　　　　亦足补汉、唐、宋、明以外别树一宗，呜呼盛已！明末文衰甚矣！清运既兴，文气亦随之而一振。③

　　不过，也有的学者认为清儒只是在编撰辑修、西学翻译等方面做了总结性的工作，而缺乏独创见解④。

　　不管怎样说，作为清代实学的主要内容的考据学，是与汉代经学、隋唐佛学、宋明理学并列为我国四大时代"思潮"。由学术带动起来的

---

　　① 朱维铮：《走出中世纪》，上海：复旦大学出版社，2008年，第74页。
　　② 梁启超：《论中国学术思想变迁之大势》，《饮冰室合集专集第七册》，北京：中华书局，1989年3月，第91页。
　　③ 梁启超：《中国近三百年学术史》，《饮冰室合集专集第五册》，北京：中华书局，1989年3月，第24页。
　　④ 比如，胡适认为，有清一代可以"算"的上哲学家的只有颜元（习斋）、李塨（恕谷）和中期的戴震（东原），因为他们"有建设新哲学的野心"。

哲学、美学等领域内,清人也表现出鲜明的"崇实"色彩。于是,"崇实"成了清人的审美标准,涵盖了较多的文学体裁,如叶燮《原诗》中有一句话来描述清代实学美学影响下的诗歌:

夫诗之盛也,敦实学以黜虚名,其衰也,媒虚名以罔厚实。①

实学美学的大氛围对《阅微草堂笔记》等文言志怪小说的影响也很大,最主要体现在题材选择上。《阅微草堂笔记》中很多故事表达了"实心求实用","读书以明理,明理以致用也"的含义。故纪昀对那些泥古不化、迂腐之极的讲学家们表示出极大的讽刺:

奴子傅显,喜读书,颇知文义,亦稍知医药。性情迂缓,望之如偃蹇老儒。一日,雅步行市上,逢人辄问:"见魏三兄否?"或指所在,复雅步以往。比相见,喘息良久。魏问相见何意?曰:"适在苦水井前,遇见三嫂在树下作针黹,倦而假寐。小儿嬉戏井旁,相距三五尺耳,似乎可虑。男女有别,不便呼三嫂使醒,故走觅兄。"魏大骇,奔往,则妇已俯井哭子矣。夫僮仆读书,可云佳事。然读书以明理,明理以致用也。食而不化,至昏愦僻谬,贻害无穷,亦何贵此儒者哉!②

读书食而不化,对现实毫无帮助,这个故事的主旨与纪昀父亲姚安公的教诲如出一辙:

先姚安公曰:"子弟读书之余,亦当使略知家事,略知世事,而

---

① (清)叶燮:《原诗》,霍松林校注,北京:人民文学出版社,1979年,第53页。
② (清)纪昀:《阅微草堂笔记·卷十八·姑妄听之四》,上海:上海古籍出版社,2004年1月,第407页。

后可以治家,可以涉世。"①

纪昀家族就吃过这种不通世事讲学家的亏:

> 明之季年,道学弥尊,科甲弥重。于是黠者坐讲心学,以攀援声气;朴者株守课册,以求取功名。致读书之人,十无二三能解事。崇祯壬午,厚斋公携家居河间,避孟村土寇。厚斋公卒后,闻大兵将至河间,又拟乡居。濒行时,比邻一叟顾门神叹曰:"使今日有一人如尉迟敬德、秦琼,当不至此。"汝两曾伯祖,一讳景星,一讳景辰,皆名诸生也。方在门外束襆被,闻之,与辩曰:"此神荼、郁垒像,非尉迟敬德、秦琼也。"叟不服,检邱处机《西游记》为证。二公谓委巷小说不足据,又入室取东方朔《神异经》与争。时已薄暮,检寻既移时,反覆讲论又移时,城门已阖,遂不能出。次日将行,而大兵已合围矣。城破,遂全家遇难。惟汝曾祖光禄公、曾伯祖镇番公及叔祖云台公存耳。②

死生呼吸间,尚在讲学不已,纪昀及其家族对于此类情况深表痛心,也养成了他们注重实效的认识习惯和审美趣味。

实学的审美思潮虽然带来了积极的、利民治世的结果,但也给清代的诗文、文言小说、美术等带来了负面影响。

梁启超认为清人诗文的特点是"朴实说理,言无枝叶",这既是特点也是缺点。一味的求实、繁琐的考证使得:

> 诗家内在的生命之气已被古人之手眼、考订之真伪、义理之冷

---

① (清)纪昀:《阅微草堂笔记·卷二十一·滦阳续录三》,上海:上海古籍出版社,2004年1月,第446页。
② (清)纪昀:《阅微草堂笔记·卷二十一·滦阳续录三》,上海:上海古籍出版社,2004年1月,第446页。

竣等多方的提撕、抽拉和分割,已变得残缺支离、毫无生气。①

当时第一流的人才无不趋于考证训诂,以诗文"讨生活"的多是不入流的人物,他们"或在饥寒交迫、冷眼相加的境况下,或被清廷玩弄于股掌之间,是难以有悠悠裕如的心境创作出'至文'来的"②。

于是梁氏把清学的特色概括为学术上"价值极大"而文艺美术上"价值极微",并对清代美术和美学均持否定色彩③。

客观来讲,清代实学对清人的思维方式以及审美趋向、审美趣味产生了深刻而全面的影响,正如学者们对其评价的一样:

> 考据学与质测之学采用的"科学的研究方法",则从方法论的意义上肯定当时尚"实"的审美观念:史学经世论与经世致用之学的倡导者与实行者身上所表现出的崇高人格以及他们在处理人与人、人与自然关系时所形成的理想观念,也展现出一种人性之美、人格之美、秩序之美。以上这些构成清代实学美学的主干。④

此外,也有很多实学家的思想或成就并无美学意义,如考据学的繁琐考证,质测之学对物理、历法、地理、数学等方面的具体研究,道德实体之学中儒家德性修养和践履方面属"虚"的观点与行为等,偏于专业

---

① 梁启超:《清代学术概论》,《饮冰室合集专集第三册》,北京:中华书局,1989 年 3 月,第 147 页。
② 劳思光:《中国哲学史》,台北:台湾学生书局,1981 年,第 123 页。
③ 但也有学者认为,清代的文艺格局其实是实学和实学精神联系起来的,梁氏没有认识到这一点,是很可惜的。如王振复教授从梁氏那种凭直观重经验的"飞掠"式评判中,掘发出清代诗文不振的根源。他认为清初诸大儒尤其顾亭林对清代气象萎靡的诗风有不可推卸的责任。除沿袭宋、明复古的陋习之外,顾炎武以作学术的方法作诗,其"不欲"、"不古"、"不枝"的创作规则不但使自己的诗作"无足观",而且风气所及,一路俱坏。其结果要么成为亭林式的叠用典故、古雅文辞以炫耀学问,要么陷溺于史实的铺叙,最终学问"遮蔽"了"诗情",质实代替了空灵,群儒仿效的结果,是诗风"滞累于历史真实而削弱了艺术真实的审美意味"。他的"实学精神的美学"说,为我们的研究可资借鉴的思路。
④ 劳思光:《中国哲学史》,台北:台湾学生书局,1981 年,第 114 页。

研究,难以给阅读者带来美感。

实学影响下的文艺思潮对纪昀的小说观、审美观和创作产生了很大影响,实学的两面性在《阅微草堂笔记》中均存在着。《阅微草堂笔记》一方面有求实用的价值,另一方面因为一味追求"实"而不惜违背艺术规律,在一定程度上损害作品文学性。

此外,清代的美学中追求尚实用、重实行、讲实践,这与原始儒家特别是孔子的美学思想有很大关系。孔子"仁学"关注的是人的生命,这种生命哲学重实用、实行、实践,在美学方面,是以善为美、以"实用"先于审美。因此文学作品的选材首先要想到对儒家仁学弘扬。《阅微草堂笔记》中有很多故事涉及传统儒家的伦理哲学思想,比如孝悌、治身齐家等等,这样的故事内容是符合儒家传统道德,因而纪昀认为是具有审美价值的。"它以宣传孝悌节烈等伦理道德为主要思想内涵"①,"仁者爱人"的思想随处可见,并宣传儒家的孝敬为真善业:

> 然增修善业,非烧香拜佛之谓也,孝亲敬嫡,和睦家庭,乃真善业耳。②

总体来说,清代美学有其独立的意义与价值,它不是冥心于建构超越天人之际的崇高人格理想,而是讲究实用、实在、实行,时时把这种道德人格贯通于人伦日用之中。对于此时文艺(包括文学作品)的观念、选材、创作方式产生了不可忽视的影响。

二 纪昀"实录"小说观和审美风格

清代的"求实"的实学美学思想,影响到了纪昀的小说观、文学创作

---

① 周积明:《〈阅微草堂笔记〉的时代文化特征》,《晋阳学刊》1998年第4期。
② (清)纪昀:《阅微草堂笔记·卷十三·槐西杂志三》,上海:上海古籍出版社,2004年1月,第266页。

和审美观,使之呈现鲜明的"实学"特色。

纪昀最主要的小说观点即"实录"观,忠实故事原貌,不可夸张修饰,同时要严格掌握故事的来源:

《聊斋志异》盛行一时,然才子之笔,非著书者之笔也。虞初以下,干宝以上,古书多佚矣。其可见完帙者,刘敬叔《异苑》、陶潜《续搜神记》,小说类也;《飞燕外传》、《会真记》,传记类也。《太平广记》,事以类聚,故可并收。今一书而兼二体,所未解也。小说既述见闻,即属叙事,不比戏场关目,随意装点。①

在具体创作中要坚持严格的限制叙事,以期达到求实目的:

今燕昵之词、媟狎之态,细微曲折,摹绘如生。使出自言,似无此理;使出作者代言,则何从而闻见之?又所未解也。②

纪昀求实的态度与小说被视为"史补"、"史遗"的认识传统有关。最初,人们视写作小说如同著史,比如把《搜神记》称为鬼之董狐,《汉书·异文志》、《隋书·经籍志》把小说列入史部等等。

由于对小说的评价限制在"史补"、"史遗"的范围之内,就决定了作者对小说的艺术追求首先限制在"尚质"、"实录"的基础上。早期的一些志怪小说甚至直接把史籍故事挪用过来:"取材于前代史书或其它典籍,再添加一些当时所流传的怪异琐闻和合而成。"③

人们对于志怪小说认识也有个过程,比如对六朝志怪的认知,作者

---

① (清)纪昀:《阅微草堂笔记·卷十八·姑妄听之四》,上海:上海古籍出版社,2004年1月,第441页。
② (清)纪昀:《阅微草堂笔记·卷十八·姑妄听之四》,上海:上海古籍出版社,2004年1月,第441页。
③ 吴波:《追踪晋宋踵事增华〈阅微草堂笔记〉对魏晋六朝志怪小说的继承与发展》,《蒲松龄研究》2005年第2期。

认为当时所记事件乃是真实发生的：

> 盖当时以为幽明虽殊途，而人鬼乃皆实有，故其叙述异事，与记载人间常事，自视固无诚妄之别矣。①

直到唐传奇后，人们才开始认识到文学创作与客观现实的差别，创作小说的主体意识才得以确立。但是这种传奇笔法使得唐以后的人们往往过于关注搜奇记异，满篇言神言异，虚化万端，文学性和社会价值都有不同程度的倒退。正如鲁迅对其评价：

> 此类文字当时或为丛集或为单篇，大率篇幅漫长，记叙委曲，宋一代文人之为志怪，既平实而缺乏文采，其传奇又多托往事而避旧闻，拟古且远不逮，更无独创之可言。②

至于明代，文言小说的情况则更差一些，瞿佑的《剪灯新话》：

> 以粉饰闺情，拈掇艳语，故特为时流所喜，仿效者纷起。③

明代嘉靖年间文人们甚至创作题材毫无选择，缺乏严肃性：

> 文人虽素与小说无缘者，亦每为异人侠客童奴以至虎狗虫蚁作传。④

---

① 鲁迅：《中国小说史略》，《鲁迅全集》，北京：人民文学出版社，1958年，第31页。
② 鲁迅：《中国小说史略》，《鲁迅全集》，北京：人民文学出版社，1958年，第76页。
③ （明）瞿佑：《剪灯新话序二》，史仲文《中国文言小说百部经典》，北京：北京出版社，2000年，第7798页。
④ （明）瞿佑：《剪灯新话序四》，参见史仲文《中国文言小说百部经典》，北京：北京出版社，2000年第7780页。

纪昀在《阅微草堂笔记》和《四库全书总目提要》中分别提到了文言小说的情况：

> 盖自庄、列寓言，借以抒意，战国诸子，杂说弥多，谶纬稗官，递相祖述，遂有肆无忌惮之时。①

> 迹其流别，凡有三派：其一叙述杂事；其一记录异闻；其一缀辑琐语也。唐宋而后，作者弥繁，中间诬漫失真、妖妄荧听者固为不少。②

于是急需对小说队伍这种"诬漫失真"的状态做一次纯洁和清理，最好的方法就是以记载内容"真实"为标准对其做一次筛选。被《四库全书》收录的小说，一个重要前提就是它必须具有很高的真实性和社会价值：

> 今甄录其近雅驯者，以广见闻，惟粗鄙荒诞、徒乱耳目者则黜不载焉。③

其《子部·小说家类》著录了319部小说，其中有196部存目，它们一概为文言小说，像《水浒传》、《三国演义》等白话小说干脆连存目的资格也没有。这种分类和筛选虽然对于纯洁小说队伍有很大帮助，但是也遗失了一批文学性很强的小说作品，使得"文学性"在主流审美观中变得更弱了。

《四库全书总目提要》中将小说归于子部和对小说的分类无疑透露

---

① （清）纪昀：《阅微草堂笔记·卷十一·槐西杂志一》，上海：上海古籍出版社，2004年1月，第455页。
② （清）永瑢：《四库全书总目提要》，北京：中华书局，2003年，第1182页。
③ （清）永瑢：《四库全书总目提要》，北京：中华书局，2003年，第1182页。

出纪昀的小说观①。笔者认为,纪昀对于小说的标准是介于子部、史部之间的。

纪昀虽然坚持小说作品要实录,但是这种实录精神却往往遭到挑战,或者说他对于自己所记的事情的真实度也常感怀疑,如《阅微草堂笔记》一则故事记:

> 林塘知其异人,因问以神仙感遇之事。僧曰:"古来传记所载,有寓言者,有托名者,有借抒恩怨者,有喜谈诙诡以诧异闻者,有点缀风流以为佳话,有本无所取而寄情绮语,如诗人之拟艳词者;大都伪者十八九,真者十一二。此一二真者,又大都皆才鬼灵狐,花妖木魅,而无一神仙。其称神仙必诡词。"②

纪昀开始认识到志怪小说创作一开始就有虚饰的成分:

> 文人好逞狡狯,或欲夸示异书,方士则意在自神其教。③

而且,对小说这种文体而言,难以用史籍的标准来要求,毕竟文章流别,各有体裁。他在《阅微草堂笔记》中有言:

> 文章者流,各有体裁。郭璞注《山海经》、《穆天子列传》,于西王母事铺叙綦详。其注《尔雅·释地》于"西至西王母句",不过曰"西方昏荒之国而已"不更益一语也。盖注经之体裁,当如是耳。

---

① 参看陈文新《〈阅微草堂笔记〉与中国叙事传统》,《南京师范大学文学院学报》2006年3月第2期;陈文新:《纪昀何以将小说划为子部》,《山西师范大学学报》2001年1月第1期。

② (清)纪昀:《阅微草堂笔记·卷九·如是我闻三》,上海:上海古籍出版社,2004年1月,第164页。

③ (清)永瑢:《四库全书总目提要》,北京:中华书局,2003年,第1194页。

金石之文，与史传相表里，不可与稗官杂记比，亦不可与词赋比。①

这里，纪昀虽然未对笔记小说的体裁特点加以详论，但他在题材的对比中，已经点到了笔记小说具有主观色彩较浓的特征。

针对前人的小说和史学的观点，纪昀也特别阐明了小说与史的区别，不能尽用史法来要求小说作品，比如《四库全书总目提要》中《世说新语》的条目介绍：

义庆所述，刘知几《史通》深以为讥。然义庆本小说家言，而知几绳之以史法，拟于伦，未为通论。②

《睽车志》的提要也涉及这一点：

其他亦多涉荒诞，然小说家言，自古如是，不能尽绳以史法，取其勉人为善之大旨可矣。③

而且，在实际创作中也很难完全避开想象与虚构，纪昀在写作《阅微草堂笔记》时也经常不小心地越过了这个界限。比如一则描写鬼心理的作品，虽然有人转述，但是大部分应该出于虚构。

昨于某家见一鬼，可谓痴绝。然情状可怜，亦使人心脾凄动。鬼名某，住某村，家亦小康，死时年二十七八。初死百日后，妇邀我相伴。见其恒坐院中丁香树下。或闻妇哭声，或闻儿啼声，或闻兄

---

① （清）纪昀：《阅微草堂笔记·卷四·滦阳消夏录四》，上海：上海古籍出版社，2004年1月，第460页。
② （清）永瑢：《四库全书总目提要·子部·世说新语》，北京：中华书局，2003年，第1182页。
③ （南宋）郭彖：《睽车志》，《宋元笔记小说大观》，上海：上海古籍出版社，2007年，第4073页。

第⑤章
《阅微草堂笔记》志怪故事中宗教文化内容描写之特点

嫂与妇诟谇声,虽阳气逼烁,不能近,然必侧耳窗外窃听,凄惨之色可掬。后见媒妁至妇房,愕然惊起,张手左右顾。后闻议不成,稍有喜色。既而媒妁再至,来往兄嫂与妇处,则奔走随之,皇皇如有失。送聘之日,坐树下,目直视妇房,泪涔涔如雨。自是妇每出入,辄随其后,眷恋之意更笃。嫁前一夕,妇整束奁具。复徘徊檐外,或倚柱泣,或俯首如有思;稍闻房内嗽声,辄从隙私窥,营营者彻夜。①

对于这种矛盾情形的原因,鲁迅有一段话分析得很透彻:

> 所写的事迹,大抵有一点见过或听到过的原由,但决不全用这事实,只是采取一端,加以改造,或生发开去,到足以几乎完全发表我的意思为止。②

虽然纪昀意识到实录在实际创作中难以贯彻,但是他还是一直强调实录。尽管有人会认为纪昀在文艺观念上过于固执,过于偏激,但不能不看到这是他坚定的学术信念使然,在浓厚的"实学"氛围和审美风格的影响下,他认为真实是小说所必需的,这也是他的审美标准,加之纪昀本人对于狐、鬼的存在还是比较相信的:

> 余尝谓小说载异物能文翰者,惟鬼与狐差可信,鬼本人,狐近于人也。其他草木鸟兽,何自知声病。至于浑家门客并苍蝇草虫亦俱能诗,即属寓言,亦不应荒诞至此。③

---

① (清)纪昀:《阅微草堂笔记·卷四·滦阳消夏录四》,上海:上海古籍出版社,2004年1月,第57页。
② 鲁迅:《南腔北调集·我怎样做起小说来》,《鲁迅全集》,北京:人民文学出版社,2005年,第525页。
③ (清)纪昀:《阅微草堂笔记·卷七·如是我闻一》,上海:上海古籍出版社,2004年1月,第129页。

纪昀将对鬼神的猜测视为学问的组成部分，在《阅微草堂笔记》中多次对狐鬼的有无做出判断、疑问。这似乎在文人中是早已有之的传统，胡应麟《少室山房笔丛》中卷三九记：

> 两汉以迄六朝所称博洽之士，于术数、方技靡不淹通，如东方、平子、景纯、崔敏、崔浩、刘玄之属，凡三辰七曜、四气五行、九章六律皆穷极奥渺，彼以为学问中一事也。①

《华阳博译引》亦云：

> 古今称博识者，公孙大夫、东方待诏，刘中垒、张司空之流尚矣。彼皆书穷八索，业擅三冬，而世率诧其异闻，标其僻事。②

此外，纪昀的"实录"观点可能与"小说家言"的地位有关。由于种种原因，"小说家言"常常与虚妄、耸动视听相关，历代都有人对于小说的虚构性颇为诟病有关，很多人认为虚构是不美的，王充就认为虚构不可取：

> 世俗之性，好奇怪之语，说虚妄之文，何则？实事不能快意，而华虚惊耳动心也。是故才能之士，好谈论者，增益实事，为美盛语；用笔墨者，造空生文，为虚妄之传。③

唐代刘知几也认为小说：

---

① （明）胡应麟：《少室山房笔丛》卷三九，北京：中华书局，2006年，第1394页。
② （明）胡应麟：《少室山房笔丛》，北京：中华书局，2006年，第381页。
③ （东汉）王充：《论衡校释·对作篇·自纪》，北京：中华书局，2011年5月，第1179页。

故立异端,喜造奇说,汉有刘向,晋有葛洪。近者沈约,又其甚也。①

清代中期的赵学辙《客窗偶笔·序》批评小说家言:

大抵优孟衣冠,得其似而失其真者;更有蜃楼海市,幻由心造,往往出于文人学士穿凿附会之所为,非不澜翻层叠,动人视听,其于佛氏妄语之戒,又如何乎?②

纪昀绝无可能让自己的作品降于如此地位,所以他一直坚持"实录"的态度,既是对自己审美风格的坚持,也是为那些创作"诬漫失真"作品的作者们树立标准。

三 《阅微草堂笔记》志怪中宗教文化内容"求实"美学的体现

《阅微草堂笔记》文本中"求实"美学主要体现在三个方面:故事内容(题材选择)、语言、文风(叙述方式)。

首先来看故事内容方面。内容方面的求实主要包括两点,经世致用思想和穷究物理之精神。

《阅微草堂笔记》虽然是一部拟晋宋小说,但是宗教文化内容在其中的作用与最开始的魏晋小说有很大不同。早期的魏晋小说写作宗教内容只是为了证明神道之不诬,如王琰《冥祥记》中的《宋魏世子》条:

宋魏世子者,梁郡人也。奉法精进,儿子遵修,唯妇迷闭不信释教。元嘉初,女年十四,病死七日而苏,云:"可安施高座并诵《无

---

① (唐)刘知几:《史通笺注·杂说》,张振珮笺注,贵阳:贵州人民出版社,1985年,第638页。
② (清)吴炽昌:《客窗偶笔》,北京:文化艺术出版社,1988年12月,第1页。

量寿经》。"世子即为具设经座。女虽先斋戒礼拜,而未尝看经。即升座转读,声句清利。下启父言:"儿死,便往无量寿国。见父兄及己三人池中,已有芙蓉大华,后当化生其中。唯母独无,不胜此苦,故归启报。"语竟复绝,母于是乃敬法。①

类似这种故事没什么更深刻的思想内容和较强的艺术表现力。相比之下《阅微草堂笔记》的内容则更接近儒家审美标准,具明确的"实"的特色与现实针对性。

《阅微草堂笔记》文本中的"实"的内容的主要有儒家的"仁"、"义"等传统道德的表现,纪昀将之看成是人生之美、生活之美、生命之美的极致。《阅微草堂笔记》志怪故事一个重要的主题就是宣扬"孝悌"、"仁义",《滦阳消夏录一》中记作恶多端的无赖因为孝顺而被冥官从轻发落:

后妻梦吕来曰:"我业重,当永堕泥犁。缘生前事母尚尽孝,冥官检籍,得受蛇身,今往生矣。"②

他还记载了很多不孝、不仁之人遭受报应的故事:

侍姬之母沈媪言:高川有丐者,与母妻居一破庙中。丐夏月拾麦斗余,嘱妻磨面以供母。妻匿其好面,以粗面溲秽水,作饼与母食。是夕大雷雨,黑暗中妻忽噭然一声。丐起视之,则有巨蛇自口入,啮其心死矣。丐曳而埋之。沈媪亲见蛇尾垂其胸臆间,长二尺

---

① (南朝齐)王琰:《冥祥记》,北京:中华书局,1987年,第47页。
② (清)纪昀:《阅微草堂笔记·卷一·滦阳消夏录一》,上海:上海古籍出版社,2004年1月,第3页。

余云。①

不过,《阅微草堂笔记》并不同于简单的劝善书,它常常置忠孝于两难的境地:

> 先生叱之曰:"姑虐妇死,律无抵法。即讼亦不能快汝意。且讼必检验,检验必露,不更辱两家门户乎?"鬼仍絮泣不已。先生曰:"君臣无狱,父子无狱。人怜汝枉死,责汝姑之暴戾则可。汝以妇而欲讼姑,此一念已干名犯义矣。任汝诉诸明神,亦决不直汝也。"鬼竟寂然去。谦居先生曰:"苍岭斯言,告天下之为妇者可,告天下之为姑者则不可。"先姚安公曰:"苍岭之言,子与子言孝。谦居之言,父与父言慈。"②

人情与传统道德的矛盾,显示了儒学面临的困境。经过了千年的发展,传统儒学由古典进入近现代的过渡时期,儒家经典的理论已经解释不了千变万化的现实情况,需要向外寻找力量,以期解决现实与传统的矛盾。

纪昀找到了"儒所不及,释道补之"的方法。因此,《阅微草堂笔记》虽然记载的是鬼怪故事,宣扬的却是儒家传统道德和思想,还常常大讲佛法,不时肯定和称颂道家思想。有人指出:"这种儒、佛、道思想的互补,而又以鬼怪小说为外观,使得《阅微》成为中国古代文言小说的翘楚之作。"③

《阅微草堂笔记》呈现的这种特色与纪昀首先是一个三教调和论者

---

① (清)纪昀:《阅微草堂笔记·卷四·滦阳消夏录四》,上海:上海古籍出版社,2004年1月,第67页。
② (清)纪昀:《阅微草堂笔记·卷四·滦阳消夏录四》,上海:上海古籍出版社,2004年1月,第63页。
③ 许韧:《〈阅微草堂笔记〉中儒道佛各教的地位》,《淮阴工学院学报》2005年12月。

有关,纪昀多次重申佛儒虽两者各有不同,但宜互为补充:

> 蔡太守必昌,尝判冥事。朱石君中丞问以佛法忏悔,有无利益。蔡曰:"寻常冤谴,佛能置讼者于善处。彼得所欲,其怨自解,如人世之有和息也。至重业深仇,非人世所可和息者,即非佛所能忏悔,释迦牟尼亦无如之何。"斯言平易而近理。儒者谓佛法为必无,佛者谓种种罪恶皆可消灭,盖两失之。①

纪昀坚持强调三教调和的观点,与清朝历代统治者奉行的政策也有很大关系。清代的历代统治者十分看重三教融合,据《道藏辑要雍正上谕》载,雍正帝曰:

> "以佛治心,以道治身,以儒治世。……圣人同其性,则广为道德;人能同诚其心,同斋戒其力,同推于人,则可以福吾身,可以资吾君之安天下。"②

又说:

> "域中有三教,曰儒、曰释、曰道。儒教本乎圣人,为生民立命,乃治世之大经大法。而释氏之明心见性,道家之炼气凝神,亦于吾儒存心养气之旨不悖。且其教皆主于劝人为善,戒人为恶,亦有补于治化。"③

就儒释道三教在明清时代自身的发展来看,和晋唐人的三教融合、

---

① (清)纪昀:《阅微草堂笔记·卷九·如是我闻三》,上海:上海古籍出版社,2004年1月,第164页。
② (清)彭定求编纂:《道藏辑要》,长春:吉林人民出版社,1995年,第4页。
③ (清)彭定求编纂:《道藏辑要》,长春:吉林人民出版社,1995年,第70页。

相互汲取的观念不尽相同。随着宋明理学完成了在心性论基础上的三教融合,明清时代要进一步打破三教的界限,前代激烈的佛道之争已经不多见。在教理上,明清人多讲三教同出一门,运用"儒曰存心,仙曰修心,佛曰明心"标榜在心血的基础上将三教统一。如李道纯《中和集》中《炼虚歌》云:

> 为仙为佛与为儒,三教单传一个虚。①

至于民间百姓祀神祈祷不分僧道、不问寺观,僧人行斋建醮,道士口诵佛号,已经是司空见惯的事情了。

如前所论,纪昀本人并不完全相信鬼神、仙佛之事,但在《阅微草堂笔记》中却连篇累牍地"称道灵异,张皇鬼神",目的是利用鬼神的象征和隐喻的意义来传达他所要宣扬的儒家传统道德和伦理思想。于是一篇篇僧、道、狐、鬼的故事中,寄寓的其实是社会现实,曲折地反映了清中后期社会风貌,深刻揭示了社会的诸种弊端,具有一定的思想价值,也体现了清代实学有深度、直指人生最切实处、生活最质朴处的审美特点。《如是我闻》中一则故事记:

> 吴惠叔言:医者某生,素谨厚。一夜有老媪持金钏一双,就买堕胎药。医者大骇,峻拒之。次日夕,又添持珠花两枝来。医者益骇,力挥去。越半载余,忽梦为冥司所拘,言有诉其杀人者。至则一披发女子,项勒红巾,泣陈乞药不与状。医者曰:"药以活人,岂敢杀人以渔利!汝自以奸败,于我何尤?"女子曰:"我乞药时,孕未成形,倘得堕之,我可不死。是破一无知之血块,而全一待尽之命也。既不得药,不能不产,以致子遭扼杀,受诸痛苦,我亦见逼而就

---

① (元)李道纯:《中和集》,《金丹大成集》,上海:上海古籍出版社,1987年10月,第150页。

缊。是汝欲全一命,反戕两命矣。罪不归汝,反归谁乎?"冥官喟然曰:"汝之所言,酌乎事势;彼所执者,则理也。宋以来,固执一理而不揆事势之利害者,独此人也哉!汝且休矣!"拊几有声,医者悚然而寤。①

这是典型的指斥宋学迂阔,"以理杀人"的文字。比起戴震的"以理杀人"说,纪昀借故事申述,更为生动一些。除此之外,《阅微草堂笔记》故事中还常常表现出"追根究底"的考据学的精神:

石洲又言:一书生家有园亭,夜雨独坐。忽一女子褰帘入,自云家在墙外,窥宋已久,今冒雨相就。书生曰:"雨猛如是,尔衣履不濡,何也?"女词穷,自承为狐。问:"此间少年多矣,何独就我?"曰:"前缘。"问:"此缘谁所记载?谁所管领?又谁以告尔?尔前生何人?我前生何人?其结缘以何事?在何代何年?请道其详。"②

这完全是考据学派追根究底式的思维方式,"此缘谁所记载?谁所管领?又谁以告尔?尔前生何人?我前生何人?其结缘以何事?在何代何年?请道其详。"而这番对妖怪的考证,恐怕也是《阅微草堂笔记》中独有的。

而且纪昀本着实录的精神,对于儒者普遍坚持的一些观念,也有自己的认识:

案轮回之说,儒者所辟。而实则往往有之,前因后果,理自不诬。惟二公暂入轮回,旋归本体,无故现此泡影,则不可以理推。

---

① (清)纪昀:《阅微草堂笔记·卷九·如是我闻三》,上海:上海古籍出版社,2004年1月,第173页。

② (清)纪昀:《阅微草堂笔记·卷十二·槐西杂志二》,上海:上海古籍出版社,2004年1月,第242页。

"六合之外,圣人存而不论",阙所疑可矣。①

不过,由于纪昀所处时代的局限性,《阅微草堂笔记》最终仍是维护封建社会秩序,所开出的解决社会弊端济世药方,无非封建伦理道德而已。因此,在一定程度上削弱了批判社会的锋芒,而立意教化,常写议论,使文学的审美功能大为减弱。

其次,来看《阅微草堂笔记》语言特点。纪昀在写作中追求语言的简洁、省净,务去陈言,表现一种字字落实的特点。如《姑妄听之三》中写"唐打猎"的故事。

> 老翁手一短柄斧,纵八九寸,横半之,奋臂屹立。虎扑至,侧首让之。虎自顶上跃过,已血流仆地。视之,自领下至尾闾,皆触斧裂矣。②

作者以简单、传神的笔触为读者描绘了这一白发武松之神韵,语言简洁、老练,给人留下了深刻的印象。

纪昀不喜欢对故事做细致的描摹,对《聊斋志异》的"燕昵之词,媟狎之态,细微曲折,摹绘如生"的写作方法颇有微词。《阅微草堂笔记》中记言叙事,从容不迫,娓娓道来,不加雕饰,却能于语句平淡中暗藏机锋,饱贮情致,许多篇章都是妙趣天成,引人入胜。譬如《滦阳消夏录六》中一则故事记:

> 刘乙斋尝租一宅,为鬼所扰,乃自撰一文,指陈其罪……是夕遂寂。

---

① (清)纪昀:《阅微草堂笔记·卷四·滦阳消夏录四》,上海:上海古籍出版社,2004年1月,第56页。
② (清)纪昀:《阅微草堂笔记·卷十一·槐西杂志一》,上海:上海古籍出版社,2004年1月,第219页。

刘乙斋颇为自得,以韩愈自比,于是作者直言道:

"君文章道德似尚未敌昌黎,然性刚气盛,平生尚不作暧昧事,故悍然不畏鬼。又拮据迁此宅,力竭不能再徙,计无复之,惟有与鬼以死相持。此在君为困兽犹斗,在鬼为穷寇勿追耳。君不记《太平广记》载周书记与鬼争宅,鬼惮其木强而去乎?"乙斋笑击余背曰:"魏收轻薄哉!然君知我者。"①

叙事流畅自然,似淡实淳,"困兽犹斗"、"穷寇勿追"凸显了纪昀的风趣幽默。结尾处"笑击余背"四字,不仅表现了刘乙斋对作者分析的首肯,又生动地刻画出朋友间谈笑不拘的亲密,十分生动传神,无愧大家手笔。

《阅微草堂笔记》的语言还于简单平实中透露着深刻、独到的见解,这种语言的力量真是动人心魄:

此媪未至以前,有一官公服昂然入,自称所至但饮一杯水,今无愧鬼神。王哂曰:"设官以治民,下至驿丞闸官,皆有利弊之当理,但不要钱即为好官。植木偶于堂,并水不饮,不更胜公乎?"官又辩曰:"某虽无功,亦无罪。"王曰:"公一生处处求自全,某狱某狱,避嫌疑而不言,非负民乎?某事某事,畏烦重而不举,非负国乎?三载考绩之谓何?无功即有罪矣。"官大惭愧,锋棱顿减。王徐顾笑曰:"怪公盛气耳。平心而论,要是三四等好官,来生尚不失冠带。"促命即送转轮王。观此二事,知人心微暧,鬼神皆得而窥,

---

① (清)纪昀:《阅微草堂笔记·卷六·滦阳消夏录六》,上海:上海古籍出版社,2004年1月,第97页。

虽贤者一念之私,亦不免于责备。"相在尔室",其信然乎。①

故事中阎王的一席话"设官以治民,下至驿丞闸官,皆有利弊之当理,但不要钱即为好官。植木偶于堂,并水不饮,不更胜公乎?"对那些"不求有功、但求无过"的官员不啻是当头棒喝,体现出纪昀运文,字字直指人心的力量。

最后,纪昀刻意追求简淡、平实的文风,在《阅微草堂笔记》中多露此意:

> 缅昔作者,如王仲任、应仲远,引经据古,博辨宏通,陶渊明,刘敬书、刘义庆,简淡数言,自然妙远。②

纪昀处世欲宽,待人贵恕,其性情平和,历经宦海风波,阅尽人世沧桑,泰然处之,语去粉饰,平和从容,别具一番练达雅致。其章法严谨正如邱炜菱在《客云庐小说话》中评价的那样:

> 叙事说理,何等明净,每有至繁至杂之处,括以十数行十字句,其中层累曲折,令人耳得其声,目遇成色。③

《阅微草堂笔记》的文风平实并不平淡,纪昀长于速写式的手法描绘人物,叙述故事,善于抓住事件和人物的本质,使得作品独有一种甘清绵长的韵味。如《如是我闻三》中的一则故事:

---

① (清)纪昀:《阅微草堂笔记·卷一·滦阳消夏录一》,上海:上海古籍出版社,2004年1月,第4页。
② (清)纪昀:《阅微草堂笔记·卷十五·姑妄听之一》,上海:上海古籍出版社,2004年1月,第313页。
③ (清)邱炜菱:《客云庐小说话》,《清代史料丛刊》,北京:中华书局,2000年,第69页。

> 李福之妇，悍戾绝伦，日忤其姑舅，面詈背诅，无所不至。或微讽以不孝有冥谪，辄掉头哂曰："我持观音斋，诵观音咒，菩萨以甚深法力，消灭罪衍，阎罗王其奈我何？"后婴恶疾，楚毒万端，犹曰："此我诵咒未漱口，焚香用灶火，故得此报，非有他也。"愚哉。①

这样一则由对话构成的短小故事，平实的话语和简单的描述却活脱脱描述了一个愚蠢的村妇形象。

和其他志怪小说作者比较起来，《阅微草堂笔记》纪昀用简淡之笔自如地驱遣他笔下的僧道鬼神、狐怪精灵，抨击社会现实中存在的弊端，揭露道学的伪善，对百姓的疾苦表示同情，抒发自己的人生感悟。

这种"简淡、平实"的文风的形成与纪昀"不乖于风教"、"有益于劝惩"写作目的关系很大。行文中说理是必不可少的，关键在于要说得恰到好处，才能使得劝惩目的顺利实现。因此《阅微草堂笔记》故事叙述时大多以描写逼真、简洁质朴的形象刻画，但寓意深刻，说理晓畅透辟，发人深思，不仅故事曲折有趣，而且不会给读者以空洞枯燥、机械说教之感。如《姑妄听之三》中一则故事记：

> 有狎一妓者，相爱甚。然欲为离籍，则拒不从；许以别宅自居，礼数如嫡，拒益力，怪诘其故，喟然曰："君弃其结发而昵我，此岂可托终身者乎？"②

文章不足百字，不仅刻画了一个见异思迁的浪子形象，而且通过妓女之口，谴责那些连结发妻子都能抛弃的人，认为他们做什么事也不会始终如一。蕴含着衡量人的好坏，不能仅看眼前，要推己及人由此及彼

---

① （清）纪昀：《阅微草堂笔记·卷九·如是我闻三》，上海：上海古籍出版社，2004年1月，第163页。
② （清）纪昀：《阅微草堂笔记·卷十一·姑妄听之三》，上海：上海古籍出版社，2004年1月，第384页。

的道理。

客观来说,纪昀的通过这些志怪故事来说理是比较成功的,但是过分强化小说创作的现实功利性,偏执于小说教化功能,忽视了通俗文学所具有的娱乐功能以及与之相关的文体特性,从而使小说成为宣扬理念的工具,这在《阅微草堂笔记》中表现得还是比较明显的。以带有较浓厚功利色彩的态度反映现实,使《阅微草堂笔记》题材内容较为单一,而情节则趋于固定,告诫连篇说教不已,在很大程度上冲淡了文学的审美功能。这些是对小说创作的不良影响,也是有必要提出来的。

第二节　重要的讽刺方式——与《儒林外史》比较研究

利用志怪故事来讽刺世态、针砭时弊是《阅微草堂笔记》很重要的方式,形成了其幽默、深刻的特点。《阅微草堂笔记》中讽刺最多的就是道学家(讲学者)、士林(儒生)和墨吏,很多故事都让人联想到《儒林外史》。《儒林外史》和《阅微草堂笔记》创作的时代背景接近[①],二者都是对儒林的暴露和对儒生行径的揭露,有相似性。虽一为现实之作,一为志怪之书,但两相比较正好显现宗教文化内容在《阅微草堂笔记》讽刺手法上的独特作用。

一　对道学家的讽刺

《阅微草堂笔记》中不少讽刺故事都是针对儒林现状的,特别是对那些道学家的讽刺,程度之深堪比《儒林外史》。比如《滦阳消夏录四》

[①] 吴敬梓出生于康熙四十年(1701年),卒于乾隆十九年(1754年),大概在他五十岁时《儒林外史》脱稿。《儒林外史》和《阅微草堂笔记》一个在乾隆朝前期,一个在中后期。

一则故事记：

> 有两塾师邻村居，皆以道学自任。一日，相邀会讲，生徒侍坐者十余人。方辩论性天，剖析理欲，严词正色，如对圣贤。忽微风飒然，吹片纸落阶下，旋舞不止，生徒拾视之，则二人谋夺一寡妇田，往来密商之札也。①

这个故事虽然描写简练，但是讽刺效果很强。道学先生们"方辩论性天，剖析理欲，严词正色，如对圣贤"之际，谋夺寡妇田产的密札借助神秘力量出现在众人面前，赤裸裸地暴露了道学先生道貌岸然的嘴脸，让人联想到了《儒林外史》中一个场景。

《儒林外史》第四回《荐亡斋和尚吃官司 打秋风乡绅遭横事》中严贡生向张静斋和范进吹嘘自己为人率真：

> "小弟只是一个为人率真，在乡里之间，从不晓得占人半丝半粟的便宜。所以历来的父母官都蒙相爱。"……一个蓬头赤足的小厮走了进来，望着他道："老爷，家里请你回去！"严贡生道："回去做甚么？"小厮道："早上关的那口猪，那人来讨了，在家里吵哩。"严贡生道："他要猪，拿钱来！"小厮道："他说猪是他的。"……严贡生道："二位老先生有所不知，这口猪原是舍下的。"②

一句"不晓得占人半丝半粟的便宜"的话音还未落，便上演了一出敲诈别人财物的丑剧。

这两个故事都采用了言行相悖的讽刺手法，可谓入木三分。不过，《阅微草堂笔记》中两位塾师谋夺寡妇家产乃是秘事，如果不借助鬼神

---

① （清）纪昀：《阅微草堂笔记·卷四·滦阳消夏录四》，上海：上海古籍出版社，2004年1月，第67页。
② （清）吴敬梓：《儒林外史·第四回》，北京：人民文学出版社，1977年，第49页。

力量则难以暴露,惟有如此才可以发掘隐私,增强讽刺力度。另外,《儒林外史》的讽刺较多着眼于严监生的"为富不仁",而纪晓岚的着眼点主要在讽刺伪道学——仍然有汉学宋学之争的色彩。

《阅微草堂笔记》中还有一个类似的"翰林故事":

> 同年项君廷模言:昔尝馆翰林某公家,相见辄讲学。一日,其同乡为外吏者,有所馈赠。某公自陈平生俭素,雅不需此。见其崖岸高峻,遂逡巡携归。某公送宾之后,徘徊厅事前,怅怅惘惘,若有所失,如是者数刻。家人请进内午餐,大遭诟怒。忽闻有数人吃吃窃笑,视之无迹,寻之声在承尘上,盖狐魅云。①

"翰林"违心地拒绝了别人的礼物懊恼不已,以致"家人请进内午餐,大遭诟怒",这个细节真实地显现了翰林又悔又怒的心理状态,结局狐魅的吃吃窃笑既是对翰林的嘲笑也寄寓了作者的态度。以此讥刺士林中表里不一的丑类,寥寥数笔便产生强烈的喜剧效果,与讽刺儒林的杰出之作《儒林外史》相比,也是不遑多让。

除了讽刺道学先生们的虚伪,纪昀和吴敬梓都用幽默、尖刻的笔触讽刺老学究们的浅薄和不学无术:

> 有老学究夜行,忽遇其亡友。……因并行,至一破屋,鬼曰:"此文士庐也。"问何以知之。曰:"凡人白昼营营,性灵汩没。唯睡时一念不生,元神朗澈,胸中所读之书。字字皆吐光芒,其状缥缈缤纷,烂如锦绣。学如郑、孔,文如屈、宋、班、马者上烛霄汉,与日月争辉。次者数丈,次者数尺,以渐而差,极下者亦荧荧如一灯,照映户牖。"学究问:"我读书一生,睡中光芒当几许?"鬼嗫嚅良久曰:

---

① (清)纪昀:《阅微草堂笔记·卷九·如是我闻三》,上海:上海古籍出版社,2004年1月,第160页。

"昨过君塾,君方昼寝。见君胸中高头讲章一部,字字化为黑烟,笼罩屋上。诸生诵读之声,如在浓云密雾中。实未见光芒,不敢妄语。"……鬼大笑而去。①

读书一生,却是"字字化为黑烟"。看罢莞尔之余,不禁令人想到《聊斋志异》中《司文郎》,瞽僧能靠鼻子闻出文章的好坏:

每焚一作,僧嗅而颔之曰:"君初法大家,虽未逼真,亦近似矣。我适受之以脾。"问:"可中否?"曰:"亦中得。"余杭生未深信,先以古大家文烧试之。僧再嗅曰:"妙哉!此文我心受之矣,非归、胡何解办此!"生大骇,始焚己作。僧曰:"适领一艺,未窥全豹,何忽另易一人来也?"生托言:"朋友之作,止此一首;此乃小生作也。"僧嗅其余灰,咳逆数声,曰:"勿再投矣!格格而不能下,强受之以膈,再焚则作恶矣。"生惭而退。②

读书人不能真正理解文章之道,读书一生,头脑却模式化、简单化,《儒林外史》中对于这种人更是极尽讽刺之能事。比较典型的有十四回《蘧公孙书坊送良友 马秀才山洞遇神仙》中通过对马二先生游西湖的场景描述来表现其无趣和缺乏审美能力,通过马二先生的眼光看到的西湖场景主要是吃的东西,半回书中写了十次"吃":

望着湖沿上接连着几个酒店,挂着透肥的羊肉,柜台上盘子里,盛着滚热的蹄子、海参、糟鸭、鲜鱼,锅里煮着馄饨,蒸笼上蒸着极大的馒头。马二先生没有钱买了吃,喉咙里咽唾沫……
吃了两碗茶,肚里正饿,思量要回去路上吃饭。恰好一个乡里

---

① (清)纪昀:《阅微草堂笔记·卷一·滦阳消夏录一》,上海:上海古籍出版社,2004年1月,第2页。
② (清)蒲松龄:《聊斋志异》,北京:人民文学出版社,2009年,第1141页。

人捧着许多烫面薄饼来卖,又有一篮子煮熟的牛肉。马二先生大喜,买了几十文饼和牛肉。就在茶桌子上尽兴一吃。①

面对西湖周边的山色,他也找不到合适的话来形容,只能从头脑中印象较深的《四书》等科举考试教材中找出:"真乃'载华岳而不重,振河海而不竭,万物载焉'!"②这几句不伦不类的话语来抒发感慨。

相比之下,《阅微草堂笔记》借助宗教文化力量更直接、彻底地揭露道学家的真面目,撕掉他们光鲜的外衣。如一则借僧人之口讽刺贪财的道学先生的故事:

> 肃宁有塾师,讲程朱之学。一日,有游僧乞食于塾外,木鱼琅琅,自辰逮午不肯息。塾师厌之,自出叱使去,且曰:"尔本异端,愚民或受尔惑耳。此地皆圣贤之徒,尔何必作妄想?"僧作礼曰:"佛之流而募衣食,犹儒之流而求富贵也,同一失其本来,先生何必定相苦?"塾师怒,自击以夏楚。僧振衣起曰:"太恶作剧。"遗布囊于地而去。意必复来,暮竟不至。扣之,所贮皆散钱。诸弟子欲探取。塾师曰:"俟其久而不来,再为计,然须数明,庶不争。"甫启囊,则群蜂垒涌,螫师弟面目尽肿,号呼扑救,邻里咸惊问。僧忽排闼入曰:"圣贤乃谋匿人财耶?"提囊径行,临出,合掌向塾师曰:"异端偶触忤圣贤,幸见恕。"观者粲然。③

僧人所言"佛之流而募衣食,犹儒之流而求富贵"一语道破了儒林的真实心态,也正如吴敬梓在《儒林外史》序中所写:

---

① (清)吴敬梓:《儒林外史·第十四回》,北京:人民文学出版社,1977年,第183页。
② 此语出自《中庸》,原句为"今夫地,一撮土之多,及其广厚,载华岳而不重"。大意是今天我们所说的地,原本不过是由一撮土一撮土聚积起来的,可等到它广博深厚时,承载像华山那样的崇山峻岭也不觉得重,容纳那众多的江河湖海也不会泄漏,世间万物都由它承载了。
③ (清)纪昀:《阅微草堂笔记·卷二·滦阳消夏录二》,上海:上海古籍出版社,2004年1月,第30页。

> 不过说人生富贵功名是身外之物。但世人一见了功名，便舍着性命去求他，及至到手之后，味同嚼蜡。自古及今，那一个是看得破的？①

不过，如果据此得出纪昀反道学、反科举，就误解他了。与蒲松龄、吴敬梓相比，纪昀并不反对科举考试，也不是完全反对程朱理学，他只是部分地修正理学。虽然他也对落第的士子们充满了同情，但对科举考试，纪昀的基本态度是肯定的、支持的。他的同情是带有鼓励的同情，因为纪昀的科举之路也并不是一帆风顺，正如他在《梁天池封翁八十序》中所述：

> 人自数岁受书，孰不期奋身功名耶？一挫于有司，愤矣；再挫，疑矣；数挫以后，悔而谢去者不知凡几。②

纪昀由己度人，对举业中沉浮的士子充满着同情。但他绝不是要反对科举考试，只是对科举考试存在的一些问题表示不满，如以宋儒的学术标准为标准：

> 自明以来，科举之说以朱子为断，然圣贤立训以垂教，非以资后人之辩说为语录记也。③

与之对应的是，纪昀虽然在《阅微草堂笔记》中多次对讲学家表示

---

① （清）吴敬梓：《儒林外史·第一回》，北京：人民文学出版社，1977年，第1页。
② （清）纪昀：《纪晓岚文集》，孙致中等校点，石家庄：河北教育出版社，1995年，第222页。
③ （清）永瑢：《四库全书总目提要·卷三十七·经部四书本义汇参条》，北京：中华书局，2003年，第307页。

不满，但只是对于宋儒空谈心性、主观臆断儒家经典的不满，并不是要反对理学。正如鲁迅在1934年，写了《买〈小学大全〉记》一文，说到纪昀攻击道学先生：

> 特别攻击道学先生，所以是那时的一种潮流，也就是"圣意"。我们所常见的，是纪昀总纂的《四库全书总目提要》和自著的《阅微草堂笔记》里的时时地排击。这就应和着这种潮流的，倘以为他秉性平易近人，所以憎恨了道学先生的邻刻，那是一种误解。①

客观来讲，纪昀更多地表现为开放的、发展的思维方式：

> 阿文勤公尝教昀曰："满腹皆书能害事，腹中竟无一卷书，亦能害事。国弈不废旧谱，而不执旧谱；国医不泥古方，而不离古方。故曰：'神而明之，存乎其人。'又曰：'能与人规矩，不能使人巧。'"②

纪昀反对食古不化，主张变通，积极为传统思想观念寻找道路，这是他先进的地方。

二　对儒林道德的讽刺

《阅微草堂笔记》对儒林道德的讽刺集中体现在士人耽于男色上。如《滦阳消夏录五》中记一个故事：

---

① 鲁迅：《买〈小学大全〉记》，《鲁迅全集》卷十五，北京：人民文学出版社，1981年，第627页。
② （清）纪昀：《阅微草堂笔记·卷三·滦阳消夏录三》，上海：上海古籍出版社，2004年1月，第43页。

海阳李玉典前辈言：有两生读书佛寺，夜方媟狎，忽壁上现大圆镜，径丈余，光明如昼，毫发毕睹。闻檐际语曰："佛法广大，固不汝嗔。但汝自视镜中，是何形状？"余谓幽期密约，必无人在旁，是谁见之？两生断无自言理，又何以闻之？然其事为理所宜有，固不必以子虚乌有视之。①

书生到佛寺本是为了读书，却在那里"夜方媟狎"，丑态现形于大圆镜中，真是对他们莫大的讽刺与批评。《儒林外史》中也有类似的情节，只是表现手法上与《阅微草堂笔记》故事有一些不同。

《儒林外史》第三十回《爱少俊访友神乐观 逞风流高会莫愁湖》中讲杜慎卿准备纳妾的同时，又对季苇萧倾吐求男色不得的苦闷，百般表白自己是"万斛愁肠，一身侠骨"。让人读起来颇感滑稽：

> 又吃了几杯酒，杜慎卿微醉上来，不觉长叹了一口气道："苇兄，自古及今，人都打不破的是个'情'字！"季苇萧道："人情无过男女。方才吾兄说非是所好。"杜慎卿笑道："长兄，难道人情只有男女么？朋友之情更胜于男女。你不看别的，只有'鄂君绣被'的故事。据小弟看来，千古只有一个汉哀帝要禅天下与董贤，这个独得情之正，便尧、舜揖让，也不过如此。可惜无人能解！"季苇萧道："是了，吾兄生平，可曾遇着一个知心情人么？"杜慎卿道："假使天下有这样一个人，又与我同生同死，小弟也不得这样多愁善病。只为缘悭分浅，遇不着一个知己，所以对月伤怀，临风洒泪！"季苇萧道："要这一个，还当梨园中求之。"杜慎卿道："苇兄，你这话更外行了！比如要在梨园中求，便是爱女色的，要于青楼中求一个情种，岂不大错？这事要相遇于心腹之间，相感于形骸之外，方是天下第

---

① （清）纪昀：《阅微草堂笔记·卷五·滦阳消夏录五》，上海：上海古籍出版社，2004年1月，第78页。

第⑤章
《阅微草堂笔记》志怪故事中宗教文化内容描写之特点

一等人。"又拍膝嗟叹道:"天下终无此一人。老天就肯辜负我杜慎卿万斛愁肠,一身侠骨!"说着,掉下泪来。①

后来季苇萧借来霞士戏弄杜慎卿,让他的如意算盘落了空,这其实也是吴敬梓的用此来警戒耽于男色的士子们。吴敬梓的劝诫手段是通过朋友间善意的玩笑完成的,纪昀则借助了神异的力量。

故事中"忽壁上现大圆镜"将儒生们的丑态暴露无遗,反映了中国人对镜子的神异功能的认识。在中国古人的意识中,镜子有许多神奇的力量,六朝志怪《洞冥记》、《拾遗记》,唐传奇中的《古镜记》、《原化记》以及《西游记》、《封神演义》中都提到了镜子,而且它的神奇功能不断被演绎着。

据传铜镜为黄帝所做,具有神奇的力量。《轩辕皇帝传》记载:

> 帝因铸镜以像之,为十五面,神镜宝镜也。②

《潜确居类书》云:

> 昔黄帝氏液金以作神物,于是为鉴,凡十有五,采阴阳之精,以取乾坤五五之数,故能与日月合神明,与鬼神通其意,以防魑魅,以祛疾病。③

后来,道教看中了镜子的神秘力量,将镜子作为重要的法器,突出它能照妖的特性,于是出现了照妖镜。如葛洪《抱朴子·内篇·登涉》

---

① (清)吴敬梓:《儒林外史·第三十回》,北京:人民文学出版社,1977年,第354页。
② 《通元真经注广黄帝本行记·轩辕黄帝传》,台北:台湾商务印书馆,1981年,第34页。
③ (明)陈仁锡:《潜确居类书》(明崇祯年间),北京:全国图书文献缩微中心,2000年,第117页。

记载：

> 又万物之老者，其精悉能假托人形，以眩惑人目而常试人，唯不能于镜中易其真形。是以古之入山道士，皆以明镜径九寸以上，悬于背后，则老魅不敢近。……初作人叫，死而成犬，余犬悉走，于是遂绝，乃镜之力也。①

此时还出现了镜子使得鬼魅无所遁形的故事，如《搜神后记》卷九"鹿怪"条：

> 淮南陈氏，于田中种豆，忽见二女子，姿色甚美，著紫缬襦青裙，天雨而衣服不湿。其壁先挂一铜镜，镜中见二鹿，遂以刀斫获之以为脯。②

《古镜记》中有鹦鹉现形的故事：

> 鹦鹉曰："辱公厚赐，岂敢忘德。然天镜一照，不可逃形。但久为人形，羞复故体，原缄于匣，许尽醉而终。"③

《阅微草堂笔记》中就有一些表现镜子能够现妖的故事，如《滦阳消夏录二》一则故事记：

> 舅氏健亭公，年十一二时，乘外祖他出，私往院中树下纳凉。

---

① （晋）葛洪：《抱朴子内篇校释》，北京：中华书局，1985年3月，第300页。
② （晋）陶潜：《搜神后记》，见史仲文《中国文言小说百部经典》，北京：北京出版社，2000年，第945页。
③ （隋）王度：《古镜记》，见史仲文编《中国文言小说百部经典》，北京：北京出版社，2000年，第3818页。

第⑤章
《阅微草堂笔记》志怪故事中宗教文化内容描写之特点

闻室内似有人行,疑外祖已先归,屏息从窗隙窥之。见竹椅上坐一女子,靓妆如画。椅对面一大方镜,高可五尺,镜中之影,乃是一狐。惧弗敢动,窃窥所为。女子忽自见其影,急起,绕镜,四围呵之,镜昏如雾。良久归坐,镜上呵迹亦渐消,再视其影,则亦一好女子矣,恐为所见,蹑足而归。①

纪昀很看重镜子的神异作用,所以安排"夜方媟狎"书生现形于镜子。故事里的镜子虽然照的不是妖怪,但是也继承了镜子的神异性,体现了镜子"鉴"的作用。

镜子除了具有神异作用外,同时也是佛教常用的意象,用很多独特的含义。如镜能照见人的罪恶,从而出现了"业镜"这个概念:

如是,故有鉴见照烛,如於日中,不能藏影。二习相陈,故有恶友、业镜、火珠,披露宿业,对验诸事。是故十方一切如来色目覆藏,覆同名阴贼;菩萨观覆如戴高山,履於巨海。②

镜像现三业,幻人化四衢。不住空边尽,当照有中无。不出空有内,未将空有俱。号之名折中,折中非言说。安付无处安,用行何能决。③

《阅微草堂笔记》的故事更多地体现了佛教中镜子这种反观自身、照见邪恶的含义。故事中提到的"忽壁上现大圆镜,径丈余,光明如昼,毫发毕睹",此情节与佛经也颇有渊源。"大圆镜"在佛经中是重要的意象,象征着高等的智慧和对佛法的认识。如《坛经》中记:

---

① (清)纪昀:《阅微草堂笔记·卷二·滦阳消夏录二》,上海:上海古籍出版社,2004年1月,第22页。
② 赖永海译注:《楞严经·卷八》,北京:中华书局,2010年5月,第308页。
③ (宋)释普济:《五灯会元·卷二》,北京:中华书局,1984年,第61页。

大圆镜智性清净,千等性智心无病,妙观察智见非功,成所作智同圆镜①教中云:"转前五识为成所作智,转第六识为妙观察智,转第七识为平等性智,转第八识为大圆镜智。"但转其名,而不转其体也。②

特别是《楞严经》中的一段记载与《阅微草堂笔记》的镜子情节非常相似:

虚空藏菩萨即从座起,顶礼佛足,而白佛言:"我与如来定光佛所得无边身。尔时,手执四大宝珠,照明十方微尘佛刹,化成虚空。又於自心现大圆镜,内放十种微妙宝光,流灌十方,尽虚空际;诸幢王刹,来入镜内,涉入我身,身同虚空,不相妨碍。身能善入微尘国土,广行佛事,得大随顺。此大神力,由我谛观:四大无依,妄想生灭,虚空无二,佛国本同,於同发明,得无生忍。佛问圆通,我以观察虚空无边,入三摩地,妙力圆明,斯为第一。"③

十三者,六根圆通,明照无二,含十方界,立大圆镜,空如来藏,承顺十方微尘如来,秘密法门,受领无失,能令法界无子众生,欲求女者,诞生端正、福德、柔顺、众人爱敬、有相之女。④

"大圆镜"象征着洞悉世间的力量,显现出了十方世界的异景。《阅微草堂笔记》中的故事继承了"大圆镜"这种反观自身、显现世间(包括丑恶)的作用。

那么,《阅微草堂笔记》何以要用"大圆镜"这种颇有佛教渊源的意象来警戒那些胡作非为的士人们呢,如果说纪昀借助佛教的力量(比如

---

① (唐)慧能:《坛经·机缘品》,赖永海主编,北京:中华书局,2010年5月,第118页。
② (唐)慧能:《坛经·机缘品》,赖永海主编,北京:中华书局,2010年5月,第106页。
③ 赖永海译注:《楞严经·卷五》,北京:中华书局,2010年5月,第201页。
④ 赖永海主编:《楞严经·卷六》,北京:中华书局,2010年5月,第213页。

果报轮回)等是为了对百姓起震慑作用,那么在这个故事中,为什么对文人士子这些并非"下愚"的人也采取这样的手段呢?

笔者认为,这种做法透露出来的信息是,传统儒学的力量已经无法惩罚书生媒狎之类的事件,只有借佛家力量来对此讽刺和劝诫。纪昀一直强调释道为儒之补,当儒家力量不足时只好来借助释道之力。

乾隆时代,作为儒学中坚力量的文人士大夫生活环境发生了较大改变,他们"中间已经形成了一种沉湎于'幸喜南风','狎优蓄童'的习惯"①。许多官宦、士人均"自以此为荣",并常常把此公之于众,见著于诗文之中,甚至以此来炫耀显赫的地位:

> 豪商富官,多蛊惑于优童,鲜有不瑕及者。②

不仅士林之风如此,当朝的乾隆皇帝也是如此。他要求近臣不仅要才华横溢、聪慧干练,而且要相貌俊美,秉具才子之风。相反,那些有学问的名臣仅仅因为外表不好看,而得不到重用,比如纪昀自己,满腹经纶,但其人身广体肥,外表不好,不甚得乾隆帝欢心。正如著名史学家邓之诚先生所说:

> 于时大臣向用,颇以貌取,文达貌寝短视,且江北人,故不为纯帝所喜。一时若翁草溪、朱竹君、王兰泉、邹一桂皆不得入仕,际遇颇相似,纯帝所许为明敏之才,率外擢督抚。若于文襄、梁文定、董文恭皆以弄臣蓄之。③

---

① 冯佐哲:《试析乾隆朝官宦、士人风气之嬗变》,《中国社会科学院研究生院学报》2002年第2期。
② (清)佚名:《燕京杂记》,《北京历史风土丛书第一辑》,北京:北京古籍出版社,1986年版,第129页。
③ 邓之诚:《骨董琐记》卷三《乾隆时侍从之臣》,邓锐整理,北京:中华书局,2008年,第109页。

上行下效,于是一股娈童之风刮遍朝野,当时的情况是:

> 娈童割袖之风盛行于今,执役无俊仆,皆以为不韵;脩酒无歌童,便为不欢。①

以致形成了在京师文化娱乐界中,只"有歌童而无名妓"的局面。赵翼对此评价道:

> 京师梨园中有色艺者,士大夫往往与相狎。②

仕宦、绅士们在聚会行乐时,常常离不开男优、娈童的陪伴,甚至有人把此作为一种显示自己身份、地位的标志,不以为耻,反以为荣。更有很多自诩为儒士的文坛才俊、士人富商沉湎于此不能自拔,传统的儒学力量似乎无法控制这一局面:作为长期浸润于儒学当中的士人,当然不会从儒家经典中找到束缚自己的条文。纪昀作为一个正直的儒者,痛心于士风如此颓落,便借助儒学之外的佛的威力震慑士人,希望他们从此警醒。

纪昀不仅用"大圆镜"来直白地揭露士人们,还用佛理劝说之。如《滦阳消夏录三》中也记载了书生狎弄娈童的故事:

> 有书生嬖一娈童,相爱如夫妇。童病将殁,凄恋万状,气已绝,犹手把书生腕,擘之乃开。后梦寐见之,灯月下见之,渐至白昼亦见之,相去恒七八尺。问之不语,呼之不前,即之则退却。缘是悒悒成心疾,符箓劾治无验。其父姑令借榻丛林,冀鬼不敢入佛地。至则见如故。一老僧曰:"种种魔障,皆起于心。果此童耶? 是心

---

① (清)柴桑:《京师偶记》,上海:上海著易堂,清光绪十一年,1891年,第78页。
② (清)赵翼:《檐曝杂记》卷二,《梨园色艺》,北京:中华书局1982年版,第37页。

第⑤章
《阅微草堂笔记》志怪故事中宗教文化内容描写之特点

所招;非此童耶?是心所幻。但空尔心,一切俱灭矣。"又一老僧曰:"师对下等人说上等法,渠无定力,心安得空?正如但说病证,不疏药物耳。"因语生曰:"邪念纠结,如草生根,当如物在孔中,出之以楔,楔满孔则物自出。尔当思惟。此童殁后,其身渐至僵冷,渐至洪胀,渐至臭秽,渐至腐溃,渐至尸虫蠕动,渐至脏腑碎裂,血肉狼藉,作种种色。其面目渐至变貌,渐至变色,渐至变相如罗刹,则恐怖之念生矣。再思惟此童如在,日长一日,渐至壮伟,无复媚态,渐至鬑鬑有须,渐至修髯如戟,渐至面苍黧,渐至发斑白,渐至两鬓如雪,渐至头童齿豁,渐至伛偻劳嗽,涕泪涎沫,秽不可近,则厌弃之念生矣。"①

用佛家"色空"观念来劝说士人,希望他能生厌弃之念,彻底远离娈童。纪昀花如此力气劝说士人,搬用佛家业镜,等等都表明了作为文坛领袖对于士子们耽于玩乐的痛心和急切规劝之意。

此外,纪昀还对于士林中只知吃喝享乐的风气颇为反感,借狐之口加以讽刺:

次日楼前飘堕一帖云:"仆虽异类,颇悦诗书,雅不欲与俗客伍。此宅数十年皆词人栖息,惬所素好,故挈族安居。自兰坡先生恝然舍我,后来居者,目不胜狙侩之容,耳不胜歌吹之音,鼻不胜酒肉之气。迫于无奈,窜迹山林。今闻先生山疆之季子,文章必有渊源,故望影来归,非期相扰。自今以往,或检书獭祭,偶动芸签;借笔鸦涂,暂磨鸲鸟眼。此外如一毫陵犯,任先生诉诸明神。愿廓清襟,勿相疑贰。"末题"康默顿首"。从此声息不闻矣。②

---

① (清)纪昀:《阅微草堂笔记·卷三·滦阳消夏录三》,上海:上海古籍出版社,2004年1月,第38页。
② (清)纪昀:《阅微草堂笔记·卷八·如是我闻二》,上海:上海古籍出版社,2004年1月,第132页。

通过狐之口，人们看到士子们每天的状态就是"龌龊之容，歌吹之音，酒肉之气"。连狐狸都不愿与之为伍，真是莫大的讽刺。面对这样的情形，让人不禁想到了《儒林外史》第十二回《名士大宴莺脰湖 侠士虚设人头会》中对于文人聚会之情形：

> 席间八位名士，带挈杨执中的蠢儿子杨老六，也在船上，共合九人之数。当下牛布衣吟诗，张铁臂击剑，陈和甫打哄说笑，伴着两公子的雍容尔雅，蘧公孙的俊俏风流，杨执中古貌古心，权勿用怪模怪样，真乃一时胜会！……两边岸上的人，望若神仙，谁人不羡？游了一整夜。①

聚会中众人的丑态，读了让人心生厌恶。正如惺园退士对《儒林外史》高超的讽刺艺术做出的评价：

> 摹绘世故人情，真如铸鼎像物，魑魅魍魉毕现幅尺。②

《儒林外史》中几次宴会的集中描写恰是对《阅微草堂笔记》简单描述的补充，后者则借狐言鬼语表示了对这些人讽刺之意，是对前者故事的评论和概括，正好可以两相对照来看。

纪昀和吴敬梓，他们都用敏锐的眼光看到了当时儒林存在的普遍问题。《阅微草堂笔记》描摹的是鬼世界的人，《儒林外史》叙述的是人世间的鬼。

比纪、吴二人晚出的俞樾在《春在堂随笔》中也描述了士子们读书的现状，令人担忧：

---

① （清）吴敬梓：《儒林外史·第十二回》，北京：人民文学出版社，1977 年，第 158 页。
② 丁锡根：《中国历代小说序跋集》，北京：人民文学出版社，1996 年，第 1684 页。

第5章
《阅微草堂笔记》志怪故事中宗教文化内容描写之特点

> 宋于庭先生翔凤,尝与余言:近日士子,不读经书,不通经义。有学者使以"多闻阙疑"命题,一生文中,用"所闻异辞"、"所传闻异辞"二语,居然高等。彼殆不知"异辞"做何解也。①

三 对官吏的讽刺

《阅微草堂笔记》中对官吏的讽刺是比较有特色的一部分,对官场透彻的分析,是其他同类作品中所没有或少有的,这与纪昀半生为官,对官场内幕了然于胸有很大关系,写起来不仅顺手拈来,而且往往攻其根本,一针见血。

> 沧州刘士玉孝廉,有书室为狐所据,白昼与人对语,掷瓦石击人,但不睹其形耳。知州平原董思任,良吏也,闻其事,自往驱之。方盛陈人妖异路之理,忽檐际朗言曰:"公为官颇爱民,亦不取钱,故我不敢击公。然公爱民乃好名,不取钱乃畏后患耳,故我亦不避公。公休矣,毋多言取困。"董狼狈而归,咄咄不怡者数日。②
>
> 献县令明晟,应山人。尝欲申雪一冤狱,而虑上官不允,疑惑未决。儒学门斗有王半仙者,与一狐友,言小休咎多有验,遣往问之。狐正色曰:"明公为民父母,但当论其冤不冤,不当问其允不允。独不记制府李公之言乎?"③

还有借道士之口说出的一段话,既集中体现了纪昀对于官场的认

---

① (清)俞樾:《春在堂随笔》卷四,上海:上海文明书局,中华民国十一年八月,第2页。
② (清)纪昀:《阅微草堂笔记·卷一·滦阳消夏录一》,上海:上海古籍出版社,2004年1月,第1页。
③ (清)纪昀:《阅微草堂笔记·卷一·滦阳消夏录一》,上海:上海古籍出版社,2004年1月,第4页。

识，也是他的为官之道：

> "一身之穷达，当安命，不安命则奔竞排轧，无所不至。不知李林甫、秦桧，即不倾陷善类，亦作宰相，徒自增罪案耳。至国计民生之利害，则不可言命。天地之生才，朝廷之设官，所以补救气数也。身握事权，束手而委命，天地何必生此才，朝廷何必设此官乎？"晨门曰："是知其不可而为之。诸葛武侯'鞠躬尽瘁，死而后已。成败利钝，非所逆睹。'此圣贤立命之学，公其识之。"①

这些话语全部假狐鬼或僧道之口，原因不言自明，宗教文化内容的介入给了纪昀更大的创作空间，使故事中反映的问题更接近真实。

和《儒林外史》比较起来，《阅微草堂笔记》故事中讽刺多了一份劝惩的苦口婆心。有时甚至是带有恐吓性质的劝惩：

> 宏恩寺僧明心言：上天竺有老僧，尝入冥。见狰狞鬼卒，驱数千人在一大公廨外，皆裸衣反缚。……吏曰："诸天魔众，皆以为粮。如来运大神力，摄伏魔王，皈依五戒。魔众食人，如人食谷。……其最为民害者，一曰吏，一曰役，一曰官之亲属，一曰官之仆隶。是四种人，无官之责，有官之权。官或自顾考成，彼则惟知牟利，依草附木，怙势作威，足使人敲髓洒膏，吞声泣血。四大洲内，惟此四种恶业至多。"②

在这个故事中，纪昀并非真的把重点放在"魔王食人"上，他其实是为了规范官员的行为，种种冥界可怕场景也是完成惩罚的手段之一。

---

① （清）纪昀：《阅微草堂笔记·卷一·滦阳消夏录一》，上海：上海古籍出版社，2004年1月，第4页。

② （清）纪昀：《阅微草堂笔记·卷六·滦阳消夏录六》，上海：上海古籍出版社，2004年1月，第89页。

"其最为民害者,一曰吏,一曰役,一曰官之亲属,一曰官之仆隶。是四种人,无官之责,有官之权"。分明是针砭时弊之语,已经不限于劝诫,而是直接言明的谴责了。

此外,还有对吝啬鬼的描写,这部分虽然和宗教文化内容没有直接关系,但描写得也非常精彩,故简单列出。

> 姚安公言:有孙天球者,以财为命,徒手积累至千金,虽妻子冻饿,视如陌路,亦自忍冻饿,不轻用一钱。病革时,陈所积于枕前,一一手自抚摩,曰:"尔竟非我有乎?"呜咽而殁。①

通过"亦自忍冻饿,不轻用一钱"、"病革时,陈所积于枕前,一一手自抚摩"这些细节来表现吝啬鬼的形象,让人想起《儒林外史》中的著名的严监生灭灯捻故事。而且,孙天球似乎更加吝啬,自己和家人深受冻饿之苦,尚不肯用一钱,描写和讽刺力度不输《儒林外史》。

总体来看,虽然《阅微草堂笔记》和《儒林外史》有一些相似的艺术手法,但是,纪昀坚持儒家的道德规范和准则,《阅微草堂笔记》充分表现了他的儒家本位的思想价值观。鬼神等奇异事件都是为之服务的,宗教文化因素是为了实实在在表现这种儒家传统而设的。从这一点上说,《阅微草堂笔记》与《儒林外史》还是有差距的。

---

① (清)纪昀:《阅微草堂笔记·卷五·滦阳消夏录五》,上海:上海古籍出版社,2004年1月,第75页。

第  章　《阅微草堂笔记》志怪特色比较研究

没有比较就体现不出差别，只有与同类作品比较才能凸显出研究对象的特色。故本章为《阅微草堂笔记》志怪特色比较研究，主要比较对象是《聊斋志异》。《阅微草堂笔记》与《聊斋志异》的一些故事中涉及相似的志怪文化内容，且情节也较为相似，有较大可比性。但两者写作手法、叙事目的有很大差异，宗教文化内容在志怪故事的表现也很不同，如描写方法，在故事中的地位、作用等等，较有可比性。通过这种比较能够为研究者理解当时的宗教文化、文学作品提供更为广阔的视角，也体现出了纪昀和蒲松龄两位不同身份、不同地位的作家面对相似的创作题材不同的处理方法。

需要指出的是，学界对于《阅微草堂笔记》和《聊斋志异》中"狐"描写的比较研究已经很多，本章就不再赘述了①。把重点放在比较其他宗教文化因素描写上，比较突出的有"画壁"故事，冥诉故事等。

---

① 详情可见单篇论文吴波《〈阅微草堂笔记〉狐形象的文化意蕴及其审美特征》,《明清小说研究》2005 年第 2 期，周明华《说"狐"以〈阅微草堂笔记〉为中心》,《江西财经大学学报》2004 年第 3 期。等等

第❻章 《阅微草堂笔记》志怪特色比较研究

第一节 "画壁"故事的比较

一 "画壁"故事的文学性比较

《阅微草堂笔记》和《聊斋志异》中都记载了一个"画壁"的故事,同是借助佛教中的散花天女讲述其与凡人相遇的故事,故事的结局却迥然不同,宗教文化内容在其中的作用也不尽相同。

先来看《阅微草堂笔记》中的故事:

> 田白岩言:有士人僦居僧舍,壁悬美人一轴,眉目如生,衣裙飘扬如动。士人曰:"上人不畏扰禅心耶?"僧曰:"此天女散花图,堵芬木画也。在寺百余年矣,亦未暇细观。"一夕,灯下注目,见画中人似凸起一二寸。士人曰:"此西洋界画,故视之若低昂,何堵芬木也。"画中忽有声曰:"此妾欲下,君勿讶也。"士人素刚直,厉声叱曰:"何物妖鬼敢媚我!"遽掣其轴,欲就灯烧之。轴中絮泣曰:"我炼形将成,一付祝融,则形消神散,前功付流水矣。乞赐哀悯,感且不朽。"僧闻扰,亟来视。士人告以故。僧憬然曰:"我弟子居此室,患瘵而死,非汝之故耶?"画不应,既而曰:"佛门广大,何所不容。和尚慈悲,宜见救度。"士怒曰:"汝杀一人矣,今再纵汝,不知当更杀几人。是惜一妖之命,而戕无算人命也。小慈是大慈之贼,上人勿吝。"遂投之炉中。烟焰一炽,血腥之气满室,疑所杀不止一

僧矣。①

故事讲述了寄居佛寺的妖物凭借天女散花图杀害凡人,士人揭穿其真面目,并警诫天下士人。再来看《聊斋志异》中的《画壁》故事:

> 江西孟龙潭,与朱孝廉客都中。偶涉一兰若,殿宇禅舍,俱不甚弘敞,惟一老僧挂褡其中。见客入,肃衣出迓,导与随喜。殿中塑志公像,两壁画绘精妙,人物如生。东壁画散花天女,内一垂髫者,拈花微笑,樱唇欲动,眼波将流。朱注目久,不觉神摇意夺,恍然凝思;身忽飘飘,如驾云雾,已到壁上。见殿阁重重,非复人世。一老僧说法座上,偏袒绕视者甚众。朱亦杂立其中。少间,似有人暗牵其裾。回顾,则垂髫儿,䩄然竟去。履即从之,过曲栏,入一小舍,朱次且不敢前。女回首,摇手中花,遥遥作招状,乃趋之。舍内寂无人,遽拥之,亦不甚拒,遂与狎好。既而闭户去,嘱勿咳。夜乃复至,如此二日。女伴觉之,共搜得生,戏谓女曰:"腹内小郎已许大,尚发蓬蓬学处子耶?"共捧簪珥,促令上鬟。女含羞不语。一女曰:"妹妹姊姊,吾等勿久住,恐人不欢。"群笑而去。生视女,髻云高簇,鬟凤低垂,比垂髫时尤艳绝也。四顾无人,渐入猥亵,兰麝熏心,乐方未艾。忽闻吉莫靴铿铿甚厉,缧锁锵然;旋有纷嚣腾辨之声。女惊起,与生窃窥,则见一金甲使者,黑面如漆,绾锁挈槌,众女环绕之。使者曰:"全未?"答言:"已全。"使者曰:"如有藏匿下界人,即共出首,勿贻伊戚。"又同声言:"无。"使者反身鹗顾,似将搜匿。女大惧,面如死灰,张皇谓朱曰:"可急匿榻下。"乃启壁上小扉,猝遁去。朱伏,不敢少息。俄闻靴声至房内,复出。未几,烦喧渐远,心稍安;然户外辄有往来语论者。朱局蹐既久,觉耳际蝉鸣,

---

① (清)纪昀:《阅微草堂笔记·卷二十三·滦阳续录五》,上海:上海古籍出版社,2004年1月,第469页。

目中火出,景状殆不可忍,惟静听以待女归,竟不复忆身之何自来也。时孟龙潭在殿中,转瞬不见朱,疑以问僧。僧笑曰:"往听说法去矣。"问:"何处?"曰:"不远。"少时,以指弹壁而呼曰:"朱檀越何久游不归?"旋见壁间画有朱像,倾耳伫立,若有听察。僧又呼曰:"游侣久待矣!"遂飘忽自壁而下,灰心木立,目瞪足耎。孟大骇,从容问之。盖方伏榻下,闻扣声如雷,故出房窥听也。共视拈花人,螺髻翘然,不复垂髫矣。朱惊拜老僧,而问其故。僧笑曰:"幻由人生,贫道何能解!"朱气结而不扬,孟心骇叹而无主。即起,历阶而出。①

故事讲述了朱孝廉与图画中散花天女的离合,表现了凡人向往奇遇的美好愿望和幻境消失的怅然之情。

先来看两个故事的相同之处:都凭借佛教故事题材来构成故事,而且在故事中强调图画的真实性。

在两个故事中占有重要戏份的天女散花本身就是佛教故事,来自《维摩经·观众生品》

> 时,维摩诘室有一天女,见诸大人闻所说法,便现其身,即以天华散诸菩萨、大弟子上。华至诸菩萨即皆堕落,至大弟子便著不堕。一切弟子神力去华,不能令去。……天曰:"……结习未尽,故华著身,结习尽者华不著身。"②

本来这个故事重点是为了说明习佛法得与未得的,但是天女散花这个美丽的场景给予了小说作者丰富的想象空间,于是形成了天女走下画中与士人相遇的故事。善于描摹的蒲松龄,更是把情节叙述得细

---

① (清)蒲松龄:《聊斋志异》,北京:中华书局,2009年,第15页。
② (后秦)鸠摩罗什译:《维摩诘所说经》,赖永海主编《佛教十三经》,北京:中华书局,2011年5月,第151页。

节毕现。纪、蒲二人都将"画中人复活"和天女散花图结合在了一起,这种画中人与凡人相遇的故事,在唐传奇中已有:

> 唐进士赵颜,于画工处得一软障,图一妇人甚丽。颜谓画工曰:"世无其人也,如何令生,某愿纳为妾。"画工曰:"余神画也,此亦有名,曰真真。呼其名百日,昼夜不歇,即必应之。应则以百家彩灰酒灌之,必活。"颜如其言,遂呼之白日,昼夜不止。乃应曰:"诺。"急以百家彩灰酒灌,遂活。下步言笑,饮食如常。曰:"谢君召妾,妾愿事箕帚。"终岁,生一儿,几年两岁,友人曰:"此妖也,必与君为患! 余有神剑,可斩之。"其夕,乃遗颜剑。剑才及颜室,真真乃泣曰:"妾南岳地仙也,无何为人画妾之形,君又呼妾名,既不夺君愿。君今疑妾,妾不可往。"言旋,携子却上软障,呕出所饮百家彩灰酒。睹其障,唯添一孩子,皆是画焉。①

关于"画妖"的故事,已经有学者从母题的角度初步研究过②,并且可以追溯到民间故事的类型即"英雄爱上画像中的女子"③。《阅微草堂笔记》、《聊斋志异》在不同程度上继承了唐传奇这个故事的情节,有一定相似性。但《阅微草堂笔记》和《聊斋志异》都把佛教的因素加了进来。这样做有两个好处:(一)故事发生环境非常明确。把读者带到佛寺这个特定的场景中,增加了故事的神秘性、戏剧性,富有传奇色彩,突出作品志怪的特征。(二)天女散花图是读者比较熟悉的意象,一看到这个意象,读者头脑中能够浮现出天女散花的美妙场景,有意象暗指的作用。这种固定意象的重要作用正如语言学家们对其评价的一样:

---

① 李昉等编:《太平广记》卷二八六引《闻奇录·画工》,北京:中华书局,1979年,第2283页。
② 王立:《图画崇拜与画中人母题的佛经渊源及仙话意蕴》,《南开学报》(哲学社会科学版)2008年第3期。
③ [美]丁乃通:《中国民间故事类型索引》,北京:中国民间文艺出版社,1986年,第314页。

在已经形成的约定联系的基础上,个人却可以根据能指和所指之间的自然关系而创造新的联系方式,例如隐喻、换喻等等,这种新成立的约定方式,在符号学中被称为有机的约定,实际上是一种主观色彩很强的编码方式。①

由于天女散花的形象为百姓熟悉,读者看到这个意象后头脑中主动地进行了这种"编码方式"。从而使读者更容易进入到小说作者设定的情境中,也便于作者细致描绘,突出仙凡相遇的主题。相较之下,唐传奇和其他画妖故事中"图一妇人甚丽"、"甚美"之类的话语就缺乏具体描述,显得有些空洞,难以把握,容易给人留下千篇一律的感觉。

此外,《阅微草堂笔记》和《聊斋志异》的"画壁"故事都强调图画的肖似:"壁悬美人一轴,眉目如生","两壁画绘精妙,人物如生。东壁画散花天女,内一垂髫者,拈花微笑,樱唇欲动,眼波将流。"追求图画高度的相似性,这种审美观从早期的中国画论中就有了,《历代名画记》记载:

> 颜光禄曰:"图载之意有三:一曰图理,卦象是也;二曰图识,字学是也,三曰图形,绘画是也。最后者最为肖似。"②

陆机也说:

> "宣扬莫善于言,存形莫善于画。"③

追求图画肖似的文化心理,再加上小说家丰富的想象力,成为"画

---

① 夏之放:《文学意象论》,汕头:汕头大学出版社,1993年12月,第205页。
② (唐)张彦远:《历代名画记》,南京:江苏美术出版社,2007年,第44页。
③ (唐)张彦远:《历代名画记》,南京:江苏美术出版社,2007年,第2页。

中人复活"的必要条件。这说明在观览绘画的过程中审美主体"自然而然产生的心理反应,尽管是道德感奋所诉诸的一种审美效应,毕竟要以图画的形神俱似为前提"①。

纪昀更为强调画像在肖似基础上"成妖",他在《槐西杂志二》中的一则故事表述对图画成妖的认识:

> 霍养仲言:一旧家壁悬仙女骑鹿图,款题赵仲穆,不知确否也。每室中无人,则画中人缘壁而行,如灯戏之状。……古书所谓画妖,疑皆有物凭之耳。后见林登《博物志》载北魏元兆,捕得云门寺画妖……画妖对曰:"形本是画,画以象真,真之所示,即乃有神。况所画之上,精灵有凭可通。"②

纪昀和蒲松龄不约而同地强调图画的写实性,又融合进了为读者熟悉的佛教因素,使故事富有表现力。

但是,《阅微草堂笔记》和《聊斋志异》"画壁"故事比较来说,更多的是不同的地方:首先是文学性表现上的差别,《阅微草堂笔记》"殊不愿意描头画角",不太注意细腻的描摹。出场人物只有三个,对于人物形象只寥寥数语便描绘完毕,情节简单,细节只有妖怪自画中走下,衣服凸显痕迹这一处。此处细节描写突出体现了纪昀追求实录的写作手法,要把妖怪的种种行为坐实,为之找到根据。

《阅微草堂笔记》故事侧重的是人物之间的对话。故事的重要情节——妖怪杀人,是通过寺僧与士人之间的对话揭露出来的。人物形象的刻画也都靠语言,比如士人的厉声叱曰:"何物妖鬼敢媚我!"表现了他的刚直、正义;寺僧的话语表现了他的糊涂;妖怪乞怜的话语则暴

---

① 王立:《图画崇拜与画中人母题的佛经渊源及仙话意蕴》,《南开学报》(哲学社会科学版)2008 年第 3 期。
② (清)纪昀:《阅微草堂笔记·卷十二·槐西杂志二》,上海:上海古籍出版社,2004 年 1 月,第 254 页。

露了它的狡猾、残忍。

　　相比之下,《聊斋志异》的"画壁"故事文学性更强:情节离奇,充满了想象力,人物刻画细腻。主人公朱孝廉看到美丽的天女后"不觉神摇意夺,恍然凝思;身忽飘飘,如驾云雾",自己到了画壁上与意中人相聚。先后被天女、金甲使者发现,最后被老僧的断喝警醒,"遂飘忽自壁而下,灰心木立,目瞪足耎",完成了这样一个怅然结束的爱情故事。

　　蒲松龄非常注意铺陈渲染,细致地描绘了朱孝廉被天女发现,以及担心被金甲使者发现狼狈躲入床下的情形。特别是前一个场景:"女伴觉之,共搜得生,戏谓女曰:'腹内小郎已许大,尚发蓬蓬学处子耶?'共捧簪珥,促令上鬟。女含羞不语。一女曰:'妹妹姊姊,吾等勿久住,恐人不欢。'群笑而去。"把天女们描写得很有生活气息,仿佛人间的姐妹一样,其中也融入了作家的生活体验和平时对生活的观察。

　　铺陈和细节描写的运用使得整个故事饱满、完整,颇具观赏性。结局"共视拈花人,螺髻翘然,不复垂髫矣"。这个细节继承了唐传奇"画妖"故事的结尾,这样亦真亦幻的结局,不仅让人惊奇,也生出无限怅惘之情。

　　单从叙事来看,纪昀在文学创作上还没有认识到形象的重要性,虽然他也曾无意中塑造过很多成功的形象,但没有"诉诸感观的形象"[①],不管怎样说,这是有悖艺术规律的,因而作品不免苍白。而蒲松龄的作品中,注重人物的刻画,能够"使活生生的人物站立起来,在读者面前尽可能自然地演出人间的喜剧"[②]。造成这种不同的结果,恐怕与二者小说观不同有很大关系:纪昀求实,蒲松龄爱奇;纪昀尚简淡,蒲松龄喜绘饰。

---

　　① [德]黑格尔:《美学·叙论——对广大美的领域的尖端叙述》,朱光潜译,北京:人民日报出版社,2005年,第25页。
　　② [法]左拉:《论自然主义》,燕晓冬编译,呼和浩特:远方出版社,2005年,第124页。

二 宗教文化内容在其中的不同作用

由于二者的文学性表现的手法不同,宗教文化内容在其中也不尽相同。《阅微草堂笔记》中,天女的形象是丑恶的,反面的,是人间恐怖的妖怪形象;《聊斋志异》中,天女的形象是美好的,正面的,是人间纯洁真挚感情的象征。相同的佛教因素在《阅微草堂笔记》中是警戒世人的"反面教材",在《聊斋志异》中则是成就爱情佳话的素材,且最后老僧的一番话更是有"堪破幻境"的佛理意味。

需要注意的是,《阅微草堂笔记》画壁故事的重点绝非描绘儿女情事,佛教因素在里面表现得非常现实和沉重,没有《聊斋志异》白日做梦般设想的美妙场景,虽然缺少浪漫,却带着一种涉世颇深的智慧和经验,警醒士人。故事中的佛寺并不是美妙故事发生的场景,而是豢养妖怪的场所,竟无人知晓。佛寺本是人间的庇护所,却成了妖怪藏身的地方,纪昀似乎很乐意写佛寺藏妖,在《阅微草堂笔记》其他故事中多有此类记载,以此比喻外部世界的险恶。

这种寺内藏妖的故事在其他文言小说中也多有反映。明初瞿佑的《剪灯新话》中《太虚司法传》的故事已经有寺中佛像为妖的故事,故事写主人公冯大异不相信妖怪之说,招致群妖捉拿,仓皇出逃遇佛像妖,差点被当为"点心"的场景:

> 遇一废寺,急入投之,东西廊皆倾倒,惟殿上有佛像一躯,其状甚伟。见佛背有一穴,大异计穷,窜身入穴,潜于腹中,自谓得所托,可无虞矣。忽闻佛像鼓腹而笑曰:"彼求之而不得,吾不求而自至,今夜好顿点心,不用食斋也!"即振迅而起,其行甚重,将十步许,为门限所碍。蹶然仆地,土木狼籍,胎骨糜碎矣。大异得出,犹

自言曰:"胡鬼弄汝公,反自掇其祸矣!"即出寺而行。①

当然,瞿佑和纪昀是利用佛寺藏妖来比喻环境的混乱和险恶,虽然纪昀并不一定相信鬼怪实有②,但他利用狐鬼尽量真实地反映当时的生活环境,不虚美,不隐恶,也没有将虚无缥缈的理想寄托于此,显得别有风格。

相比之下,《聊斋志异》中的"画壁"故事显得浪漫多了,宗教意味更浓厚些,借朱孝廉的奇遇希望世人能够堪破幻境,营造一种悟道的氛围。后人亦多此评价,如何守奇评价这篇故事是:

> 此篇多宗门语,至"幻由人生"一语,提撕殆尽。志内诸幻境皆当作如是观。但明伦评:有眼界,遂有意识,即有挂碍;而恐怖远离,颠倒梦想,相因而生。我心自动,我不自解,而谓他人能解乎?然"幻由人生"一语,已是不解之解。且是真解,且是妙解。解此则色相皆空,不生不灭,不垢不净,不增不减,所谓无智亦无碍也。昔五祖说《金刚经》,至"应无所住而生其心"句,六祖言下大悟,乃言:"何期自性,本自清静;何期自性,本不生灭;何期自性,本自具足;何期自性,本无动摇;何期自性,能生万法。识得此心,妙湛圆寂,不泥方所,本无所生"云云。以知悟道不在多言。惜朱之闻妙谛而不解也!③

除了表现这种"宗门语",蒲松龄似乎更愿意细致地描写仙凡相遇的美好情形。

---

① (明)瞿佑:《剪灯新话》,见史仲文编《中国文言小说百部经典》,北京:北京出版社2001年,第7876页。
② 目前学界关于纪昀是否相信鬼神存在两种观点,一种是纪昀相信鬼神存在,另一种认为纪昀持矛盾的鬼神观,笔者倾向后一种。
③ 张友鹤辑校:《聊斋志异会校、会注、会评本》,北京:人民文学出版社,1988年,第47页。

总之,纪昀把志怪小说当作现实的真实反映,蒲松龄则更多地寄寓了自己那些难以实现的美好的人生理想,特别是他的人生多数时间都处在孤独、苦闷的岁月中。

此外,纪、蒲二人的文学审美观的差异也导致了宗教文化内容在两部作品中的不同表现。纪昀强调实录:

> 小说既述见闻,即属叙事,不必戏场关目,随意装点,令燕昵之词,蝶狎之态。细微曲折,摹绘如生,使出自言,似无此理,使出作者代言,则又何从闻见之?又所未解也。①

而蒲松龄则是把平日的才华和想象力淋漓尽致地发挥在《聊斋志异》的创作中。恰如鲁迅的评价:

> 描写委曲,叙次井然,用传奇法,而以志怪……偶述琐闻,亦多简洁。②

蒲松龄认为像传奇那样奇幻瑰丽的想象和生动细致的描写,这样才是美的,故俞樾对其风格评价为

> 然《聊斋》藻绘,不失为古艳。③

与"古艳"的《聊斋志异》相比,《阅微草堂笔记》受到求实审美观的影响更大。为了"求实"的创作风格,纪昀在写作《阅微草堂笔记》中即使遇到发挥余地很大的鬼神、怪异故事,也坚持用一种记史的态度描

---

① (清)纪昀:《阅微草堂笔记·卷十八·姑妄听之四盛跋》,上海:上海古籍出版社,2004年1月,第411页。
② 鲁迅:《中国小说史略》,上海:上海古籍出版社,2008年,第156页。
③ (清)俞樾:《春在堂随笔》卷八,上海:上海文明书局,中华民国十一年八月,第3页。

写。故事中没有渲染，没有绘饰，似乎只有这样，才能使所记更显得像生活事实那样真实可靠，也更加符合他对小说的认识和主张。尽可能地接近现实，纪昀认为这才是美的。

虽然，这样的创作态度导致《阅微草堂笔记》中的"画壁"故事文学性表现得不是很充分，但它透露给了我们其他一些文化信息和文化心理，也比较有价值。《阅微草堂笔记》中"画壁"故事的结局是，为害多时的画妖被士人用火烧死："烟焰一炽，血腥之气满室。"透露出火能化物（驱除妖魔）的认识，也是中国人对崇尚火的文化心理的表现。

火，在中国古代，是一个较早为人认识的自然现象和具毁灭性的自然力。在长期的生产生活中，古人认识到火既有积极的作用又有不利的影响，对火形成了一种又敬又畏的心理，逐渐形成对火的崇拜。火被用于祭祀、卜筮和驱邪等方面，同时火也被用来解释世界的起源，这就构成了中国古代特有的精神思想文化。《尚书·洪范》称：

五行，一曰水，二曰火，……火曰炎上。①

"火"在中国人心目中有如此重要的地位，人们造出一个火神来表示敬畏、崇拜之情，人称火神名"回禄"。《左传·昭公十八年》就写道子产令郊人"禳火于玄冥、回禄"②。

同时火又被用于祭祀、卜筮和驱邪祈福，《说文》中与这有关的字有"燔、爇、爕、焌、炰、焫、煒、燋、照"③等。如《国语》中有：

禋郊之事，则有全烝。④

---

① （唐）孔颖达：《尚书正义》，《四部丛刊》，上海：上海书店，1985年，第15页。
② （春秋）左丘明：《春秋左传诂》，洪亮吉释，北京：中华书局，1987年，第731页。
③ （清）段玉裁：《说文解字注》，北京：中华书局，1984年，第67页。
④ 李维琦点校：《国语·周语中》，长沙：岳麓书社，2006年，第15页。

由于火有这种神奇的力量，人们认为，火能够烧掉一切神奇的东西，包括邪恶的和仙异之物，刘熙曾在《释名》称：

> 火，化物也，亦言毁也，物入即皆毁坏也。①

《聊斋志异》中《巩仙》故事中即有烧掉"天衣"的记载：

> 末有织女来谒，献天衣一袭，金彩绚烂，光映一室。王意其伪，索观之，道士急言："不可！"王不听，卒观之，果无缝之衣，非人工所能制也。道士不乐曰："臣竭诚以奉大王，暂而假诸天孙，今则浊气所染，何以还主乎？"……道士以衣置火烧之，然后纳诸袖中，再搜之，则已无矣。②

《阅微草堂笔记》故事中的士人用火烧死画妖，正是长期浸润在火能化神奇之物（妖物）的文化心理中自然而然的表现。

此外，《阅微草堂笔记》中的这个故事更富有时代气息，如"西洋界画"一词的出现。"界画"——因为作画时使用界尺引线而得名。界画在古代称作"屋木"，又称"宫室"，亦名"楼阁"或"楼台"，在绘制建筑物时需用界尺画线，用以表现造型严谨、结构精密的宫殿楼阁、亭台廊榭等。而西洋界画则是乾隆时期在贵族、高级文人中比较流行的，张庚在《国朝画征录》中写道描绘西洋界画的逼真程度：

> （邹一桂）说："西洋善勾股法，故其绘画于阴阳远近，不差。所画人物屋树，皆有日影。其所用颜色与笔，与中华绝异。布影由宽

---

① （汉）刘熙：《释名》，（清）璜川吴氏藏书，北京：全国图书文献微缩复印中心，第17页。
② （清）蒲松龄：《聊斋志异》，北京：人民文学出版社，2009年，第925页。

而狭,以三角量之。画宫室于墙壁,令人几欲走进。"①

纪昀把"西洋界画"的"求真"立体等特点运用到"画壁"故事中,正好符合了妖怪出现的情形,十分贴合。这些内容却鲜少出现在《聊斋志异》中,恐怕与纪蒲二人生存环境的差距有关。

总体来看,不管"画壁"故事在《阅微草堂笔记》和《聊斋志异》中有何不同,它们终归都是作者对神异世界的一种自我理解,是其对神异现象的解读。这些精彩离奇的篇章,没有令人敬畏乃至惊惧的感觉,更没有要人正襟危坐的虔诚气氛,这里的一切或是充满了智慧,或是充满了生活气息,读者阅读这些故事,不但满足了自己的好奇心,更满足了自己对于真善美的追求和人生经验的获得。

三 两者写作目的不同

"画壁"故事中画妖和天女在《阅微草堂笔记》、《聊斋志异》中的表现不尽相同,与纪蒲二人不同写作目的有关。《阅微草堂笔记》的写作目的是"劝惩戒",故事结局是要"有益于世道人心"。这一点从故事中《阅微草堂笔记》中士人振振有词的话语中就可看出:"汝杀一人矣,今再纵汝,不知当更杀几人。是惜一妖之命,而戕无算人命也。小慈是大慈之贼,上人勿吝。"《聊斋志异》当然也有劝惩戒的意味,但重点仍是落在仙凡相遇的曼妙的爱情故事。

如果仔细对比《阅微草堂笔记》和《聊斋志异》的"画壁"故事就会发现纪昀似乎专门针对蒲松龄设计的"艳遇"故事,在相似的情节中刻意创造出这样一个"当头棒喝"的士人形象,来警戒那些对狐鬼之事抱有幻想的人们②。

---

① 张赓:《国朝画征录》,清宣统三年修订,北京:全国图书文献微缩中心,2000年,第200页。
② 这种例子还有很多,绝非孤证,本章第三节还要继续谈到。

此种情况的出现,有两个主要原因:(一)《聊斋志异》这类专述与异类的"艳遇"故事在读书人之间非常流行,不少人耽溺于此,无心举业;(二)纪昀作为当时的文坛领袖,不肯坐视士风沉湎于此。

《聊斋志异》究竟对当时及以后的文人士子影响有多大,从众多的给这部志怪小说题跋作序的人身上约略看出。暂列如下:

> 王士祯《聊斋志异题辞》、高珩《聊斋志异序》、唐梦赉《聊斋志异序》、橡村居士《聊斋志异题辞》、张笃庆《聊斋志异题辞》、南村《聊斋志异跋》、蒲立德《聊斋志异跋》、练塘老渔《聊斋志异跋》、练塘渔人《聊斋志异题辞》、余集《聊斋志异序》《聊斋志异题辞》、冯镇峦《读聊斋杂说》、胡泉《聊斋志异序》《聊斋志异题辞》、高凤翰《聊斋志异题辞》、王承祖《聊斋志异题辞》、魏之琇《聊斋志异题辞》、沈焜《聊斋志异题辞》、鲍廷博《聊斋志异题辞》、董元度《聊斋志异题辞》、袁宇泰《聊斋志异题辞》、冯喜赓《聊斋志异题辞》、孙叔鰕《读聊斋志异后跋》、孔继涵《蒲松龄聊斋志异序》、潘德舆《读聊斋志异书后》。①

这些大大小小的文人们,对《聊斋志异》投注了极大热情,不管身处何境何地,甚至在极恶劣的环境中仍然对其把玩不已,兴致丝毫不减:

> 时风雪满天,地炉火冷,童子重为燃煤煴酒,拂案挑灯,至得意处便疾书数行。②

这样一群本应遵从"子不语怪力乱神"的书生们,却孜孜于狐鬼不

---

① 材料依据朱一玄编《聊斋志异资料汇编》,河南:中州古籍出版社,1985年2月,第97页。

② 冯镇峦:《读聊斋杂说》,张友鹤辑校《聊斋志异会校、会注、会评本》,北京:人民文学出版社,1988年,第288页。

知疲惫,并且多次传抄、刻印《聊斋志异》文稿,不辞辛苦。雍正元年,朱湘之子殿春亭主人据清稿本抄录的《聊斋志异》有《跋》略云:

> 余家旧有蒲聊斋先生《志异》抄本,亦不知其何从得。后为人借去传看,竟失所在。岁壬寅康熙年冬,仲明张作哲自淄携稿来,累累巨册,视向所失去数当倍。乃出资觅佣书者亟录之,前后凡十阅月更一岁首,始告竣。中间校雠编次,暑穷膏继,挥汗握冰不少释。①

不可否认,《聊斋志异》的文学成就是巨大的,奇幻的想象给读书人枯燥的生活增添了一抹亮色。但是文人士子耽于《聊斋》的故事情节,有的甚至到了入魔的状态,影响甚重,纪昀最爱的儿子纪汝佶就是因沉湎于《聊斋志异》而死的:

> 亡儿汝佶,以乾隆甲子生。幼颇聪慧,读书未多,即能做八比。乙酉举于乡,始稍稍治诗,古文尚未识门径也。会余从军西域,乃自从诗社才士游,遂误入公安、竟陵两派入。后依朱子颖于泰安,见《聊斋志异》抄本,(时是书尚未刻)又误堕其窠臼,竟沉沦不返,以迄于亡。又惜其一归彼法,百事无成,徒以此无关著述之词,存其名字也。②

纪昀痛心于爱儿的早逝,更痛心于士风的消沉,他作为文坛领袖,势必要担负起整顿士风的任务。因此,借《阅微草堂笔记》讥刺那些时刻想着有聊斋描述般艳遇的书生,通过艳遇梦想的破灭,来警醒文人士

---

① 张友鹤辑校:《聊斋志异会校、会注、会评本》,北京:人民文学出版社,1988年,第156页。

② (清)纪昀:《阅微草堂笔记·卷二十四·滦阳续录六》,上海:上海古籍出版社,2004年1月,第489页。

子们:

> 董秋原言:东昌一书生,夜行郊外。忽见甲第甚宏壮,私念此某氏墓,安有是宅,殆狐魅所化欤?稔闻《聊斋志异》青凤、水仙诸事,冀有所遇,踯躅不行。俄有车马从西来,服饰甚华,一中年妇揭帏指生曰:"此郎即大佳,可延入。"生视车后一幼女,妙丽如神仙,大喜过望。既入门,即有二婢出邀。生既审为狐,不问氏族,随之入。亦不见主人出,但供张甚盛,饮馔丰美而已。生候合卺,心摇摇如悬旌。至夕,箫鼓喧阗,一老翁搴帘揖曰:"新婿入赘,已到门。先生文士,定习婚仪,敢屈为傧相,三党有光。"生大失望,然原未议婚,无可复语;又饫其酒食,难以遽辞。草草为成礼,不别而归。家人以失生一昼夜,方四出觅访。生愤愤道所遇,闻者莫不抚掌曰:"非狐戏君,乃君自戏也。"①

纪昀努力打破那些对文人士子中最具吸引力的艳遇故事,多次在故事中借人物之口说教,希望人们认清所谓遇仙遇狐的真相:

> 吴林塘言:其亲表有与狐女遇者,虽无疾病,而惘惘恒若神不足。父母忧之,闻有游僧能劾治,试往祈请。僧曰:"此魅与郎君夙缘,无相害意。郎君自耽玩过度耳。然恐魅不害郎君,郎君不免自害。当善遣之。……岂有名列丹台,身依紫府,复有荡姬佚女,参杂其间,动入桑中之会哉?"②

他作为文坛领袖是出于拯救士风的目的,编纂《四库全书》时才不

---

① (清)纪昀:《阅微草堂笔记·卷十三·槐西杂志三》,上海:上海古籍出版社,2004年1月,第265页。
② (清)纪昀:《阅微草堂笔记·卷九·如是我闻三》,上海:上海古籍出版社,2004年1月,第164页。

收《聊斋志异》，或者说是原因之一，而并不完全是因为《罗刹海市》这则故事：

> 《聊斋志异》之不为《四库全书说部》所收者，盖以《罗刹海市》一则，含有讥刺满人非刺时政之意。如云，女子效男儿装，乃言旗俗，遂与美不见容，丑乃愈贵诸事，同遭摈斥也。①

此外，研究者以前多注意纪昀在《阅微草堂笔记》中对于百姓的劝惩，通篇来看，他劝惩的重点是文人士子。纪昀通过狐、怪故事，千方百计对士子、官吏们劝惩，借《阅微草堂笔记》在改变清代中期士子学风、官场风气的努力可谓殚精竭虑，但时人和后人似乎更多地把它作为鬼怪小说来读，并没有完全把他的劝惩当回事，也不太理解他的良苦用心。恰如梁恭辰曾在《北东园笔录初编》中说：

> 纪文达公为当代名臣名儒，天下望之若泰山北斗，而好行方便，士大夫乃阴受其福而不知。②

纪昀以一个文坛领袖、学界导师的身份来对士子劝诫，其苦口婆心的程度在文言小说中是绝无仅有的。从举子的学业到生活、品德诸多方面多次重申劝诫之意：

> 浙江有士人，夜梦至一官府，云都城隍庙也。有冥吏语之曰："今某公控其友负心，牵君为证。君试思尝有是事不？"士人追忆之，良是。俄闻都城隍升座，冥吏白某控某负心事，证人已至，请勘断。都城隍举案示士人，士人以实对。都城隍曰："此辈结党营私，

---

① 朱一玄编：《聊斋志异资料汇编》，河南：中州古籍出版社，1985年2月，第665页。
② （清）梁恭辰：《北东园笔录初编》卷一，《笔记小说大观》第14册，扬州：江苏广陵古籍出版社，1995年。

朋求进取,以同异为爱恶,以爱恶为是非;势孤则攀附以求援,力敌则排挤以互噬:翻云覆雨,倏忽万端。本为小人之交,岂能责以君子之道。操戈入室,理所必然。根勘已明,可驱之去。"顾士人曰:"得无谓负心者有佚罚耶? 夫种瓜得瓜,种豆得豆,因果之相偿也;花既结子,子又开花,因果之相生也。彼负心者,又有负心人蹑其后,不待鬼神之料理矣。"士人霍然而醒。后阅数载,竟如神之所言。①

甚至借鬼怪之口嘲讽那些不安心读书的士人:

乾隆丙子,有闽士赴公车。岁暮抵京,仓卒不得栖止,乃于先农坛北破寺中僦一老屋。越十余日,夜半,窗外有人语曰:"某先生且醒,吾有一言。吾居此室久,初以公读书人,数千里辛苦求名,是能奉让。后见先生日外出,以新到京师,当寻亲访友,亦不相怪。近见先生多醉归,稍稍疑之。顷闻与僧言,乃日在酒楼观剧,是一浪子耳。吾避居佛座后,起居出入,皆不相适,实不能隐忍让浪子。先生明日不迁,吾瓦石已备矣。"僧在对屋,亦闻此语,乃劝士他徙。自是不敢租是室,有来问者,辄举此事以告云。②

故比较《阅微草堂笔记》和《聊斋志异》鬼怪来看,纪昀笔下的鬼神更多的是起着一种"无形的监察的作用",他自己也在故事中不止一次地提到:

---

① (清)纪昀:《阅微草堂笔记·卷四·滦阳消夏录四》,上海:上海古籍出版社,2004年1月,第65页。
② (清)纪昀:《阅微草堂笔记·卷四·滦阳消夏录四》,上海:上海古籍出版社,2004年1月,第63页。

第⑥章
《阅微草堂笔记》志怪特色比较研究

"鬼神鉴察乃及于梦寐之中"①。

特别是针对《聊斋志异》的"艳遇故事",一反鬼怪追求书生的故事模式,而是借鬼怪之口劝诫读书人,增强故事的说服力:

再从兄旭升言:村南旧有狐女,多媚少年,所谓二姑娘者是也。族人某,意拟生致之,未言也。一日,于废圃见美女,疑其即是。戏歌艳曲,欣然流盼,折草花掷其前。方欲俯拾,忽却立数步外,曰:"君有恶念。"逾破垣竟去。后有二生读书东岳庙僧房,一居南室,与之昵。一居北室,无睹也。南室生尝怪其晏至,戏之曰:"左挹浮丘袖,右拍洪崖肩耶?"狐女曰:"君不以异类见薄,故为悦己者容。北室生心如木石,吾安敢近?"南室生曰:"何不登墙一窥?未必即三年不许。如使改节,亦免作程伊川面向人。"狐女曰:"磁石惟可引针,如气类不同,即引之不动。无多事,徒取辱也。"②

客观来讲,《聊斋志异》本身是志怪小说,但是仅仅注意奇事本身,读者看多了就会觉得重复,流于肤浅,《瓶盦笔记》中,作者对《聊斋志异》的评价是:

蒲先生书,千篇一律,余向不甚喜之。③

蒋瑞藻对此颇为认同:

---

① (清)纪昀:《阅微草堂笔记·卷三·滦阳消夏录三》,上海:上海古籍出版社,2004年1月,第51页。
② (清)纪昀:《阅微草堂笔记·卷四·滦阳消夏录四》,上海:上海古籍出版社,2004年1月,第57页。
③ 蒋瑞藻:《小说考证》,江竹虚标点,上海:上海古籍出版社,1984年,第217页。

此论实得我心，《聊斋》之书，余仅髫龄时卒读一遍，至今十二载，绝未寓目也。①

比起《阅微草堂笔记》深厚的学术功底和丰富的人生经验、感悟，《聊斋志异》中有些故事确实流于肤浅，邱炜菱在《菽园赘谈》中也说道：

至于《阅微草堂笔记》，论者以为我朝第一，超出《聊斋志异》之上，安在其能续，亦正不必续耳。②

直至民国年间的张爱玲仍有这种感觉：

多年不见之后，《聊斋》总觉得纤巧单薄，不想再看，纯粹记录见闻的《阅微草堂》倒看出许多好处来。③

想必，人须经历了一些之后，才能更好地理解后者吧。当然两派各有拥趸，理由也很多，不过，目前学界能够客观地看待《聊斋志异》，清醒地看到它的不足和局限性。

比如有研究者认为《聊斋志异》屡次描写书生与狐鬼的"艳遇"是蒲松龄认识、胸襟气度的不足：

一个男性作家，生活在男性话语占统治地位的环境中，如果没有非常博大的胸怀、质疑一切的意识和勇气，就很难有比较先进的认识。而偏偏作者是个穷秀才，虽然一生怀才不遇，但并没有经历过太大的家庭和社会变故，所以不可能像曹雪芹那样在接受了儒

---

① 蒋瑞藻：《小说考证》，上海：上海古籍出版社，1984年，第217页。
② （清）邱炜菱：《菽园赘谈》，《明清史料笔记丛书》，北京：中华书局，1993年，第97页。
③ 张爱玲：《张爱玲典藏文集》，哈尔滨：哈尔滨出版社，2003年10月，第55页。

家和理学思想的教育之后，再回过头来，质疑从小就接受和视为完全正确、不可怀疑的理论……于是《聊斋志异》就出现了过人的才华和矛盾的心态之间的奇怪结合。只有理解了这一点，我们才能对《聊斋志异》有一个全面、客观的评价。①

当然，列出此段话的目的并不是批评蒲松龄，是为了给研究者一些启示，即《阅微草堂笔记》与《聊斋志异》中故事描写的差别与纪昀和蒲松龄的志向、胸怀的差别有很大关系。

蒲松龄长期生活在乡间，他的日常生活中关注点与在朝为重臣的纪昀是不一样的，这一点从《聊斋志异》中的故事也可以看到。比如《鸽异》一篇，开列了鸽类的许多名贵品种：

> 鲁有鹤秀，黔有腋蝶，梁有翻跳，越有诸尖，又有靴头，点子，大白，黑石，夫妇雀，花眼狗之类，名不可屈以指，少年立庭中，口中作鸽鸣。忽有两鸽出：状类常鸽，而毛纯白；飞与檐齐，且鸣且斗，每一扑，必作斤斗。少年挥之以肱，连翼而去。复撮口作异声，又有两鸽出：大者如鹜，小者裁如拳；集阶上，学鹤舞。大者延颈立，张翼作屏，宛转鸣跳，若引之；小者上下飞鸣，时集其顶，翼翩翩如燕子落蒲叶上，声细碎，类鼗鼓；大者伸颈不敢动。鸣愈急，声变如磬，两两相和，间杂中节。既而小者飞起，大者又颠倒引呼之。②

纪昀大概不会记录这些。他的志趣本不在此，也不大关心"养鸽子"之类平民的消遣，即使知道这些，恐怕也不会把这些琐碎的描头画角的功夫用到《阅微草堂笔记》中。他写作是为了劝惩戒，为了把自己的经验教训、处世方法留给后人，不愿意把心力放在这些琐碎的描

---

① 宁莉莉：《〈聊斋志异〉中的爱情故事与古代文人心态》，《蒲松龄研究》2008 年第 2 期。
② （清）蒲松龄：《聊斋志异》，北京：人民文学出版社，2009 年，第 869 页。

写上。

所以纪昀赋予了《阅微草堂笔记》故事更多的深意，别有意趣。一如后世对这部书的评价，周中孚在《郑堂读书记》中认为：

"文达所著诸书，虽晚年遣兴之作，而意主劝惩，心存教世，不独可广耳目而已也。"①

俞樾在《印雪轩随笔》中更是对此颇为称道：

"若五种，专为劝惩起见，叙事简，说理透，垂戒切，初不屑于描头画角，而敷宣妙义，舌可生花，指示群迷，头能点石。"②

纪昀自己也一再宣称：

"诚不敢妄拟前修，然大旨不乖于风教。"③
"街谈巷议，或有益于劝惩。"④

当然，《阅微草堂笔记》的劝惩故事也有自己的特色，那些充满着幽默和智慧的情节、话语往往让人忍俊不禁：

同年蒋心馀编修言：其乡有故家废宅，往往见艳女靓妆，登墙外视。武生王某，粗豪有胆，径携被独宿其中，冀有所遇。至夜半寂然，乃拊枕自语曰："人言此宅有狐女，今何往耶？"窗外小声应

---

① （清）周中孚：《郑堂读书记》，北京：北京图书馆出版社，2007年，第57页。
② （清）三硬庐圩耕叟编：《印雪轩随笔》，上海：扫叶山房，1912年，第74页。
③ （清）纪昀：《阅微草堂笔记·卷十五·姑妄听之一》，上海：上海古籍出版社，2004年1月，第313页。
④ （清）纪昀：《阅微草堂笔记·卷一·滦阳消夏录一》，上海：上海古籍出版社，2004年1月，第1页。

曰：“六娘子知君今日来，避往溪头看月矣。"问："汝为谁？"曰："六娘子之婢。"又问："何故独避我？"曰："不知何故，但云畏见此腹负将军。"亦不解为何语也。王后每举以问人，曰："腹负将军是武职几品？"莫不粲然。①

纪蒲二人身份地位相差悬殊，因此同样的宗教文化内容在他们笔下就会呈现出不同的面貌。纪昀作为一个位至协办大学士的人物，非常注意所记、所写的社会效果和社会影响，因此有意识地择录那些能够起到劝惩作用的故事素材，为此不惜损害故事的文学性。他也尽量选择一个代表正统文人的写作方式，写作多从实用的劝世角度出发，而非故事本身。相比之下，蒲松龄无论从选材还是到具体写作显得自由多了。

最后，《阅微草堂笔记》和《聊斋志异》二书后世都有仿作。前者仿作如《右台仙馆笔记》等，作者俞樾本身也是学者，作品文学性更弱一些。《聊斋志异》后者仿作水平参差不齐，有一些从思想内容到艺术水平内容流于平庸，如《后聊斋志异》：

其一不知谁氏创稿，笔墨庸劣，令人欲呕。②

总体来说，仿作的文学性、艺术性和反映社会现状的深刻性与《阅微草堂笔记》和《聊斋》有一定距离。

---

① （清）纪昀：《阅微草堂笔记·卷九·如是我闻三》，上海：上海古籍出版社，2004年1月，第161页。
② 阿英：《续小说闲评》，《阿英文集》，北京：生活·读书·新知三联书店，1981年。

第二节　冥界诉讼故事的比较

一　二者冥诉故事比较

《阅微草堂笔记》和《聊斋志异》都中记有冥诉故事,还有活人为了冥诉不惜自杀,其他时代相近的文言小说也多有涉及冥诉的故事。何以此时出现了大量的冥诉故事,而且自杀的诉讼方式在其中多次出现,值得人们研究。

《阅微草堂笔记》中冥诉故事记:

> 里有崔某者,与豪强讼,理直而弗能伸也;不胜其愤,殆欲自戕。夜梦其父语曰:"人可欺,神则难欺。人有党,神则无党。人间之屈弥甚,则地下之伸弥畅。今日之纵横如志者,皆十年外业镜台前觳觫对簿者也。吾为冥府司茶吏,见判司注籍矣,汝何恚焉!"崔自是怨尤都免,更不复一言。①

《聊斋志异》中最有名的冥诉故事当属《席方平》,席方平的父亲得罪了一个姓羊的富氏,重病之际被羊的鬼魂贿赂冥吏捉走,随后:

> (席父)身赤肿,号呼遂死。席惨怛不食,曰:"我父朴讷,今见陵于强鬼,我将赴地下,代伸冤气耳。"②

---

① (清)纪昀:《阅微草堂笔记·卷十·如是我闻四》,上海:上海古籍出版社,2004 年 1 月,第 190 页。

② (清)蒲松龄:《聊斋志异》,北京:人民文学出版社,2009 年,第 1384 页。

研究者曾经指出,这个故事是象征性的,笔者看来这正是当时下层百姓得罪富户而丧命的真实写照。两个故事的相同点是都需要冥诉才能完成诉讼,前者自杀未遂,这与当时中国人的诉讼心理有很大关系。

清廷在法律政策上对于民间争斗一向以压制为主,早在康熙皇帝曾明确提出必须对频繁的民间争诉行为进行抑制:

> 若庶民不畏官府且信公道易伸,则讼事必剧增。若讼者得利,则争端必倍至。届时,即以民之半数为官为吏,也无以断余半之讼案也。故朕意以为对好讼者宜严,务期庶民视法为畏途,见官则不寒而栗。①

事实上,民间并没有因为这样的政策而渐少诉讼,在地方志中仍然存在大量关于"好讼"或"健讼"的描述。甚至在纠纷得不到及时解决的情况下,还有可能演变成为严重的争斗,乃至血腥的械斗:

> 邑之文老缙绅无公事不谒有司,其俗如此。若其可虑者,少年不逞之徒雄悍恣睢为间阎害,宗族乡党雀角之争,睚眦之嫌,挺刀而斗。②

> 本邑庄户长枪、短棍,家家有之,不必深仇大怨,但因口角小嫌,或睚眦细故,一言不合,便挥戈相向,甚或纠集人众,各持器械,互相斗殴,名曰"打架"。因此致伤人命者层见叠出,一案之内,动辄株连数人至数十人不等。虽分别从严惩办,此风终未能尽息。③

---

① (清)和珅等修纂:《钦定六部处分条例》卷四十七,乾隆五十六年修,第134页。
② (康熙)《巨野县志》,《中国地方志集成》,南京:凤凰出版社,2006年,第515页。
③ (光绪)《利津县志》(卷2·地舆图第一·风俗),《中国地方志集成》,南京:凤凰出版社,2006年,第300页。

民间争端很多,现实社会中又难以及时解决,只好转而求助于冥间,《阅微草堂笔记》和《聊斋志异》中的诉讼故事就是这种情况的反映。不过,纪昀笔下自杀未遂的乡人和"惨怛不食"赴冥界告状的席方平,透露给我们一个信息,当时普通的民诉案中,用自戕行为来换取诉讼的成功是很常见的。

在现实生活中,为诉讼而自杀,这种诉讼手段叫做"假命图赖":

> 当事人还可能采取其他一些方式来达到目的,例如采取'图赖'的方法,即以牺牲家族中的一人,用自杀来迫使对方做出让步,此种方式会有效,是因为国家法律对"威逼致人死亡"的行为要给予刑事制裁,因此,为了避免陷入这种不利的境地,一方当事人通常会做出某些让步。①

所谓"假命图赖",具体可以分为两种情况。一种可以称为"轻生诬命",是指双方发生冲突、矛盾、纠纷和争讼之时,处于劣势的一方往往采取轻生自尽的极端手段,给对方造成不利影响;另外一种我们姑且称为"藉尸图赖",是指发生命案(无论是否轻生)之后,死者的亲属或假冒亲属借此兴讹敲诈。无论"是哪一种情况,都是利用人命关天的信仰与法律严惩的规定,将'人命'作为一种诉讼策略,借此达到把事情闹大的目的"②。

而且,这种方法,在民间诉讼中似乎很常见,各地方志对此颇有记载:

---

① [日]寺田浩明:《权利与冤抑,清代听讼和民众的民事法秩序》,王亚新等译,北京:法律出版社,1998年版,第204页。

② 徐忠明、杜金:《清代诉讼风气的实证分析与文化解释》,《清华法学》2007年第1期。

第⑥章
《阅微草堂笔记》志怪特色比较研究

> 愚者好勇轻生,与富豪斗不能胜,则服胡蔓草以诬之。禁之不绝。①

> 斗力不胜,即服胡蔓、羊角、纽住毒草致死以诬之。②

以上两段材料乃是典型的"轻生诬命",这种情况在地方志中屡见不鲜。在弱者与强者的斗争中,自杀或许是处于弱势一方最有力的武器,也是没有办法的办法。此种情况与故事中崔某和席方平的处境非常相似,一旦出了人命,地方司法官员必须立即受理,并且慎重对待,被卷入命案的一方,就算不落下"威逼人致死"的罪名,也难脱干系,即使不身受杖责,也总要花费若干银两打点衙门和尸亲。

对于一些小民百姓来说,既然无法凭借自身的力量与强势的对手抗衡,那就索性一死了之,借此给对方造成不利影响。对于这种做法,不少人深感忧虑:

> 人命之讼多端,而其急宜严禁者气忿与自尽也。在男子愚鲁负气者,或因口角微嫌,或因争论地土、钱债、琐细之事,辄而轻生者有之。在妇女秉性悍厉者,或不孝公姑,或不睦邻里,或失闺门之范,或闺中馈无材,致丈夫少加詈言,邻里偶与争论,则跳井悬梁,是其长技矣。此乃愚夫愚妇识短,自作之孽。律书所载,原置不究;即是有威逼之事,到官亦止杖遣,量给埋葬银耳。③

如果了解了这些,再来看《阅微草堂笔记》和《聊斋志异》中的诉讼故事中求死、告冥状的情节,就会知道当事人绝非气愤自杀这么简单,

---

① (康熙)《阳江县志》,《中国地方志集成》,南京:凤凰出版社,2006年,第114—133页。

② (光绪)《德庆州志》(地理志第6·风俗),《中国地方志集成》,南京:凤凰出版社,2006年,第427页。

③ (乾隆)《新兴县志》(卷27·风俗志),《中国地方志集成》,南京:凤凰出版社,2006年,第429页。

其中曲折反映了当时乡间独特的诉讼方式。

此外,两个故事中都出现了鬼魂,不过,鬼魂的作用在两个故事中是有差别的,纪昀借鬼魂来劝导百姓不要诉讼,蒲松龄则是通过宗教文化内容为百姓申冤。两相比较,《阅微草堂笔记》中的鬼魂显得谨小慎微,畏畏缩缩;《聊斋志异》更多一种刚烈之气。

这种不同与纪蒲二人的身份地位又有很大的关系,纪昀作为朝廷重臣,当然是要安抚民众,劝百姓不要诉讼,用"人间之屈弥甚,则地下之伸弥畅"这种欺骗性的话语来麻痹诉讼人。《阅微草堂笔记》有一个故事就是记一个诉讼的乡民,其父的鬼魂多次干扰他的告状之路,纪昀家族也都引以为戒:

> 从伯君章公言:前明青县张公,十世祖赞祁公之外舅也。尝与邑人约,连名讼县吏。乘马而往,经祖墓前,有旋风扑马首。惊而堕,从者舁以归。寒热陡作,忽迷忽醒,恍惚中似睹鬼物。将延巫禳解,忽起坐,作其亡父语曰:"尔勿祈祷,扑尔马者我也。凡讼无益:使理曲,何可讼?使理直,公论具在,人人为扼腕,是即胜矣,何必讼?且讼役讼吏,为患尤大:讼不胜,患在目前;幸而胜,官有来去,此辈长子孙必相报复,患在后日。吾是以阻尔行也。"言讫,仍就枕,汗出如雨。比睡醒,则霍然矣。既而连名者皆败,始信非谵语也。此公闻于伯祖湛元公者。湛元公一生未与人涉讼,盖守此戒云。①

纪昀还多次在《阅微草堂笔记》中发出断狱难的感慨:

---

① (清)纪昀:《阅微草堂笔记·卷九·如是我闻三》,上海:上海古籍出版社,2004年1月,第170页。

必不能断之狱,不必在情理外也;愈在情理中,乃愈不能明。①

纪昀的父亲做过刑官,也对断狱不易发出感慨:

此事坐罪起衅者,亦可以成狱;然核其情词,起衅者实不知谁,锻炼而求。更不如随意指也。迄今反覆追思,究不得一推鞫法。刑官岂易为哉!②

《聊斋志异》中的席方平则不同,他以生魂入冥府,忍受了种种酷刑,与冥王正面冲突的一段话更是脍炙人口:

升堂,间冥王有怒色,不容置词,命笞二十。席厉声曰:"小人何罪?"冥王漠若不闻。席受笞,喊曰:"受笞允当,谁教我无钱也!"冥王益怒,命置火床。③

席方平身上充分寄托了民间百姓诉讼不得的怨气、愤怒和希望,深知平民诉讼艰难的蒲松龄不由得赞叹席方平:"壮哉!席生。"蒲松龄作为一个富有正义感的乡间秀才,自然非常欣赏不畏强暴、勇于挑战的席方平,对此多溢美之词,《聊斋志异》故事中所体现的抗争精神与《阅微草堂笔记》中的"为君王牧民"的心态是不太一样的。

二 冥诉故事背后的文化因素

《阅微草堂笔记》中的诉讼故事强调:

---

① (清)纪昀:《阅微草堂笔记·卷十·如是我闻四》,上海:上海古籍出版社,2004年1月,第191页。
② (清)纪昀:《阅微草堂笔记·卷十·如是我闻四》,上海:上海古籍出版社,2004年1月。第191页。
③ (清)蒲松龄:《聊斋志异》,北京:人民文学出版社,2009年,第1384页。

> 人可欺,神则难欺。人有党,神则无党。①

规劝百姓把希望放在神明的公正、聪明上。但反对到冥间诉讼,因为神明自有判断,不必本人告状。《席方平》则不是这样乐观。故事中的神明大多数也是贪官、昏官,正义的伸张全赖碰到了"聪明正直"的神明。正如但明伦对于《席方平》的评价:

> 大冤未雪,万死难辞。注富贵期颐之籍,乌足以移其心?诉聪明正直之神,乃可以断斯狱。②

让人们把希望寄托在神灵的聪明公正上,而不是现实生活中的官吏,这种情况的出现,除掉贪黩当路之外,还有两个原因:(一)诉讼所花费用过高,(二)官方的诉讼资源非常缺少。就第一个原因,先来看正史资料,《清史稿》中曾经对诉讼费做过粗略估计:

> 即如办一徒罪之犯,自初详至结案约须百数十金。案愈聚则费愈多,递解人犯,运送粮鞘,事事皆需费用。若不取之于民,谨厚者奉身而退,贪婪者非向词讼生发不可,吏治更不可问。③

民间还有更为详细的资料,清代的汪辉祖曾经算了给当时民人打官司算了一笔账:

> 其累人造孽,多在诉讼。如乡民有田四十亩,夫耕妇织,可给

---

① (清)纪昀:《阅微草堂笔记·卷十·如是我闻四》,上海:上海古籍出版社,2004年1月,第190页。
② 朱一玄编:《聊斋志异资料汇编》,河南:中州古籍出版社,1985年2月,第329页。
③ 赵尔巽:《清史稿·卷三百八十一》,北京:中华书局,1979年,第11621页。

数口,一讼之累,费钱三千文,便须假子钱以济,不二年必至鬻田,鬻一亩则少一亩之入,辗转借贷,不七八年,而无以为生。①

民间千金之家,一受讼累,鲜不败矣。盖千金之产,岁息不过百有余金,嫁丧衣食,仅足取焉,以五六金为讼费,即不免称贷以生,况所费不止五六金乎?况其家不皆千金乎?②

如此之高的诉讼费用对于百姓来说确实是个沉重负担。《席方平》中有一句话值得我们细加体味,席方平于受笞之时,喊道:"谁教我无钱也!"这句话主要是针对贪官受贿,但也曲折地反映了诉讼成本问题。纵观清代的诉讼制度,这种"谁教我无钱也!"的情况成了百姓诉讼的重要障碍。即使没有官员从中敲诈勒索,民众想把民事纠纷提交到衙门通过诉讼途径予以解决的话,整个过程本身要也要花费大量的金钱。这些支出的金钱包括两部分:

一部分是直接支付给衙门中的差役、门丁等的费用,另一部分则是当事人延请证人的费用、进城的路费以及食宿费等。在这两部分中以前者支出最大,占去民事诉讼花费的绝大部分。③

这个过程中,明文规定的费用花样繁多,据丁日昌的《抚吴公牍》记载,这些费用列表如下:

---

① (清)汪辉祖:《学治续说宜勿致民破家》,顾廷龙《官箴书集成》,合肥:黄山书社1991年,第303页。
② (清)汪辉祖:《学治续说宜勿致民破家》,顾廷龙《官箴书集成》,合肥:黄山书社1991年,第305页。
③ 胡谦:《清代民事纠纷的民间调处研究》,中国政法大学博士论文,2007年。

表 6.1　清代诉讼费用①

名　称	作　用	数　目
代书费（戳记费）	清代法律规定无论当事人自己书写还是请代书代笔,诉状都必须在官府认可的官代书处进行审查,合格者加盖戳印,否则不予受理。	五六百文至一千文不等
挂号费	全号、半号、内千三外千三各名目。大事须挂全号,小事挂半号。	全号八百四十文 半号四百二十文
传呈费	由书吏将诉状递进去	一千余文
买批费	当事人等待州县官对案件批准受理的批词,若想尽快得到批示,原告要支付"买批费"。	不详
开单费	书吏开列涉案人员名单	不详
出票费	传唤被告	数十千
带案费	正式审理前向双方收取"带案费",若隔数日不审,则收取"升堂费"和"堂讯费",如果此时当事人希望和息的话,收取"和息费"。	不详
结案费	正常结案由书吏收取。	不详

所以汪辉祖曾经对当时的民谚做过解释:

"衙门六扇开,有理无钱莫进来",非谓官之必贪,吏墨也。差役到家,有馈赠之资;探信入城,则有舟车之费。及示审有期,而讼师词证以及关切之亲朋,相率而前,无不取给于具呈之人;或审期更换,则费将重出,其他差房陋规,名目不一。谚云:"在山靠山,在水靠水",有官法之所不能禁者,索诈之赃,又无论已。②

同时,统治者为了维持封建统治秩序,对诉讼制定了种种限制。《大清律例》规定:

---

① 该表根据丁日昌:《抚吴公牍》所列,《政书全编》,贵阳:贵州人民出版社,2005 年,第 233—234 页。
② (清)汪辉祖:《佐治药言省事》,顾廷龙《官箴书集成》,合肥:黄山书社 1991 年,第 400 页。

> 若(奴婢、雇工人)违反教令,而依法决罚,邂逅致死,及过失杀者,各勿论。①
>
> 夫过失杀其妻妾,及正妻过失杀其妾者,各勿论。②

等级制度森严,晚辈不得讼长辈,民众不可讼官,下级不可讼上级,一旦出现这样的情况,即属奸告。清律规定:"期禁止奸告",奸告,即不合"名义"和"情分"的诉讼。如百姓控告地方官员,下级官员控告上级官员,晚辈控告尊长,奴婢、雇工人控告家长等等,均坐以"干名犯义"罪,处以刑罚。清律规定:

> 凡子孙告祖父母、父母,妻妾告夫及夫之祖父母、父母者(虽得实)亦杖一百、徒三年。③

这样即使尊长、官员、上级犯了罪,也不会得到惩治,受害人特别是农村底层民众只有白白受罪,奴仆受了主人欺凌,也只能忍气吞声,把希望寄托在冥间申诉上。《阅微草堂笔记》中即有不少故事记述仆人成为受害者,无法向主人讨回公道,只能借鬼怪的力量申冤的故事。

清代封建统治者一方面强迫人们告发十恶及盗贼等严重犯罪,另一方面又极力限制民间诉讼行为,使得"清代的诉讼是有限诉讼"④。而且差役办案也是狠毒异常:

---

① 姚雨节原纂,胡仰山增辑:《大清律例会通新纂·人命》,台北:文海出版有限公司,1987年,第332页。
② 姚雨节原纂,胡仰山增辑:《大清律例会通新纂·人命》,台北:文海出版有限公司,1987年,第333页。
③ 姚雨节原纂,胡仰山增辑:《大清律例会通新纂》,台北:文海出版有限公司,1987年,第360页。
④ 翟东堂:《论清代的诉讼制度》,《华北水利水电学报》(社科版)2004年11月。

> 其视村农犹鱼肉也,一旦奉差下乡,声焰俱赫,里巷妇子畏之如蛇蝎。而且指东划西,大言恐吓。饱啖鸡黍,勒索钱文。稍拂其意,辄咆哮詈辱,莫敢谁喝。小民但期无事,惟有吞声受之而已。①

处在这样的环境中,农民只有借幽冥中打官司来骂尽官场,以报平日所受之屈辱。

另外一个重要原因,即官方司法资源的极度短缺,也使得普通的民众诉讼更为艰难。清代州县衙门的职责是多种的,司法活动只是州县官员诸多管理活动中的一项,正如郑泰所讲:

> 各级地方政权统管本地财政、赋税、农田、水利、户口、礼教、学校、治安、司法、地方军事等等各种政务,从省到县,每一级政权都在自己的职权范围内工作,各级长官主持本地区的一切政务。司法审判是地方政权诸多政务中的一种,是地方长官的职责之一,没有专门的法官和单独的审判组织体系。②

州县官多从自己仕途考虑,也是重视刑事案件、漠视民事案件的一个原因。清人包世臣言:

> 窃照外省公事,自斥革衣顶,问拟杖徒以上,例须通详招解报部,及奉各上司批审呈词,须详覆本批发衙门者,名为案件;其自理民词,枷杖以下,一切户婚,田土钱债,斗殴细故,名为诉讼。查外省问刑衙门,皆有幕友佐理。幕友以词讼系本衙门自理之件,漫不经心。而州县又复偷安,任意积压,使小民控诉不申,转受讼累。

---

① (清)田文镜:《颁州县事宜》,顾廷龙《官箴书集成》,合肥:黄山书社1991年,第674页。
② 郑泰:《清代司法制度审判制度研究》,长沙:湖南教育出版社,1988年,第35页。

此皆以诉讼无关考成,玩视民瘼。①

在这种现实情况下,清政府才会把注意力放在刑事诉讼上,形成了重刑轻民的诉讼策略。更加导致了百姓之案更难以及时得到解决,使得清代的积案问题成了一个普遍问题。道光年间"江浙各州县均有积案数千,积案至多之省,多达十余万起"②,同治年间,丁日昌描述江苏各州县积案时说:

> 案牍日积月多,甚至有窃案延搁十余年未经审定,谴犯例限久满,仍淹禁在狱者。③

所以由于大量民事案件无法及时得到审理,也就使得普通民众希望通过民事诉讼途径来解决民事纠纷的愿望无法实现,使得他们不得不重新选择民事诉讼的途径。种种压力之下,百姓只好把希望寄托在冥界,寄托在非现实世界中,造成了此时文言小说中大量冥诉故事出现。

---

① (清)包世臣:《为胡墨庄给事条陈清理积案奏章折子》,《齐民要术》卷第七下,北京:中华书局2001,第251页。
② 《清宣宗实录》,北京:全国图书文献微缩中心,2001年。
③ (清)丁日昌:《抚吴公牍》,《政书全编》,贵阳:贵州人民出版社,2005年,第167页。

第三节 《阅微草堂笔记》与《聊斋志异》其他相似内容描写比较

一 相似情节的沿用

翻开《阅微草堂笔记》会发现不少故事与《聊斋志异》的故事情节非常相似，都涉及类似的宗教文化因素和内容，但这些因素在故事中起的表现和作用却有很大差别。其中比较典型的一个是狐女变形故事，先来看《阅微草堂笔记》的记载：

宁波吴生，好作北里游。后昵一狐女，时相幽会，然仍出入青楼间。一日狐女请曰："吾能幻化，凡君所眷，吾一见即可肖其貌。君一存想，应念而至，不逾于黄金买笑乎？"试之，果顷刻换形，与真无二，遂不复外出。尝语狐女曰："眠花藉柳，实惬人心，惜是幻化，意中终隔一膜耳。"狐女曰："不然。声色之娱，本电光石火。岂特吾肖某某为幻化，即彼某某亦幻化也。岂特某某为幻化，即妾亦幻化也。即千百年来，名姬艳女，皆幻化也。白杨绿草，黄土青山，何一非古来歌舞之场？握雨携云，与埋香葬玉、别鹤离鸾，一曲伸臂顷耳。中间两美相合，或以时刻计，或以日计，或以月计，或以年计，终有诀别之期。及其诀别，则数十年而散，与片刻暂遇而散者，同一悬崖撒手，转瞬成空。倚翠偎红，不皆恍如春梦乎？即凤契原深，终身聚首，而朱颜不驻，白发已侵，一人之身，非复旧态。则当时黛眉粉颊，亦谓之幻化可矣，何独以妾肖某某为幻化也？"吴洒然

第⑥章
《阅微草堂笔记》志怪特色比较研究

有悟。后数年,狐女辞去吴竟绝迹于狎游。①

《聊斋志异·嫦娥》篇中的主人公嫦娥也有这种变幻本领,太原宗子美娶女名嫦娥:

> 宗自娶嫦娥,家暴富,连阁长廊,弥亘街路。嫦娥善谐谑,适见美人画卷,宗曰:"吾自谓如卿天下无两,但不曾见飞燕、杨妃耳。"女笑曰:"若欲见之,此亦何难。"乃执卷细审一过,便趋入室,对镜修妆,效飞燕舞风,又学杨妃带醉。长短肥瘦,随时变更,风情态度,对卷逼真。方作态时,有婢自外至,不复能识,惊问其僚,复向审注,恍然始笑,宗喜曰:"吾得一美人,而千古之美人皆在床闼矣。"②

嫦娥有一仆婢,名为颠当,乃是狐狸,也善于变幻,甚至帮助嫦娥扮成观音的样子:

> 颠当私谓宗:"吾能使娘子学观音。"宗不信,因戏相赌。嫦娥每趺坐,眸含若瞑,颠当悄以玉瓶插柳,置几上;自乃垂发合掌,侍立其侧,樱唇半启,瓠犀微露,睛不少瞬。宗笑之,嫦娥开目问之。颠当曰:"我学龙女侍观音耳。"嫦娥笑骂之,罚使学童子拜。颠当束发,遂四面朝参之,伏地翻转,逞诸变态,左右侧折,袜能磨乎其耳。③

比较来看,纪昀写狐怪善于变化,是为了说明"声色之娱,本电光石

---

① (清)纪昀:《阅微草堂笔记·卷一·滦阳消夏录一》,上海:上海古籍出版社,2004年1月,第5页。
② (清)蒲松龄:《聊斋志异》,北京:人民文学出版社,2009年,第1114页。
③ (清)蒲松龄:《聊斋志异》,北京:人民文学出版社,2009年,第1116页。

火"的道理,他宣扬这种色空的目的是让那些沉湎于女色的书生们迷途知返,绝迹狎游。用"声色之娱,本电光石火……即千百年来,名姬艳女,皆幻化也。"这样的话来劝惩书生是写作这类幻化故事的最终目的。

但是这番变化内容到了蒲松龄这里,重点强调的则是故事的趣味性、曲折性。描写这种变化也只是为了渲染女主人公嫦娥的神异本领,实现平凡书生爱慕古代美人的愿望,并没有什么劝世的深意。如最后的异史氏曰:

然室有仙人,幸能极我之乐,消我之灾,长我之生,二不我之死。是乡乐,老焉可矣,而仙人顾忧之耶?①

嫦娥身上寄托了凡人最平常的愿望,包括她腾挪变幻的本领,不过是为她的仙人特质增加的又一个砝码。但是,后人似乎更爱看这种实现平凡人愿望的奇异变幻术,很乐意对此加以生发,比如对颠当的描写。

颠当这个形象似乎对后世很有影响力,《聊斋志异》之后的《小豆棚》干脆以"颠当"为名写了一篇故事,同样也把注意力放在了"颠当"善于模仿、富有变幻的形象上:

有门伙某,自晋来,送侯一婢,名颠当。年十三,发垂髫而黳黑可照,眉目如水。侯喜不自胜,如获拱璧。一年而百技皆通,妙于音律。每度一曲,不惟能作新声,更多媚态。有时以手支颐,以目流盼,无不与雨中情景绘画而出。房帷间娇容缓步,对之如在消魂桥上,烦渴胥蠲。群婢效之,终莫得其形似。②

---

① (清)蒲松龄:《聊斋志异》,北京:人民文学出版社,2009年,第1112页。
② (清)曾衍东:《小豆棚》,南山点校,湖北:荆楚书社,1989年4月,第153页。

第⑥章
《阅微草堂笔记》志怪特色比较研究

颠当子十岁时,颠当教之词曲,"又令习妖态,作愁眉啼、折腰步、龋齿笑,大有母风"①。《颠当》情节不如《嫦娥》曲折,人物安排亦不如《嫦娥》有映衬、对比之妙,但能将原作中嫦娥之所长移于颠当,令人觉得耳目一新。

《阅微草堂笔记》的变幻情节是故事的主体,侧重说理,文学性较弱;《嫦娥》中的变幻是人物形象的一部分;《小豆棚》总的变幻情节只占故事的一小部分,变幻情节在三部作品中所占比例逐渐减弱。

此外还有两则相似的文人轻薄自寻烦恼的故事,在《阅微草堂笔记》和《聊斋志异》中都有记录。《阅微草堂笔记》中记:

> 天津某孝廉,与数友郊外踏青,皆少年轻薄。见柳阴中少妇骑驴过,欺其无伴,邀众逐其后,嫚语调谑。少妇殊不答,鞭驴疾行。有两三人先追及,少妇忽下驴软语,意似相悦。俄某与三四人追及,审视,正其妻也。但妻不解骑,是日亦无由至郊外。且疑且怒,近前呵之。妻嬉笑如故。某愤气潮涌,奋掌欲捆其面。妻忽飞跨驴背,别换一形,以鞭指某数曰:"见他人之妇,则狎邪百端,见是己妇,则愤恨如是。尔读圣贤书,一怒字尚不能解,何以挂名桂籍?"数讫径行。某色如死灰,僵立道左,殆不能去。竟不知是何魅也。②

《聊斋志异》中《瞳人语》篇末有如下一段文字:

> 乡有士人,偕二友于途,遥见少妇控驴出其前,戏而吟曰:"有美人兮",顾二友曰:"驱之!"相与笑骋。俄追及,乃其子妇。心赧气丧,默不复语。友伪为不知也者,评骘殊亵。士人忸怩,吃吃而

---

① (清)曾衍东:《小豆棚》,南山点校,湖北:荆楚书社,1989年4月,第154页。
② (清)纪昀:《阅微草堂笔记·卷一·滦阳消夏录一》,上海:上海古籍出版社,2004年1月,第6页。

言曰:"此长男妇也。"各隐笑而罢。①

　　这两则故事,在情节、人物及立意主旨略无二致。《阅微草堂笔记》借用妖魅的变形来叙述故事,显得更加神异,《聊斋志异》则偏重于日常事件的巧合。

　　先看情节描写。前者写得很质实,仅述某孝廉"欺其无伴,邀众逐其后,嫚语调谑"。言简意赅,给人的印象较单薄,文学性较弱。后者侧重细节描写着力于对无赖之徒言谈笑貌、动作情态的描写,如士人"戏而吟曰……顾二友曰……相与笑骋"。寥寥十多字,丑类已活灵活现,作者把主观上欲挞伐的对象以尽可能客观的方法再现得愈真实愈生动。

　　前者写孝廉"欺其无伴……嫚语调谑",是作者以全知视角在解说,后者写士人"戏而吟"、"顾曰"等等细节描绘得有声有色,读者能体会到故事角色的活动。特别是结局写士人等追上去看清对方后"心枨气丧,默不复语",而他的无赖同伙则"伪为不知也者,评骘殊亵"。至此,"士人忸怩,吃吃而自言曰:'此长男妇也'""各隐笑而罢",结局也颇具讽刺意味。

　　再来看人物描写。《阅微草堂笔记》描写士人"且疑且怒,近前呵之"看到妇人却是自己的妻子时,进而"愤气潮涌,奋掌欲掴其面",心理变化和行为都很直接,而且都是通过作者的全知叙事表述的。《聊斋志异》则是侧重把叙述与描绘相结合,把一种尴尬的场面、人物复杂的内心活动和外表情态、矛盾的事件结局以及作者的批判寓意都融汇在一起表达出来了。

　　但是,纪昀在结尾一定要加上一段说教的话,这段话才是故事的主旨和重点所在,也是"鬼狐"等存在于故事的最终目的:"见他人之妇,则狎邪百端,见是己妇,则愤恨如是。尔读圣贤书,一怒字尚不能解,何以

---

① (清)蒲松龄:《聊斋志异》,北京:人民文学出版社,2009年,第12页。

挂名桂籍?"来直接阐明自己的意图。蒲松龄以一个富有讽刺意味的结局来完成劝惩的任务,没有直接说教,而且由于细节描写出色,使人的注意力完全集中到故事本身,冲淡了故事本身的说教意味。

这种区别既有才学高下的原因,也是创作境况本质差异的结果。试想,一个是时刻把文人士子放在心中的文坛领袖、学界泰斗,创作时首先想到的是规劝士子走上正路,与一个在穷愁潦倒境遇中潜心营构奇特情节的作家写作风格是截然不同的,而蒲松龄更多的是从故事中获得乐趣和慰藉来排遣孤寂。

二 相似情节的不同作用

《阅微草堂笔记》和《聊斋志异》有很多相似的宗教文化内容和情节,但这些在两部书中的作用却不尽相同。这一部分需要先从《聊斋志异》中的故事说起。《聊斋志异·青娥》中讲一个道士给了霍桓一把神奇的铲子,能够挖开墙壁,和心爱的青娥相见:

> 会有一道士在门,手握小铲长裁尺许,生借阅一过,问:"将何用?"答云:"此劚药之具,物虽微,坚石可入。"生未深信。道士即以斫墙上石,应手落如腐。生大异之,把玩不释于手,道士笑曰:"公子爱之,即以奉赠。"生大喜,酬之以钱,不受而去。持归,历试砖石,略无隔阂。顿念穴墙则美人可见,而不知其非法也。更定逾垣而出,直至武第,凡穴两重垣,始达中庭。见小厢中尚有灯火,伏窥之,则青娥卸晚装矣。少顷,烛灭,寂无声,穿墉入,女已熟眠。轻解双履,悄然登榻;又恐女郎惊觉,必遭呵逐,遂潜伏绣被之侧,略闻香息,心愿窃慰。而半夜经营,疲殆颇甚,少一合眸,不觉睡去。女醒,闻鼻气咻咻,开目见穴隙亮入。大骇,暗摇婢醒,拔关轻出,敲窗唤家人妇,共热火操杖以往。则见一总角书生酣眠绣榻,细审识为霍生。遽起,目灼灼如流星,似亦不大畏惧,但靦然不作一语。

众指为贼,恐呵之。始出涕曰:"我非贼,实以爱娘子故,愿以近芳泽耳。"众又疑穴数重垣,非童子所能者。生出以言异,共试之,骇绝,讶为神授。将共告诸夫人,女俯首沉思,意似不以为可。众窥知女意,因曰:"此子声名门第,殊不辱玷。不如纵之使去,俾复求媒焉。诘旦,假盗以告夫人,如何也?"女不答。众乃促生行。①

用铲子挖开墙壁与心爱之人相见,在当时礼法甚严的社会,实在是借助想象的神奇力量。不过蒲松龄这个破壁见心上人的故事还是有渊源的。这个故事继承了《夷坚志·猪嘴道人》中借助道士神力的情节:

洛阳李巇,少年豪迈,以财雄一乡。……某太守自南郡解印还洛,家富声乐,列屋一宠姬,最姝秀夭丽。……望见,兀兀如痴,寄目不暂瞬。姬亦窥其容状,口虽笑叱,而心颇慕之。两人遥相注意,俱不能出言,恨恨而去。……时有猪嘴道人者,售异术于廛市,能颠倒四时生物,人莫能识,巇独厚遇。忽造门求醉。巇欣然接纳,深思叩以其事,或能副所欲。乃设盛馔延款,具以诚告。客初难之,请至再四,乃笑曰:"姑试为之。"巇拜曰:"果遂愿,不敢忘报。"明日,招往城外社坛,四顾无人,拈一片瓦,呵祝移时,以付巇曰:"吾去矣。尔持此于庭壁间,上下划之,当如愿矣。善藏此瓦,每念至则怀以来。"巇谨受教,划壁未几,割然中开,竦身而入,径趋曲室内。斗帐画屏,极为华美。妇卧其中,宿醒未醒,见人惊起,睇颜微怒曰:"谁家儿郎,强暴至此!辄入房院,谁引汝来?"巇却立凝笑,不敢言。熟视良久,盖真所愿慕者。妇人亦悟而笑。略道衷事,即登榻共卧,相与极欢。既而曰:"太守且至,郎宜引避疾回,后会可期也。"遂循故道而出,壁合如初。瓦故在手,携还家,珍秘于

---

① (清)蒲松龄:《聊斋志异·卷七》,北京:人民文学出版社,2009年,第961页。

棫。过三日,率一游,每见愈款昵。经累月,杳无人知。①

两个故事相似度很高,不同之处不过是所用工具(铲子和瓦片)的区别。《猪嘴道人》故事经过学界考证,应产生于北宋宣和年间,到了南宋,分别由洪迈和王明清记录成文,收入洪氏《夷坚志补》,王氏也将其收入自己的小说集《投辖录》,乾隆时期黄炎熙的《聊斋志异选钞本》把它和《波斯人》混入蒲松龄的作品中,这一点学界早已考证出来②,也从侧面反映出《青娥》和《猪嘴道人》的相似性,可以编为一类故事中。

书生们借助法术很容易就实现了进入闺阁的愿望,虽然是作者虚构出来的,对士子们的吸引力也是很大的。但是如果崇尚这种做法,难免有助长窥人闺阁、沉迷幻想的风气,则社会的规则何在,道德伦理对人的约束力又何在。于是纪昀就在《阅微草堂笔记》中专门针对类似事件写了一个故事:

> 有僧游交河苏吏部次公家,善幻术,出奇不穷,云与吕道士同师。……有一士因雨留同宿,密叩僧曰:"《太平广记》载术士咒片瓦授人,划壁立开,可潜至人闺阁中。师术能及此否?"曰:"此不难。"拾片瓦咒良久,曰:"持此可往。但勿语,语则术败矣。"士试之,壁果开。至一处,见所慕,方卸妆就寝。守僧戒,不敢语,径掩扉,登榻狎昵,妇亦欢洽。倦而酣睡。忽开目,则眠妻榻上也。方互相疑诘,僧登门数之曰:"吕道士一念之差,已受雷诛。君更累我耶!小术戏君,幸不伤盛德,后更无萌此念。"既而太息曰:"此一念,司命已录之,虽无大谴,恐于禄籍有妨耳。"士果蹭蹬,晚得一训

---

① (宋)洪迈:《夷坚志·补卷第十九》,上海:商务印书馆,中华民国十六年六月版,第6页。
② 参看薛洪绩:《〈聊斋志异〉的〈猪嘴道人〉等篇不是蒲松龄所作》及《再说猪嘴道人》,《社会科学战线》1979年第2期、1982年第1期。

导,竟终于寒毡。①

虽然一样是瓦片划开墙壁与所爱相见,但是结局完全不同。《阅微草堂笔记》的男主人公不仅没有见到所爱之人,还因此恶念,葬送了仕途:"士果蹭蹬,晚得一训导,竟终于寒毡。"道士操此术者亦遭雷诛。这里,已经没了《青娥》和《猪嘴道人》神奇旖旎之态,更多的是现实之情状、规劝之意愿。道士的一席话无疑为艳羡霍桓和洛阳李巇的书生们的当头棒喝,使之心生敬畏,专心正途。

《阅微草堂笔记》着墨较多的还有专门针对"书生遇狐艳遇"的故事,在这些故事中,纪昀营造一种"反艳遇"②的故事氛围,达到劝惩士人安心举业的目的。纪昀经常丑化书生所遇的对象,结局让所有人跌破眼镜,大呼上当,从此再不生艳遇之心:

丰宜门内玉皇庙街,有破屋数间,锁闭已久,云中有狐魅。适江西一孝廉与数友过夏(唐举子下第后,读书待再试,谓之过夏),取其地幽僻,僦舍于旁。一日,见幼妇立檐下,态殊妩媚,心知为狐。少年豪宕,意殊不惧。黄昏后,诣门作礼,祝以谍词。夜中闻床前窸窣有声,心知狐至,暗中举手引之。纵体入怀,遽相狎昵,冶荡万状,奔命殆疲。比月上窗明,谛视乃一白发媪,黑陋可憎。惊问:"汝谁?"殊不愧报,自云:"本城楼上老狐,娘子怪我饕餮而慵作,斥居此屋,寂寞已数载。感君垂爱,故冒耻自献耳。"孝廉怒,搏其频,欲缚捶之。撑挂摆拨间,同舍闻声,皆来助捉。忽一脱手,已豁然破窗遁。次夕,自坐屋檐,作软语相唤。孝廉诟詈,忽为飞瓦所击。又一夕,揭帷欲寝,乃裸卧床上,笑而招手。抽刃向击,始泣骂去。惧其复至,移寓避之。登车顷,突见前幼妇自内走出。密遣

---

① (清)纪昀:《阅微草堂笔记·卷一·滦阳消夏录一》,上海:上海古籍出版社,2004年1月,第13—14页。

② 参看李永泉:《〈阅微草堂笔记〉写狐小说反艳遇特征》,《现代语文》2006年12月。

小奴访问,始知居停主人之甥女,昨偶到街买花粉也。①

纪昀还在《阅微草堂笔记》记载男狐与书生相遇,完全颠覆了传统的书生遇狐故事:

> 相传魏环极先生尝读书山寺,凡笔墨几榻之类,不待拂拭,自然无尘。初不为意,后稍稍怪之。一日晚归,门尚未启,闻室窸窣有声;从隙窃觇,见一人方整饬书案。骤入掩之,其人瞥穿后窗去。急呼令近,其人遂拱立窗外,意甚恭谨。问:"汝何怪?"磬折对曰:"某狐之习儒者也。以公正人,不敢近,然私敬公,故日日窃执仆隶役。幸公勿讶。"先生隔窗与语,甚有理致。自是虽不敢入室,然遇先生不甚避,先生亦时时与言。一日,偶问:"汝视我能作圣贤乎?"曰:"公所讲者道学,与圣贤各一事也。圣贤依乎中庸,以实心励实行,以实学求实用。道学则务语精微,先理气,后彝伦,尊性命,薄事功,其用意已稍别。圣贤之于人,有是非心,无彼我心;有诱导心,无苛刻心。道学则各立门户,不能不争,既已相争,不能不巧诋以求胜。以是意见,生种种作用,遂不尽可令孔孟见矣,公刚大之气,正直之情,实可质鬼神而不愧,所以敬公者在此。公率其本性,为圣为贤亦在此。若公所讲,则固各自一事,非下愚之所知也。"公默然遣之。②

这样一个知书达理、真知灼见的儒狐,也只有在纪昀笔下才能出现,当然,这也是纪昀曲折地表达自己的学术观点。《阅微草堂笔记》中这样的狐鬼形象出现,与当时士风变化有一定关系。乾隆一朝,社会风

---

① (清)纪昀:《阅微草堂笔记·卷七·如是我闻一》,上海:上海古籍出版社,2004年1月,第121页。
② (清)纪昀:《阅微草堂笔记·卷十六·姑妄听之二》,上海:上海古籍出版社,2004年1月,第342页。

气和人们的价值观念、伦理观念发生了巨大变化,特别是官宦、士人阶层风气变化尤大。

> 穷奢极欲的奢靡之风遍行于世;官宦、士人"幸喜男风","狎优蓄童"之习成为时髦;一改往日的清高,重财、重利,向商人靠拢,想方设法捞取钱财,甚至有的人也经营起工商业来。①

这一切体现了清代统治阶级腐朽、没落的一面,而国家前途依仗的读书人,还沉湎于狐鬼艳遇的幻想中。面对这样的世风和社会现状,纪昀怎能坐视,他势必要塑造一些正面的、积极的、向上的、符合儒家传统规范的形象来劝诫士人阶层,让他们安心举业,达到"以实心励实行,以实学求实用"的目的。

此外,专门针对书生们迷恋的狐来说教,似乎更有说服力。所以纪昀创作这些"反艳遇"的故事是很有深意的。但是,故事中士人们向商贾的靠拢,从另一方面也反映出社会生产力及资本主义萌芽的进一步发展,从而冲击了"重农抑商"观念。预示着社会将要发生变革,纪昀的劝惩能够起到多大作用,就不得而知了。

三 相似情节的改造

《阅微草堂笔记》中还有一些故事,将《聊斋志异》中的神异故事加以改造,形成了新的故事,如对《种梨》故事的改造。

《聊斋志异·种梨》故事讲道士用搬运法惩罚吝啬的货梨乡人,最终使之受损失、遭嘲笑:

---

① 冯佐哲:《试析乾隆朝官宦、士人风气之擅变》,《中国社会科学研究生院学报》2002年第2期。

有乡人货梨于市,颇甘芳,价腾贵。有道士破巾絮衣,丐于车前。乡人咄之,亦不去;乡人怒,加以叱骂。道士曰:"一车数百颗,老衲止丐其一,于居士亦无亦大损,何怒为?"观者劝置劣者一枚令去,乡人执不肯。肆中佣保者,见喋聒不堪,遂出钱市一枚,付道士。道士拜谢,谓众曰:"出家人不解吝惜。我有佳梨,请出供客。"或曰:"既有之,何不自食?"曰:"我特需此核作种。"于是掬梨大啖。且尽,把核于手,解肩上镵,坎地深数寸,纳之而覆以土。向市人索汤沃灌。好事者于临路店索得沸沈,道士接浸坎上。万目攒视,见有勾萌出,渐大;俄成树,枝叶扶苏;倏而花,倏而实,硕大芳馥,累累满树。道士乃即树头摘赐观者,顷刻向尽。已,乃以镵伐树,丁丁良久,方断。带叶荷肩头,从容徐步而去。初,道士作法时,乡人亦杂立众中,引领注目,竟忘其业。道士既去,始顾车中,则梨已空矣,方悟适所俵散,皆己物也。又细视车上一靶亡,是新凿断者。心大愤恨。急迹之,转过墙隅,则断靶弃垣下,始知所伐梨本,即是物也。道士不知所在。一市粲然。①

这种用搬运法术助人的情况在《阅微草堂笔记》中也有,不过主人公由道士变成了颇具侠义之风的神异术士,来看一则山西商人的故事:

有山西商居京师信成客寓,衣服仆马皆华丽,云且援例报捐。一日,有贫叟来访,仆辈不为通。自候于门,乃得见。神意索漠,一茶后别无寒温,叟徐求助意。哂然曰:"此时捐项且不足,岂复有余力及君?"叟不平,因对众具道西商昔穷困,待叟举火者十余年。复助百金使商贩,渐为富人。今罢官流落,闻其来,喜若更生。亦无奢望,或得囊所助之数,稍偿负累,归骨乡井足矣。语讫絮泣。西商亦似不闻。忽同舍一江西人,自称姓杨,揖西商而问曰:"此叟所

---

① (清)蒲松龄:《聊斋志异·卷一》,北京:人民文学出版社,2009年,第37页。

言信否？"西商曰："是固有之，但力不能报为恨耳。"杨曰："君且为官，不忧无借处。倘有人肯借君百金，一年内乃偿，不取分毫利，君肯举以报彼否？"西商强应曰："甚愿。"杨曰："君但书券，百金在我。"西商迫于公论，不得已书券。杨收券，开敝箧，出百金付西商。西商怏怏持付叟。杨更治具，留叟及西商饮。叟欢甚，西商草草终觞而已。叟谢去，杨数日亦移寓去，从此遂不相闻。后西商检箧中少百金，镝锁封识皆如故，无可致诘。又失一狐皮半臂，而箧中得质票一纸，题钱二千，约符杨置酒所用之数。乃知杨本术士，姑以戏之，同舍皆窃称快。西商惭沮，亦移去，莫知所往。①

同样是以其人之物赠人来惩罚其人，两者侧重点很不同。《阅微草堂笔记》中的故事乃是山西商人有负穷叟在先，穷叟后向西商求救不得，杨生此刻出手相救，颇有侠义之风，故事便有了"忘恩负义"之人受到惩罚的深刻含义。故事中杨生的神奇的法术也为这个人物形象增添了智慧、神秘的色彩，与纪昀在书中一直强调"义"的基调也很相符。

先姚安公性严峻，门无杂宾。一日，与一褴褛人对语，呼余兄弟与为礼，曰："此宋曼珠曾孙，不相闻久矣，今乃见之。明季兵乱，汝曾祖年十一，流离戈马间，赖宋曼珠得存也。"乃为委曲谋生计。因戒余兄弟曰："义所当报，不必谈因果。然因果实亦不爽。昔某公受人再生恩，富贵后，视其子孙零替，漠如陌路。后病困，方服药，恍惚见其人手授二札，皆未封。视之，则当年乞救书也。覆杯于地曰：'吾死晚矣！'是夕卒。"②

---

① （清）纪昀：《阅微草堂笔记·卷四·滦阳消夏录四》，上海：上海古籍出版社，2004年1月，第58页。
② （清）纪昀：《阅微草堂笔记·卷二·滦阳消夏录二》，上海：上海古籍出版社，2004年1月，第20页。

"义当所报"正是这两则故事强调的,奇异的法术也是为此服务的。比较来看,《聊斋志异》中的卖梨人并没有忘恩于道士,相反,道士反而有利用道术强抢的嫌疑。故事的表现得更多的是囊中羞涩的平民的愿望和趣味性,重点是惩罚吝啬之人。如何守奇对于《种梨》的评价是:

> 核是吝惜之根。勾萌成树,倏花倏食,俵散殆尽者,皆是物也。人无吝根,道士纵有妙术,乌得而散之?车无靰则不可以行,吝惜二字是行不得的,道士所为伐其本。①

卖梨人的窘态和"一市粲然"的结局,则增添了故事戏剧意味。

纪昀还利用宗教文化因素来归纳出生活中的道理,或者说宗教文化因素在《阅微草堂笔记》中重要的目的是为了说明道理。毕竟,奇异的东西可能乍一看确实是引人入胜,但是,最初的新鲜愉悦过去之后,鲜少能够留下什么。但《阅微草堂笔记》中的许多故事读后都会让人掩卷沉思,个中道理即使在今天仍有借鉴的意义。比如纪蒲二人都写到的一个故事题材,人们怜悯妖怪,在最后关头将之放走。《阅微草堂笔记》中写作这个故事是为了说明不可功亏一篑的道理,放走妖怪的情节与故事的结局紧密相关;而《聊斋志异·胡四姐》中尚生放走胡四姐,则是为了突出尚生和四姐的爱情,与增加故事深度关系不大,也没有说明什么深刻的道理。

总体比较来看,《阅微草堂笔记》的志怪故事内容更接近现实社会,与百姓的日常生活更为接近。纪昀涉世颇深,故事亦有深度,且用笔老辣,见解独到。蒲松龄长期生活在孤独寂寞的环境中,不断幻想美妙的场景,把自己想象力发挥到极致,描绘细腻,瑰丽多彩。总之,虽然两者风格迥异,将宗教文化内容融入到各自故事中,为他们的作品都增色不少。

---

① 朱一玄编:《聊斋志异资料汇编》,河南:中州古籍出版社,1985年2月,第20页。

第 7 章 结论

《阅微草堂笔记》是一部非常重要的文言志怪小说,与《聊斋志异》一起代表着中国清代文言志怪小说的两座高峰,一为实录风格,一为传奇笔法,各有拥趸,几百年来带给了读者和研究者不同的文学体验和审美认知。

《阅微草堂笔记》更是以其独特的志怪手法和志怪内容在文言小说中独树一帜,宗教文化内容则是其志怪特色形成的重要组成部分,作者纪昀将这些宗教文化内容有机地融入到小说中,使得故事内容详细、生动,富有深意。并借此展示着自己丰富的人生经历,独特的人生感悟,成为文本研究重要的一部分。以宗教文化为切入点,既有利于全面理解《阅微草堂笔记》志怪特色,也是研究纪昀等中高层文人宗教观和当时宗教文化的一个视角。

纪昀生于雍正二年(1724 年),卒于嘉庆十年(1805 年),创作《阅微草堂笔记》的时间是自乾隆五十四年(1789 年)至嘉庆三年(1798 年)。这个时候的佛、道二教都向着更加世俗化的方向发展开去,并不断地与民间信仰、民间宗教融合在一起,成为百姓生活中较为重要的一部分,这些情况在《阅微草堂笔记》中都有所反映。其故事中的宗教文化内容可大致分为佛教文化、道教文化、民间信仰等。佛教文化内容包括佛教仪轨、果报轮回故事、纪昀的禅宗观念等;道教文化内容包括法

第 ⑦ 章
结　论

术、纪昀的神仙观念和成仙故事的变异等；民间信仰包括主要是动物崇拜（狐）和冥界神灵信仰等。

总体来看，纪昀的宗教倾向是矛盾的，他不太相信佛理、道义，却又在书中大谈果报轮回，同时又对奇异法术充满了兴趣。这种现象可以归结为利用佛、道、狐、怪来劝诫百姓以及纪昀本人的偏好上，纪昀的长辈、朋友乐意对僧、道品头论足，喜欢谈狐说鬼，这些都对纪昀产生了一定的影响。

《阅微草堂笔记》中比较多地提到了佛教的施食仪轨"放焰口"。纪昀如此关注这一祭奠亡者的仪式，寄托了他慎终追思的观念和以"礼"规范社会的愿望。"放焰口"作为一项隆重的仪式，符合儒家的"慎终"观念，利于引导人们追思祖先，规范礼制。

果报轮回故事占了相当大的比例。现代寺院还曾将《阅微草堂笔记》因果报应故事择印成册，发放世人，以示劝惩。果报轮回观念早在汉、晋、唐、宋文言小说中已经多有表现，《阅微草堂笔记》对此既有继承又有变化，变化的地方如强调不要虐杀动物、夙冤等等。特别是夙冤的故事，其承接佛经故事的痕迹非常明显，纪昀借此抒发人生感慨，为种种世相找到解释，比起前代的果报轮回故事显得深刻、富有哲理意味。当然，他并不是单纯地相信果报轮回，也常常记录一些无法解释的事实，对传统的果报观念提出挑战，使之陷入困境，这是纪昀比较先进的一面，也是他重考证的思维方式的体现。

书中两类禅僧的形象也非常值得人们注意，分别体现了禅宗自性自度和世俗成佛的思想，与《聊斋志异》中的僧人形象很有可比性。其中以墨翟、杨朱来比拟佛法和禅僧，是纪昀对禅宗独特的认知方式，也是清代士大夫对禅宗认识的缩影。

《阅微草堂笔记》中重点描写了道教法术包括"牒"、"五雷法"和民间法术"扶乩"等。《阅微草堂笔记》中大量涉及道士"发牒捉鬼"的情节，这个情节在唐代志怪小说中已经多次出现，纪昀给这个传统情节添加了许多时代因素，发掘了"牒"的其他文化含义，在一定程度上反映出清代百姓对于道教法术的认识。

此外,扶乩也是其着力描写的内容,再现了这一当时在大大小小文人间流行的活动的真实情况,此时的扶乩少了几分神秘和神圣,多了几分文人之间的游戏意味。相比之下,同时期的文言小说中涉及扶乩内容较少,题材范围也没有《阅微草堂笔记》多,这与作者的文臣身份和所交有很大关系。

纪昀还记录了有关新疆的道士和番僧的故事,这些都是同类小说所没有的。《阅微草堂笔记》这些内容丰富了志怪小说内容,扩大了其题材范围,真实地再现了当时中国边疆地区风貌,有一定的文学和史学价值。

《阅微草堂笔记》中的"成仙故事"比起前代也有了很大变化,世人不再汲汲于成仙,度脱人的仙人甚至可能是妖怪。成仙故事呈现出这样的变异,除了纪昀对"成仙"不信任以外,与乾隆时期的经济环境有很大关系。18世纪的中国,经济环境中突出一点就是空前的人地矛盾,当百姓出于各种各样的原因被牢牢依附在土地上时,虚无缥缈的成仙愿望和实实在在的农作物比起来实在是不堪一击;当时中国的经济水平和人们的生活水平比起前代确实有了很大提高,古人关于衣食轻煖的幻想与想象已经变成了现实,人们追求成仙后的物质享受似乎不如前代那么强烈了。

关于《阅微草堂笔记》宗教文化的研究还有一个敏感问题——白莲教。一直以来,白莲教都是清代一个很重要的问题,但是《阅微草堂笔记》中几乎没有相关的记录。除了与纪昀的官员身份有关系以外,可能与白莲教自身的教义、流传地区有关,《聊斋志异》中对此倒是有详细记录,但是把白莲教描绘成妖魔鬼怪,这可能因为统治者希望"妖魔化"白莲教众以达到镇压的目的。

有清一代,政府对于民间宗教的发展态势一直非常关注,早在康熙年间,利用僧团、道团从事犯罪活动的情况就引起了统治者的注意。进行了较大规模的"缴乱平叛"行动:

第 7 章
结 论

十八年,覆准:聚众为匪之案,多由奸邪僧道主谋。平时煽惑愚民,日渐酿成大案,应令该地方文武各官察,照元年、四年议准:僧道牒照确取、保结、详咨、授受、顶给之定例,实力奉行。如遇公事之便,就近亲至庵庙寺观,细加体防,务使奸宄之徒不能溷迹僧道。以削患於未萌。如文武官仍视为具文,以致藏奸匿匪,煽惑愚民,酿成逆案,一经发觉将该管地方官及该管上司并武职各官皆照不能察缉奸民例,分别议处。①

在纪昀生活的年代,华北地区的民间宗教是很盛行的。但是,在《阅微草堂笔记》中没有明确地提到民间宗教的问题,甚至蛛丝马迹都难以找到,只是一些故事中隐隐约约提到过草莽大王捉士人,似乎有教主和信众之间的关系。

此外,清政府笃信藏传佛教。除了与宗教传统有关,也是为了巩固对西藏的统治,这一点,康雍乾始终一致。如康熙帝所言:

送新胡必尔汗入藏,安设禅床,广施法教,令土伯侍之众诚心归向,则策零敦多卜自畏势逃遁。②

但是,纪昀在《阅微草堂笔记》中并没有过多记述藏传佛教和番僧,仅有的两个故事中,对番僧语含贬意,纪昀是汉族知识分子,可能从心理上、情感上距藏传佛教有一定的距离。以上尚属猜测之语,在这里只做问题列出,还需进一步的证实。

整体来看,清代对待佛、道的政策倾向于"以儒为本""释道补之"。这种宗教政策深深影响到作者,他在《阅微草堂笔记》中多次重申"神道

---

① 戴逸、李文海主编:《清通鉴》(卷七圣祖仁皇帝),太原:山西人民出版社,2000年,第1758页。

② 《清实录·圣祖仁皇帝实录》卷236,北京:中华书局1986年,第356页。

设教"的观点,故事中的僧人、道士大谈"三教最终归于劝善"的道理,许多佛理、道义最终表现的都是儒家的传统道德。这种利用佛、道来加强对百姓的控制和对社会的管理的态度,直接影响了《阅微草堂笔记》题材的选择和鬼神形象的塑造,形成了其独特的志怪特色。纪昀倾向于选择那些劝导惩戒色彩明显的内容,鬼神形象也大多以监察、督导的面目出现。

通过僧、狐、鬼、怪之口劝善、规范世人,除了是他自身的愿望以外,也与明清时期流行于社会的"劝善书"、"功过格"相关。明清时期,出现了不少功过格和劝善书,尤以道教为多,这种计算善恶加以奖惩的方法在民间很有震慑力,在《阅微草堂笔记》中多有体现。"功过格"这种思维方式也正好补充了儒家缺乏具体、细致的奖善惩恶手段之不足。

此外,《阅微草堂笔记》从内容到艺术手法都带有鲜明的"实学"色彩和"求实"的美学风格,这也是《阅微草堂笔记》志怪故事描写的一大特色,与清代的文艺格局有很大关系。清代的文艺格局主要以"实学美学"为主,纪昀求实的审美风格深受当时"实学"的学术思想影响。细分

第7章
结 论

清代实学内容颇为复杂,经学者研究,共有九种之多①,纵观九种实学,纪昀和《阅微草堂笔记》体现出的实学精神主要是以考据学、经世之学为基调的,提倡"以实心励实行,以实学求实用"和对鬼神、果报轮回有无的考证等等。

这些实学的思想直接影响到《阅微草堂笔记》的题材选择、内容表现和审美风格。

《阅微草堂笔记》文本中的"实"的内容的主要有儒家的"仁"、"义"等传统道德的表现,纪昀将之看成是人生之美、生活之美、生命之美的极致。《阅微草堂笔记》满篇都是宣扬"孝悌"、"仁义",宗教文化内容在很大程度上是为了帮助实现儒家这些传统道德,很好地帮助纪昀实现了"劝惩戒"的创作目的,也体现了纪昀以儒为本、三教调和的宗教观。纪昀在书中利用宗教文化的手段褒扬那些为了忠孝节义而牺牲的

---

① 第一种,以元气实体论为实学。这种观点接续明中叶的罗钦顺、王廷相、王夫之等人的"元气构成万物,而其分则殊,此博约所以为吾儒之实学"观点,至清中期,戴震虽仍主元气实体论,但他所谓"气"是从属于最高范畴"道"。第二种,以道德实体之学为实学。自宋至清儒家多主此说。明清之际的儒者虽排斥宋儒心性论,但仍继承了宋儒天命之性并非"无形影可以摸索"的论旨,以道德实体为实学,绝大多数清儒,如颜李学派、乾嘉学派、常州今文经学等都主于道德实体之学。第三种,以人、性的道德实践之学为实学。主于道德实践、道德修养上,坚执渐修而反对空悟。清代王夫之、颜李学派等主张经世致用之学的儒者都属于这一类。第四种,以"实事求是"的考据学(朴学)为"实学"。主要是乾嘉时期的儒者。他们多以考据治经,不求其中的微言大义,而是致力于音韵训诂,以期明其中"义理"。包括以惠栋为首的吴派、戴震为首的皖派,都明确以考据之学为"实学"。考据学确实在明清学术易代上起了重要作用,清代皮锡瑞的《经学历史》认为,清初承晚明极衰之后,推崇实学,以矫空疏,宜乎汉学重兴,唐、宋莫逮。对考据学在当时所起的矫虚济实作用做了充分肯定。第五种,以经世致用、经国济民之策略为实学。这种主张主要是针对明末儒学末流空疏误国之弊而提出来的。代表人物如顾炎武,他明确主张"修己治人之实学",反对"明心见性之空言",重视践行的颜李学派,指斥不明实学的腐儒:言虽精,书虽备,于世何功!于道何补!第六种,以经学为实学。倡导"明经致用"。持此论者多从"经所以载道"出发,看重经学明道、教化之功,多为重明道、严教化的程朱理学的后学。第七种,以史学为实学,倡导"史学经世"。清代延续这一方法,通过读史,借鉴历史经验达到治国家、厚人伦的目的。治史的目的不仅是为了"究天人之际",更是为了"究今之际"。道咸时期的史家有鉴于列强环伺的危局,多用力于域外史地学,就是这种史学经世精神的延续。第八种,以"理"为实理,以理学为实学。清代中晚期出的朱子后学、王门后学大多坚持理学为实学。他们主要对乾嘉考据学陷入繁琐支离的训诂考辨,疏离于义理真意甚为不满,重新倡导程朱一系以理为实的观点。第九种,以质测之学即自然科学为实学。

人们,其中以节妇和士兵居多。对于节妇这个中国古代封建社会的痼疾,纪昀对她们表示了极大的关心和同情。不过,这种关心和同情是站在维护封建纲常伦理立场上的,他试图通过种种富有宗教色彩的手段来安抚这些无辜牺牲的人们,却并没有想到要打破这种制度。

除了内容上的求实,《阅微草堂笔记》在创作风格上也极力追求"实"的美学风格。文字省净、简洁,笔下的故事并不专注于描头画角,而是富有哲理,长于思辨,颇有深意,情趣盎然,也创作出了一批独特丰满的僧、道、狐、鬼形象。

纪昀坚持"小说即属叙事,不可随意装点"的观念,强调故事的来源,对读者要有"何从闻见之"的交代。因此他在《阅微草堂笔记》中自觉运用了不少叙事技巧和方法,如限知角度叙事是一大特色。中国古代文言小说秉承记史传统,偏爱全知视角的叙事方法,纪昀则提出要根据实际情况和文本环境来对全知视角进行改造,他在《阅微草堂笔记》中有意识地运用限知视角,尽量保证限知视角的纯洁度,有不少作品都是运用限知视角进行叙事的佳作,他对深层次叙事技巧做了有益的尝试,也是《阅微草堂笔记》中很有价值的部分。此外,叙事时间挪辗交错,使得《阅微草堂笔记》故事描述细致,铺叙自然,悬念迭出。这些都形成了其雍容大度、简淡自然、考证求实的文风。

最后,就艺术风格来看,在"求实"观念的指导下,纪昀极力讽刺那些顽固守旧的讲学家、腐儒,其内容和力度与《儒林外史》有很大可比性。二者都以辛辣的笔端来讽刺儒林现状,嘲笑虚伪的道学先生,揆执一理、不知变通的腐儒,有不少的相似情节。相较之下,《阅微草堂笔记》中的讽刺故事由于借用了宗教文化手段,充满了传奇性、趣味性。

纪昀作为学界领袖人物,对乾嘉时期士人耽于玩乐、士风不振感到痛心异常,在《阅微草堂笔记》中除了讽刺以外,还借助佛教、民间信仰的力量来震慑、劝诫士人迷途知返,专心于科举正业。《阅微草堂笔记》中借狐、鬼、僧、道对官吏的讽刺和劝惩是很有特色也很深刻的内容,纪昀半生为官,仕途坎坷,为人正直,不依附权贵,深谙为官之道,他借异

第⑦章
结 论

类之口揭露官场内幕的故事,借题骂世,既是保护自己的举动,也是一个正直善良之人的对现状的清醒认识,很有说服力。

客观来说,纪昀对小说的认识距离科学的、现代意义上的小说理论还有一段距离。忽略小说文学性,反对虚构,崇尚实录,这是纪昀小说理论的不足之处。

此外,《阅微草堂笔记》与《聊斋志异》的宗教文化内容描写也很有可比性,也是一个较有学术意义的角度。相似的宗教文化内容故事在两部不同作品中表现手法和侧重点都不太相同,表现了纪蒲二人不同的小说观、审美观,也是二人地位、胸怀和关注点的不同表现,能够为研究者理解当时的宗教文化、文学作品提供了更为广阔的视角。

总体来看,从宗教角度切入研究《阅微草堂笔记》,是一个较新的角度,纵然目前尚没有材料证明纪昀是一个虔诚的宗教信仰者。但是,《阅微草堂笔记》故事中的宗教文化内容是非常值得注意的,是《阅微草堂笔记》的重要组成部分,也是研究纪昀、研究四库学重要参考资料。它反映了当时文人士大夫眼中的佛教、道教,较为真实地反映了二者的存在状态,也担负了一定的文学功能。

上述这些都为《阅微草堂笔记》以后研究提供了方向,还有很多问题可以进一步细化。比如《阅微草堂笔记》中城隍问题的研究,关于城隍研究,现在已经很多了,比如2007年河北师范大学周志霞的硕士论文《清代笔记小说中的城隍研究》一文,对于清代笔记小说中的城隍形象做了比较系统的分析,是对笔记小说的专题研究一次有益的尝试。但是对于《阅微草堂笔记》中多次出现的城隍,目前还没有研究论文出现。此外,《阅微草堂笔记》中的扶乩研究,也是大有可做的题目。扶乩是古代文人中非常流行的一种的占卜、消遣的方式,将来完全有可能以《阅微草堂笔记》为中心向明清的文人群体辐射,研究扶乩在文人中的独特的价值。陈洪师曾提议以《文人与扶乩》为题展开研究,既有学术价值,又很有趣。这些都是《阅微草堂笔记》研究的方向和题目,值得学人们进一步努力。此外,具体的内容还有道教的"外丹"思想在《阅微草堂笔记》中的体现等等①。

就比较研究来看也有很多题目值得深入开掘,如《阅微草堂笔记》与《夷坚志》的比较研究,两者有非常多的相似性,洪迈和纪昀一样,非常相信自己所记的鬼神狐怪等事情是真实发生的,纪昀还把《阅微草堂笔记》比成《夷坚丙志》,在《槐西杂志一》中写道:

> 或老不能闲,又有所辍欤? 则以为《夷坚》之丙志亦可也。②

他们两人对于小说、宗教以及小说中的宗教文化作用和功能的认识还是有很多可研究的空间,就小说形式和内容上来看,《阅微草堂笔记》与《夷坚志》有一定程度的相似性。但是最近的学界把注意力多放在《阅微草堂笔记》与《聊斋志异》的比较上,但两者毕竟是从认识到流派完全不同的小说,如果把《阅微草堂笔记》与《夷坚志》的比较深入研究下去可能会有新的发现。

此外,对于清代学术思想对文学的影响也是个不错的话题,十多年前即有学者致力于此方面的研究。马积高先生写成《清代学术思想的变迁与文学》一书,是比较早的关于这个领域的著作,其中关于学术思想对小说的影响谈到了三部小说《聊斋志异》、《儒林外史》、《红楼梦》。

说到学术思想对小说的影响,文言小说似乎比白话小说表现得更突出一些,尤其是《阅微草堂笔记》,作者纪昀本身就是大学者、文坛领袖,他和他周围文人的学术思想颇具代表性,在学术史上也是不得不说的一部分。这些观点又通过文学的方式表现在《阅微草堂笔记》中,深深影响着故事的选材和写作风格,应该说,这部小说是清代学术思想对文学影响的重要例证。此外还有一些文言小说如《子不语》、《右台仙馆

---

① 参看李剑国先生《中国狐文化》中有对《阅微草堂笔记》狐形象的分析,研究指出狐的炼丹方法与道教外丹炼法的关系,亦可看出外丹在当时的情况。

② (清)纪昀:《阅微草堂笔记·卷十一·槐西杂志一》,上海:上海古籍出版社,2004年1月,第199页。

笔记》等,都可为此项研究提供例证,这些小说内容理应列入学术思想对文学影响的研究视野之内。如果将这部分写成,应该是对马先生这本书十分有益的补充。

上述乃是后学浅薄之见,希望《阅微草堂笔记》研究能够引起越来越多的学者注意,不断开拓新的研究方向。

参考文献

一、专著类

A

［1］（清）艾纳居士编:《豆棚闲话》,张道勤校点,南京:江苏古籍出版社,1994 年。

［2］阿英:《续小说闲评》《晚清文学文学丛钞小说戏曲研究卷》《阿英文集》,北京:生活·读书·新知三联书店,1981 年。

［3］［法］爱弥尔·涂尔干:《宗教生活的几种形式》,渠东、汲喆译,上海:上海世纪出版集团,2006 年。

C

［4］（宋）程颢、程颐:《二程遗书》卷十八,上海:上海古籍出版社,2000 年。

［5］（明）陈仁锡:《潜确居类书》明崇祯年间,北京:全国图书文献缩微中心。

［6］（清）褚人获:《坚瓠集》,扬州:江苏广陵古籍刻印社,1995 年。

［7］（清）曹榆彬等修:《处州府志》,台北:成文出版社有限公司,1983 年。

[8](清)柴桑:《京师偶记》,上海:上海著易堂,清光绪十一年,1891年。

[9]陈洪:《浅俗下的厚重》,天津:南开大学出版社,2001年。

[10]陈洪:《中国小说理论史》,天津:南开大学出版社,2000年4月第一版。

[11]李剑国、陈洪:《中国小说通史》,北京:高等教育出版社,2007年6月。

[12]陈文新:《传统小说与小说传统》,武汉:武汉大学出版社,2007年。

[13]陈振汉等编:《清实录经济史资料》(顺治嘉庆朝),北京:北京大学出版社,1989年。

[14]陈霞:《道教劝善书研究》,成都:巴蜀书社,1999年。

D

[15](清)段玉裁:《说文解字注》,上海:上海古籍出版社,1984年。

[16](清)戴震:《戴震集·与方希原书》,上海:上海古籍出版社,1980年。

[17](清)伊阿桑等修纂:《大清会典》,北京:全国图书文献微缩中心。

[18]《正统道藏》,《七元召魔伏大天神咒经》,上海:商务印书馆,民国十二年。

[19]邓之诚:《骨董琐记》卷三《乾隆时侍从之臣》,邓锐整理。北京:中华书局,2008年。

[20]《道藏》,天津:天津古籍出版社,1989年。

[21]戴逸、李文海主编:《清通鉴》,太原:山西人民出版社,2000年。

[22][美]德怀特·希尔德·铂金斯:《中国农业的发展》,宋海文等译,上海:上海译文出版社,1980年。

[23]丁锡根:《中国历代小说序跋集》,北京:人民文学出版社,1996年。

[24][美]丁乃通:《中国民间故事类型索引》,郑建威译,武汉:华中师范大学出版社,2008年。

F

[25](唐)房玄龄:《晋书·卷三十四列传第四·羊祜传》,北京:中华书局,1975年。

[26](明)费宏等纂修:《大明武宗实录》第121卷,北京:全国图书文献微缩中心,1987年。

[27][英]弗雷泽:《金枝》,徐育新等译,北京:新世界出版社,2006年。

G

[28]《国语·周语中》,北京:中华书局,1978年。

[29](晋)葛洪:《神仙传》,《诸子百家丛书》,上海:上海古籍出版社,1990年。

[30](清)顾炎武:《日知录集释》卷七,黄汝成集释《清代学术名著丛刊》,上海:上海古籍出版社,2006年。

[31](清)顾禄:《清嘉录》,南京:江苏古籍出版社,1999年。

[32]《光绪通州志要·风土记》,台北:成文出版社,1968年。

[33]《光绪昌平州志·风土记》,台北:成文出版社,1968年。

[34](清)郭小亭:《济公全传》,北京:中华书局,2004年。

[35]高亨:《诸子新笺》(第四册),上海:上海古籍出版社,1982年。

[36]郭成康:《康乾盛世的历史报告》,北京:中国言实出版社,2002年7月版。

[37]葛兆光:《道教与中国文化》,上海:上海人民出版社,1987年9月。

[38]葛兆光:《中国思想史》,上海:复旦大学出版社,2006年。

[39]高王凌:《活着的传统——十八世纪中国的经济发展和政府政策》,北京:北京大学出版社,2005年8月版。

H

[40]（战国）韩非:《韩非子·安危》,陈明、王青校注《韩非子全译》,成都:巴蜀书社,2008年。

[41]（唐）慧能:《六祖大师法宝坛经》,长春:时代文艺出版社,2008年。

[42]（宋）洪迈:《夷坚志补》,顾廷龙编《续修四库全书子部小说家类》,上海:上海古籍出版社,2002年。

[43]（明）胡应麟:《少室山房笔丛》,北京:中华书局,2006年。

[44]（清）贺长龄等辑:《清经世文编》卷四六,台北:台湾文献史料丛刊第四辑。

[45]黄洽:《〈聊斋志异〉与宗教文化》,济南:齐鲁书社,2005年11月版。

[46]黄景春、李纪:《道心人情中国小说中的神仙道士》,上海:上海辞书出版社,2005年12月。

[47][美]韩明士:《道与庶道宋代以来的道教、民间信仰和神灵模式》,皮庆生译,南京:江苏人民出版社,2007年10月。

[48][德]黑格尔:《美学·叙论——对广大美的领域的尖端叙述》,朱光潜译,北京:人民日报出版社,2005年。

J

[49]（清）纪昀:《详注阅微草堂笔记》,会文堂书局,民国十一年。

[50]（清）纪昀:《分类广注阅微草堂笔记五种》,绣像本世界书局,民国十八年九月。

[51]（清）纪昀:《纪晓岚先生笔记五种》,清嘉庆二十一年北平盛氏重刻本。

[52]（清）纪昀:《阅微草堂笔记摘抄》,玉说荟刊本。

[53]（清）纪昀:《阅微草堂笔记》,旧小说丛刊本,商务印书馆民国四年。

[54]（清）纪昀:《阅微草堂笔记》(绣像本),上海中华图书馆民国刻本。

[55]（清）纪昀:《阅微草堂笔记》（绣像本），上海广益书局民国刻本。

[56]（清）纪昀:《阅微草堂笔记》，笔记小说大观丛书本，进步书局民国刻本。

[57]（清）纪昀:《阅微草堂笔记》，清代笔记丛刊本，上海文明书局民国刻本。

[58]（清）纪昀:《阅微草堂笔记》，清嘉庆五年北平盛氏刻本。

[59]（清）纪昀:《阅微草堂笔记》，清光绪间上海图书集成局铅印本。

[60]（清）纪昀:《阅微草堂笔记》，清刻本（苏州振新书社藏版）。

[61]（清）纪昀:《阅微草堂笔记》，清道光十五年刻河间纪氏《阅微草堂原本》。

[62]（清）纪昀:《增订河间试律矩》，嘉庆九年刻本强望泰选辑，北平中央刻经院，民国二十五年。

[63]（清）纪昀:《玉谿生诗说》，槐庐丛书本，光绪吴县朱氏刻本。

[64]（清）纪昀:《纪文达公文录》，道光十九年瑞州凤仪书院刻本。

[65]（清）纪昀:《纪文达公遗集》，嘉庆十七年刻本。

[66]（清）纪昀:《阅微草堂笔记》，上海:上海古籍出版社，2004年1月。

[67]（清）纪昀:《纪晓岚文集》，孙致中、吴恩扬等点校，石家庄:河北教育出版社，1991年。

[68]（清）纪昀:《烟镜堂十种》，乾隆年间刻本。

[69]（清）邵承照辑:《纪河间诗话》，光绪二十七年刻本。

[70]（清）江藩:《国朝汉学师承记》，北京:中华书局，1983年11月。

[71]（清）蒋良骐:《东华录》，北京:中华书局，1980年4月。

[72]（清）焦循撰:《雕菰楼集》，苏州:苏州文学山房。

[73]（清）静恬主人:《金石缘》，呼和浩特:内蒙古人民出版社，

2001 年。

［74］蒋瑞藻:《小说考证》,北京:中华书局,1959 年。

［75］［日］吉冈义丰:《中国民间宗教概说》,余万居译,台北:华宇出版社,1995 年。

［76］《道教授箓奏职文检(卷三)》,嘉义:台湾南华大学宗教文化研究中心,1998 年 5 月。

K

［77］(三国吴)天竺三藏康僧会译:《旧杂譬喻经卷十八》,(清)《乾隆大藏经》。

［78］(康熙)《巨野县志》,《中国地方志集成》,南京:凤凰出版社,2006 年。

L

［79］《论语·子贡》,杨伯峻今译,长沙:湖南人民出版社,2008 年。

［80］(战国)列御寇:《列子集释》,杨伯峻译,长沙:湖南人民出版社,2008 年。

［81］(汉)刘熙:《释名》,(清)璜川吴氏藏书。

［82］(南朝宋)刘义庆:《世说新语》,上海:上海古籍出版社,1982 年。

［83］(北宋)李昉:《太平广记》,北京:中华书局,2006 年 6 月。

［84］(元)李道纯:《中和集》,《金丹大成集》,上海:上海古籍出版社,1987 年 10 月。

［85］(明)袾宏:《竹窗随笔》,北京:北京图书馆出版社,2005 年 1 月。

［86］(明)郎瑛:《七类修稿》,上海:上海书店出版社,2001 年 8 月。

［87］(明)罗钦顺:《困知记》续下,阎涛点校,北京:中华书局,1990 年 8 月。

［88］(清)李象先:《五莲山志诸师本传》,上海:上海古籍出版社,1997 年。

[89](清)刘锦藻:《清朝续文献通考》,上海:商务印书馆,1955年。

[90](清)李斗:《帝京岁时记胜》,《清代史料笔记丛书》,北京:中华书局,1981年。

[91](清)李昌祺等撰:《献县志》咸丰年间四卷,北京:全国图书文献缩微中心,2003年。

[92](清)卢文弨:《尚书注疏校正》,北京:直隶书局,民国间。

[93](清)梁恭辰:《北东园笔录初编》卷一《明清史料笔记丛书》,北京:中华书局,1993年。

[94](清)梁溪司香旧尉:《海上尘天影》,南昌:百花洲文艺出版社,1993年。

[95](清)梁章矩:《浪迹丛谈续谈三谈》,北京:中华书局1981年9月。

[96](清)梁章矩:《枢垣记略》,北京:中华书局,1984年10月。

[97](清)梁章矩:《制艺丛话》,上海:上海书店出版社,2001年12月。

[98](清)刘廷玑:《在园杂志》,北京:中华书局,2005年1月。

[99](清)梁恭辰:《北东园笔录初编》卷一,《明清史料笔记丛书》,北京:中华书局,1993年。

[100](清)李绿园:《歧路灯》,北京:大众文艺出版社,2002年。

[101]梁启超:《清代学者整理旧学之总成绩》,北京:商务印书馆1999年7月。

[102]梁启超:《清代学术的变迁》,北京:中国书籍出版社,2006年。

[103]梁启超:《清代学术概论》,北京:中国书籍出版社,2006年。

[104]梁启超:《论清学史二种》,上海:复旦大学出版社,1985年。

[105]鲁迅:《买〈小学大全〉记》,《鲁迅全集》,上海:上海古籍出版社,2006年。

[106]鲁迅:《南腔北调集·我怎样做起小说来》,《鲁迅全集》,北

京:人民文学出版社,2005年。

[107]鲁迅:《中国小说史略》,上海:上海古籍出版社,2008年。

[108]鲁迅:《古小说钩沉》,北京:中国文史出版社,2002年。

[109]来新夏:《清人笔记随录》,北京:中华书局,2005年1月。

[110]刘叶秋:《历代笔记概述》,北京:北京出版社,2003年1月。

[111]李剑国:《中国狐文化》,天津:南开大学出版社,1998年。

[112]劳思光:《中国哲学史》,台北:台湾学生书局,1981年。

[113]林辰:《中国小说史》,杭州:浙江古籍出版社1998年12月。

[114]吕大吉、牟钟鉴:《中国宗教与中国文化》卷一,北京:中国社会科学出版社,2005年。

[115]刘小枫编:《中国文化的特质》,北京:生活读书新知三联书店,1990年。

[116]雷梦辰:《清代各省禁书汇考》,北京:书目文献出版社1989年5月。

[117]赖永海、王月清:《宗教与道德劝善》,南京:江苏古籍出版社,2002年版。

[118]刘魁立主编,金泽著:《中国民间信仰》,杭州:浙江教育出版社,1996年版。

M

[119](战国)墨翟:《墨子·公孟》,《新语校注——新编诸子集成》,北京:中华书局,1986年。

[120](战国)孟轲:《孟子》,朱熹校注,杭州:西泠出版社出版,2008年。

[121]《明实录》,"中研院"历史语言研究所校印,上海:上海书店,1984年。

[122]马积高:《清代学术思想的变迁与文学》,长沙:湖南人民出版社2002年6月第一版。

[123]马西沙:《清代八卦教》,北京:中国人民大学出版社,

1989 年。

[124][德]马克思·韦伯:《儒教与道教》,洪天富译,南京:江苏人民出版社,2008 年。

N

[125]聂春艳:《清代前期白话小说与实学思潮》,北京:高等教育出版社,2007 年。

P

[126](清)蒲松龄:《聊斋志异》,锦章书局本,1953 年 9 月。

[127](清)蒲松龄:《聊斋志异》,广益书局本,1953 年 12 月。

[128](清)蒲松龄:《聊斋志异》,文学古籍刊行社影印本,1955 年 9 月。

[129](清)蒲松龄:《聊斋志异》,商务印书馆本,1957 年 11 月。

[130](清)蒲松龄:《聊斋志异》,中华书局上海编译所,1962 年 7 月。

[131](清)蒲松龄:《聊斋志异》,济南:齐鲁书社 1980 年 7 月。

[132](清)蒲松龄:《聊斋志异》,长沙:岳麓书社 1988 年 1 月。

[133](清)蒲松龄:《聊斋志异》,杭州:浙江古籍出版社 1989 年 1 月。

[134](清)蒲松龄:《聊斋志异》,北京:人民文学出版社,2009 年。

[135](清)蒲松龄:《聊斋志异》张友鹤"三会本",上海:上海古籍出版社,1986 年。

[136](清)皮锡瑞:《经学历史》,周予同注释,北京:中华书局,2008 年 7 月。

Q

[137](明)瞿佑:《剪灯新话》,山东:齐鲁书社,2006 年。

[138]《清史列传》,上海:中华书局,民国 17 年。

[139]《清实录》卷 236,北京:中华书局,1986 年。

[140]《清圣祖实录》卷三十四,台北:华文书局,1987 年。

[141]《清实录·高宗纯皇帝实录》,北京:中华书局,1986 年。

[142]《钦定大清会典则例》,影印文渊阁四库全书,卷 92,台北:商务印书馆,1983 年。

[143]《五世达赖喇嘛传·云裳》第一函,陈庆英、马连龙、马林译,北京:中国藏学出版社,1994 年。

[144](清)《乾隆大藏经》,《瑜伽焰口注集纂要仪轨》,台北:佛经印导处印。

[145](清)《乾隆大藏经》,雍正十三年《大乘单译经》第 48 册第 535 卷。

[146]《清高宗御制诗文全集》,北京:中国人民大学出版社,1993 年。

[147](清)钱泳:《履园丛话》,北京:中华书局,1979 年 12 月。

[148](清)邱炜蒌:《客云庐小说话》,《清代史料丛刊》,北京:中华书局,2000 年。

[149]钱锺书:《管锥编》,北京:中华书局,1979 年。

[150]卿希泰主编:《中国道教史》,成都:四川人民出版社,1996 年。

R

[151](清)阮元:《研经室一集》,邓经元点校,北京:中华书局 1993 年。

[152]饶宗颐:《中国文学史上宗教与文学的关系》,《饶宗颐二十世纪学术论文集》,台北:新文丰出版社 2000 年。

[153]任继愈主编:《中国佛教史》,北京:中国社会科学出版社,1998 年。

[154]任继愈主编:《中国道教史》,北京:中国社会科学出版社,2001 年。

S

[155](西汉)司马迁:《史记》,北京:中华书局,2005 年。

[156](唐)沙门释成观撰注:《大佛顶首楞严经义贯·卷八》,台北:毗卢出版社,2008年。

[157](宋)释普济:《五灯会元·卷二》,《文渊阁四库全书》第3491350册,新编子部释家类,北京:商务印书馆,2005年。

[158](宋)释延寿:《万善同归集》,北京:线装书局,2000年。

[159](宋)赞宁:《宋高僧传》,北京:中国文史出版社,1995年。

[160](清)松筠:《卫藏通志》卷首,拉萨:西藏人民出版社,1982年版。

[161](清)邵志琳:《警世功过格求心篇》,北京:全国图书文献微缩中心,2004年。

[162]《世宗宪皇帝朱批谕旨》(影印文渊阁四库全书),台北:商务印书馆,1983年。

[163]史仲文:《中国文言小说百部经典》,北京:北京出版社,2000年。

[164]孙逊:《中国古代小说与宗教》,上海:复旦大学出版社,2000年版。

[165]孙昌武:《佛教与中国文学》,上海:上海人民出版社,1998年版。

[166]孙雄:《圣俗之间宗教社会发展互动关系研究》,哈尔滨:黑龙江人民出版社,2006年第一版。

T

[167](晋)陶潜:《新辑搜神后记》,李剑国辑校,北京:中华书局,2007年。

[168](南朝)陶弘景:《真诰》,《道学举要》,上海:商务印书馆,民国17年。

[169]《通元真经注广黄帝本行记·轩辕黄帝传》,台北:台湾商务印书馆,1981年。

[170]汤一介:《佛教与中国文化》,北京:宗教文化出版社,

1999年。

W

[171] (南朝齐)王琰:《冥祥记》,北京:中华书局,1987年。

[172] (隋)王度:《古镜记》,史仲文编《中国文言小说百部经典》,北京:北京出版社,2000年。

[173] (唐)王冰校注:《重广补注黄帝内经素问》,上海:涵芬楼藏书,民国间。

[174] (清)王士禛:《分食甘话》,北京:中华书局,1989年。

[175] (清)汪辉祖:《学治续说宜勿致民破家》,长塘鲍氏藏书,清乾隆五十一年。

[176] (清)吴敬梓:《儒林外史》,北京:人民文学出版社,2008年。

[177] (清)王先慎:《韩非子集解》,北京:中华书局,1998年5月。

[178] 王振复:《中国美学的文脉历程》,成都:四川人民出版社,2002年。

X

[179] (明)徐师道纂修稿本,万历丙子余姚江南徐氏宗谱,上海图书馆藏本。

[180] (清)徐珂:《清稗类钞》,北京:中华书局,1986年。

[181] 许地山:《扶乩底迷信研究》,微缩品,北京:全国图书馆文献微缩文印中心,2002年。

[182] 徐世昌等编纂:《清儒学案》,沈芝盈等点校,北京:中华书局,2008年。

[183] 萧放:《明清民俗特征论纲》,《中国文化研究》2007年1月春之卷。

[184] 夏之放:《文学意象论》,汕头:汕头大学出版社,1993年12月,第205页。

Y

[185] 雍正陕西通志《风土记》,台北:成文出版社,1968年。

[186]（清）颜元：《存学编》卷三,北京：中华书局,1985年。

[187]（清）永瑢：《四库全书总目提要》卷一二〇,《论衡》提要,北京：中华书局,1995年。

[188]（清）余嘉锡：《四库提要辨证》,北京：中华书局,1974年版。

[189]（清）余嘉锡：《四库全书纂修考》1938年版。

[190]（清）恽敬：《大云山房文稿·初集》（卷一）,上海：商务印书馆,民国间。

[191]（清）叶燮：《原诗》,北京：人民文学出版社,1979年。

[192]（清）袁枚：《子不语》,济南：齐鲁书社,2006年。

[193]（清）俞樾：《右台仙馆笔记》,北京：中华书局,1981年。

[194]（清）俞樾：《春在堂随笔》,《明清史料丛刊》,北京：中华书局,2001年。

[195]（清）俞樾：《印雪轩随笔》,（清）三硬庐圩耕叟编,上海：扫叶山房,1912年。

[196]（清）佚名：《燕京杂记》,《北京历史风土丛书第一辑》,北京：北京古籍出版社,1986年版。

[197]印顺：《我之宗教观》,《玄妙集》19,台北：正闻出版社,1985年。

[198]余英时：《论戴震与章学诚》,北京：生活·读书·新知三联书店,2000年6月。

[199]杨天宇：《礼记译注》,上海：上海古籍出版社,1997年。

Z

[200]（春秋）左丘明：《左传》,北京：北京出版社,2008年。

[201]（唐）宗密：《禅源诸诠集都序（卷一）》,邱高兴校释,郑州：中州古籍出版社,2008年。

[202]（唐）张彦远：《历代名画记》,北京：人民美术出版社,2000年。

[203]（北宋）张君房：《云笈七签》,北京：中华书局,2003年12月。

[204]（南宋）朱熹：《朱子语类》卷十一，（宋）黎靖德编，王星贤点校，北京：中华书局，1994年。

[205]（南宋）郑樵：《通志略》，北京：中华书局，2003年。

[206]（明）张三丰：《三丰祖师全集》，（清）涵虚生重编，扬州：江苏广陵古籍刻印社，1993年。

[207]（明）朱国祯：《涌幢小品》，王根林校注，《明代笔记小说大观四》，上海：上海古籍出版社，2005年。

[208]（明）袾宏：《自知录》，《云棲法汇三十二种》，清光绪二十三至二十五年。

[209]（明）李翊：《戒庵老人漫笔》，《元明清史料笔记丛刊》，北京：中华书局，1982年。

[210]（明）冯梦龙：《醒世恒言》，北京：中国文联出版公司，1999年。

[211]（清）赵翼：《檐曝杂记》卷二，《梨园色艺》，北京：中华书局，1982年。

[212]（清）周克复：《净土晨钟》，《方册大藏》卷4，北京：全国图书馆文献缩印中心，1988年。

[213]（清）曾衍东：《小豆棚》，盛伟点校，济南：齐鲁书社，2004年。

[214]张赓：《国朝画征录》，清宣统三年修订。

[215]朱一玄编：《聊斋志异资料汇编》，河南：中州古籍出版社，1985年2月。

[216]左东岭：《王学与中晚明士人心态》，北京：人民文学出版社，2000年。

[217]詹石窗：《道教文学史》，上海：上海人民出版社，1987年。

[218]郑志明：《台湾扶乩与鸾书现象》，嘉义：台湾南华大学，1998年。

[219]朱维铮：《走出中世纪》，上海：复旦大学出版社，2008年。

[220]张泽洪：《道教斋醮符咒仪式》，成都：巴蜀书社，1999年

4月。

[221] 占骁勇:《清代志怪传奇小说集研究》,武汉:华中科技大学出版社,2003年。

[222]《中国地方志集成》,南京:凤凰出版社,2006年。

[223] [法]左拉:《论自然主义》,燕晓冬编译,呼和浩特:远方出版社,2005年。

[224] 张爱玲:《张爱玲散文》,海拉尔:内蒙古文化出版社,2003年。

[225] 赵园:《明清之际士大夫研究》,北京:北京大学出版社,1999年。

二、论文类

C

[226] 陈辽:《文化小说明清集大成》,《南京社会科学》2006年2月。

[227] 陈文新:《纪昀何以将小说划为子部》,《山西师范大学学报》第1期,2001年1月。

[228] 陈文新:《〈阅微草堂笔记〉与中国叙事传统》,《南京师范大学文学院学报》第2期,2006年3月。

D

[229] 邓代芬:《〈阅微草堂笔记〉阴间界域研究》(硕士学位论文),云林科技大学,2006年。

H

[230] 韩希明:《纵横开阖 究悉物情——〈阅微草堂笔记〉哲学视角观照》,《南京社会科学》1995年12月。

[231] 韩希明:《试论〈阅微草堂笔记〉的宗教观》,《南京社会科学》2003年12月。

[232] 韩希明:《试析〈阅微草堂笔记〉的女性伦理思想》,《南京社

会科学》2005 年 4 月。

［233］韩希明：《略论明清小说中的民间俗信与伦理精神》，《文史知识》2005 年 8 月。

J

［234］焦泰平：《〈阅微草堂笔记〉因果报应问题辨证》，《唐都学刊》2000 年 2 月。

［235］蒋小平：《雍容·有益人心·儒道佛整合——〈阅微草堂笔记〉之三层解读》，《中国文学研究》2005 年 1 月。

［236］胡谦：《清代民事纠纷的民间调处研究》（博士论文），中国政法大学 2007 年。

L

［237］卢锦堂：《纪晓岚和〈阅微草堂笔记〉》（硕士论文），台湾政治大学中研所，1978 年。

［238］赖芳伶：《〈阅微草堂笔记〉研究》（硕士论文），台湾大学，1980 年。

［239］刘崇德：《从"以文为诗"到"以诗为画"——北宋士人画体的形成》，《南开学报》（哲社版）2007 年 5 月。

［240］刘勇强：《论古代小说因果报应观念的艺术化过程与形态》，《文学遗产》2007 年第 1 期。

［241］李永泉：《〈阅微草堂笔记〉写狐小说反艳遇特征》，《现代语文》2006 年 12 月。

N

［242］聂春艳：《论清代前期实学思潮对英雄传奇小说创作的影响》，《复旦学报》2008 年第 1 期。

P

［243］普慧：《佛教对六朝志怪小说影响》，《复旦学报》（社会科学版）2002 年第 2 期。

S

[244] 宋世勇：《〈阅微草堂笔记〉鬼神形象刍议》（硕士论文），华南师范大学 2003 年。

[245] 孙逊、周君文：《古代小说中的民间宗教及其认识价值——以白莲教、八卦教为主要考察对象》，《文学遗产》2005 年第 5 期。

W

[246] 王耘：《从〈外国道人〉到〈鹅笼书生〉——论佛经故事向志怪小说的叙述范式转型》，《中国文学研究》2007 年第 4 期。

[247] 王颖：《乾隆朝文化环境下〈阅微草堂笔记〉》（博士论文），中国社会科学院研究生院 2006 年。

[248] 王琪玖：《测鬼神之情状 发人间之幽微——读〈阅微草堂笔记〉札记之三》，《西安教育学院学报》2000 年第 2 期。

[249] 王立：《图画崇拜与画中人母题的佛经渊源及仙话意蕴》，《南开学报》（哲学社会科学版）2008 年第 3 期。

[250] 汪龙麟：《20 世纪〈阅微草堂笔记〉研究综述》，《殷都学刊》2000 年第 1 期。

[251] 吴波：《纪昀西域谪戍生涯及〈阅微草堂笔记〉》，《广西师院学报》2002 年第 2 期。

[252] 吴波：《追踪晋宋 踵事增华〈阅微草堂笔记〉对魏晋六朝志怪小说的继承与发展》，《明清小说研究》，2003 年第 1 期。

[253] 吴波：《〈阅微草堂笔记〉研究》（博士论文），天津师范大学 2001 年。

[254] 吴波：《彰显圣人"神道设教"的创作动机与矛盾的鬼神观天命论——〈阅微草堂笔记〉思想文化意蕴之一》，《船山学刊》2005 年 4 月。

[255] 吴波、肖新华：《阅微草堂笔记研究述略》，《古典文学知识》2006 年第 1 期。

[256] 魏晓红：《〈阅微草堂笔记〉中的复生故事分析》，《山西大学学报》2007 年 6 月。

X

[257] 薛洪绩:《〈聊斋志异〉的〈猪嘴道人〉等篇不是蒲松龄所作》,《社会科学战线》1979 年第 2 期。

[258] 薛洪绩:《再说猪嘴道人》,《社会科学战线》1982 年第 1 期。

[259] 许韧:《论〈阅微草堂笔记〉中儒道佛各教的地位》,《淮阴工学院学报》2005 年 6 月。

[260] 项裕荣:《"娼女当堕为雀鸽"与"龙畏细虫"二说之佛教渊源考论》,《南昌大学学报》2006 年第 4 期。

Y

[261] 杨亮:《纪晓岚因果轮回观念之危机——以〈阅微草堂笔记〉为视角》,《西华师范大学学报》2007 年第 2 期。

[262] 杨亮:《清代文人禅宗观念的困惑与缺失——以纪昀禅宗观念为视角》,《上饶师范学院学报》2007 年 4 月。

Z

[263] 周积明:《〈阅微草堂笔记〉的时代文化特征》,《晋阳学刊》1998 年第 4 期。

[264] 詹颂:《乾嘉文言小说作者的交游与其小说写作》,《蒲松龄研究》2003 年第 1 期。

[265] 张国星:《佛学与谢灵运的山水诗》,《学术月刊》1986 年 11 月。

[266] 张思莉:《论纪昀笔下的民俗》(硕士论文),天津师范大学 2003 年。

[267] 张传友:《清代实学美学研究》(博士论文),复旦大学 2006 年。

[268] 曾凯怡:《〈聊斋志异〉与〈阅微草堂笔记〉狐精故事之叙事艺术研究》(硕士论文),中山大学中国文学学系 2005 年。

[269] 赵敏:《艺术与道德的完美结合——古代修养寓言浅说》,《徐州教育学院学报》2003 年 9 月。

致　谢

完成论文的时候正是春草吐绿,春雨飘香的时候。随着论文一稿一稿地修改,终于嗅到了毕业的气息。还清晰地记得,三年前也是这个充满希望的春天,来南开参加博士入学考试面试的情形,转眼间就到了要说再见的时候。

首先要感谢恩师陈洪教授。还记得入学第一次上课的情形,陈师严谨的学风、宏阔的视野、幽默的话语和指挥若定的风采给我留下了深刻的印象,也认识到自己在学术研究的道路上还是个小学生,还需更加努力。经过一年的学习,在老师的大力帮助下,我选定了论文题目,由于之前宗教文化的基础较为薄弱,论文写作期间,常常感到学识不够、思路无法打开的痛苦。但是,往往是陈老师提纲挈领的几句话就使得我茅塞顿开,常常有眼前一亮的感觉,同时非常佩服老师宏阔的学术视野和切中肯綮的学术眼光。

老师在指导我论文写作时,既是恩师也是严师。我在论文写作中,有时会犯粗心的毛病,老师将行文中大大小小的错误一一改正,来回凡三遍,并且不厌其烦地督促我改正缺点。一想到老师白天忙完诸多事务之后,晚上熬夜帮我看论文,心中既感动又难过,惟有加倍认真、努力,以报师恩。

陈老师除了传道、授业、解惑,还在为人处世方面、生活方面给了我们很多的指导和无微不至的关怀。我在准备试讲的时候,老师热心地提供PPT图片,并在百忙之中抽出时间帮我准备,每每念及于此,总觉一股暖流涌动于心。

入学之初,年纪在师门中偏小,老师希望我快速成长起来,说不要总像个小学生。除了尽快让自己在学术上、做人上尽快成熟起来,我想不管到什么时候,在老师面前,我永远是个小学生。

同时要感谢文学院的老师们,博士在读期间,我选修了李剑国老师、孙昌武老师、宁稼雨老师的课程。孙老师七十高龄仍坚持为我们上课,并多次介绍海外佛教、佛教与文化的研究成果,为我们拓宽了学术视野;李老师和宁老师从文献的角度对我们进行学术训练,教育大家"入门须正,立志须高"。他们渊博的学识、峻洁的人品值得我学习一生。还有孟昭连老师、陶慕宁老师、张培峰老师,他们在论文开题时提出了许多宝贵意见,使我受益匪浅,并在论文写作的具体过程中不断地给予我帮助。乔以刚老师、沈立言老师、张峰屹老师、孙克强老师、田美丽老师、陈平老师、陈宁老师、李东峰老师对我的支持也很大,在这里一并表示感谢。

其次,感谢孙勇进师兄、陈宏师兄、雷勇师兄、冯大建师兄、翟明睿师弟、邵颖涛师弟、郭辉师妹,他们在我遇到困难的时候总是全力以赴地帮忙。特别是翟明睿师弟,上课、开题、答辩、毕业的各项事务,他都认真帮忙,在此表示非常感谢。在师门中度过了三年非常愉快的时光,犹记得师门聚会,每每兴之所至,大家击节歌唱的情形,这将是我一生的宝贵财富和珍贵回忆。还要感谢同级的十位博士同学,他们一直在各个方面对我帮助良多。特别是好朋友吕堃,她在我最困难的时候,一直鼓励我、安慰我。

复次,要感谢我的父母。作为家中的独女,常年在外求学,为父母做得实在太少了。2008年1月,母亲突然中风住院,半个身子无法动弹,言语不清。家里人怕我担心,没有马上通知我。三天后我赶到家,看到病床上的母亲不停地翕动着嘴唇却无法说出话语的时候,心里的难过真的无法用言语表达。老师知道了这些情况,特别批准了假,并语多安抚,让我回家照看母亲。那段时间是人生中充满阴霾的时候,但也是我迅速成长的时候,从两耳不闻窗外事到事事关心、统筹安排,也第一次意识到自己肩头的责任。好在经过一年的恢复,凭借母亲坚忍不拔的毅力,她的病情已经有了根本性的好转。每次论文写作感到无力、痛苦的时候就会想到母亲的坚强,于是警告自己,不可懈怠。

最后,感谢刘琦先生,他在我论文写作期间悉心照顾,提供帮助,使我可以专心写作,按时完成论文。

博士在读期间,我光荣地加入了中国共产党,这也是生命中一件重要的事情,身份的转变也让我充满了责任感和使命感。

感谢南开大学培养了我,塑造了我。这也是对我一个阶段学术生活的总结和认识,期待新的开始!

最后祝陈老师和文学院的老师们、同学们一切顺利,快快乐乐地生活!